U0947440

中印经典和当代作品
互译出版项目
CHINA-INDIA TRANSLATION PROJECT

一个婆罗门的葬礼

阿南塔穆尔蒂小说选

Samskara
A Rite for a Dead Man

【印】U. R. 阿南塔穆尔蒂◎著
刘　建◎译

中国大百科全书出版社

图字：01-2022-4114

图书在版编目（CIP）数据

一个婆罗门的葬礼：阿南塔穆尔蒂小说选 /（印）U. R. 阿南塔穆尔蒂著；刘建译. — 北京：中国大百科全书出版社，2022.8

书名原文：Samskara & Other Stories

中印经典和当代作品互译出版项目

ISBN 978-7-5202-1189-5

I. ①一… II. ①U… ②刘… Ⅲ. ①长篇小说—印度—现代②短篇小说—小说集—印度—现代 IV. ①I351.45

中国版本图书馆CIP数据核字（2022）第143798号

出 版 人 刘祚臣
审　　校 姜景奎
责任编辑 林思达
封面设计 许润泽　叶少勇
责任印制 魏　婷
出版发行 中国大百科全书出版社
地　　址 北京阜成门北大街17号　**邮政编码** 100037
电　　话 010-88390636
网　　址 http://www.ecph.com.cn
印　　刷 中煤（北京）印务有限公司
开　　本 710 毫米 × 1000 毫米　1/16
印　　张 26
字　　数 349千字
印　　次 2022 年 8 月第 1 版　2022 年 8 月第 1 次印刷
书　　号 ISBN 978-7-5202-1189-5
定　　价 98.00 元

中印经典和当代作品互译出版项目
中方专家组

总序：印度经典的汉译

一、概念界定

何谓经典？经，“织也”，本义为织物的纵线，与“纬”相对，后被引申为典范之作。典，在甲骨文中上面是“册”字，下面是“大”字，本义为重要的文献，例如传说中五帝留下的文献即为“五典”①。《尔雅 · 释言》中有“典，经也”一说，可见早在战国到西汉初，“经”“典”二字已经成为近义词，“经典”也被用作一个双音节词。

先秦诸子的著作中有不少以“经”为名，例如《老子》中有《道经》和《德经》，故也名为《道德经》，《墨子》中亦有《墨经》。汉罢黜百家之后，“经”或者“经典”日益成为儒家权威著作的代称。例如《白虎通》有“五经何谓？谓《易》《尚书》《诗》《礼》《春秋》也”一说，《汉书 · 孙宝传》有“周公上圣，召公大贤。尚犹有不相说，著于经典，两不相损”一说。然而，由印度传来的佛教打破了儒家对这一术语的垄断。自汉译《四十二章经》以来，“经”便逐

① “典，五帝之书也。”——《说文》

渐成为梵语词 sutra 的标准对应汉译，“经典”也被用以翻译“佛法”（dharma）[①]。随着佛教在中国的传播和发展，类似以“经典”指称佛教权威著作的说法也多了起来。[②] 到了近代，随着西学的传入，“经典”不再局限于儒释道三教，而是用以泛指权威、影响力持久的著作。

来自印度的佛教虽然影响了汉语“经典”一词的语义沿革，但这又可以反过来帮助界定何为印度经典。汉译佛经具体作品的名称多以 sutra 对应“经”，但在一般表述中，“佛经”往往也囊括经、律（vinaya）、论（abhidharma）三藏。例如法显译《摩诃僧祇律》（*Mahasanghika-vinaya*）、玄奘译《瑜伽师地论》（*Yogacarabhumi-sastra*），均被收录在“大藏经”之中，其工作也统称为“译经”。来华译经的西域及印度学者多为佛教徒，故多以佛教典籍为“经典”。不过也有一些非佛教徒印度学者将非佛教著作翻译为汉语，亦多冠以“经”之名，其中不乏相对世俗、与具体宗教义理不太相关的作品，例如《婆罗门天文经》《婆罗门算经》《啰嚩拏说救疗小儿疾病经》（*Ravankumaratantra*）等。如此，仅就译名对应来说，古代汉语所说的“经典”可与 sutra, vinaya, abhidharma, sastra, tantra 等梵语词对应，这也基本囊括了印度古代大多数经典之作。

然而，古代中印文化交流也有一定的局限性，若以现在对经典的理解以及对印度了解的实际情况来看，吠陀、梵书、森林书、奥义书、往世书等古代宗教文献，两大史诗、古典梵语文学著作等文学作品，以及与语法、天文、法律、政治、艺术等相关的专门论著都是印度经典不可或缺的部分。从语言来看，除梵语外，巴利语、波罗克利特语、阿波布朗舍语等古代语言，伯勒杰语、阿沃提语等中世纪语言，印地语、孟加拉语、乌尔都语等现代语言，以及殖民时期被引入印度并在印度生根发芽的英语都在不同的历史时期承载了印度经典的传承。

---

① “又睹诸佛，圣主师子，演说经典，微妙第一。”——《妙法莲华经》卷一《序品》（T09, no. 262, c18-19）

② “佛涅槃后，世界空虚，惟是经典，与众生俱。”——白居易《苏州重玄寺法华院石壁经碑》

二、古代中国对印度经典的汉译

经典翻译，是将他者文明的经典之作译为自己的语言，以资了解、学习，乃至融合、吸纳。这一文化行为首先需要一个作为不同于自己的“他者”客体具有足以令主体倾慕的经典之作，然后需要主体“有意识”地开展翻译工作。印度文明在宗教、哲学、医学、天文等方面的经典之作具有较高的知识水平，在不同时代对中国社会各阶层产生了独特的吸引力。中印文明很早就有了互通记录，有着甚深渊源，在商品贸易、神话传说、天文历法等方面已有学者尝试考证。[①] 随着张骞出使西域，佛教传法僧远来东土，中印之间逐渐建立起“自觉”的往来，古代中国对印度经典的汉译也在汉代以佛经翻译的形式得以展开。

1. 佛教经典汉译

毫无争议，自已佚的《浮屠经》[②] 以来，佛教经典汉译在古代中国对印度经典的翻译中占有主流地位。译经人既有佛教僧人，也有在家居士，既有本土学者，也有西域、印度的传法僧人。仅以《大唐开元释教录》以及《贞元新定释教目录》的统计为例，从东汉永平十年至唐贞元十六年，这 734 年间，先后有 185 名重要的译师翻译了佛经 2 412 部 7 352 卷（见表 1)，成为人类历史上少有的翻译壮举。

---

① 季羡林:《中印文化交流史》（北京：新华出版社，1993 年）及薛克翘:《中国印度文化交流史》（北京：昆仑出版社，2008 年）中部分内容均介绍了相关观点。

② 学术界关于第一部汉译佛经的认定，历来观点不一。不少学者认为，《四十二章经》是第一部汉译佛经；但有学者经过考证发现，西汉哀帝元寿元年（公元前 2 年）大月氏使臣伊存口授的《浮屠经》应该是第一部，可惜原本失佚，后世知之甚少。目前，学术界基本倾向于认为《浮屠经》为第一部汉译佛经，并已意识到《浮屠经》在中国佛教史及学术史上的重要地位。参见方广錩:《〈浮屠经〉考》，《法音》，1998 年第 6 期。

表 1　东汉至唐代汉译佛经规模[①]

朝代	年代	历时	重要译师人数	部数	卷数
东汉	永平十年至延康元年	154 年	12	292	395
魏	黄初元年至咸熙二年	46 年	5	12	18
吴	黄武元年至天纪四年	59 年	5	189	417
西晋	泰始元年至建兴四年	52 年	12	333	590
东晋	建武元年至元熙二年	104 年	16	168	468
前秦	皇始元年至太初九年	45 年	6	15	197
后秦	白雀元年至永和三年	34 年	5	94	624
西秦	建义元年至永弘四年	47 年	1	56	110
前凉	永宁元年至咸安六年	76 年	1	4	6
北凉	永安元年至承和七年	39 年	9	82	311
南朝宋	永初元年至升明三年	60 年	22	465	717
南齐	建元元年至中兴二年	24 年	7	12	33
南朝梁	天监元年至太平二年	56 年	8	46	201
北朝魏	皇始元年至东魏武定八年	155 年	12	83	274
北齐	天保元年至承光元年	28 年	2	8	52
北周	闵帝元年至大定元年	25 年	4	14	29
南朝陈	永定元年至祯明三年	33 年	3	40	133
隋	开皇元年至义宁二年	38 年	9	64	301
唐[②]	武德元年至贞元十六年	183 年	46	435	2 476

自东汉以后的约 6 个世纪中，大量佛教经典被译为汉语，其历程与佛教在中国的传播历程基本同步。在这一过程中，涌现出许多重要译师，仅译经 50 部或 100 卷以上的译师就有 16 人（见表 2），其中又以鸠摩罗什、真谛、玄奘、义净、不空做出的贡献最为卓越，故此他们被称为“汉传佛教五大译师”。他们的生平事迹和具体贡献在许多佛教典籍中均有叙述，此不赘述。

① 本表主要依据《大唐开元释教录》整理而成，其中唐代的数据引用的是《贞元新定释教目录》。

② 唐代数据至德宗贞元十六年（800）为止，并不完整。但考虑到贞元年后，大规模译经基本停止，故此数据亦有相当高的参考价值，至贞元十六年，唐代已经译经 435 部 2 476 卷，足以确立其在中国译经史上的地位。

表 2　译经 50 部或 100 卷以上的译师

<table>
<tr><th>时代</th><th>朝代</th><th>人名</th><th>译经部数</th><th>译经卷数</th></tr>
<tr><td rowspan="2">三国西晋</td><td>吴</td><td>支谦</td><td>88</td><td>118</td></tr>
<tr><td>西晋</td><td>竺法护</td><td>175</td><td>354</td></tr>
<tr><td rowspan="5">东晋十六国</td><td rowspan="3">东晋</td><td>竺昙无兰</td><td>61</td><td>63</td></tr>
<tr><td>瞿昙僧伽提婆</td><td>5</td><td>118</td></tr>
<tr><td>佛陀跋陀罗</td><td>13</td><td>125</td></tr>
<tr><td>北凉</td><td>昙无谶</td><td>19</td><td>131</td></tr>
<tr><td>后秦</td><td>鸠摩罗什</td><td>74</td><td>384</td></tr>
<tr><td rowspan="3">南北朝</td><td>宋</td><td>求那跋陀罗</td><td>52</td><td>134</td></tr>
<tr><td>陈</td><td>真谛</td><td>38</td><td>118</td></tr>
<tr><td>北魏</td><td>菩提留支</td><td>30</td><td>101</td></tr>
<tr><td rowspan="6">隋唐</td><td>隋</td><td>阇那崛多</td><td>39</td><td>192</td></tr>
<tr><td rowspan="5">唐</td><td>玄奘</td><td>76</td><td>1 347</td></tr>
<tr><td>实叉难陀</td><td>19</td><td>107</td></tr>
<tr><td>义净</td><td>68</td><td>239</td></tr>
<tr><td>菩提流志</td><td>53</td><td>110</td></tr>
<tr><td>不空</td><td>111</td><td>143</td></tr>
</table>

自唐德宗之后，译经事业由于政局等多方面因素影响而受阻，此后又经历了唐武宗和后周世宗两次灭佛，佛教在中国的发展受到冲击。直到 982 年，随着天竺僧人天灾息和施护的到访，北宋朝廷才重开译经院，此时距唐德宗年间已有约两百年，天灾息等僧人不得不借助朝廷的力量重新召集各地梵学僧，培养本土翻译人才。在此后的约半个世纪中，他们总计译出五百余卷佛经。此后，汉地虽有零星译经，却再也不复早年盛况，古代中国对印度经典的汉译逐渐落下帷幕。

2. 非佛教经典汉译

佛教经典汉译占据了古代中国对古代印度经典汉译的主流，除此之外，其他一些印度经典也被译为汉语。这些文献大致可以分为两类：一类是在翻译佛教经典的过程中无意之中被译为汉语的，尤其是佛教文献中所穿插的印度民间故事等。[①]一类是在翻译佛教经典之外，有意翻译的非佛教经典，例如婆罗门教哲学、天文学、医学著作等，尽管数量无法与佛教经典相提并论，但这些非佛教经典的翻译在一定程度上体现了古代中华文明对古代印度文明的关注开始逐渐由佛教辐射到印度文明的其他领域，不过从译者的宗教信仰以及对经典的选择来看，这类汉译大部分是佛教经典翻译的附属产品。

3. 其他哲学经典汉译

佛教自产生以来，与印度其他思潮之间既有争论，也有共通之处。因而在佛教经典的汉译过程中，中国人也逐渐接触到古代印度的其他哲学。有关这些哲学派别的基本介绍散见于包括佛经、梵语工具书、僧人传记的作品中，例如《百论疏》对吠陀、吠陀支、数论、胜论、瑜伽论，甚至与论释天文、地理、算术、兵法、音乐法、医法的各种学派相关的记载、注释和批判也可以在这些作品中找到。[②]很有可能出于佛教对数论派和胜论派知识的尊重，以及辨析外道与佛法差别的需要等原因，真谛和玄奘才分别译出了数论派的《金七十论》和胜论派的《胜宗十句义论》。[③]这两部经典的汉译在一定程度上拓宽了中国知识界对印度哲学的视野，但其翻译在很大程度上受到了佛教对其他哲学派别好恶的影响，依然是在佛教经典汉译的主导思路下完成的。

4. 非哲学经典汉译

除宗教哲学经典外，古代印度的天文学、数学、医学在人类科

---

① 新文化运动以来，这一领域已有多部论著问世，此不赘述。

② 宫静：《谈汉文佛经中的印度哲学史料——兼谈印度哲学对中国思想的影响》，《南亚研究》，1985 年第 4 期，第 52~59 页。

③《金七十论》译自数论派的主要经典《数论颂》（*Samkhya-karika*），相传为三四世纪自在黑（Isvarakrsna）所作。《胜宗十句义论》的梵文原本已佚，从内容看属于胜论派较早的经典著作。参见黄心川：《印度数论哲学述评——汉译〈金七十论〉与梵文〈数论颂〉对比研究》，《南亚研究》，1983 年第 3 期，第 1~11 页。

学史上也具有重要地位，其中一些著作也被译为汉语。古代印度天文学经典多以佛教经典的形式由传法僧译出。[①] 隋唐时期，天文学著作汉译逐渐出现了由非佛教徒印度天文学家主导的潮流。据《隋书》记载，印度天文著作有《婆罗门天文经》《婆罗门竭伽仙人天文说》《婆罗门天文》。[②] 瞿昙氏（Gautama）、迦叶氏（Kasyapa）和拘摩罗氏（Kumara）三个印度天文学家氏族曾先后任职于唐代天文机构太史阁，其中瞿昙氏的瞿昙悉达翻译了印度天文学经典 *Navagraha-siddhanta*，即《九执历》。[③] 此外，印度的医学、数学、艺术经典也因其实用价值通过不同渠道被介绍到中国，其中一些著作或部分或完整地被译为汉语。

5. 落幕与影响

中国古代的印度经典汉译在唐代达到巅峰，此后逐渐走向低谷，无论是数量还是质量都难以达到唐代的水平。造成这一现象的原因主要有两个方面：一方面，唐代中后期，阿拉伯帝国的崛起以及唐朝与吐蕃关系的恶化阻断了中印之间两条重要的陆路通道：西域道和吐蕃道，之后五代十国以及宋代时期，这两条通道均未能恢复，只有南海道保持畅通。[④] 另一方面，中国宗教哲学的发展和印度佛教的密教化这两种趋势决定了中国对印度佛教经典的需求逐渐下降。在近千年的历程中，佛教由一个依附于黄老信仰的外来宗教逐渐在汉地生根发芽，成为汉地宗教生活不可缺少的一部分，其作为“中国佛教”的独立性日益增强。甚至权威如玄奘，也不能将沿袭至那烂陀寺戒贤大师

---

① 例如安世高译《佛说摩邓女经》、支谦等译《摩登伽经》、竺法护译《舍头谏太子二十八宿经》等。

②《隋书·经籍志》，北京：中华书局，1982 年，第 1019 页。

③ 参见 P.C.Bagchi, *India and China: A Thousand Years of Cultural Relations*. 1981, Calcutta, Saraswat Library, p.212. 此后，依然有传法僧翻译佛教天文学著作的记载，具体参见郭书兰：《印度与东西方古国在天文学上的相互影响》，《南亚研究》，1990 年第 1 期，第 32~39 页。

④ 菩提迦耶出土的多件北宋时期前往印度朝圣的僧人所留下的碑铭证明，宋代依然有僧人前往印度朝圣，且人数不少。法国汉学家沙畹（E. Chavannes）、荷兰汉学家施古德（G. Schlegel）、印度学者师觉月（P. C. Bagchi）等国外学者在这方面均有讨论，具体参见周达甫：《改正法国汉家沙畹对印度出土汉文碑的误释》，《历史研究》，1957 年第 6 期，第 79~82 页。

的“五种姓说”完全嵌入汉地佛教的信仰之中。汉地“伪经”的层出不穷也从某种角度反映了佛教的中国本土化进程。不空等人在中国传播密教虽然形成了风靡一时的“唐密”，但未能持久。究其根本在于汉地佛教的发展受到本土儒家信仰的影响，很难与融合了婆罗门教信仰的佛教密宗契合。此外，本土儒家、道家也在吸纳佛教哲学的基础上有了新的变革。至宋代，三教合一的趋势逐渐显现，源自印度但已本土化的佛教与儒家、道家的融合进一步加深，致使对印度经典的诉求越来越少。由此，义理上的因素使得中国的知识分子不再追求印度佛教的哲学思想；再者，随着佛教在印度的衰落，以及中国佛教自身朝圣体系的建立和完善，前往印度朝圣也失去了意义。

古代中国对古代印度经典的汉译始于佛教，也终于佛教。尽管如此，以佛教经典为主的古代印度经典汉译已经在中国历史上烙下了深刻的印记，其影响是持久和多方面的。在这一过程中，译师们开创的汉译传统给后人翻译印度经典留下了巨大财富：

其一，汉译古代印度经典除早期借助西域地方语言外，主要翻译对象都是梵语经典，本土学者和外来学者编写了不少梵汉工具书。其二,一套与古代印度宗教哲学术语对应的意译和音译相结合的汉译体系得以建立。由于佛教经典的流传，很多术语已经成为汉语的常用语，广为人知。其三，除术语对应外，梵语作品译为汉语需要克服语法结构、文学体裁等方面的限制，其实践在一定程度上影响了汉语的一些表达法。[①] 如此等等都为后人继续翻译印度经典提供了便利之处。

更为重要的是，历史上重要的译师摸索出一套大规模翻译经典的方式方法，他们的努力对于后继的翻译工作来说具有很高的参考价值。经过早期的翻译实践，鸠摩罗什译经时便开始确立了译、论、证几道基本程序，并辅之以梵本、胡本对勘和汉字训诂，经总勘方

① 例如汉语中常见的“所 + 动词”构成的被动句就可能源自对佛经的翻译。参见朱庆之《汉译佛典中的‘所 V’式被动句及其来源》(载《古汉语研究》，1995 年第 1 期，第 29~31、45 页）及其他相关著述。

定稿。在后秦朝廷的支持下，鸠摩罗什建立了大规模译场，改变了以往个人翻译的工作方式，配合翻译方法上的完善，大大提高了译经的效率和质量。唐代译场规模更大，翻译实践进一步细化，后世记载的翻译职司包括译主、证义、证文、度语、笔受、缀文、参译、刊定、润文、梵呗等十余种之多。

此外，先人还摸索出一套翻译人才的培养模式，隋代译师彦琮曾以“八备”总结了译师需具备的一系列条件，具体内容为：

> 一诚心受法，志在益人；二将践胜场，先牢戒足；三文诠三藏，义贯五乘；四傍涉文史，工缀典词，不过鲁拙；五襟抱平恕，器量虚融，不好专执，耽于道术，淡于名利，不欲高衔；六要识梵言；七不坠彼学；八博阅苍雅，粗谙篆隶，不昧此文。①

这八备之中，既有对译者宗教信仰、个人品行的要求，也有对梵语、汉语表达的语言技能以及对佛教义理的知识掌握等方面的要求，今天看来，依然有很大的借鉴意义。

三、近现代中国对印度经典的汉译

佛教在印度的衰落及消亡使中印失去了最为核心的交流主题。中国对印度经典的汉译停留在以梵语为主要媒介、以佛教经典为主要对象的时代，自 11 世纪末②至 20 世纪初，这一停滞状态持续了数个世纪之久。19 世纪中后期，印度士兵和商人随着欧洲殖民者的战舰再次来到中国，中印之间的交往以一种并不和谐的方式得以恢复。中印孱弱的国力和早已经深藏故纸堆的人文交往传统都不足以阻挡西方诸国强势的物质力量和文化力量，中印人文交往便在这新的格局中，借助西方列强构建起来的“全球化”体系开始复苏。

---

①《释氏要览》卷 2，T54, no. 2127, b21-29。

② 宋神宗元丰五年（1082）废置译经院，佛教经典汉译由此不再。

由于缺乏对印度现代语言和文化的了解，早期对印度经典的译介在语言工具和主题设置两个层面均在一定程度上受制于西方的话语体系。20 世纪上半叶中国对泰戈尔作品的译介便是明证。1913 年，泰戈尔自己译为英语的诗集《吉檀迦利》以英语文学作品的身份获得诺贝尔文学奖，这在当时的世界文坛引起了轩然大波，对当时正在探索民族出路的中国知识分子来说同样具有很大的震撼力和吸引力。陈独秀在 1915 年 10 月 15 日出版的《青年杂志》上刊载了自己译自《吉檀迦利》的四首《赞歌》，为此后持续了近一个世纪并且至今依然生机勃勃的泰戈尔著作汉译工程拉开了序幕。据刘安武统计，至 1949 年中华人民共和国成立止，“我国翻译介绍了印度文学作品 40 种左右（不包括发表在报刊上的散篇）。这 40 种中占一半的是泰戈尔的作品”。[①] 泰戈尔之所以在中国受到格外关注固然始于西方学术界对他的重视，但他的影响如此之大亦在于他的作品恰好满足了当时中国在文学思想领域的需求。首先，从语言文学来看，泰戈尔的主要创作语言是本土的孟加拉语，而非印度古典梵语。这引起了当时正致力于推广白话文的中国知识分子的广泛关注，并被视为白话文替代古文的成功榜样。[②] 此外，泰戈尔的文学创作，尤其他的散文诗为当时正在摸索之中的汉语诗歌提供了一个重要的参考对象。其次，从思想上来说，泰戈尔的思想与当时作为亚洲国家“先锋”的日本截然相反，为当时正在探索民族出路的中国知识分子提供了另一个标杆。于是，泰戈尔意外地成为中印之间自佛教之后的又一重大交流主题。尽管中国知识分子对其思想和实践的评价并不一致，许多学者依然扎实地以此为契机重启了中国翻译印度经典的进程。当时中国尚未建立起印度现代语言人才培养机制，因此早期

① 刘安武:《汉译印度文学》,《中国翻译》，1991 年第 6 期，第 44~46 页。

② 胡适向青年听众强调泰戈尔对孟加拉语文学的贡献时说：“泰戈尔为印度最伟大之人物，自十二岁起，即以阪格耳（孟加拉）之方言为诗，求文学革命之成功，历五十年而不改其志。今阪格耳之方言，已经泰氏之努力，而成为世界的文学，其革命的精神，实有足为吾青年取法者，故吾人对于其他方面纵不满足于泰戈尔，而于文学革命一段，亦当取法于泰戈尔。”（载《晨报》，1924 年 5 月 11 日）

对泰戈尔作品的汉译多转译自英语。凭借译者深厚的文学功底，不少经典译作得以诞生，尤其是冰心、郑振铎等人翻译的泰戈尔诗歌，时至今日依然在中国广为流传。

与泰戈尔一同被引介到中国的还有诸多印度民间故事文学作品。[①]如前文所述，古代翻译印度经典时就有不少印度民间故事被介绍到中国，但多以佛教经典为载体。[②]近现代以来，印度民间文学以非宗教作品的形式被重新介绍过来。这在很大程度上是因为"中国缺少创作儿童文学的传统"[③]，印度丰富的民间文学正好满足了中国读者的需求。与此同时，印度民间文学与中国文学之间的关系也日益进入中国学者的视野，"中印文学比较研究"这一新的研究领域开始初露端倪，其研究领域最广为人知的课题之一便是《西游记》中孙悟空形象与《罗摩衍那》中哈奴曼形象的渊源，当时许多新文化运动的大家都参与其中，鲁迅、叶德均认为孙悟空形象源于本土神话形象"无支祁"，胡适、陈寅恪、郑振铎则认为孙悟空形象源于哈奴曼。[④]

自西方语言转译印度经典的尝试为增进对印度的认知、重燃中国知识界和民众对印度文化的兴趣起到了积极作用，许多掌握西方语言的汉语作家投身其中，其翻译作品受到读者喜爱。然而，转译的不足也显而易见，因此，对印度经典的系统汉译需要建立一支如古代梵汉翻译团队一样的专业人才队伍。

1942 年，出于抗战需要，民国政府在云南呈贡建立了国立东方语文专科学校，设有印度语科，开始培养现代印度语言人才。1946 年，季羡林自德国学成回国，在北京大学创设东语系；1948 年，金克木加盟东语系。1949 年，国立东方语文专科学校并入北京大学东

① 参见刘安武：《汉译印度文学》，《中国翻译》，1991 年第 6 期，第 44~46 页。

② 参见薛克翘：《中国印度文化交流史》，北京：昆仑出版社，2008 年，第 261~265 页。

③ 刘安武：《汉译印度文学》，《中国翻译》，1991 年第 6 期，第 44~46 页。

④ 参见鲁迅：《中国小说史略》，《鲁迅全集》第 9 卷，北京：人民文学出版社，1981 年；鲁迅：《中国小说的历史的变迁》，《鲁迅全集》第 9 卷，北京：人民文学出版社，1981 年、胡适：《〈西游记〉考证》，《胡适文存》第 2 集第 4 卷，上海：亚东图书馆，1924 年；陈寅恪：《〈西游记〉玄奘弟子故事之演变》，《金明馆丛稿二编》，上海：上海古籍出版社，1982 年、郑振铎《〈西游记〉的演化》，《郑振铎全集》第 4 卷，石家庄：花山文艺出版社，1998 年；叶德均：《无支祁传说考》，《戏曲小说丛考》，北京：中华书局，1999 年。

语系。东语系开设梵语－巴利语、印地语、乌尔都语三科印度语言专业，并很快培养出第二代印度语言专业队伍。随之，印度经典得以从原文翻译。第一代学者季羡林、金克木领衔的梵语团队翻译了印度大史诗《罗摩衍那》及以迦梨陀娑为代表的印度古典梵语文学作家的许多作品，如《沙恭达罗》《优哩婆湿》《云使》《伐致呵利三百咏》等，并启动了《摩诃婆罗多》等经典作品的翻译；旅居印度的徐梵澄翻译了《五十奥义书》[①]及奥罗宾多创作、注释的诸多哲学著作。季羡林、金克木的弟子黄宝生等延续师尊开创的传统，完成了《摩诃婆罗多》、奥义书[②]、《摩奴法论》、古典梵语文论、故事文学作品等一系列著作的翻译。与此同时，由第二代学者刘安武领衔的近现代印度语言团队译介了大量的印地语、乌尔都语、孟加拉语等语言的文学作品，其中尤以对印地语/乌尔都语作家普列姆昌德和孟加拉语作家泰戈尔的作品的汉译最为突出。[③]殷洪元对印度现代语言语法著作的翻译以及金鼎汉对中世纪印度教经典《罗摩功行之湖》的翻译也开拓了新的领域。巫白慧等学者陆续将包括"吠檀多"在内的诸多婆罗门教哲学经典译为汉语。[④]文献资料是学术研究的基础，这一系列经典汉译成果打破了古代中国对古代印度经典汉译中存在的"佛教主导"的局限，增加了现代视角，并以经典文献为契机，首次较为全面系统地介绍了印度文明，奠定了现代中国印度学研究的基础。由这两代学者编订的《印度古代文学史》《梵语文学史》和

① 参见徐梵澄译：《五十奥义书》，北京：中国社会科学出版社，1995年。

② 参见黄宝生译：《奥义书》，北京：商务印书馆，2010年。

③ 刘安武自印地语译出的普列姆昌德作品（集）有《新婚》（贵阳：贵州人民出版社，1982年）、《如意树》（上海：上海译文出版社，1983年）、《普列姆昌德短篇小说选》（北京：人民文学出版社，1984年）、《割草的女人：普列姆昌德短篇小说新集》（长沙：湖南人民出版社，1985年）等，加之其他学者的译介，普列姆昌德的重要作品几乎全被译为汉语。此后，刘安武又主持编译出版了24卷本《泰戈尔全集》（石家庄：河北教育出版社，2000年），泰戈尔的主要作品均被收录其中。

④ 其中重要的译著成果包括巫白慧译《圣教论》（乔荼波陀著，北京：商务印书馆，1999年）、姚卫群译《古印度六派哲学经典》（节译六派哲学经典，北京：商务印书馆，2003年）、孙晶译《示教千则》（商羯罗著，北京：商务印书馆，2012年）等。

《印度印地语文学史》等著作成为中国现代印度学研究的必读文献。[①]

由于印度文化的独特之处及其在历史上形成的巨大影响力，以现代学术研究的方式开展的印度经典汉译所产生的影响进一步辐射了包括语言、文学、哲学、历史、考古等多个学科领域，并形成了一些跨学科研究领域：

其一，中印文化比较研究。由胡适等老一辈学者开创的中印文学比较取得了新的进展，其中一部分研究形成了中印文化交流史这一新的学术研究领域；另一部分研究成为东方文学研究领域最重要的组成部分，东南亚、西亚等区域文学研究也受益于印度文学研究的开展和所取得的成就。此外，从具体作品到文艺理论的印度文学译介也从整体上进一步拓展了比较文学研究的视野。

其二，佛教研究。现代中国对印度经典汉译的范围不再局限于传统的汉语系佛教传统经典，在许多领域都取得了新的突破。在佛教文献来源方面，开拓了对巴利语系和藏语系佛教的研究。[②]由于梵语人才的培养，中国学者得以恢复梵汉对勘的学术传统。[③]对非佛教宗教思想典籍的译介也使得对佛教的认识跳出了佛教自身的范畴，对其与其他宗教思想之间的互动与联系有了更加全面的认识。

其三，语言学研究。对梵语及相关语言的研究推动了梵汉对音，以及对古汉语句法的研究。一些接受了梵语教育的汉语言学学者结合古代语料，尤其是汉译佛经，对古汉语的语音、句法等做出研究。

---

① 单就印度文学翻译而言，据不完全统计，1950~2005年，中国翻译印度文学作品（以书记）约400余种，其中中印关系交好的1950~1962年约有70种，关系不好的1962~1976年仅有4种，关系改善后的1976~2005年则有300余种。不过，2005年之后，除黄宝生、薛克翘等少数学者仍笔耕不辍外，其他前辈学人逐渐“离席”，这类汉译工作进入某种冬眠期。

② 相关成果包括郭良鋆译《佛本生故事选》（与黄宝生合译，北京：人民文学出版社，1985年）、《经集：巴利语佛教经典》（北京：中国社会科学出版社，1998年），以及段晴等译《汉译巴利三藏·经藏·长部》（上海：中西书局，2012年）等。

③ 自2010年以来，黄宝生主持对勘出版了《入菩提行论》（北京：中国社会科学出版社，2011年）、《入楞伽经》（北京：中国社会科学出版社，2011年）、《维摩诘经》（北京：中国社会科学出版社，2011年）等佛经的梵汉对勘本，叶少勇以梵藏汉三语对勘出版了《中论颂》（上海：中西书局，2011年）。

四、现状和汉译例解

尽管取得了上述成就，但由于印度文明积累深厚、经典众多，目前亟待翻译的印度经典还有很多。其中，以梵语创作的经典包括四部吠陀本集、梵书、森林书、往世书、《诃利世系》《利论》《牧童歌》等；以南印度语言创作的经典包括桑伽姆文学、《脚镯记》《玛妮梅格莱》《大往世书》《甘班罗摩衍那》等；以波罗克利特语创作的经典包括《波摩传》等；以中世纪北印度地方语言创作的经典包括《地王颂》《赫米尔王颂》《阿底·格兰特》《苏尔诗海》《莲花公主》，以及格比尔、米拉巴伊等人的作品等；以现代印度语言创作的经典包括帕勒登杜、杰辛格尔·普拉萨德、般吉姆·钱德拉·查特吉、萨拉特·钱德拉·查特吉、拉默金德尔·修格尔、默哈德维·沃尔马、阿格叶耶等著名现当代文学家的作品以及迦姆达普拉沙德·古鲁、提兰德尔·沃尔马等人的语言学著作等。此外，20世纪以来，一些印度思想家、政治家、文学家以英语创作的作品也可列入印度现代经典之列，目前中国仅对圣雄甘地、贾瓦哈拉尔·尼赫鲁、辨喜、纳拉扬、安纳德、拉贾·拉奥、奈都夫人等人的个别作品有所译介，大量作品仍然处于有待翻译的名单之中。

这些经典汉译的背后离不开相关学者的努力。进入21世纪以来，中国从事印度经典汉译工作的人员大致有两支队伍：第一支是自20世纪四五十年代以来成型的印度语言专业队伍，其人员构成以高等院校和研究机构从业人员为主，兼有相关外事机构从业人员，他们均接受过系统、专业的印度语言训练。第二支是20世纪初译介包括泰戈尔作品在内印度文学作品的作家和出版业者，随着80年代改革开放以来，越来越多接受过英语教育的人或全职或兼职地参与到印度作品的汉译工作之中。相比第一支队伍，这支队伍的人员构成较为复杂，水平也参差不齐，但在市场经济的推动下，一些能够成为市场热点的著作往往很快就翻译过来，例如两位与印度相关的诺贝尔文学奖得主泰戈尔和奈保尔的作品一版再版，四位印度裔布克奖得主萨尔曼·拉什迪、阿兰达蒂·罗伊、基兰·德塞、阿拉文德·阿迪加的作品也先后译出；此外，由于瑜伽的普及，包括克里希那穆提在内的一些现代宗教家的论著也借由英语转译为汉语。一方面，随着市场化改革的需求，第二支队伍日益蓬勃发展，但其翻译质量往往难以保障。另一方面，由于现行科研体制对从事翻译和研究者的不利状况，第一支队伍也面临着诸多问题。如何在接下来的实践中取长补短，或者说既要尊重市场机制的要求，又要以学术传统克服市场失灵的状况等，这也是需要进一步思考的问题。

应该说，印度经典汉译主要依靠第一支队伍，原文经典翻译比通过其他语言转译更为重要。20 世纪 80 年代以来，这支队伍勤勤恳恳，笔耕不辍，为印度经典汉译做出了巨大贡献，取得了丰硕成果。然而，就现状看，除黄宝生、薛克翘等极少数学人外，这支队伍的第一代和第二代学人已然“离席”，后辈学人虽然已经加入进来，但毕竟年轻，经验不足，加之现行科研体制自身问题的牵制，后续汉译工作亟需动力。好在已有些年轻人在这方面产生了兴趣，其汉译意识很强，对印度梵文原典和中世纪及现当代原典的汉译工作的理解也令人刮目。可以预见，印度经典汉译将会迎来又一个高潮，汉译印度经典的水平也将有新的提升。

从某种角度说，在前文罗列的种种有待翻译的印度经典中，印度中世纪经典尤为重要。中世纪时，随着传统婆罗门教开始融合包括佛教、耆那教等在内的异端信仰与民间的大众化宗教传统，加之伊斯兰教的进入，印度进入了一个新的“百家争鸣”时代。这一时期留下了许多经典之作，它们对后世印度的宗教、社会、文化均产生了重要影响。长期以来，中国对印度中世纪经典的译介几乎一片空白，仅有一部《罗摩功行之湖》和零星的介绍。近年来，笔者组织团队着手翻译印度中世纪经典《苏尔诗海》，并初步总结了以下心得：

第一，经典汉译并非简单的语言转换，除需要精通相关语言外，还需要译者具备与印度文化相关的背景知识，以便能够精准地理解原文含义。例如，在一首描写女子优雅体态的艳情诗中，作者直接以隐喻的修辞手法描述了包括莲花、大象、狮子、湖泊等在内的一系列自然景象和动植物，若不熟悉印度古代文学中一些固定的比喻意象，则很难把握这首诗的含义。[①] 由于审美标准不同，被古代印度诗人视为美丽的“象腿”在当今语境中已经成为足以令女子不悦的比喻。此类审美视角需要辅之以例如《沙恭达罗》中豆扇陀国王对沙恭达罗丰乳肥臀之态的称赞才能理解。

第二，古代中国对古代印度经典汉译的传统在很大程度上为现代翻译经典提供了以资可鉴的便利，譬如许多专有词汇在汉语中已有完全对应的词汇可供选择，省去了译者的诸多麻烦。但是，这也要求译者了解相关传统，并能将其中的一些内容为己所用；同时，还应避免由于古代中国对古代印度经典翻译在视角、理解上的偏差所带来的问题。例如，triguna 这一数论哲学的基本概念已由真谛在《金七十论》中译为“三德”，后来的《薄伽梵歌》等哲学经典的汉译也已沿用，新译经典中便不宜音译为“三古纳”之类的新词。此外，由于受佛教信仰的影响，一些读者在看到“三德”时往往容易将之与佛教中所说的法身德、般若德、解脱德等其他概念联系起来，对此需要给出注释加以说明以免误解。

第三，现代中国对现代印度经典的汉译虽然已经取得了不俗的成绩，但由于时间、人员等条件的限制，在翻译体例、内容理解等方面依然存在不少可改进之处。

笔者以《苏尔诗海》中黑天的名号为例予以说明。黑天是印度教大神毗湿奴最重要的化身之一，梵语经典中通常称之为 Krsna，字面义为“黑”，汉语之所以译为“黑天”，很可能是因为汉译佛经将婆罗门教诸神（deva）译为“天”，固在 Krsna 的汉语译名“黑”之后加上了“天”，大约与 Brahma 被译为“梵天”、Indra 被译为“帝释天”，以及 Sri 被译为“吉祥天”等相当。后世对相关经典文

① 参见姜景奎等:《〈苏尔诗海〉六首译赏》，载《北大南亚东南亚研究》（第一卷），北京：中国青年出版社，2013 年，第 261~262 页。

献的介绍都沿用了这一名称。然而，若实际对照各类经典，可以发现毗湿奴名号繁多。[①]中世纪印度语言继承并发扬了这一传统，在伯勒杰语《苏尔诗海》中，黑天的名号有数十种之多，其中仅字面义为“黑”的常见名号就有四个，分别是 Krsna, Syama, Kanha, Kanhaiya。这四个名号之中只有 Krsna 是标准的梵语词，且使用最少，只用于黑天摄政马图拉之后人们对他的尊称；其他三个均为伯勒杰语词，多用于父母家人、玩伴女友对童年和少年黑天的称呼。因此，汉译中如果仅使用天神意义的“黑天”一名就违背了《苏尔诗海》所描述的黑天的成长情境。为此，结合不同名号的使用情状以及北印度农村生活的实际情况，笔者重新翻译了其他三个名号，即将多用于牧女和同伴对少年黑天称呼的 Syama 译为“黑子”，多用于父母和其他长辈对童年黑天称呼的 Kanha 和 Kanhaiya 分别译为“黑黑”和“黑儿”。此外，还有一些名号或表明黑天世俗身份，或描述黑天体态，或宣扬黑天神迹，笔者也重新进行了翻译，例如：nanda-namdana“难陀子”、madhava“摩图裔”等称呼说明了黑天的家族、家庭身份，kesau“美发者”、srimukha“妙口”等以黑天身体的某一部分代指黑天，giridhara“托山者”、manamohana“迷心者”等以黑天在其神迹故事中的表现代指黑天，等等。

结合以上几方面的思考，《苏尔诗海》汉译实际上兼具深入而系统的研究性质，包括四部分：第一，校对后的原文。到目前为止，印度出版了多个《苏尔诗海》版本，各版本虽大同小异，但仍有差异，笔者团队搜集到影响较大的几个主要版本，并进行核对比较，最后确定一种相对科学的原文进行翻译研究。第二，对译。从经典性和文献性出发，尽可能忠实于原文，在体例选择上尽量保持诗词的形态，在内容上尽量逐字对应，特殊情况则以注释说明。第三，释译。从文献性和思想性出发，尽可能客观地阐明原文所表现的文献内容和宗教思想。该部分为散文体，其中补充了原文省略的内容

① 参见葛维钧:《毗湿奴及其一千名号》(载《南亚研究》, 2005 年第 1 期，第 48~53 页）及相关著述。

并清楚地展现出情节的发展、人物的心理变化以及作品的思想内涵。第四，注释。给出有关字词及行文的一些背景知识，例如神话传说故事、民间信仰、生活习俗、哲学思想等，以及翻译中需要说明的其他问题。

试以下述例解说明：

【原文】略①

【对译】

此众得乐自彼时

听闻诃利②你之信，当时即刻便昏厥。

自隐蔽处蛇③出现，欣喜尽情吸空气。

鹿④心本已忘奔跃，复又撒开四蹄跑。

群鸟大会高高坐，鹦鹉⑤言称林中王。

杜鹃⑥偕同自家族，咕咕欢呼唱庆歌。

自山洞中狮子⑦出，尾巴翘到头顶上。

自密林中象王⑧来，周身上下傲慢增。

如若想要施救治，莫亨⑨现今别耽搁。

苏尔言，

如若罗陀⑩再这般，一众敌人大欢喜。

【释译】

黑天离开牛村很久了，养父难陀、养母耶雪达以及全村的牧人牧女都非常思念他，希望他能回来看看。牧女们对黑天的思念尤为

---

① 由于原文字体涉及较为复杂的排版问题，这里仅呈现该首诗的对译、释译和注释三部分，原文略。本诗为《苏尔诗海》（天城体推广协会版本）第 4 760 首，参见 Dhirendra Varma, *Sursagar Sara Satika*, Sahitya Bhavan Private Ltd., 1986, No. 181, p.334.

② 诃利，原文 Hari，“大神”之义，黑天的名号之一。

③ 此处以蛇代指罗陀的发辫，意在形容发辫柔软纤长、乌黑发亮。

④ 此处以鹿的眼睛代指罗陀的眼睛，意在形容眼睛大而有神、灵动美丽。

⑤ 此处以鹦鹉的鼻子代指罗陀的鼻子，意在形容鼻子又挺又尖、美妙可爱。

⑥ 此处以杜鹃的声音代指罗陀的声音，意在形容声音甜美悠扬、清脆嘹亮。

⑦ 此处以狮子的腰代指罗陀的腰，意在形容腰身纤细柔顺、婀娜灵活。

⑧ 此处以大象的腿代指罗陀的腿，意在形容腿脚步态从容、端庄稳重。

⑨ 莫亨，原文 mohana，黑天的名号之一。

⑩ 罗陀，原文 Radha，黑天最主要的恋人。

强烈，其中又以罗陀最甚。罗陀是黑天的恋人，两人青梅竹马，两小无猜，曾经你欢我爱，形影不离。可是，黑天自离开后就再也没有回来过，甚至连信也没有寄过一封。伤离别，罗陀时刻处于煎熬中。为了教育信奉无形瑜伽之道的乌陀，也为了看望牧区故人，黑天派乌陀来到牛村，表面上让他传授无形瑜伽之道，实则置他于崇尚有形之道的牛村人中间，让他迷途知返。乌陀的到来，打乱了牛村人的生活，一者，牛村人沉浸在思念黑天的离情别绪之中，乌陀破坏了气氛，于表面的宁静之中注入了不宁静。二者，牛村人本以为乌陀会带来黑天给予牛村的好消息，但适得其反，乌陀申明自己是为传授无形的瑜伽之道而来，甚至说是黑天派他来传授的，牛村人对此不解、迷茫。他们崇尚有形，膜拜黑天，难道黑天完全抛弃了他们？他们陷入了更深一层的痛苦之中。三者，对牧区女来说，与黑天离别本就艰难，但心中一直抱有再次见面再次恋爱的期望，乌陀的到来打消了她们的念头，从精神上摧毁了她们。其中，罗陀尤甚，她所遭受的打击要比别人更甚。由此，出现了本诗开头提及的罗陀晕厥以及晕厥之后乌陀“看到”的情况，具体内容是乌陀向黑天口述的：

乌陀对黑天说道：“黑天啊，你的恋人罗陀非常思念你，她忍受离别之苦，渴望与你相见。可是，你却让我去向她传授无形的瑜伽之道。唉，她一听到是你让我去的，当即就昏了过去，倒在地上，不省人事。唉，真是凄凉啊！这边罗陀昏迷不醒，那边动物界却出现了一派喜气景象：黑蛇从洞里出来了，它高兴地尽情享受空气；此前，罗陀的又黑又亮的长发辫曾使它羞于见人，认为自己形体丑陋，不得不躲藏起来。已经忘记奔跑的小鹿出来了，它撒开四蹄，愉悦地到处奔跳；此前，罗陀那明亮有神的大眼睛曾使它羞于见人，认为自己的眼睛丑陋，不敢出来乱逛。鹦鹉出来了，它参加群鸟大会，坐在高高的枝丫上，声称自己是林中之王；此前，罗陀又尖又挺的鼻子曾使它羞于见人，认为自己的鼻子丑陋，躲藏起来。杜鹃鸟出来了，它和同族一起，咕咕叫个不停，欢庆胜利；此前，罗陀那甜美悠扬的声音曾使它感到拘束，认为自己的声音难听，不敢开口。狮子从山洞中出来了，他得意扬扬，悠闲自在，尾巴翘到了头顶上；此前，罗陀纤细柔软的腰肢曾使它羞于见人，认为自己的腰肢粗笨僵硬，不敢示人，躲进山洞。大象从茂密的森林里出来了，它一步一昂头，傲慢自大，目中无人，盛气凛然；此前，罗陀稳重美丽的妙腿曾使它自惭形秽，认为自己的腿丑陋不堪，羞于展露，躲进森林。唉，黑天啊，你快救救罗陀吧，如果再不行动，稍后想要施救就来不及了……”

“此众得乐自彼时”是本诗的标题，意思是罗陀晕倒之时，即是众动物高兴之时，它们羞于与罗陀相比，虽然视罗陀为敌，却不敢直面罗陀，纷纷逃遁躲藏。听说罗陀遭到黑天抛弃，晕厥不醒，它们自然高兴，便迫不及待地恢复了原来的自由生活。“如若罗陀再这般，一众敌人大欢喜”，是诗外音，是苏尔达斯的总结性话语。在这首诗里，苏尔达斯主要展现了罗陀的美，但整首诗中没有出现任何对罗陀的溢美之词，没有提到罗陀的名字，更没有提到她的发辫、眼睛、鼻子、声音、腰肢和腿等，甚至没有提到蛇、鹿、鹦鹉、杜鹃鸟、狮子和大象的相关部位，仅以这些动物对罗陀晕厥不醒后的反应进行阐释，这就给听者和读者留下了巨大的想象空间，似形似景，情景交融。这种手法似乎是印度特有的，其审美视角值得深入研究。

上述例解仅为笔者及笔者团队之于印度中世纪经典汉译的一己之见，希望能开拓印度经典汉译与研究的新视角、新路子，以期印度经典在中国能得到更为深入系统的翻译与研究。

五、中印经典及当代作品互译出版项目

2013 年初，笔者与中国大百科全书出版社社长龚莉女士、副总编辑马汝军先生和社科分社社长滕振微先生合作，提出了“中印经

典和当代作品互译出版项目”的动议。该动议得到相关单位的积极回应。2013 年 5 月李克强总理访印期间，国家新闻出版广电总局和印度外交部签署合作文件，决定启动“中印经典和当代作品互译出版项目”，并写入两国发表的联合声明（第 17 条）。2014 年 9 月，习近平主席访问印度，该项目再次被写入两国发表的联合声明（第 11 条）。该项目成为中印两国的重大文化交流项目之一。双方商定，双方各翻译对方的 25 种图书，以 5 年为期。2016 年 5 月，国家新闻出版广电总局印发“关于实施《“十三五”国家重点图书、音像、电子出版物出版规划》的通知”，该项目被列入“‘十三五’国家重点图书出版规划”。在此期间，笔者与薛克翘先生商量组织翻译团队事宜。我们掰着指头算，资深的老辈学人几乎都不能相扰，后辈学人又大多刚刚走上工作岗位，有的还在求学，翻译资质存疑。我俩怎一个愁字了得！然，事情得做，学人得培养。我们决定抓住机遇，大胆启用后辈学人，为国家培养出一支新的汉译团队。因此，除薛克翘、刘建、邓兵等少数几位前辈学人外，我们的翻译成员绝大多数在 40 岁左右，有的还不过 30 岁。两三年的实践证明，我们的决定完全正确。新生代学人知识全面，学习能力强，执行能力更强。从已完成待出版的成果看，薛克翘先生对审读过的一本书的评价最能说明问题：“字里行间，均见功夫。”译文质量是本项目的重中之重。除薛克翘、刘建和笔者外，我们邀请了黎跃进教授、石海军研究员和邓兵教授作为特约编审，约请了尼赫鲁大学的狄伯杰（B. R. Deepak）教授以及德里大学的阿妮达·夏尔马（Anita Sharma）教授和苏林达尔·古马尔（Surinder Kumar）先生作为印方顾问，对译文质量进行全面把关。译者完成翻译后，译稿首先交予编审审校，如遇大问题时向印方顾问咨询，之后返予译者修改。如有必要，修改稿还需经过编审二次审校，译者再次修改。这以后，稿件才会交予出版社编辑进行审读，发现问题再行修改……我们认为，唯如此，译文质量才能得到保障，译者团队才能得到锻炼。

本项目是中印两国的重大文化交流项目之一。因此，印度方面也有相应团队，负责汉译印的工作，由上文提及的狄伯杰教授领衔，由印度国家图书托拉斯负责实施。需要指出的是，双方翻译的作品并非译者自选，而是由双方专家通过充分沟通磋商确定。汉译作品的选定过程是这样的，笔者先拟定了50多种印度图书，这些书抑或是中世纪以来有重要影响的经典巨著，比如《苏尔诗海》《格比尔双行诗集》和《献牛》等，抑或是印度独立以后获得过印度国家级奖项的作家之名作，如默哈德维·沃尔马、毗什摩·萨赫尼、古勒扎尔的代表作等。而后，笔者请相熟的印度学者从中圈定出30种。之后，国家新闻出版广电总局的相关领导、中国大百科全书出版社的龚莉社长和滕振微先生以及笔者本人专赴印度，与印方专家组进行面对面的交流探讨，最终确定了25种汉译印度图书名录。印度团队的印译中国图书名录的选定过程与此类似。具体的汉译书单如下表：

序号	书名	作者	备注
1	苏尔诗海 *Sursagar*	苏尔达斯 Surdas	诗歌
2	格比尔双行诗集 *Kabir Dohavali*	格比尔达斯 Kabirdas	诗歌
3	献牛 *Godan*	普列姆昌德 Premchand	长篇小说
4	帕勒登杜戏剧 *Bharatendu Natakavali*	帕勒登杜 Bharatendu	戏剧
5	普拉萨德作品集 *Prasad Rachna Sanchayan*	杰辛格尔·普拉萨德 Jaishankar Prasad	戏剧、诗歌、短篇小说
6	鹿眼女 *Mriganayani*	沃林达温拉尔·沃尔马 Vrindavanalal Verma	长篇小说
7	献灯 *Deepdan*	拉默古马尔·沃尔马 Ramkumar Verma	独幕剧
8	灯焰 *Dipshikha*	默哈德维·沃尔马 Mahadevi Verma	诗歌
9	谢克尔传 *Shekhar: Ek Jeevani*	阿格叶耶 Ajneya	长篇小说
10	黑暗 *Tamas*	毗什摩·萨赫尼 Bhisham Sahni	长篇小说
11	肮脏的边区 *Maila Anchal*	帕尼什瓦尔·那特·雷奴 Phanishwar Nath Renu	长篇小说
12	幽闭的黑屋 *Andhere Band Kamare*	莫亨·拉盖什 Mohan Rakesh	长篇小说

序号	书名	作者	备注
13	宫廷曲调 *Raag Darbari*	室利拉尔·修格勒 Shrilal Shukla	长篇小说
14	鸟 *Parinde*	尼尔莫勒·沃尔马 Nirmal Verma	短篇小说
15	班迪 *Aapka Bunti*	曼奴·彭达利 Mannu Bhandari	长篇小说
16	一街五十七巷 *Ek Sadak Sattavan Galiyan*	格姆雷什瓦尔 Kamleshwar	长篇小说
17	被抵押的罗库 *Rehan par Ragghu*	加西纳特·辛格 Kashinath Singh	长篇小说
18	印度与中国 *India and China*	师觉月 P. C. Bagchi	学术著作
19	向导 *Guide*	纳拉扬 R. K. Narayan	长篇小说
20	烟 *Dhuan*	古勒扎尔 Gulzar	短篇小说、诗歌
21	那时候 *Sei Samaya*	苏尼尔·贡戈巴泰 Sunil Gangopadhyaya	长篇小说
22	一个婆罗门的葬礼 *Samskara*	阿南特穆尔蒂 U. R. Ananthamurthy	短篇小说
23	芥民 *Chemmeen*	比莱 T. S. Pillai	短篇小说
24	印地语文学史 *Hindi Sahitya ka Itihas*	罗摩金德尔·修格勒 Ramchandra Shukla	学术著作
25	棋王奇着 *The Chessmaster and His Moves*	拉贾·拉奥 Raja Rao	长篇小说

毫无疑问，这些作品均是印度中世纪以后的经典之作，基本上代表了印度现当代文学水准，尤其反映出印地语文学的概貌。我们以为，通过这些文字，中国读者可以大体了解印度现当代文学的基本情况。

就本项目而言，笔者在这里需要表达由衷谢意：

首先，感谢国家新闻出版广电总局的相关领导，没有他们的认可，本项目不可能正式立项。其次，感谢中国大百科全书的前社长龚莉女士、前副总编辑马汝军先生和前社科分社社长滕振微先生，没有他们的奔走，本项目不可能成立。再次，感谢中国大百科全书出版社社长刘国辉先生及诸位编辑大德，没有他们的付出，本项目不可能实施。感谢另两位主编薛克翘先生和刘建先生，两位前辈不仅担当主编、审校工作，还是主要译者；他们是榜样，也是力量。十分感谢黎跃进和邓兵两位教授，两位是特邀编审，邓兵教授也是译者，他们认真负责的精神令人起敬。感谢印度尼赫鲁大学的狄伯杰教授以及德里大学的阿妮达・夏尔马教授和苏林达尔・古马尔先生，他们的付出为本项目的实施提供了某种保障。特别感谢石海军研究员，他是特邀编审之一，可惜天不假年，他于2017年5月13日凌晨突然辞世，享年仅55岁，天地恸哭，是中国印度文学研究的一大损失！最后，感谢翻译团队的诸位译者，他们是新时代的精英，是中国印度研究领域的后起之秀，他们的成就由读者面前的文字可见一斑。

祝福诸位，祝福所有为本项目的立项和实施有所付出的先生大德们！

自《浮屠经》以来，汉译印度经典已有两千多年的历史。这一人类历史上少有的浩大文化工程背后既有对科学技术的追求，也有对宗教信仰的热忱；既有统治者的意志，也有普通民众的需求。印度经典汉译一方面极大地丰富了中华文化，另一方面也保存和传播了印度文化；既形成了自己的学术传统，又推动了许多相关领域研究的发展。时至今日，在中印关系具有特殊意义的大背景下，继续推进对印度经典的汉译在两国关系层面有助于加深两国之间的认知和了解，构建更为均衡、更为深厚的国际关系，在学术研究层面也有助于推动相关领域研究的继续发展。

姜景奎
北京燕尚园
2017年12月31日
2019年12月25日修订

译本序

U. R. 阿南塔穆尔蒂（Udupi Rajagopalacharya Ananthamurthy，1932.12.21—2014.08.22）是印度当代最为著名的作家之一。他不但是小说家，兼擅长篇小说和短篇小说，而且是诗人、剧作家和文学评论家。他曾出任印度文学院院长，获得过印度文学最高奖圣坛奖（Jnanpith Award，一译“讲坛奖”）。他的长篇小说代表作《一个婆罗门的葬礼》是一部现代经典之作，于1976年被译成英文，由牛津大学出版社出版。他的短篇小说集《太阳的牡马及其他故事》遴选了他短篇小说中的精品，于1999年被译成英文，由企鹅出版社出版。两家世界级出版社使他的国际声誉长盛不衰。我虽然早就知道《一个婆罗门的葬礼》是一部很有看头的世界文学名著，但直至近年才有机缘翻译此书。

一、生平与创作

U. R. 阿南塔穆尔蒂于1932年12月21日出生在今南印度卡纳塔

克邦希莫加县蒂尔塔哈利乡一个名叫梅利杰的小村庄里。当时这里还是英属印度统治之下的迈索尔王国。他成长于一个正统的婆罗门社群，祖父是一名祭司。他的家庭属于世代相传的婆罗门家庭。虽然家境比较贫寒，但家庭文化氛围十分浓厚。尽管他所成长的小镇远离大城市，属于边鄙之地，却也富于文化气息。于是，他在青少年时期即已熟悉了乡间丰富的宗教生活，也在时代更替之际受到了现代理念和话语的浸染。所以，他很早就对一些因袭数千年之久的神圣观念表示质疑。他最初就读于一所传统梵文学校，从而熟悉了一些基本的梵语古典文学作品，尤其是史诗和神话，为他日后的文学创作奠定了深厚的民族文化基础。他通过坎纳达语、梵语和英语而博览群书，开阔了视野，深化了思想。他小说中的一些意象和主题源于他童年时期的见闻。

20世纪50年代初期，U. R. 阿南塔穆尔蒂在中学毕业后进入印度南方名校迈索尔大学，先后获得英语学士及硕士学位。在迈索尔大学期间，他受到坎纳达语杰出诗人戈帕拉克里希纳·阿迪加（Gopalakrishna Adiga, 1918.02.18—1992.11.14）的巨大影响。阿迪加是现代坎纳达语杰出的诗人之一，以新风格诗歌的先驱而著称，也是当时现代主义文学运动的领军人物。在他的引领之下，U. R. 阿南塔穆尔蒂逐渐成为这场坎纳达语新文学运动的风头人物之一。

U. R. 阿南塔穆尔蒂最早尝试的文学体裁是当时十分流行的短篇小说。1955年，他的第一部短篇小说集《没有结尾的故事》（*Endendoo Mugiyada Kathe*）面世。1963年，他的第二部短篇小说集《问题》（*Prashne*）出版。这两部短篇小说集使他在南印度文坛崭露头角，名声大振。

1963年，U. R. 阿南塔穆尔蒂获得英联邦研究生奖学金，前往伯明翰大学留学，撰写了题为《20世纪30年代的政治与小说》的博士论文，轻取英国文学博士学位。留学期间，在比较印度文化与英国文化的异同与短长的同时，他萌生了强烈的思乡之情，于是用母语坎纳达语写了他的第一部长篇小说《一个婆罗门的葬礼》（*Samskara*）。这部作品于1965年出版后，迅即成为现代印度最为流行也最有争议的长篇小说之一。有些人认为，小说歪曲和攻击了印度传统社会的价值和信仰，但是更多的人则将这部小说视为对已经衰朽的传统婆罗门教派的现实主义描绘。小说对婆罗门群体戏谑性的摹写，冒犯了南印度的一些婆罗门社群。他们认为，作家在丑化正统婆罗门这一代表印度传统文化的最高种姓的同时，对离经叛道的另类婆罗门及处于社会底层的首陀罗妇女寄予明显的同情乃至偏爱。尽管如此，这部小说还是获得了广大读者和众多文学评论家的认同和激赏。1970年，根据小说拍摄的同名电影同样遭到一些狂热的正统婆罗门的严厉抨击。他们甚至试图阻止该电影发行。然而，这部电影获得巨大成功，受到各界观众高度评价，成为年度最佳影片，赢得了总统金质奖。嗣后，由于电影的助力，这部小说越发闻名遐迩。

1976年，《一个婆罗门的葬礼》由长期执教于芝加哥大学南亚语言与文明系兼语言学系教授、印度诗人、评论家、翻译家A. K. 拉马努詹（A. K. Ramanujan, 1929.03.16—1993.07.13）译成英文出版。他以英译泰米尔语古典诗歌而声名鹊起。随着他对这部经典作品的鼎力译介，U. R. 阿南塔穆尔蒂成为一名具有世界性声誉和影响的作家。

1966年，U. R. 阿南塔穆尔蒂从英国返回印度，开始在迈索尔地区教育学院任教，随后成为母校迈索尔大学英语系教授。他在执教之余继续坚持文学创作。1973年，他的另外一部长篇小说杰作《婆罗蒂普罗》(*Bharathipura*)出版，被认为是继普列姆昌德的名著《戈丹》(1936)问世以来最重要的种姓文学(caste literature)作品。这部小说于2010年被译成英文，仍然由牛津大学出版社出版。他在1978年和1994年还分别写过两部长篇小说。其中《存在》(*Bhava*)也已被译成英文。不过，它们的影响已不如他青壮年时期创作的那两部长篇小说。

U. R. 阿南塔穆尔蒂一直坚持短篇小说创作。这也是他得心应手的一种文学样式。1972—1981年，在将近10年的时间里，他先后出版了3部短篇小说集，包括《沉默的人》(*Mouni*，1972)、《太阳的牡马》(*Suryana Kudure*，1975)和《天与猫》(*Aakasha Mattu Bekku*，1981)。其中《生葬礼》等两个短篇小说也被拍成了电影。不难想见，U. R. 阿南塔穆尔蒂的短篇小说具有丰富的内容和很强的故事性。

除《一个婆罗门的葬礼》等5部长篇小说、6本短篇小说集之外，U. R. 阿南塔穆尔蒂还出版过5本诗集、16本评论集及1个剧本。他的诗歌至今在国际上依然有一定影响，在互联网上可以找到其中一些作品。

U. R. 阿南塔穆尔蒂曾应美国诗人保罗·安格尔的邀请前往艾奥瓦大学为国际写作计划讲授“亚洲文学与社会”课程。他还曾在艾奥瓦大学、塔夫茨大学和宾夕法尼亚大学担任客座教授，长期旅居美国。此外，他还曾频繁作为印度作家代表团成员访问欧洲、亚洲及苏联。他在英国留学和美国讲学的经历，在他的作品尤其是短篇小说中留下了明显的印痕。

20世纪90年代，U. R. 阿南塔穆尔蒂担任印度国家文学院院长直至退休。他还曾经担任戈德亚姆圣雄甘地大学副校长、印度国家图书托拉斯董事长及印度电影电视协会主席。1995年，他因对印度文学的卓越贡献而获得印度最高文学奖圣坛奖。他还曾经荣膺马斯蒂文学奖[①]、二级莲花勋章等重要奖项。在将近60年的创作生涯中，他的众多作品和文学成就影响了卡纳塔克邦一代代的读者和作家。

2014年8月22日，U. R. 阿南塔穆尔蒂因心脏停搏辞世，享年81岁。

二、坎纳达语与坎纳达语文学

U. R. 阿南塔穆尔蒂是20世纪坎纳达语最重要的作家，也是当代印度文学卓越的代表之一。他虽然精通英语，却认为印度语言写作更为得心应手，因而坚持用民族语言创作。他的成就使坎纳达语文学的影响超出了国界。

印度语言可以划分为四个语系。印欧语系和达罗毗荼语系诸语言是印度的主要语言，前者的使用人数占人口总数的74.2%，后者占21.5%。换言之，属于这两个语系的诸语言为印度95%以上的人口所使用。

印度的主要语言有18种。其中4种属于达罗毗荼语系，包括泰卢固语、泰米尔语、马拉雅拉姆语和坎纳达语（Kannada）。在印度诸语言中，坎纳达语是一种相当古老的语言，出现在公元前3—前2世纪，仅晚于梵语和泰米尔语。它通行于印度西南部，系今印度卡纳塔克邦的官方语言。卡纳塔克邦位于果阿邦和马哈拉施特拉邦之南，西临阿拉伯海，面积19万平方公里。目前，约有5000万人在使用坎纳达语。卡纳塔克邦之外，在毛里求斯、新加坡、阿拉伯联合酋长国等国家，也有不少人操坎纳达语。坎纳达语与泰卢固语是

① 马斯蒂文学奖（Masti Award in Literature），一种坎纳达语文学奖，是以坎纳达语著名短篇小说家马斯蒂·文卡特萨·伊延加尔的名字命名的。

相邻语言，是在泰米尔语兴起之后问世并发展成为一种独立语言的，所用字母与泰卢固语字母高度相似。

坎纳达语文学历史悠久。现存证据表明，最早的具有文学性的坎纳达语铭文可以追溯到公元5世纪。它们明显带有梵语语言及文学的影响。现存最早的坎纳达语古籍《诗王路》（*Kavirajamarga*），是9世纪时拉什特拉库塔王朝（Rastrakuta Dynasty, 753—973）宫廷诗人室利・毗阇耶（Sri Vijaya）撰写的一部诗学论著，其中提到了梵文史诗《罗摩衍那》的几部早期坎纳达语译本。令人遗憾的是，这些译本今已散佚。不过，《罗摩衍那》与另一部梵文史诗《摩诃婆罗多》的后出坎纳达语译本现在还有很多存世。2022年1月面世的《众多的摩诃婆罗多》（*Many Mahabharatas*）一书就探讨了现存有关译本。它们并非单纯的译本，而是改写本，既不同于梵文史诗原著，也不同于印度其他语言的译本。

坎纳达语的历史过去被分为四个时期：（一）古代坎纳纳达语时期（截至公元5世纪）；（二）旧坎纳达语时期（5—12世纪）；（三）中世坎纳达语时期（12—18世纪）；（四）现代坎纳达语时期（18世纪迄今）。坎纳达语学者R. S. 穆加利在《坎纳达语文学史》（*Kannada Sahityada Itihas*, 1963）一书中，将坎纳达语及其文学划分为两个时期，即古典时期与现代时期。这一看法得到不少学者的认同。可以肯定的是，连续不断的坎纳达语文学史至少已有一千年之久。

在古典和中世时期，所谓“占布诗”（Campu Kavyas）的作者们就在娴熟地根据具体用途而交替使用诗歌和散文两种体裁，他们的诗歌主要用于抒发情感，而散文主要用于描写和叙事，从而形成一种韵散相间的文体。16世纪坎纳达语圣徒诗人迦那迦（Kanaka,

1509—1600），被认为属于刹帝利种姓，生活在今印度卡纳塔克邦。他用纯朴的口语创作表达虔信的诗歌，具有普遍的艺术感染力。除《那罗传》等5部主要作品外，他还创作了约200首不同形式的歌，在坎纳达语文学史上颇有影响。札格纳特·达萨（Jagannatha Dasa，1728—1809)出生于今印度卡纳塔克邦赖久尔县（Raichur district）曼维城（Manvi town），信仰印度教大神毗湿奴，也是个著名的坎纳达语圣徒诗人。他写过大量宣扬毗湿奴信仰的虔信歌，还写过近千首坎纳达语中独有的六行诗（shatpadi）及三行诗（tripadi），形成一个有32章的集子，阐述摩陀婆派规范师的哲学。这部哲理诗集被视为他的代表作，是吠檀多不二论派的重要作品。

在现代坎纳达语文学时期，散文异军突起，成为创作的主要媒介，极大地增强了文学的表现能力。在克里希纳罗阇三世（Krishnaraja III, 1794—1868）统治时期，散文文体就获得了广泛使用。据说，克里希纳罗阇三世是个爱好文学的君主，不但奖掖他人写作，而且亲自操觚，写了约50种书，大多为散文。19世纪的散文创作为坎纳达语现代文学的兴起奠定了基础。

在现代坎纳达语文学兴起的初期，翻译文学和改编作品起了重要的示范作用。因此，19世纪，尤其是其中叶和下半叶，被称为坎纳达语的“翻译和改编时期”①。1829年，坎纳达语《圣经》译本问世。随后，大量英国文学名著和梵语经典作品被翻译或改写成坎纳达语。例如，莎士比亚的《奥赛罗》、约翰·班扬的《天路历程》或被改写，或被迻译。《天路历程》的译本（1848）被认为是第一部坎纳达语长篇小说。此外，弥尔顿、约瑟夫·艾迪生、斯威夫特、塞

① M. G. Krishnamurthy ed., *Modern Kannada Fiction: A Critical Anthology* (Madison: The Department of Indian Studies, the University of Wisconsin, 1967) , p. ix.

缪尔·约翰逊、戈尔德斯密斯、埃德蒙·伯克、华兹华斯、雪莱、济慈、司各特、简·奥斯丁、麦考莱、狄更斯、萨克雷等英国著名作家、小说家、诗人的代表作纷纷被译成坎纳达语出版。英国剧作家谢立丹、萧伯纳乃至挪威剧作家易卜生的作品也被翻译过来。此外，荷马史诗、希腊剧作家埃斯库罗斯及索福克勒斯的剧作，法国大仲马、雨果的小说，俄罗斯托尔斯泰及陀思妥耶夫斯基的小说，如此等等，也被不断译入坎纳达语。《伊索寓言》《天方夜谭》也被改写或被迻译。大量古今文学批评理论及哲学方面的著述随之被系统介绍进来。与此同时，许多梵语戏剧及印度其他语言的优秀作品也被译成了坎纳达语。例如，孟加拉语小说大家班基姆·钱德拉·查特吉的长篇小说就被翻译过来。这些主要来自欧洲和印度的各种体裁的作品，对促进坎纳达现代文学的繁荣和文化的发展提供了多方面的借镜和启示。在诸多外来营养的滋育下，现代坎纳达语文学发展迅猛。

20世纪初期，现代坎纳达语文学原创性作品呈现初步繁荣局面。1914年，坎纳达语文学协会的成立成为这一地区文艺复兴的一个标志性事件。从1920年起，现代坎纳达语文学进入黄金时代，各种文学社团成立。一批富有才华的年轻诗人和作家纷纷登上文坛。各种样式的诗歌、小说令人耳目一新。尝试现代短篇小说和长篇小说创作的作家不少，M. S. 普坦纳（M. S. Puttanna）被认为是坎纳达语第一个重要的长篇小说作家。马斯蒂·文卡特萨·伊延加尔（Masti Venkatesa Iyengar，1892—？）被誉为坎纳达语短篇小说之父。他多才多艺，也创作过一些优秀的诗歌、剧本、长篇小说、传记等。诗人B. M. 斯里刚泰亚（B. M. Srikantaiah，1884—1946）对20世纪前30年的坎纳达语诗歌创作产生了举足轻重的影响。他不但翻译了

《英语歌集》(*Inglis Gitagalu*),而且在迈索尔大学讲授英语和坎纳达语,影响了大量有抱负的青年诗人。

到了20世纪中期,杰出的诗人阿迪加创作的《峡谷》等被认为是与T. S. 艾略特的《荒原》类似的现代派诗歌。从1920年至印度独立前,由于浪漫主义是坎纳达语文学的主流创作方法,因而这一时期也被称为浪漫主义时期。作家总体了解并熟悉西方现代哲学,如萨特的存在主义哲学。浪漫主义等文学运动,使坎纳达语文学的主题、风格、思想等都呈现多样化的局面。当时,小说领域就出现了意识流一类的现代小说,而短篇小说创作则呈现流行态势。

印度独立后,坎纳达语文学随时代兴替发生了相应的巨大转变,进入了新文学时期。这一时期的作家关注个人和社群的生存困境,追求作品的形式、风格、结构及叙述方法的创新性和现代性。现代派文学特别关注人的异化、焦虑、绝望、身份迷失等问题。可是,尽管坎纳达语作家不断受到西方现代文学思潮和流派的影响,他们还是深深沉浸于南印度的社会生活与文化氛围之中,作品带有浓郁的乡土气息,自然也不乏现代意识及技巧。U. R. 阿南塔穆尔蒂就是在这一背景下开始短篇小说创作并逐渐成为新文学运动的健将的。传统的梵语文学与具有现代性的英国文学,成为支撑他文学事业的两大基石。他以深刻反映或形象再现卡纳塔克邦希莫加地区的社会生活而迅速成为现代坎纳达语文学最杰出的代表。

三、《一个婆罗门的葬礼》——一部惊世骇俗的文化小说

《一个婆罗门的葬礼》通过描写一个日趋没落的婆罗门聚落的生活场景,再现了印度传统社会与教派在现代思潮冲击下面临的变局。小说围绕一个婆罗门的猝死这一中心事件以及接踵而来的瘟疫展开,

生动而形象地摹绘了这个婆罗门社群面临的严重生存危机。半个多世纪过去了，这部当年曾经引起争议的小说依然在不断再版或重印，不但成了印度现代文学的一部经典作品，而且被公认为现代世界文学杰作之一。可以断言，《一个婆罗门的葬礼》是U. R. 阿南塔穆尔蒂最为驰名也最有影响的代表作。

这部小说出版时，作家正值盛年而暴得大名。随着A. K. 拉马努詹的英译本问世，这部小说又被译成其他多种语言。这些译本为U. R. 阿南塔穆尔蒂带来世界性声誉。1988年秋，A. K. 拉马努詹应邀到威斯康星大学南亚学系举办专题讲座，主题是《一个婆罗门的葬礼》与托马斯·曼《魂断威尼斯》（1912）的比较研究。这两部小说的共同点在于，作者都是30来岁，内容都涉及死亡，作品背景都与瘟疫有关，语言都具有诗意美，情节都蕴含着诸多隐喻，在手法上都具有现代主义的审美倾向，篇幅相若，都不算长。不同之点在于，前者充满印度神话的意象，后者则巧妙利用了希腊神话的意象；前者是一部文化人小说，后者则是一部“艺术家小说”。我在这次讲座上首次了解到这部小说及A. K. 拉马努詹教授对它的高度评价。从那时起，我就萌生了日后翻译此书的愿望。2009年10月，我与同事李南研究员到德国东北部历史文化名城吕贝克游览。在参观托马斯·曼的故居时，我又想到了A. K. 拉马努詹的那次讲座及《一个婆罗门的葬礼》的翻译问题。托马斯·曼是诺贝尔文学奖获得者，是一个在中国相当有影响的作家，而U. R. 阿南塔穆尔蒂的众多作品，却一直没有一部被译成中文。《一个婆罗门的葬礼》是可与《魂断威尼斯》相提并论的现代世界文学名著，理应介绍给中国读者和学术界。翻译这部小说的恰当时机终于随着“中印经典和当代品互译出版项目”的启动而到来。我的一个小小夙愿由此殊胜机缘而得以实现。

《一个婆罗门的葬礼》故事发生在南印度卡纳塔克邦一个名叫杜尔瓦萨布罗的婆罗门聚落里。杜尔瓦萨布罗是个虚构的地名，而所谓聚落（agrahara），则指专供婆罗门居住的地区。那是一个由于长期因袭着传统社会的重负而走向穷途末路的社区。故事以聚落里一个离经叛道的婆罗门居民那罗纳帕的猝死开篇。那罗纳帕具有叛逆精神，不仅蔑视婆罗门的精神修持，而且无视同一教派的清规戒律。他虽然生为印度教摩陀婆派信徒，却无视正法，亵渎神圣，玩世不恭，为人放荡，生活毫无禁忌。他饮酒食肉，终日与一些穆斯林朋友厮混在一起，甚至同他们一道捕捉印度教神庙池塘中的圣鱼。他抛弃了婆罗门种姓的结发妻子，却与一位低种姓女人长期同居。他还引诱年轻人突破种姓规矩，恣意行事。他宣称自己是享乐主义派，“宁肯借钱举债，也要吃香喝辣”。他藐视聚落婆罗门领袖普拉内沙阿阇梨，想与他决一雌雄，看谁赢在最后。他甚至通过讲述离奇的故事来影射和嘲讽阿阇梨。不仅如此，他还想摧毁婆罗门教。这些不端行为早就在聚落里引起公愤，使他成为诸多正统婆罗门的眼中钉，使他沦于众叛亲离的境地。只是由于他受到现代世俗法律的充分保护，而且他经常以皈依伊斯兰来威胁，邻里纵然想把他革出教门，却也无可奈何。如果他真的皈依伊斯兰教，而且继续住在聚落里，那么必须放弃这个聚落的就会是那些担心受到污染的正统婆罗门。他的暴亡使聚落里的众婆罗门松了一口气，同时也给他们提供了一个惩罚他的机会，于是一场轩然大波扫过聚落，而一场刻不容缓的葬礼迟迟不能举行。问题的要害在于，婆罗门忌讳这样一个叛逆会在举办葬礼之后化为鬼魂，侧身列祖列宗的英灵之中。结果，不仅婆罗门不愿为他操办葬礼，连首陀罗也受种姓制度制约，因担心接触婆罗门的遗体会下地狱而拒绝承担火化任务。

按照印度教法论及摩陀婆派风俗，在一个婆罗门逝世后，应当尽快为他举行葬礼，最好在当天即依照有关规定操办此事，至迟在黎明前将遗体火化完毕。这一即时举办葬礼的规定，与印度地处热带与亚热带，不宜延期存放遗体的环保理念有关，是有科学性的。否则，由于遗体腐烂，可能引发瘟疫，危及生者。然而，那罗纳帕是个特例。他还算婆罗门吗？一个人生为婆罗门就永远是婆罗门吗？那罗纳帕生前的种种劣迹，引起了对他是否有资格享受相应葬礼的强烈质疑。根据《摩奴法论》，应当褫夺藐视种姓规范之人的种姓。在众婆罗门心目中，那罗纳帕实际上已经等同于异教徒，配不上一个正统婆罗门才能享有的葬礼。即便可以为他举行葬礼，由于他没有子嗣和其他直系亲属，那又该由谁来为他举行葬礼呢？哪个婆罗门愿意自告奋勇？由于没有任何一个婆罗门愿意为那罗纳帕举办葬礼，他的遗体迟迟未能得到火化。相对而言，他的情妇钱德丽倒显得有情有义，拿出自己的金首饰悬赏，期望有人能够出面主办葬仪。价值两千卢比的巨资激起了一众婆罗门的贪心。他们于是次第造访普拉内沙阿阇梨，竞相争夺为那罗纳帕举办葬礼的机会。棘手的问题困扰着整个聚落，使之陷入瘟疫和濒临覆灭的危境。小说就围绕这一中心问题铺展开来，在主要人物之外，也用简洁的笔触勾勒了其他婆罗门的群像。其实，在这个以保守著称的聚落中，在那罗纳帕之外，其他人也并非都是正人君子，或贪财好色，或欺凌孤寡，或无比吝啬，或过于迷信。他们看不惯那罗纳帕贪图世俗欢乐，却也在私下心向往之。根据由来已久的风俗和规定，在聚落有尸体存在的情况下，众婆罗门不得礼拜、沐浴、祈祷，也不得进餐。由于那罗纳帕的遗体不能得到及时处理，整个聚落的生活陷入瘫痪和混乱。然而，众婆罗门擅于坐而论道，却缺乏实际行动能力。

小说中的中心人物是婆罗门规范师普拉内沙阿阇梨。如果说那罗纳帕是个享乐主义者，那么他就是个苦行者。如果说那罗纳帕是个背教者，那么他就是个无与伦比的虔信者。两个人物一正一反，在许多方面形成鲜明对照。

普拉内沙阿阇梨曾在梵文中心迦尸苦读，获得了吠陀学之宝的光荣称号。他不仅博览群书，通晓经典，学识渊博，而且自律甚严，品行高洁，深孚众望，是这个婆罗门聚落当之无愧的精神领袖。不过，他虽然博学，而且未到不惑之年，却思想保守，泥于陈旧僵化的传统，一心维护旧秩序，也十分珍惜自己的名声。

在那罗纳帕遗体迅速腐烂，聚落濒临疫病随时暴发的危急关头，众婆罗门纷纷上门向普拉内沙阿阇梨求教，迫切指望他尽快定夺。处理那罗纳帕的遗体，本来不应该是个大问题，却使他进退失据，处于两难困境。他虽然身负重责，却不能当机立断，而是像一个原教旨主义者一样，查找原典，穷搜经书，却无法找到现成答案，于是转而前往供奉猴神哈奴曼的印度教庙宇寻求神谕，结果照样一无所获。他在从神庙返回聚落途中，无意间在密林中邂逅钱德丽。这个美丽而又健康的女子与他的妻子又形成鲜明对照，瞬间激起他长期压抑的情欲，竟然让他抛开多年恪守的禁欲主义及婆罗门信仰。

其实，普拉内沙阿阇梨当年刻意迎娶和照料病妻，是包含着沽名钓誉的动机和自我主义的盘算在内的。几十年来，他克己自制，恪守戒行，也并非纯粹出于无私之爱。实际上，他把妻子当成了自己的“人生苦修之地”，以及自己奉献牺牲的祭坛。因此，他不过是在维系着早已名存实亡的婚姻。在与钱德丽苟合之后，几经彷徨，冷静下来，他意识到，自己此生原来是个“口是心非的两面派”。他深感内疚，觉得自己失去了领袖群伦、处理聚落事务的资格。那么，他应该何去何从？显然，他与钱德丽的苟合，标志着他对正统的背离。他也不再是一个合格的婆罗门。猝然发生的精神危机以及在何处安身立命的现实问题，使他身心备受煎熬。是继续坚持苦行，还是听凭欲望驱使？是恪守正法，还是率性生活？他实际上已经走向了反面，与那罗纳帕殊途同归。他们虽然都是婆罗门，但与出身卑贱却人格健全的钱德丽相比，也未免逊色。

实际上，普拉内沙阿阇梨从神坛坠落象征着婆罗门教的堕落，也隐喻着他人性的苏醒和精神的解脱。他最终超越宗教禁锢，摆脱婆罗门社会，抛掉了光环，获得了精神再生。

由于那罗纳帕的葬礼一直在延宕，聚落中瘟疫暴发的迹象越来越明显。普拉内沙阿阇梨等一众婆罗门未能解决的危机，由钱德丽不动声色地解决了。她拜托几个穆斯林友人在夜间帮她把那拉纳帕的遗体运到野外火化了。与普拉内沙阿阇梨相比，她似乎更讲道德，更为实在，更负责任，也更有行动能力，轻而易举地解决了一个令众婆罗门一筹莫展的棘手问题。这样的对比，隐含着作者对印度社会种姓等级制度的批评。

普拉内沙阿阇梨勉强回到聚落，在匆匆火化亡妻之后不知所措，于是开始在周边地区游荡。他在途中偶遇一个过分热情的青年普塔。普塔是一个私生子，父亲是婆罗门，母亲是首陀罗。他虽然出身卑微，社会地位低下，但天性快乐，富于活力。普拉内沙阿阇梨随他进入了“一个着魔的世界”，也就是普通人纷乱扰攘的原生态世界，见识了他从来不曾经历过的生活。这是“一个充斥急切的欲望、复仇、贪婪的魔界”。他感到惊恐万状，“喘不上气来”。他觉得自己“并没有在这个人情诡诈而酷烈的世界里生活下去的本领”。普塔同钱德丽一样，也属于下层社会，与普拉内沙阿阇梨也形成了鲜明的性格对比。

普拉内沙阿阇梨在现实世界里感到格格不入。这个在婆罗门社群举足轻重的人物一旦离开处于社会文化顶端的象牙塔，就突然成了一个边缘人，不再有任何优越感。他四顾茫然，无所适从。他虽然难以再回到婆罗门聚落，但也无法适应下层社会辛苦恣睢的生活。他动了前往异乡与钱德丽一道生活的念头，但这还只是一厢情愿的想法。他漫无目的地徘徊，也是他陷入走投无路窘境的隐喻。通过描绘普拉内沙阿阇梨的人生轨迹，通过尖锐批评婆罗门的迷信和虚伪，小说再现了婆罗门文化日趋腐朽的一面。小说在尖锐批评正统婆罗门社群的偏见与迷信、僵化与虚伪之余，实际上也深刻反映了印度社会中传统观念与现代性的冲突。小说没有高潮，甚至没有明确的结尾，因而给读者留下无尽的悬念。

《一个婆罗门的葬礼》是一部蕴含着丰富文化内容的讽喻小说。U. R. 阿南塔穆尔蒂虽然终生浸淫于英国文学，却高度认同并醉心于阐释印度文化。可以说，他有意识地将印度文化的不少基本概念或元素纳入自己的小说之中，也会将地方传奇故事融入小说背景描写之中，使读者在了解印度社会的同时熟悉印度文化。例如，小说涉及法、利、欲、解脱、四行期、八正道、业报轮回、梵我同一、种姓、再生、苦修、无住、大时、味论等基本文化概念。尤其明显的是，他将印度教的一些古代神话传说融入作品之中，并予以现代阐释。例如，普拉内沙阿阇梨与钱德丽在幽暗的森林中相逢及翻云覆雨的故事，就与史诗《摩诃婆罗多》初篇中大仙人波罗奢罗（意译破灭仙人）与渔家女贞信在阎牟那河上堕入情网的情节颇为相似，甚至可以视之为那个古老插话的现代翻版。其实，普拉内沙阿阇梨与钱德丽的结合，对于前者固然是压抑已久的情欲的猝然迸发，而对于后者则不过是一次蓄意的借种行为，似乎与爱情之类情感活动无关。除一些仙人外，小说还提及众多神祇，包括三步神、黎明女神、天女弥那迦、沙恭达罗等以及有关神话故事。小说中也提及或引用了印度文化史上的众多重要典籍，包括《梨俱吠陀》《罗摩衍那》《摩诃婆罗多》《薄伽梵歌》《摩奴法论》《欲经》《牧童歌》及诸往世书等。

2011年，在小说英文版问世35周年之际，作家在接受采访时表示："我认为，我的这部小说超越了种姓问题，成了一个讽喻故事……它有写实性，却是一部讽喻作品。在寓言中，写实会发生变化。但是，在写实中，却没有讽喻的地位。"① 他不赞同有人将这部小说视为种姓小说或宗教小说。他认为，这样的评价贬低了小说的价值，低估了它的哲学意义。作家在留学英伦之时，读了黑格尔的不少著作，熟悉了他关于对立统一的学说，并把这一哲学思想应用到这部小说的创作实践中。

《一个婆罗门的葬礼》在艺术上也是一部可圈可点的作品。U. R. 阿南塔穆尔蒂不但是个学者，还是个诗人。小说中有不少富于诗意的句子和段落，给人以丰富的美感。例如：

> 这是一个夏日悠长的傍晚。西天漂浮着一条条的赤霞。一行又一行的白鸟在归巢。下面，在水塘的边缘，一只鹳正在发出咯咯的鸣声。快到掌灯时分了。聚落里点亮灯火，黄昏归来的母牛和牛犊被拴起来，人们给母牛挤奶，并把牛奶供奉给神主——这都是多少天之前的事了？远方西山

① Susheela Punitha, "In Conversation with U. R. Ananthamurthy" , see the appendix to *Samskara: A Rite for a Dead Man* (New Delhi: Oxford University Press, 2015), p. 139.

明晰的轮廓变得黯淡起来，犹如一个正在梦中融化的世界。此刻的缤纷色彩，在下一刻就会渐次消逝，天空于是变得虚无。由于新月日已经过去，再过一会儿，一弯银色的月亮就会出现在西山上方，就像举行神像揭幕奠酒仪式时一只被倾侧过来的银杯的边缘。众多的山谷将陷入一片阒寂。

作家也擅于以幽默和讽刺的笔法刻画人物。例如，他描绘贪小便宜的穷婆罗门罗什曼那的段落就非常经典：

这家伙沐浴，连一汤匙的油都不买。他的手攥得很紧。此人是众婆罗门中最小气的。这个聚落之中，谁人不知？在他的妻子不停地对他唠叨油浴之事后，他在早上起床，步行四英里前往那个贡根人开的店铺。“嘿，迦马特，你有新鲜的芝麻油吗？质量还好吧？卖多少钱？不会发霉吧，是不是？让我瞧瞧。”他就这么连续不停地聊着，趁机把手指蜷起来，弄到两汤匙的油当样品，假装用鼻子嗅一嗅，说道：“还行吧，只是还有点不那么纯。等你弄到真正新鲜货时，告我一声，我们家需要一罐油。”他把手里的油全抹到了自己的头上。随后，他将双手伸进红辣椒袋中，一边打问着价钱，一边抓起一把红辣椒，把它们转移到自己的袋子中，同时一直随意闲聊着。

除了丰富的文化内涵，小说还充满有趣的生活细节，采用了多种现代派写作技巧。作为一名现代派作家，U. R. 阿南塔穆尔蒂十分注重人物的心理分析，喜欢采用大段文字表现他们复杂的心理活动。

在这些描绘人物心理的段落中，作家不断诉诸意识流的笔法和句式，以表现人物活跃跳荡的思绪。

作为一部文化底蕴丰厚的现代主义经典之作，《一个婆罗门的葬礼》迄今一直有人研究和诠释。它无疑是我们了解印度多语言现代文学的一个重要样本。

四、U. R. 阿南塔穆尔蒂的短篇小说创作

《太阳的牡马及其他故事》（*Stallion of the Sun and Other Stories*）是U. R. 阿南塔穆尔蒂最为知名的一部英文短篇小说集。这部集子中共收入7篇作品，是从他的5部短篇小说集中精选的，或许可以代表这位坎纳达语现代派大家在这一领域的风貌和成就。这些作品写于1955—1989年期间，时间跨度为35年。其间，他也从一个愤青激进分子演变成为一个具有深厚人道主义情怀的保守主义者，强烈主张实现社会平等。

英文本译者纳拉扬·海格德（Narayan Hegde）是卡纳塔克邦人，学生时期就在坎纳达语杂志上发表短篇小说及文章。他先后在迈索尔大学获得英语专业本科和硕士学位，又在纽约州立大学石溪校区获得英国文学博士学位。随后，他长期在纽约州立大学旧韦斯特伯里校区任比较文学教授。

U. R. 阿南塔穆尔蒂的短篇小说题材广泛，从多方面折射了独立以来数十年间印度社会、政治和经济的变化。他的许多作品描绘了个人在传统势力禁锢之下的社会中的困境和挣扎，寄寓了他对普通人尤其是下层社会人士的深切同情，表达了他对许多困扰人生的基本问题的关注。纳拉扬·海格德在英文本引言中指出：U. R. 阿南塔穆尔蒂“对社会、政治和经济的变化，以及这些变化的动力和结果，

都抱有分析的态度，而且他也意识到，所有这些变化都源于永无休止的生活洪流。这种分析的观点和意识，是他所有作品的基础"[①]。他还认为："令社会窒息的传统势力，在这种传统束缚下的社会里的个人困境，是U. R. 阿南塔穆尔蒂许多小说的中心主题。"[②]U. R. 阿南塔穆尔蒂通过艺术的手法严厉批评印度社会中酷虐、过时、陈腐、僵化的传统。不过，他的短篇小说所描绘的世界，既是一个充斥着冷漠和污秽一类负面意象的世界，也是一个充满着天真和顽强生命力意象的世界。他就在这样纷繁复杂的背景下探索和揭示他的中心主题。这些作品暗示，只有现代文明才能解决印度社会面临的前现代文明问题。

《生葬礼》（1955）是U. R. 阿南塔穆尔蒂创作生涯中一个重要阶段的标志。所谓生葬礼（Ghatashraddha），就是在一个所谓"堕落之人"尚在人世之时为其举办的葬仪。小说女主人公雅穆娜是个回到娘家的年轻寡妇，漂亮而丰腴。她被迫削去一头青丝，遵守禁欲等一类清规戒律，以弱化她的女性意识，同时警示男人们不要对她想入非非。尽管如此，正值青春年华的的雅穆娜还是与隔壁村学的一个教师产生了恋情。为避开众目睽睽，他们不时在聚落附近的一处废墟幽会，却被几个寄宿在家里的顽童学生发现。雅穆娜以寡妇之身暗结珠胎，也自然无法瞒过邻妇的锐利眼睛。她被说成是淫妇，被警告不得触摸神像。在巨大的精神压力之下，她甚至想一死了之，后在一对基督徒夫妇的帮助下做了堕胎手术。数日后，雅穆娜的父亲乌杜帕为寡女举行葬礼，仿佛她已死去。雅穆娜还被宣布为贱民，失去了与生俱来的婆罗门种姓。又一天，乌杜帕举行婚礼，再度成

---

① Narayan Hegde, "Introduction", *Stallion of the Sun and Other Stories*, p. vii.

② 同上。

为新郎官。这种对比，透着教规和社会的残酷。值得注意的是，这篇小说是从儿童观察成人世界的视角写的，以活泼、有趣而又隐讳的语言描绘了传统势力对一个无辜女性的无情戕害。

《宰客夜总会》是U. R. 阿南塔穆尔蒂留学英伦时期的作品，显然带有一定的自传性质，至少带有作家留学阅历的印迹。小说的背景虽然是在英国，表现的主要内容还是印度生活。主人公凯沙夫背负着为家庭赚钱的希望出洋。他觉得，社会传统强加给他的要求实在不堪重负。从印度的穷乡僻壤初来繁华的英伦，他一度迷恋英国社会所表现出来的礼仪和秩序。他的英国同学斯图尔特却抱怨，自己和大多数英国人追求物质享受，缺乏生活意义和精神追求。小说通过他们对人生意义的倾谈，探讨了印度与西方价值观的冲突与融合。作家激情涌动，希望告诉读者他在英国目睹的现代化情景，想要诉说的东西太多，结果使这篇作品成为他最长的短篇小说。

在创作《沉默的人》(1972)时，作家已经结束留学生活，回到了南印度卡纳塔克邦。这篇小说的着眼点或主题，是印度农民在盘剥之下的艰难生活和他们之间的相互竞争与倾轧。在一般反映农民问题的小说中，中心矛盾往往是地主与农民之间的矛盾。这篇小说虽然描写了作为土地所有者的神庙当局对佃户命运的操控与拨弄，但着墨最多的却是佃户之间的勾心斗角与生死博弈。库潘纳·巴塔与阿潘纳·巴塔是两个比邻而居的佃户，有着相似的来历、经济地位和生活方式，却“一直就像蛇与獴那样相互仇视”。前者在与后者的惨烈竞争中彻底失败，土地和房产都被夺走，被逼到濒临死亡的边缘，变成一个像石像一般沉默的人。这篇小说对于形象地认识当时南印度农业社会所起的作用，或许任何调研报告都难以企及。

《天与猫》约创作于20世纪七八十年代之交，也是一篇相当长的短篇小说。从内容看，似乎把分属两个短篇小说的内容融合在了一起。一般的短篇小说，也就写一个中心事件或一两个人物。这篇小说却出现了两三个人物。小说主人公贾亚蒂尔塔·阿阇梨喜欢仰望星空，本来向往天文学研究，却阴差阳错地成了一名律师，终生为各种富人提供法律服务。他十分厌弃这种与他的秉性不符的生活。他在临终之际招来儿时挚友戈文丹·纳亚尔和红颜知己甘古白。作品交叉描写了男主人公与他们的故事及关系。

《太阳的牡马》(1975)既是U. R. 阿南塔穆尔蒂一部坎纳达语短篇小说集的标题，也是他的同名英文短篇小说选集的名称。由此不难看出，这是他最看重的一篇作品，是他的短篇小说代表作。所谓“太阳的牡马”乃是卡纳塔克邦民间对蚱蜢的别称。这是一篇令人忍俊不禁的幽默作品。小说通过描写“我”与昔日的同学和友人的邂逅相逢，揭示了古老传统与现代生活的冲突，描写了印度在迈向现代文明进程中的社会矛盾。主要人物文卡塔是乡村小镇上的职业祭司，也是个职业星相学家，一个极其善良单纯的老好人，但在众人眼里却是一个笑柄，一个地道的傻瓜。主张无我的文卡塔象征着守旧的传统文化，主张认命，否定人可以逆天改命。他能默默承受一切苦难，却不能适应变化的时代。在“我”看来，文卡塔似乎是处于最高惰性状态之人的典型。他认为:“如果不消除文卡塔这一类人，就不会有进步……”文卡塔的儿子是一代新人，不甘心像父辈一样守在本乡本土，自生自灭。在描绘父子两代截然不同的性格和处世方式之时，小说展现了一幅构图细腻的现代农村社会生活风俗画。

《阿卡雅》与《迦罗杜》创作于20世纪80年代，属于U. R. 阿南塔穆尔蒂的后期作品。如果说《太阳的牡马》描写了一个头脑简单的男子憨厚的性格，那么《阿卡雅》塑造的就是一个特别单纯的印度乡间女性的形象。他们虽然都面临着艰难的生存环境，却对生活抱持一种相似的豁达而乐观的理性态度。显然，《阿卡雅》的创作与作家在美国长期担任客座教授的生活经历有关。在这篇小说中，作家童年的朋友斯里尼瓦萨在费城当英文教授，是一个非常成功而且也有地位的人物，却一直深情怀念着自己没有文化的姐姐阿卡雅。原来，在12个兄弟姐妹中，姐姐阿卡雅是老大，斯里尼瓦萨是老幺。在父母双亡之后，是阿卡雅百般关爱，把他带大的。阿卡雅本来是童婚的牺牲品，备受丈夫的折磨并被他送回娘家。是大姐以母牛舐犊般的柔情把他带大，以自己的牺牲，影响了他的思想，使他成为一名学者，也激发了他对大姐的依恋之情。他在费城的豪宅中，藏着一幅描绘阿卡雅的画作。作家通过斯里尼瓦萨回忆和讲述的有关阿卡雅的故事，塑造了一个淳朴的农家主妇的形象。她给母牛挤奶，给它们喝泔水，喂它们饲料，给它们洗澡，结果她自己变成了一头母牛，还跟它们说话，不禁让人想到马烽的《饲养员赵大叔》里的类似情节。她甘于吃苦，凭一己之力照顾众多弟妹。她因为爱牛而不辞辛劳，不畏死神。面对严酷的生活，她始终保持了乐观向上的精神。也许，这正是印度亿万善良而朴实的农妇的一个典型形象。斯里尼瓦萨虽然成了一名现代主义者，却始终难以忘怀养育过他的阿卡雅。他认为，阿卡雅的世界并不是虚幻的，不能从西方的角度看印度生活。作品探讨了文化异化与认同这一微妙复杂的问题。

《迦罗杜》的男主人公蒂马帕是由寡母含辛茹苦独自带大的。可是，他在成长过程中却越来越疏远母亲，逐渐失去了童年时期对母亲的眷恋。由于她严守寡妇之道，任何受过良好教育的姑娘，即使钟情于蒂马帕，也不会同意生活在这个家里，而蒂马帕则完全不想结婚。他虽然是个婆罗门，却由于怀疑神的存在而备感痛苦。他是个作家，作品专注虚无，情感冷漠。他对生活抱持一种玩世不恭的态度。家里的煮饭姑娘卡玛拉深深地爱上了蒂马帕。他尽管并不喜欢卡玛拉，却在一时冲动之下让她怀有身孕。由于害怕陷入生活的罗网之中，他试图逃避自己的责任。母亲逝世后，卡玛拉交给他一份遗书。这份遗书包含的至情至理，让蒂马帕深受震动。他几经思索和权衡，接受卡玛拉为自己的妻子，负起了应尽的家庭责任。

《太阳的牡马及其他故事集》中的7篇小说独具风格。它们犹如一幅幅社会风情画，细致入微地勾勒了现代印度农村的各色人等以及他们的生活样貌。作品描绘农民、妇女等弱势群体种种巨大的不幸与痛苦，表达了作家对占人口多数的普通人的关注，寄寓着他的悲悯情怀，也蕴含着他对迂腐的婆罗门制度及其文化的厌恶，和他对印度社会及文化现代化的期许与憧憬。这些小说不仅时而迸发出思想的光芒，而且时而透出浓郁的诗意。它们的一个最大特点是容量偏大，篇幅偏长。不难想见，当年作家创作时充满激情，浮想联翩，因而下笔汪洋恣肆，于是旁逸斜出，横生枝节。作品中的大段独白，多是作家在借主人公之口来表达自己的哲思。总之，这部短篇小说集，蕴含着丰富的智慧、深邃的见识与独具南印度特色的美，因而引人入胜。也许，只有沉静下来，细细品读，才可能悠然心会，充分领略这些作品的妙处。

《一个婆罗门的葬礼——U. R. 阿南塔穆尔蒂小说选》即将付梓。本书从选题、购买样书、获取版权到翻译，得到了诸多国内外友人及中国大百科全书出版社的鼎力支持。北京大学外国语学院南亚学系姜景奎教授及其弟子为搜罗和购买样书付出巨大精力和宝贵时间，为这部译著提供了物质保障。我在翻译过程中曾就一些梵语译名问题向中国社会科学院亚太研究院李南研究员请益，得到了她的热情帮助。中国大百科全书出版社全力支持本书的出版，编辑人员的满腔热情、职业素养和敬业精神都给我留下深刻印象，令我感佩。他们一丝不苟的认真态度保证了译本的出版质量。我谨在此对以上所有同仁和朋友表示衷心感谢。

本书是一部长篇小说和一部短篇小说集的合译本。《一个婆罗门的葬礼》原书后附有近百个尾注，《太阳的牡马及其他故事》书后附有一个包含70余个条目的坎纳达语–英语词汇表。为了便于一般读者阅读，我除编译原书尾注外，还酌情为译本增加了一百多条必要的简明注释。

我在翻译过程中体会到，翻译应当尽可能达到出神入化的境界，就是力争在体现原书风貌的同时，让译入语言中文尽可能达到化境，以使读者尽可能没有或少有阅读障碍。这当然是一种理想和目标。由于学识所限，拙译中的不妥或错误之处恐难完全避免。因此，在欣然打开一扇远眺南印度社会与生活的文学窗口的同时，我深切期盼各路方家和广大读者不吝赐教。

中国社会科学院亚太研究院研究员 刘建

2022年2月于京师园

目录

长篇小说

一个婆罗门的葬礼

谨以此书纪念M.G.克里希纳穆尔蒂（1932—1975）

上篇

一

巴吉拉蒂的身子骨，犹如一个干瘪枯槁的豌豆荚。他帮她清洗完身子之后，给她裹上一袭簇新的纱丽。随后，他就像平素那样，向诸神供奉食品和鲜花，把鲜花插入她的头发，给她圣水。她触摸了他的脚，他为她祝福。随后，他从厨房给她端来一碗碎麦粒粥。

巴吉拉蒂低声说道："你先吃完再说。"

"别，别。你先喝完粥。这是头等大事。"

二十年来，这些老生常谈是他们两人之间日常对话的组成部分。他的日常生活从黎明沐浴开始，然后是在晨光熹微中祈祷，煮饭，给妻子服药。他还会渡过河流，前往马鲁蒂神庙[①]礼拜。这就是他的一成不变的日常生活程序。聚落[②]里的婆罗门，在饭后总会一个接一个地来到他家门前，聚集在那里倾听他朗诵神圣的传奇故事。对他们而言，这些传奇故事总是那么新颖，也总是那么珍稀，对他也一样。傍晚，他会再次沐浴，在暮色中再度多所祈祷，为妻子煮粥，烹调，吃晚餐。随后，婆罗门又纷纷聚集在游廊上，他会再度大量诵读传奇故事。

巴吉拉蒂不时会说："同我结婚没有欢乐可言。家需要有个孩子。你干嘛不干脆再娶一个呢？"普拉内沙阿阇梨[③]总是朗声笑道："一个老人再举办婚礼……"

"得了吧，你算哪门子老人？你还没到四十岁呢。哪个当父亲的都会非常愿意把他家姑娘许配给你，会洒婚礼圣水为她祝福呢。你曾在迦尸[④]学习梵文……家里需要有个孩子才能叫家。咱俩这桩婚姻，根本没让你得到欢乐。"

普拉内沙阿阇梨总是默然无语。他总是微笑着，用手轻轻拍打想要起床的妻子，让她尽量再多睡一会儿。"做该做的事，根本不要想什么后果。"黑天[⑤]大神难道没有说过这样的话吗？在通往解脱之路上，大神肯定想要考验他。这也正是大神何以让他今世降生为婆

---

① 马鲁蒂（Maruti），印度教司保护之神毗湿奴的化身之一罗摩的信徒、猴神哈奴曼的别名之一。哈奴曼为毗湿奴信徒所崇奉。他的神庙通常建在村外。

② 聚落（agrahara），城镇或村庄里专供婆罗门居住的区域。《大庄严论经》卷五云："时聚落中多诸婆罗门，有亲近者为聚落主说《罗摩延书》，又《婆罗他书》，说征战者死，命终生天。"婆罗门划区聚集，不与其他种姓混居，以免遭到污染。这一传统由来已久，有数千年的历史。

③ 阿阇梨（Acharya），意译为"规范师"，有学者、教授、导师等义项，是婆罗门种姓中德行高尚、学问精深、众望所归之人。一些婆罗门的名字中加入阿阇梨这一称号，使之成为人名后缀。此种做法盛行于印度教毗湿奴派的一个分支摩陀婆派中。本书中的婆罗门就大多属于摩陀婆派。

④ 迦尸（Kashi），印度北方邦圣城瓦拉纳西旧称，历史上亦曾名贝拿勒斯，系梵学重镇。

⑤ 黑天（Krishna），音译克里希那，印度教徒最为喜爱和尊崇的神明之一。

罗门，并让他立身于这样一种家庭的缘故。这位阿阇梨心头充满喜悦，感觉生活就像神圣时代的五甘露[①]那样甜蜜，值了。他对自己的病妻充满悲悯之情。他对自己的命运还有点自豪。他想，“由于娶了一位体弱多病之人，我也就变得成熟而机敏了。”

奶牛高丽正在后院吃草。他在坐下来用餐前，先把饲料拾掇起来，放到一片香蕉叶上，摆到高丽面前。他慈爱地抚摸着牛背，直到它皮上的毛发由于喜悦而倒竖起来。他以一副虔敬的姿态，用自己的那只刚接触过圣兽的手揉了揉眼睛。就在他进屋时，他听见一个女人的声音在喊叫：“阿阇梨！阿阇梨！”

听起来像是钱德丽的声音。钱德丽是那罗纳帕的小老婆。倘若阿阇梨对她开口说话，就会让自己遭到污染；那样一来，他就得在饭前再度沐浴。可是，当一个女人在院中候着时，他又如何能够吃得下食物呢？

他来到屋外。钱德丽急速将自己纱丽的末端拉过来盖住头部。她脸色惨白，站在那里，一副惊恐的神色。

“怎么回事？”

“他……他……”

钱德丽浑身发抖，张口结舌。她紧紧抓住一根柱子。

“什么情况？那罗纳帕吗？出什么事了？”

“走人了……”

她双手掩面。

“那罗延[②]哪！那罗延哪！——什么时候？”

---

① 五甘露（five-fold nectar），梵文为Panchamrita，指牛奶、凝乳、酥油、蜂蜜及糖五种甘露一般的物质制成的混合物，在特殊时节用于献神及分发信徒。

② 那罗延（Narayana），印度教保护之神毗湿奴的众多名号之一。印度教徒在惊叹、祝福等场合常呼叫这一名字。他们认为，这样的名字有救难和保护作用。呼喊那罗延的名号，意思等同于“天哪”。

“就是刚才。”

钱德丽一边抽泣，一边答话。

“他从希瓦莫杰[1]回来，发着烧就上床睡了。发烧四天，就这样了。他身体一侧有一个肿块，就是那种让人们发烧的肿块，疼得要命。”

“那罗延哪！”

普拉内沙阿阇梨跑出来，身上还裹着生丝礼服。他跑到加鲁达阿阇梨家，径直走进厨房，大声喊道：“加鲁达！加鲁达！”

死去的那罗纳帕与加鲁达已是长达五世的亲戚。那罗纳帕曾祖父的祖母与加鲁达曾祖父的祖母是姐妹俩。

普拉内沙阿阇梨进来时，加鲁达阿阇梨正在抬手把一团拌了萨鲁酱[2]的米饭往嘴里送。时当正午，普拉内沙阿阇梨擦了擦脸上的汗水，说道：“那罗延哪！加鲁达，别，别吃啦！我听说那罗纳帕死啦！”加鲁达惊呆了，把手里的拌米饭丢到面前的叶子上，喝了一大口圣水[3]，从座位上站起身来。尽管他早就与那罗纳帕争吵过，与他断绝了一切关系，而且与他脱离了亲戚关系，他还是吃不下饭。他的妻子悉多黛维站在那里，一动不动，手里拿着一把勺子。他对她说：“孩子们没事。他们可以吃。只有我们大人不应当吃，得等到葬礼结束之后才可以吃。”他与普拉内沙阿阇梨一道外出。他们害怕隔壁亲戚在没有获悉消息之际可能先行用膳。所以，他们挨家挨户地跑。普拉内沙阿阇梨去乌杜皮·罗什曼那阿阇梨家，加鲁达阿阇梨去傻子拉克希米黛维大妈家，还有住在街道尽头的杜尔加巴塔家。

---

① 希瓦莫杰（Shivamogge），印度卡纳塔克邦中西部城市，今通名希莫加（Shimoga）。

② 萨鲁酱（saru），一种调味浓郁的酱，通常拌米饭吃。

③ 圣水（aposhana），一些婆罗门吃饭时的一种仪式。他们在餐前餐后分别用手掌捧圣水喝一小口。

那罗纳帕的死讯像火势蔓延一样，迅速传到了全聚落的其他十户人家。各家的门窗都关上了，孩子们圈在屋里。谢天谢地，还没有一个婆罗门动嘴吃饭。对于那罗纳帕之死，没有一个人感到悲痛，连妇女和儿童也一样。不过，每个人的心里都有一种隐隐约约的恐惧，一种模糊不清的忧虑。那罗纳帕活着的时候，是一个敌人；如今他死了，却让人无法吃饭；他的尸体的处理，则成了一个问题，一件麻烦事。男人们很快动身前往阿阇梨屋前。各家的妻子于是把各种警告的话语吹进自己丈夫的耳朵里：

“别急！等到普拉内沙阿阇梨给你做出决定再说。别过于急忙同意举行葬礼。你有可能办错事。那样的话，师尊就会把你逐出教门。”

众婆罗门再度聚集，就像他们每天聚在一起阅读神圣传奇[①]那样，相互挤靠在一起。但是，今天一种隐隐约约的焦虑情绪笼罩着他们。普拉内沙阿阇梨用手指摩挲着脖子上的罗勒念珠，几乎像是在自言自语一般，对他们说道：

“那罗纳帕的葬仪必须举办。这是第一个问题。他没有子女。得有人做这件事。这是第二个问题。”

钱德丽靠在院子里的柱子上立着，焦急地等待着众婆罗门的决定。婆罗门的妻子们穿过后门，进入中厅，无法遏制她们的好奇心，也害怕她们的丈夫可能鲁莽行事。

加鲁达阿阇梨抚弄着自己裸露的又肥又黑的臂膀，像素日一样说道：

“是呀。是……呀。是……呀。”

达斯阿阇梨说：“在遗体火化之前，谁都不能吃一点东西。”他是

① 神圣传奇（holy legends），指诸往世书。

比较贫穷的婆罗门之一，瘦骨嶙峋，像一头病牛。

罗什曼那阿阇梨一面揉着肚子，猛然前后抽动着自己的脸，快速地挤眉弄眼，一面说：“对……对……完全对。”他的身上唯一肥壮的地方就是肚子，是由于感染横痃而肿胀起来的。凹陷的脸颊，深陷在眼窝里的黄色眼睛，突显的肋骨，一条弯曲变形的腿，合在一起，就组成了一副失衡的躯体。他走路时屁股一撅一撅的，常引起居住在帕里加塔布罗村的对立派婆罗门的嘲笑。

没有人提出一条直截了当的建议。普拉内沙阿阇梨说：

“那么，摆在我们面前的问题是，应当由谁来主持葬礼仪式？经书说了，任何亲戚均可履行职责。不然的话，任何一个婆罗门都可以自告奋勇。”

在提到亲戚时，人人都将目光转向加鲁达与拉克什马纳。拉克什马纳闭上眼睛，仿佛在说，此事与他无关。可是，加鲁达与法庭熟稔，已多次来来去去。他觉得，该轮到自己放言高论了。他于是把一小捏鼻烟放入自己的鼻孔，清了清喉咙，说道：

“我们遵照古代法律经典行事，是天经地义的。阿阇梨，你是我们当中最大的学者，你的话对我们来说就是吠陀真谛。你对我们发话吧，我们就照你说的做。没错，那罗纳帕与我，曾经存在一种可以追溯到数代之前的亲戚关系。可是，你知道，他父亲和我曾经因为那片果园而大打出手，上了法庭。他父亲死后，我向达摩斯塔拉神庙的师尊上诉。他做出了有利于我的裁定。可是，那罗纳帕对此表示蔑视，连神的话也置之不理。你说是不是这么回事？所以，我们发誓，从今往后，我们之间将世世代代不再来往，没有任何关系，互不通话，不参加婚礼，不共同出席仪式，不一道就餐，也不招待对方。这就是我们发过的誓言。你觉得怎么样……”

加鲁达阿阇梨说话时，不时插上一句“你觉得怎么样”的口头禅。他那鼻音很重的语句突然停下，又用两捏鼻烟刺激了一下，才接着往下讲。他鼓起勇气，环顾四周，看到钱德丽的面容，于是大胆地说道：

“师尊也会同意你所说的一席话的。你觉得怎么样？我是否应当主办葬礼？让我们先把这个问题撇在一边。真正的问题是：他还是个婆罗门吗？你觉得怎么样？他常和一个低种姓[①]的女人睡觉……”

在这个摩陀婆派[②]婆罗门聚居的社群中，只有杜尔加巴塔一个男人属于传承派[③]。他总是以质疑的眼神核查和衡量对立派别的言行是否正统。他斜视着钱德丽，发出嘎嘎的笑声：

“嘁，嘁，嘁，阿阇梨，别太轻率！哦，不是这样的，一个婆罗门不会因为消受过一个出身卑贱的妓女就失去自己的种姓。我们的祖先毕竟是从北方来的。你要是不相信，不妨随意问一问普拉内沙阿阇梨。历史传说，他们与达罗毗荼女人同居。别以为我是在瞎开玩笑。想想南卡纳拉所有那些到巴斯鲁尔逛窑子的人……”

加鲁达阿阇梨生气了。这家伙是在捣蛋。

“杜尔加巴塔，别那么急！别那么急！这里的问题不单纯是一个肉欲问题。我们不必向出类拔萃的普拉内沙阿阇梨进言。对于同盟与错误的同盟，他无所不知。他曾经在迦尸博览群书，通晓所有经书，获得了吠陀学之宝的称号。你觉得怎么样？……在各种各样的

---

① 低种姓，指第四种姓首陀罗。

② 摩陀婆派（Madhva Sect），印度教毗湿奴派的一个分支教派，由婆罗门组成，主要流行于今印度卡纳塔克邦迈索尔地区。此教派由活跃于13世纪的吠檀多派哲学家摩陀婆（Madhva, 1197—1276）创立。他主张二元论，认为梵与我（灵魂）是两个不同的实体。摩陀婆派严格崇奉毗湿奴，要求信徒听诵经典，遵守戒律。该教派以严守道德准则而著称。

③ 传承派（Smarta Sect），印度教湿婆派的一个分支，又称“圣典派”，信奉8世纪哲学家商羯罗的吠檀多不二论学说，认为我（灵魂）与梵是同一不二的，流行于南印度。成员以婆罗门为主体，严守种姓制度及传统礼仪。此教派与摩陀婆派历来是竞争对手。

论辩中，与所有超级学者过招，无论是你们那一派的，还是我们这一派的，我们的阿阇梨都大获全胜，在南方所有学府都赢得了荣誉，什么十五条花边的披巾，还有银盘……我们的阿阇梨……你觉得怎么样？……”

这种交谈方式，偏离了手头亟待处理的问题，转而成为对普拉内沙阿阇梨本人的赞颂。他觉得有些尴尬，于是说道：

“罗什曼那，你觉得怎么样？那罗纳帕毕竟是同你的小姨子结婚了。”

罗什曼那闭上眼睛。

“就听你说了，下命令吧。对于正法的微言大义，我们懂什么？正如加鲁达所说，那罗纳帕曾接触过一个低种姓……”他欲言又止，一句话说了一半就停了下来，圆睁双眼，用上身披着的一块布挖了挖鼻孔。“你晓得，他甚至吃过她做的饭……”

正好与那罗纳帕住对门的帕德马纳巴阿阇梨添油加醋：

“他还喝酒呢。”

“除了喝酒，他还吃肉呢。”加鲁达阿阇梨转向杜尔加巴塔，说道：“对于你们这些人来说，即便如此行事也许没有多大关系。你们教派的伟大的创始人商羯罗[①]，在渴求充分的体验之时，曾与一个死去的国王交换肉体，自己享用王后[②]。有这样的事吧？”

普拉内沙阿阇梨觉得谈话内容要流于失控了。他说：“加鲁达，请别说了，停一会儿。”

---

① 商羯罗（Shankara，约活动于700—750），印度中古时期伟大的哲学家和思想家，印度古代吠檀多哲学的集大成者和印度教改革家。他的改革思想与实践促进了印度教的复兴，并最终促成了婆罗门教向印度教的彻底转化。

② 根据传说，奉行禁欲主义的商羯罗在一次争论中遭到一位女哲学家的挑战。她认为商羯罗没有性体验，因而没有资格与她争论。他凭借魔力进入一个刚刚死亡的国王体内，与王后云雨一番，于是在没有失去独身身份的情况下获得资格，从而得以参与并完成争论。

“那罗纳帕在举行婚礼时把同心线绳拴到自己合法妻子的脖子上之后，就把她抛弃了。即便如此，你们也可以宽恕……”罗什曼那又闭上了眼睛，并开始说话。“他去与一些女人厮混。我老婆的妹妹发了歇斯底里，死了；他甚至连葬礼都没来参加。即便如此，你们也可以宽恕他。可是，他自己的父母逝世周年纪念活动，他也根本没当回事办。我不能仅仅因为他是我的近亲就为他遮遮掩掩。我不是那种人。他是我老婆舅舅的儿子。只要能够，我们就尽量宽容他所做的事情，把他护在我们的怀抱里。那么，他又做了什么来回报我们呢？他在所有婆罗门的众目睽睽之下，来到河边，拿起那块我们世代礼拜的圣石[①]，把它扔到水里，还跟着往上面吐唾沫！如果你们愿意，随便什么事情都可以宽恕。可是，他还肆意将穆斯林带到我们的眼皮底下，在敞开的前院吃喝违禁的东西。他难道不是这样做的吗？如果我们当中有谁质疑他信仰不良，他总是突然反击我们，把我们从头到脚大骂一通。只要他还活着，我们走路都得怕他。”

罗什曼那的妻子阿纳素雅在屋里听着丈夫放言高论，为他的所有谈吐都恰到好处而感到骄傲。她的目光落在倚柱而坐的钱德丽身上，于是在心里尽情诅咒她：这个破鞋，这个勾引男人的巫婆，愿老虎在夜半时分踏倒她，愿蛇咬她！要不是她给他灌了魔水，他作为阿纳素雅亲舅舅的儿子，他怎么会，他怎么会把自己的亲眷推到一边，说她是个病妇，还挥霍了自己的所有财产，把所有祖传黄金珠宝都扔到这个邪恶的巫婆脖子上！她瞧着钱德丽脖子上的那条四绺金链子，以及她手腕上那条粗壮的金手镯，就不禁想起了这件事。她大声哭泣。倘若她妹妹还活着，那条金链子就会挂在她的脖子上，而且一个血亲的尸骨也不会就像这样横陈家里，连一份葬仪的福利

① 圣石（saligrama），一种黑色的河流石，被毗湿奴派奉为圣物。

也得不到吧？这一切全都是因为这个肮脏的破鞋！怎么就没人出面给她的脸上打个烙印呢！阿纳素雅怒火中烧，直至失去理智，失声痛哭。

达斯阿阇梨全靠婆罗门在葬礼上及给人做周年时得到的饭食活命。无论什么日子，他都愿意为了这样一餐饭而走上十英里地。他抱怨道："你们都知道，我们让他待在我们的聚落，至今已经有整整两年，结果再没有任何人招呼我们吃饭或赴宴。可是，我们也不能就这么着把他的尸体留在聚落里，不予火化，而我们也不能永远斋戒下去。这是一种糟糕的进退两难的困境。普拉内沙阿阇梨应当确切告知我们，什么是对，什么是错。我们这个教派中，谁能对他的话提出质疑？"

对于杜尔加巴塔而言，这是个内部问题。他漫不经心地坐在自己的位置，盯着钱德丽看个没完没了。这是他第一次获得机会，用鉴赏家的双眼来打量这个通常并不步出家门活动的宝贝，这个由那罗纳帕从贡达布罗带回来的尤物。一个属于真正的"才智"型的女人①，与犊子氏在《欲经》这部爱情手册中所摹绘的毫无二致。你瞧她，小脚趾都长过大脚趾，就和《欲经》中说的一模一样。看那一对儿乳房。她是那种在性方面会把男人吸干的类型。她的眼睛应当是飘移不定的，而此时却由于悲痛和惧怕而变得模糊。可是，她这样也显得好看。杜尔加巴塔卧室里悬挂着的拉维・瓦尔马②油画复

① 末罗那加・犊子氏（Vatsyayana）所著《欲经》（*Kamasutra*）中提到八种类型的女人，才智（cittini）型女人为其中一种。

② 拉维・瓦尔马（Ravi Varma, 1848.04.29—1906.10.02），印度最负盛名的印欧学院派代表画家。1878年作品在马德拉斯官方年展上获总督金奖。40岁时应聘为巴罗达和迈索尔王公作画。曾在孟买郊区开办石板油画印刷厂，印刷他的油画复制品，色彩多达数十个层次，畅销于印度市场。擅于以欧洲学院派写实主义技法绘制表现印度神话和生活的油画，曾创作多幅取材于印度史诗《摩诃婆罗多》及《罗摩衍那》的油画。在女性人物造型上以体态丰腴肥硕为鲜明特征。

制品中的鱼香女[①]，正在羞答答地勉力隐藏她那即将涨破褴褛的纱丽涌出的乳房。钱德丽就和她一样。同样的眼睛和鼻子。难怪那罗纳帕会为了她而把那块供人们礼拜的圣石扔掉，吃触犯禁忌的肉，喝触犯禁忌的酒。人们对他的大胆感到不解。人们记得娶了穆斯林姑娘的婆罗门诗人札格纳特[②]，以及他的描写异域女人乳房的诗歌。倘若普拉内沙阿阇梨不在现场，倘若那罗纳帕不在那里陈尸，他可能就会快乐地引用有关诗篇，乃至向这些无聊的婆罗门敷演这节诗歌。就像俗话说的那样，“无畏无耻”。

杜尔加巴塔注意到听众默不作声，于是大声说道：

“无论如何，该说的话，我们已经说了。揭露死人的过错有什么用处？让普拉内沙阿阇梨说吧。对于我们和你们而言，他都是师尊，无论加鲁达阿阇梨在盛怒之下会说什么，都没关系。”

普拉内沙阿阇梨在掂量着每个字的分量。他完全清楚，保护整个婆罗门聚落的责任，此刻已落到他的肩上。他迟疑不决地说道：

“加鲁达说，他与那罗纳帕之间立有一项誓言。但是，法律典籍有解除此类誓言的办法。你可以举行一个解除誓言仪式，赠送一头奶牛，或来一次朝觐。可是，这可是一件花钱的事，而我没权要求任何人花自己的钱。至于罗什曼那和达萨等人提出的问题，什么那罗纳帕的行为举止不像一个出身高贵的婆罗门啦，什么他玷污了这个村庄的良好名声啦，倒是个严重问题，但我也没有明确的答案。首先，他可能已经弃绝了婆罗门身份，可是婆罗门群体却从来没有

① 鱼香女（Matsyagandhi），印度史诗《摩诃婆罗多》中的人物。

② 札格纳特（Jagannatha Dasa，1728—1809），出生于今印度卡纳塔克邦赖久尔县（Raichur district）曼维城（Manvi town）的诗人，印度教大神毗湿奴的信徒，坎纳达语圣徒诗人。写过大量宣扬毗湿奴信仰的虔信歌，还写过近千首坎纳达语中独有的六行诗（shatpadi）及三行诗（tripadi），形成一个有32章的集子，阐述摩陀婆派规范师的哲学，被视为他的代表作，是吠檀多不二论派的重要作品。

丢下他不管。从来没有任何人将他正式革出教门。他死的时候并不是一个被逐出种姓的人。所以，他死时依然是个婆罗门。只有另一个婆罗门才有权接触他的遗体。倘若我们让别的什么人做这件事，那我们就是在玷污我们的婆罗门身份。不过，我也迟疑不决，我不能武断地告诉你们：着手准备葬礼吧。我所以迟疑不决是因为，你们全都看到了他是怎么生活的。我们该怎么办？法律典籍实际上怎么说的，对于这样触犯教规的行为真的会宽恕吗？……”

突然，钱德丽做出了一件让众婆罗门震惊的事。她移步向前，站到前院。他们无法相信自己的眼睛：钱德丽摘下她的那条四绺金链子、她的粗壮的臂钏、她的手镯，将它们全都堆放在普拉内沙阿阇梨面前。她咕哝着说什么要把所有放在那里的首饰用作葬礼花销，随后返身站到她原先的位置。

女人们迅捷地计算出来：这堆黄金饰品至少值两千卢比。妻子们一个又一个地扫视自己丈夫的脸。众婆罗门低垂着头：他们害怕，对黄金饰品的贪欲可能摧毁婆罗门的纯净。但是，在他们每个人的心中，都闪现出一个问题：如果别的什么婆罗门要是为那罗纳帕举办葬礼，人家不但可能保持自己的婆罗门身份，而且会把所有那些金饰品挂在自己妻子的脖子上。“假如这个无赖捞到所有那些金饰品，只是献出一条可怜的挨饿的奶牛这么一个象征性的礼物，却既能获得今世的财物，也能确保来世的福祉。”这一新的推理进一步激起了罗什曼那与加鲁达之间的忌恨。杜尔加巴塔自言自语：“假如这些摩陀婆派受到诱惑，将那罗纳帕火化，那我就到各个城镇游荡，传布这个消息，揭露这些所谓婆罗门。”像达萨那样的穷婆罗门的眼睛变得湿润，他们的嘴角淌出口水。加鲁达和罗什曼那会让别的什么人举办葬礼吗？

普拉内沙阿阇梨变得忧心忡忡。钱德丽干嘛要好心办坏事呢？

每个在场的婆罗门都害怕，别的什么人会受到诱惑，对于那些有关那罗纳帕恶行的骇人听闻的说法表示赞同，竞相予以传述，而在这样的传述中，那罗纳帕的那些恶行，不是针对他们干的，反而倒总是针对别人做的。

“是谁引诱加鲁达的儿子离家出走去从军的？除了那罗纳帕，还能是谁呢？普拉内沙阿阇梨曾经教这个孩子学习吠陀经，可最终对他产生重大影响的却只是那罗纳帕的话。那个家伙腐蚀我们的年轻人，肆无忌惮……”

“现在看看可怜的罗什曼那的女婿吧。罗什曼那捡了一个孤儿，哺育他，把他养大成人，又把自己的女儿婚配给他。这时，那罗纳帕来了，冲昏了这个年轻人的头脑。你一个月也不一定能在这儿见他一面。”

“接着再看看神庙池塘里的那些鱼。它们世世代代都是用来供奉象头神的。人们相信，任何胆敢捕捉这些神圣的鱼的人都会吐血身亡。可是，这个被逐出种姓的无赖毫不在意，他和他那个穆斯林帮派聚在一起，炸毁水池，把用来敬神的鱼全弄死了。这个流氓破坏了所有正派的婆罗门对他人的影响力，他是蓄意这么做的。随后，他不再满足于糟害我们这个聚落，只得去帕里贾塔布罗，把那里的男孩子们也带坏了，让他们追逐戏剧及各种表演。”

“这个没有种姓的无赖早就应当被革出教门，你们觉得怎么样？”

“加鲁达！那怎么可能？他威胁说，他要变成一个穆斯林。在阴历十一[①]那天，每个婆罗门都在斋戒，他把若干穆斯林带到咱们这个

① 阴历十一（akadasi），是正统婆罗门的一个斋戒日。

聚落，盛宴款待他们。他说，‘试试看，现在就把我革出教门吧！我将成为一名穆斯林，我会把你们全都绑到柱子上，把牛肉塞进你们的嘴里，本人保证让你们神圣的婆罗门教威风扫地！’这话他说过。如果他真的成了穆斯林，也没有法律能把他从这个婆罗门聚落驱赶出去。那样我们就只得自己离开了。当时，连普拉内沙阿阇梨也默不吱声，他也束手无策。”

达斯阿阇梨插入最后一句话。他心烦意乱，他没来得及尝一口杧果米饭就起身赶来了。他饥肠辘辘。

“他父亲死后，这里的婆罗门再也没有尝过他家后院的菠萝蜜。那菠萝蜜的味道像蜜一样甜哪！”

女人们一直凝视着那一堆黄金饰品，她们对自己丈夫的发言感到失望。加鲁达的妻子悉多被罗什曼那的话风激怒了，他对于她儿子参军一事简直是信口开河。他有什么权利对她儿子评头论足？罗什曼那的妻子阿娜素雅也被加鲁达激怒了，他有什么权利说她女婿被腐蚀了？

普拉内沙阿阇梨想，整个事件在演变得十分不堪，于是差不多独白似的说道：

“现在的出路是什么？难道我们能够就这样袖手旁观一具尸体横陈在这个聚落里？根据古代风俗，在用恰当方式将这具遗体运走之前，是根本不能举行礼拜活动的，不能沐浴，不能祈祷，不能进食，什么都不能。因为他没有被革出教门，所以只有婆罗门才能接触他的遗体。”

加鲁达说：“没有在正确的时间把他革出教门，就是造成当下这种一塌糊涂局面的原因。”他多年来一直叫嚷要把那罗纳帕革出教门。他此刻终于有机会说：“我早就跟你们说过，你们就是不听我的。”

众婆罗门异口同声地怼他：“是呀，是呀，如果他实际上已经成了一个穆斯林，我们就不得不离开这个受到污染的聚落；就这一点来说，我们再没有第二条路可走。”

其间，达萨一直在想象整日不能进食的痛苦。他突然计上心来。他警觉地站起来说道：

“我听说，那罗纳帕对帕里贾塔布罗的婆罗门非常友好。他们一块儿吃喝，过从甚密。我们干嘛不问问他们该怎么办？不过，他们的信仰和行为也是正统的，却不像我们这么严格。”

帕里贾塔布罗的婆罗门是传承派，属于上等阶层，观念与行为并不算十分出格，但他们的世系有点混杂。从前，曾有一个好色之徒把他们的一个寡妇搞怀孕了，他们的聚落竭力想把此事掩盖起来。传言说，什林杰里的师尊听说此事后，就将他们整个聚落革出教门了。总体上来看，帕里贾塔布罗的婆罗门是一帮追求享乐的人，并不十分醉心于正统观念和严格的戒律；他们是经营槟榔农场的行家里手，而且富有。所以，杜尔加巴塔十分偏爱他们整个宗派。此外，他本人也是个传承派。他曾秘密地吃过他们的白米饭和五香早点[①]，也喝过他们的咖啡。但他还没有厚颜无耻到与他们一道吃一回全席的程度，如此而已。

此外，他还迷醉于他们的寡妇。那些女人不剃头[②]，让头发长得很长，她们还嚼蒌叶[③]，把嘴染得鲜红。他对达斯阿阇梨怒气冲冲地说：“瞧这位摩陀婆派，虽然连早饭也吃不起，却够厚颜无耻。”他站

① 五香早点（uppittu），亦可音译为“乌皮杜”，流行于南印度，用奶油、小麦、大米、米片、香料等制成，味道浓郁。

② 一些像传承派这样的婆罗门正统教派坚持对其教派内寡妇实行一定的严厉管控规则，而削发是其中一项措施。

③ 蒌叶（betel leaf），旧译蒟酱叶，可嚼食。

起来说道：

“喂！我得说句丑话。你们可能认为他们是卑下的杂种婆罗门，但他们自己并不这样想。倘若你们的教派会因为动手搬运自己的死人而受到污染，那么这样做对他们的污染不是更严重吗？开始行动吧，厚着脸皮问问他们，你们一定会受到严厉的斥责。你们知道吗？帕里贾塔布罗的曼贾雅有足够的钱，可以买下这里每个人的儿子。”

普拉内沙阿阇梨试图平息杜尔加巴塔的怒火。

“你说得非常对。让别人做你自己不想做的事情，不符合真正的婆罗门精神。可是，友谊与血缘纽带一样牢靠，对不对？如果他们与那罗帕纳是朋友，难道你不认为我们应当把他们的好朋友的死讯告知他们吗？”

杜尔加巴塔说：“阿阇梨，我同意您的意见。你们整个教派信奉的婆罗门教，就掌握在您手里。您的职责很重呀。谁能违反您的决定？”他把自己的感受全都倾吐出来。他不再说话。

金首饰问题再次浮现。如果帕里贾塔布罗聚落的人们愿意举办葬礼，这些黄金首饰不是应当归于他们吗？罗什曼那的妻子阿娜素雅想到自己妹妹合法的首饰会落入邻村某个杂种婆罗门的手里，就觉得心里堵得慌。她再也无法自持，不禁脱口而出：“她以为她是谁？如果世事曲直分明，这些金首饰应当是挂在我妹妹的脖子上的。”随后，她抽抽噎噎地哭泣起来。罗什曼那感到了妻子话语的张力，可是他不想让自己作为丈夫的地位在公众场合降低。所以，他对妻子咆哮道：“你现在给我闭嘴。在男人聚会的场合，你多什么嘴？”

加鲁达此时怒气冲冲，大发雷霆：“这是什么话？根据达摩斯塔拉神庙大师的裁定，这些金子属于我。”

普拉内沙阿阇梨精疲力竭地抚慰他们。

“耐心一些！摆在我们面前的是一具有待火化的尸体。至于那些黄金饰品，就由我来做决定吧。先派个人去帕里贾塔布罗报信。如果他们自己决定举办葬礼，就让他们操持。”

随后，他站起来说道：“你们现在可以走了。我将查一下《摩奴法论》[①]及其他文本。我将看一看是否有摆脱这一两难困境的办法。”钱德丽毕恭毕敬地把自己纱丽的末端拉过来盖住自己的头，双眼望着阿阇梨，露出哀求的神色。

二

在脱脂牛奶架子上有蟑螂，在储藏室里有硕鼠。在中间的屋子里，是按照礼仪洗过的纱丽和衣服，挂在一条抻开的所谓晾衣绳上。新做的巴巴丹[②]、油炸土豆条以及腌红辣椒，铺展在游廊里的垫子上晾干。后院是神圣的香脂植物。在这个聚落里的所有人家，这些都是寻常景象。区别只在于后院里的观花树木。毗摩阿阇梨家有珊瑚树[③]，帕德马纳巴阿阇梨家有茉莉花丛，罗什曼那家有金香木[④]，加鲁达家有红色的兰阇花，达萨家有白色的曼陀罗花，杜尔加巴塔家有海螺花以及用于供奉湿婆的避罗树[⑤]叶。每天早晨，众婆罗门相互串门，到各家的院子采摘用于礼拜的花，也相互问安。可是，那罗

---

①《摩奴法论》，印度古代权威法论著作，系古代印度最有影响的行为规范和政治法律全书。摩奴是印度神话中连续14个人类始祖的通名，而《摩奴法论》的作者被认为就是其中第一个摩奴。

② 巴巴丹（pappadam），印度的一种油炸小薄饼，酥脆可口。

③ 珊瑚树（parijata），学名Nyctanthes arbor-tristis L.，木犀科夜花属灌木，天庭五树之一，又名悲伤之树（Tree of Sorrow）。花冠白色，亦名夜花，夜间盛放，清香袭人，天明凋零，是献给毗湿奴的圣花。

④ 金香木（champak），又名黄兰，木兰科乔木，树干高可达30米，花朵以黄色为主，直径可达6厘米以上，气味馥郁，春秋两度开放，可制香料。

⑤ 避罗树（bilva），又音译为比罗树、毗利婆树、频螺树等，印度教徒视之为圣树。

纳帕院子里开的花是专为钱德丽保留着的，由她戴在头上及插在卧室的花瓶里。仿佛那样还不够刺激，他就在自家前院种了一丛灌木，成了蛇类最喜欢的栖息之处，但所开出来的花却不适于戴到任何一位神灵头上。这就是夜皇后[①]灌木。在黑暗的夜色里，灌木丛上是一簇簇密集的花朵，犹如某种强烈的欲望，侵入夜晚，将它那夜间独有的香气倾吐出来。整个聚落在它的控制之下饱尝痛苦，就像落入毒蛇魔咒的掌控之中。生着娇贵鼻子的人诉说自己头疼，在四处走动时把自己的围裤拉起来盖住鼻子。一些聪明人甚至说，那罗纳帕种这丛灌木，就是要用蛇守护他聚敛的黄金饰品。婆罗门吉星高照的妻子们面容憔悴，留着短小的辫子，头上戴着曼陀罗花和茉莉花，而钱德丽则把她那黑蛇般的青丝盘成发髻，戴着金香木花以及香味浓烈到令人陶醉的露兜花。在整个白昼，婆罗门身上涂的檀香膏以及菖兰等一类花朵散发出柔和的香气。这些气息是淡雅而清馨的。可是，在天色变黑之后，夜皇后就主宰了整个聚落。

每家后院的菠萝蜜与杧果的味道，都与别的所有人家的不同。俗话说："分水果，吃水果；分花儿，戴花朵。"所以，自家的水果和鲜花，都要分发给别人。只有罗什曼那为人狡黠，将自己树木出产的半数水果偷偷运出，把它们卖给那个从贡根[②]来的小店主。他的精神就是一种吝啬鬼精神。无论何时，只要他妻子的娘家人来做客，他都会用一双鹰一样的锐利眼睛盯着她的双手，至于她在何时把什么东西倒腾到了娘家，他其实一直不清不楚。在炎热的月份[③]，每家都会备好胡萝卜为主菜的色拉以及甘甜的果汁；在八月[④]，他们相互

① 夜皇后（night-queen），萝藦科夜来香属植物。
② 贡根（Konkan），又译康坎，指印度西部沿海地区，濒临阿拉伯海。
③ 指印度阴历的一月和二月，相当于公历3月中旬至5月中旬。
④ 指印度阴历八月，相当于公历10月中旬至11月中旬。

邀请举行奉灯仪式。对于所有这些交流活动，那罗纳帕是唯一的局外人。一共有十户人家安身立命于聚落大街两侧。那罗纳帕的房子比别人的房子都要大，耸立在一端。通加河[1]贴着街道一侧房屋后院流淌，循石阶可以下到水里。这些台阶，是某个虔诚的人多年前建造的。在雨月[2]，河水会上涨，一连咆哮三四天，仿佛就要冲进聚落的样子；给孩子们带来一个旋涡和流水喧声的狂欢节，让他们耳目一新，随后洪水退去。仲夏时节，河会干涸，只能发出一点沙沙的声响，要不就是变成只有三股水的涓涓细流。随后，婆罗门在沙洲养殖黄绿两种黄瓜或西瓜，在雨季时把它们用作蔬菜。一年十二个月，色彩鲜亮的黄瓜包在香蕉纤维中，从顶棚悬挂下来。在雨季，他们做什么都用黄瓜，包括用种子做的咖喱菜、糊糊菜或汤；众婆罗门就如同孕妇一样，渴望喝酸杧果糊糊汤。一年十二个月，他们得恪守誓言，葬礼、婚礼、少年成人礼，都会导致主家招呼他们前去吃饭。在大节日，如一年一度的神庙庆祝日，或经典大注疏家[3]逝世周年纪念日，都会在三十英里之外的寺院里举办一场宴会。在这种邀约一年一度的循环之中，众婆罗门的日子平稳地流走。

这个聚落的名字是杜尔瓦萨布罗。对于这个名字，还有一个地方传奇故事。恰好在滚滚奔流的通加河中间，耸立着一座岛屿似的小丘，上面蔓生着一丛树木。人们认为，敝衣仙人[4]仍然在上面苦修。在时间循环的第二个大时，在一个短时期内，般度族五兄弟就住在距这里十英里的一个叫作迦伊摩罗的地方。一次，他们的妻子

---

① 通加河（Tunga River），发源于西高止山脉附近的斯灵盖里（Sringeri），后汇入帕德拉河（Bhadra River），更名为通加帕德拉河（Tungabhadra River），成为印度半岛大河之一，沿岸风光如画，散布着一些神庙群，蕴藏着丰富的石雕艺术品。8世纪大哲学家商羯罗曾在斯灵盖里建修道院。通加帕德拉河又译栋格珀德拉河。

② 指印度阴历五月，相当于公历7月中旬至8月中旬。

③ 大注疏家，指为摩陀婆著述提供注疏的大学者提迦阿阇梨（Tikacharya）.

④ 敝衣仙人（Durvasa），或音译为达罗婆娑，以脾气暴躁而著称。

黑公主[①]想在河水中游泳。怖军[②]是个能够实现妻子突发奇想的丈夫，于是为她筑坝截断了通加河。敝衣仙人早晨醒来，找水进行沐浴和祈祷之时，他所在的那一段通加河已经一点水都没有了。他勃然大怒。但是，最年长的法王[③]拥有非凡视力，能够看见正在发生的事情，于是规劝自己那鲁莽的弟弟怖军缓解事态。风神之子怖军一向听从这位兄长的话语，于是在三处破拆大坝，放水奔流。甚至在今天，从迦伊摩罗大坝起，河水分为三股奔流，缘起即在于此。杜尔瓦萨布罗的众婆罗门常对毗邻聚落说：阴历每月的第十二日[④]，在清晨，任何真正虔诚的人都能听到敝衣仙人在自己的树丛下吹法罗的声音。可是，聚落里的众婆罗门从未贸然宣称他们自己曾经听到过那只法罗的声音。

于是，这个聚落的名声传向四面八方。这既是因为关于它的传奇故事，也是因为定居于这里的大苦行者、"吠陀学之宝"普拉内沙阿阇梨，当然也还因为那个无赖那罗纳帕。在特殊时机，如大神罗摩的诞辰，人们会从毗邻村落前来此地围聚，以聆听普拉内沙阿阇梨的古老而神圣的故事。虽然那罗纳帕是个问题，但阿阇梨照料他体弱多病的妻子，维护神的大慈大悲的情怀，同时忍受那罗纳帕的恶行，从而一点一点地驱散了众婆罗门头脑中的黑暗。那些婆罗门头脑里装满了他们并不理解的祷文。他在今世的职责变轻了，而且他觉得自己就像每天在石头上摩擦的檀木那样变得更为馨香。

---

① 黑公主（Draupadi），印度史诗《摩诃婆罗多》中的人物。般度族五兄弟流亡期间，般阇国国王的女儿黑公主举办选婿大典，般度族五兄弟胜出，黑公主于是成为他们的共同妻子。

② 怖军（Bhimasena），音译毗摩，般度族五兄弟中排行老二，以体力过人、身躯伟岸和善饭而著称。他的生身之父实际上是风神伐由（Vayu）。

③ 法王（Dharmaraja），本是阎魔称号，此处实指般度族五兄弟中的长兄坚战（Yudhisthira）。坚战只是般度名义上的儿子，实际上是法王阎魔之子。小说此处借用阎魔的法王称号来指称坚战。

④ 阴历每月十二日（dvadasi），正统婆罗门结束前一天的斋戒，恢复用餐。

聚落街道是灼热的，热得你能够在上面爆玉米花。众婆罗门穿街走过，由于饥饿而显得虚弱，他们用上衣遮住头部；他们渡过分为三股水流的通加河，进入清凉的森林，在经过一小时的艰难跋涉之后，抵达了帕里贾塔布罗。槟榔林绿意葱茏，将地表的清凉移送到酷热的天空。在没有一丝风的大气层中，树木静止不动。灼热的尘土烫伤了婆罗门的双脚。他们祈求神主那罗延保佑，进了曼贾亚家。他们以前从来不曾踏入过这所房屋。曼贾亚是个富人，精明于俗务，正在记账。他朗声说话，礼数周全。

“啊呀，啊呀，啊呀，整个婆罗门一族似乎都找到我这儿来啦。请进，请坐下。请放松一点，要不洗洗脚？……喂！请给客人端上一些大蕉来！”

他的妻子端上来一大平盘成熟的大蕉，说道：“请进！”他们礼貌地感谢她，走了进来。加鲁达在坐下时哼了一声，接着提及那罗纳帕之死。

“天哪！他怎么了？八九天以前，他还为一些生意上的事来这儿，说他打算去希瓦莫杰，问我是否有什么事要办。我请他弄清市场上是否已经在卖槟榔子。湿婆呀，湿婆呀！……他说过，他会在星期四之前返回。怎么了，他病了？因为什么？”

达斯阿阇梨说：“就发了四天烧。他也有点浮肿。”

“湿婆呀！湿婆呀！”曼贾亚一面惊叫着，同时闭上眼睛，给自己扇凉。由于非常熟悉希瓦莫杰镇，他突然想起那个可怕的单音节流行病的名称；他甚至不敢对自己说出那个名称，只是念叨着：“湿婆呀！湿婆呀！”

一眨眼间，帕里贾塔布罗的所有下层婆罗门都聚集在了河边带有护坡的堤道上。

“你们晓得，”加鲁达这个世上的精明人开始说：“我们聚落的人曾与那罗纳帕有一场恶斗，我们互不往来，甚至不喝对方的水，也不吃对方的米饭。可是，你们这儿都是他的朋友，你们觉得怎么样，现在他死了，他的葬礼还不得不举行，你们觉得怎么样？……”

帕里贾塔布罗的人们获悉友人的死讯颇为难过，但他们也为自己得到一个焚化高种姓婆罗门的机会而十分高兴。他们所以在一定程度上快意是因为，那罗纳帕曾在他们家里吃饭，却没有显露过高级种姓的傲慢。

帕里贾塔布罗的祭司商羯罗亚插话说：“根据婆罗门的思想，蛇也是一种再生者[①]；如果你恰好看到一条死蛇，你就得为它举行适当的葬仪；在这样做之前，你不应当吃东西。既然如此，当一个婆罗门已经回到神的怀抱，袖手旁观就是绝对错误的。你们不这样想吗？”

他说这一番话，实际上是为了显示自己对经典的知识，告诉那些摩陀婆派：“我们这里的人绝不逊色于你们”，也是为了杀一杀他们的傲慢之气。

此人的话使杜尔加巴塔大为光火。

“瞧这位笨婆罗门，一张笨嘴，信口开河。他会败坏整个传承

---

① 再生者［梵文为Dvija，英文为twice-born（名词）］，又译再生族。根据印度教的前身婆罗门教的教义，再生者指印度四大种姓中的前三种，即婆罗门、刹帝利和吠舍，有时亦专指婆罗门。他们由母亲诞下时是初生，举行入教礼时获得再生，成为智慧、纯洁与负有责任的人。在前吠陀时期，入教礼仅意味着接受教育的开始。在后吠陀时期，入教礼意味着精神上的再生。再生者以肩披圣线为标志。规范师对其具有生父般的地位。低种姓的首陀罗和无种姓者被认为是“一生者”。实际上，鸟类、蛇类、谷类乃至牙齿等，可以认为有再生现象。例如，鸟和蛇初生为卵，又从卵中获得再生，因而也被认为是再生者。它们“先是诞生在自己有限的卵壳之中，继而最终诞生在寥廓无垠的天空的自由之中”（参见泰戈尔：《人的宗教》，刘建译，载于《在爱中彻悟》，天津：天津人民出版社，2009年，第200页）。蛇被认为是神圣的，因而在死后应当依礼予以火化。

派的名声的。”他心里这么想着，马上以自己独特的邪恶语风说了出来。

“是呀！是呀！是呀！这一切我们都明白。这也正是普拉内沙阿阇梨常说到的。可是，让我们处于进退两难困境的是别的东西：那罗纳帕喝酒吃肉，把圣石扔进河里，他是不是婆罗门呢？告诉我，我们这里的哪一位愿意失去自己的婆罗门身份？是的，我同意，让一个死去的婆罗门的遗体迟迟不能入殓，不能火化，是完全错误的。”

商羯罗亚的心感到十分惊慌，不禁咯噔了一下。他的教派已经被划入底层，他不愿意让自己的这个教派由于做了不符合婆罗门教规范的事情而堕入更低的层次。于是，他说道：

“如果是这样的话，那就等等，我们不能草率行事。当然，你们有普拉内沙阿阇梨这么一个闻名于整个南方的人物。让他审度此事，告诉我们在这场危机中怎么做才是正确的。是非对错，细枝末节，他都能理清。”

然而，曼贾亚毫不犹豫地说：“别担心花费。他不是我朋友吗？我将亲自处理此事，保证做好施舍等所有必办事项。”这番话实际上是在讥嘲吝啬的摩陀婆派那一伙人。

三

在众婆罗门前往帕里贾塔布罗之时，普拉内沙阿阇梨让钱德丽坐下，进入他妻子卧病的餐厅，前去告诉她钱德丽的心多么纯洁，她已经如何把自己的所有黄金首饰都拿了出来，以及由于这一慷慨行动而引发的新的复杂事态。随后，他坐了下来，周围是他的诸多贝叶经。他翻动这些文献，从中寻找正确的合乎正法的答案。就他的记忆所及，那罗纳帕始终是个问题人物。真正的挑战是要验证，什么东西会最终赢得这个聚落：是他自己的沿袭古风的苦行和虔信，还是那罗纳帕的歪门邪道。他想弄明白，那罗纳帕是通过施加什么样的邪恶影响而达到如此地步的，同时祈求神赐予恩典，使他得到救赎。阿阇梨一周之内为他斋戒两夜。他为那罗纳帕痛心疾首。他对那罗纳帕的担忧和悲悯，也是出于他对这位死者母亲的许诺。在这位妇人临终之际，他曾宽慰她说："我会照顾好您的儿子，让他享福，把他带上正道。别为他担心！"可是，那罗纳帕没走正道，对一切忠告置若罔闻。他纯粹凭借榜样的力量，就连普拉内沙阿阇梨本人监护的儿童和梵语学生，例如加鲁达的儿子夏玛，罗什曼那的女婿什里帕蒂，都被他勾引走了。那罗纳帕教唆夏玛离家出走，参军入伍。阿阇梨深受抱怨，不堪其烦，有一天去看那罗纳帕，他懒洋洋地躺在一块柔软的床垫上，但还是起身表示了一定的礼数。他并没有好好听取忠告，反倒喋喋不休地一路往下说，嘲讽阿阇梨及婆罗门的生活方式。

"你们的经典和礼仪不再有用了。国大党就要掌权了，你们将不得不对所有无种姓者敞开神庙大门。"他就这样出言不逊地说了一些诸如此类的话。

阿阇梨甚至说："别说了，这样对你没有好处。不要让什里帕蒂跟他妻子分离。"

那罗纳帕一声狂笑，算是回答。"阿阇梨呀，在这个世界上，谁能同一个不能带来欢乐的女子一道生活呢？当然，某些无聊的婆罗门是例外！你们这伙人，你们婆罗门，所以要把我跟一个犯歇斯底里的女人捆绑在一起，就因为她算是一个亲戚，对吧？就把正法留给你自己吧。我们只有一次生命。我就属于‘享乐主义派’[1]。这一派的说法是：宁肯借钱举债，也要吃香喝辣。”

阿阇梨恳求道：“你想干什么就自己去干。请，请别腐蚀这些男孩子们。”

他只是大笑道：“你的加鲁达，他抢劫削去头发的寡妇，他和巫师暗中策划邪恶行动，而他可是你们婆罗门中的一员，是不是呀？……好吧，阿阇梨呀，让我们走着瞧，看谁会赢。是你还是我？让我们走着瞧，看所有这些婆罗门的事业会持续多久。还有你们婆罗门的全部尊严，我会为了和一个女人找点乐子，收起这套东西，把它抛到九霄云外。”他最后说道：“你最好现在就给我走人，我实际上也不想因为说话而伤害你的感情。”

为什么他阿阇梨反对将这么一个家伙革出教门？是因为畏惧，还是出于悲悯？要不就是他固执地认为，自己有朝一日会赢得胜利？无论如何，那罗纳帕此时此地是在以死来检验自己的婆罗门身份，就像他活着时那样。

他最后一次见到那罗纳帕是在三个月之前，是阴历十四的一个晚上。加鲁达前来投诉。那罗纳帕那天早上带领一些穆斯林与他一同前往迦那钵底[2]神庙的溪流之中，他在众目睽睽之下捕捉并拿走那里的圣鱼。那些自由畅游的与人等长的鱼，回到岸上来吃人手中捧着的米饭。任何人要是胆敢抓它们，都会咯血而死。至少这是人人相信的传说。那罗纳帕就打破了这一禁忌。阿阇梨害怕这个坏榜样。有这样一种叛逆榜样的存在，公平和正义何以能够盛行？低等

① 享乐主义派（Hedonist School），指斫婆迦派（Charvaka School），古代印度唯物主义学派，主张及时行乐，反对苦行主义。

② 迦那钵底（Ganapati），印度教智慧之神象头神的别名。

种姓难道不会失控吗？在这个堕落的时代[1]，普通人出于畏惧而走正道。如果这一点遭到破坏，我们还能够从哪里找到维护世界秩序的力量？他得把心里的话大声说出来。于是，他疾步走到那罗纳帕的住处，与他在游廊遭遇。

那罗纳帕很可能喝醉了；他双眼血红，头发散乱。此外，他不是一见到阿阇梨，就马上用一块布捂住嘴了吗？

阿阇梨看到这个表示敬意和畏惧的姿态之时，感到还有一丝希望。他有时觉得，那罗纳帕的天性犹如一座诡异的迷宫，他实在不得其门而入。但是，此时此刻，他从这个姿态看到了此人疯狂的自傲当中的一个罅隙，一个破绽，并觉得自己的美德的力量在冲击着他。

他知道，空话是没有用的。他知道，除非自己的善意像恒河一样静静流入那罗纳帕的心田，他不会接受自己的意见。然而，阿阇梨心里涌起了一个愿望，或者说一个欲望，那就是像一只神圣的雕一样猛然扑向那罗纳帕，把他摇醒，撕开他内心的甘露之泉，让它们真正汩汩流泻。

他冷酷地看着那罗纳帕。在那样的目光凝视之下，任何普通罪人都会感到胆战心惊，扑在地上。只要这个罪人能流出两滴悔恨的眼泪，就足够了：他会像兄长一样拥抱他。他满怀热望地看着那罗纳帕。

那罗纳帕低下头来。他看起来就像是，那只神圣的猛禽已经将他扑倒在地，把他摁在了自己的铁爪之下，仿佛他在那一刻已经被变成了一只蠕虫。他就像一扇紧闭的门突然洞开时那样感到目眩

① 堕落的时代（decadent age），指当前时代。根据印度教所描绘的宇宙图景，人类将经历圆满时、三分时、二分时和争斗时四个时期。争斗时是最后一个时期，同时也是这四个时期中最堕落的时期。在这一时期，人为贪欲所蔽，彻底堕落，自私无情，寡廉鲜耻。

神迷。

然而，情况并非如此。他把蒙在嘴上的那块布推到一边，把它扔到椅子上，然后纵声大笑道："钱德丽！瓶子在哪里？让我们给阿阇梨一点圣水！""住口！"普拉内沙阿阇梨浑身颤抖。

此人摆脱他的影响的方式让他怒火中烧。他觉得，自己仿佛在下楼的台阶上踏空了一脚。

"啊哈！阿阇梨也会生气呀！我以为，欲望和嗔怒只是我们这一类人才会有的。不过，试图压制欲望的人的鼻尖上，也会掠过一丝愤怒之情，人们都这样说。敝衣仙人、波罗奢罗、苾力瞿、毗诃跋提、迦叶，所有这些圣人都是容易发怒的。钱德丽，瓶子在哪里？喂，阿阇梨，那些可都是给我们建立了传统的圣人，对吧？那些圣人，也是一群十分健壮的人。那个强暴了满身鱼腥味的渔家女的家伙，叫什么名字来着？他就在船上，赋予人家身子一种永久的香气[①]。如今，看这些穷婆罗门，就是此类圣人的后裔呀！"

"那罗纳帕，住口！"

此时，钱德丽还没有拿来酒，那罗纳帕很是生气，跑到楼上，弄出巨大的噪音，带着酒瓶下来，斟满自己的杯子。钱德丽试图阻止他，但他把她推到了一边。普拉内沙阿阇梨闭上眼睛，想要离开。

"阿阇梨，留步，再待一会儿，"那罗纳帕说道。普拉内沙阿阇梨木然留下；如果他在此时离去，他就似乎是害怕了。烈酒的气息让他感到恶心。"听着，"那罗纳帕以一种权威的嗓音说道。他拿起杯子喝了一口酒，心怀叵测地大笑起来。

"让我们看看，谁最终获胜，是你还是我。我会摧毁婆罗门教，

① 在史诗《摩诃婆罗多》中，仙人波罗奢罗对一个低种姓女人产生了强烈情欲。在这位渔家女行舟为他摆渡时，他在河上动手并得逞，随即赋予她肉体一种持久的香气。这位渔家女遂以鱼香女而知名。

我当然会！唯一让我感到悲伤的是，此地实际上并没有留存下任我摧毁的婆罗门教，除了你。加鲁达、罗什曼那、杜尔加巴塔、阿哈哈，都是些什么婆罗门！如果我还是一个婆罗门，加鲁达阿阇梨那家伙就会用他的圣水把我冲跑的。要不就是那个罗什曼那，他酷爱金钱，以至于他会舔一枚从一堆屎里抠出的铜钱。他会把另一个打蔫的小姨子拴到我的脖子上，就想攫取我的财产。那我就得把我的头发剪成一撮毛，用木炭涂脸，坐在你家游廊里，听你那些神圣得不能再神圣的离奇故事。"

那罗纳帕又喝了一口酒，打了一个嗝。钱德丽站在里屋，畏惧地观察着一切，双手合十，示意阿阇梨离去。普拉内沙阿阇梨转身要走，和一个酒鬼谈话又有什么意义呢？

"阿阇梨，听我说两句。您为什么这么追求虚荣，为什么这个聚落就该一直听您的话？您为什么不听我说一两句话？我自己来给您讲一个神圣的离奇故事。

"从前，在一个聚落里，住着一个非常神圣的阿阇梨。那是很久以前了。他的妻子总是病恹恹的，他不知道床笫之欢是怎么回事。然而，他的荣耀，他的名声，已经传向四面八方的许多城镇。聚落里的其他婆罗门都是些可怕的罪人。他们熟知各种罪行，暴食之罪、贪婪之罪、迷恋黄金之罪。不过，这位阿阇梨的极度高尚的道德掩盖了他们的所有罪行；于是，他们作奸犯科的事就更多了。随着阿阇梨的美德不断升华，这个聚落里的其余每一个人的罪行也不断增长。一天，一件奇怪的事情发生了。怎么样，阿阇梨，您在听我说吗？故事的结尾有一条教训：并非每个行动都会产生预期结果，有时可能恰恰相反。听听这个教训，您也可以给其他婆罗门讲一讲。

"现在来讲这段离奇的故事。在聚落里有一个年轻人。他从来不曾与自己唯一明媒正娶的妻子同床，因为她不愿意和他一道睡觉，而她之所以嫁给他，纯粹是出于服从母亲之命。可是，这个年轻人听这位阿阇梨念诵神圣的传奇故事，却从来没有错失一个晚上。每天晚上，他都在那儿。他有充分的理由。不错，那位阿阇梨没有直接的生活经验，但他对于艳情诗[1]以及诸如此类的东西是个十足的行家里手。一天，他稍微详细地讲了一段描绘迦梨陀娑[2]笔下的女主人公沙恭达罗的文字。这位年轻人倾听着。他已经厌恶了自己的妻子，因为这个笨女子曾对自己的母亲诉苦说，他就会在夜间到她床上捏她。可是此时，年轻人自己的身体感觉到了阿阇梨所描述的情状，感觉到了一个完整的女性在他的内心里发育成熟了，一团火在他的下身燃烧。阿阇梨呀，您知道这是什么意思，对吧？他忍受不了，于是从阿阇梨的游廊里一跃而出，撒腿跑掉了。他再也无法听下去了，他径直跑到河边，一头扎了进去，把自己灼热的身体泡到了凉水之中。幸运的是，在月光下，一个无种姓的女人正在那儿沐浴。同样幸运的是，她没有穿太多的衣服，所有肢体和他渴望看见的部位恰好都暴露在他的眼前。她当然属于那种带有鱼腥味的渔家女类型，那种你们的大圣人倾心的类型。他产生幻想，以为她就是阿阇梨所描写的沙恭达罗，于是这个纯洁的婆罗门青年就在那儿与她办了一件风流韵事。月亮见证了这一切。

“现在，阿阇梨呀，您解释一下此事。那个阿阇梨本人没有腐蚀那个地方的婆罗门教吗？他腐蚀了还是没有？我们的长者总是说：读吠陀吧，读往世书吧，但不要试图诠释它们。他们所以这样说，

---

① 艳情诗（erotic poetry），梵语文学中一种重在体现艳情味（srngara rasa）的诗歌样式。

② 迦梨陀娑（Kaliddasa，约活动于4世纪下半叶—5世纪上半叶），诗人和剧作家，梵语古典文学最杰出的代表，在印度和世界上享有盛誉。长篇抒情诗《云使》和诗剧《沙恭达罗》是他的代表作。

原因就在于此。阿阇梨呀，您是在迦尸读过书的人。您告诉我，是谁毁了婆罗门教？”

普拉内沙阿阇梨在默默地站着听那罗纳帕说话之时，就开始心绪不宁：这是一个酒鬼的冗长而又复杂的故事吗？他自己是否有可能对此类骇人听闻的事情负有责任呢？

他叹了一口气，说道：“罪恶人人知晓，美德默默无闻。愿神宽恕你。到此为止吧。”

“您读那些让人快意的迷人的诸往世书，然而您却主张过一种枯燥乏味的生活。可是，我的话，都是实话实说：如果我说跟一个女人困觉，那意思就是跟一个女人困觉；如果我说吃鱼，那意思就是吃鱼。阿阇梨呀，我能给你们婆罗门提一条建议吗？把你们的那些病病歪歪的老婆都推进河里吧！就像您的神圣的传奇故事中的那些仙人，抓住一个带鱼腥味的渔家女，人家能给您做鱼汤，您还能躺在她的怀抱里睡觉。您醒来如果没有体验到遇见神的感觉，我就不叫那罗纳帕。”随后，他朝阿阇梨眨了一下眼，痛饮了杯中烈酒，大声打了一个长嗝。

阿阇梨对于那罗纳帕讥讽自己体弱多病的妻子十分恼怒，于是责骂他，说他是卑贱的恶棍，随后回家去了。那天夜里，他坐下来祈祷时，还无法“让自己心灵中的波澜平息下来”。他痛苦地喊了一声：“天哪！”晚上，他弃而不讲往世书中的那些艳情故事，开说那些关于苦修的道德故事。结果，他对诵读诸往世书的热情逐渐消退得一干二净。过去常用充满兴趣的眼睛望着他并让他心生喜悦的年轻听众不再来了。只有女人们一心赚取功德，在故事进展到中间环节时，一面打着呵欠，一面念诵着神的名号，而那些老男人现在则成了他的听众。

他在端坐阅读并沉思自己的贝叶经时，听见了妻子的呻吟声，想起自己还没有给她服过下午的药。他用一个小杯子把药端进去，将她的头靠在自己的胸膛上，把药灌进她的口中，说道：“你现在最好睡觉。”他回头进入厅里，一边固执地喃喃自语：“我说经典中对这种两难困境没有答案，是什么意思呢？”他于是再度开始通读这些书籍。

四

众婆罗门从帕里贾塔布罗踏上归途，饥肠辘辘地在骄阳下行走，一面不停地念诵着“诃利[①]！诃利！诃利！”一面想着下午来一个小憩。可是，他们的妻子们，特别是加鲁达和罗什曼那两人的妻子，就是不让他们休息，而是让他们听从主的意旨。

在聚落里，对于加鲁达的独生子和唯一继承人夏玛何以离家出走并入伍参军，他们提出了各种各样的缘由。加鲁达的敌人说，这小子再也无法忍受他父亲的惩戒。那罗纳帕的敌人说，是他鼓动夏玛参军的。罗什曼那的意见有所不同。他认为，加鲁达针对那罗纳帕的父亲所使用的巫术，一定已经报应到他自己身上了，否则，尽管普拉内沙阿阇梨予以谆谆教诲，夏玛还是步入歧途，离家出走，原因何在呢？任何使用巫术的人，就像想要烧死自己创造者的灰烬阿修罗[②]，以引火自焚而告终。那罗纳帕曾经玷污过罗什曼那的妻子阿娜素雅娘家的名誉，她为之痛心疾首，于是也经常拿加鲁达说话，

① 诃利（Hari），那罗延或毗湿奴的别号。

② 灰烬阿修罗（梵文为Bhasmasura，英文为Ash-Demon），古印度神话中的恶神。他曾获得湿婆赐予的一项法力，只要他把自己的手放到任何人的头上，他就可以使之化为灰烬。他刚获得这一法力，就恩将仇报，希望在湿婆身上予以验证。湿婆向毗湿奴求救。毗湿奴于是化身为一个迷人的女子，引诱灰烬阿修罗学习印度舞蹈。有个舞姿需要他将手掌放在自己头上。于是轻信这个女子的阿修罗在烈焰中化为灰烬。

对他进行指责：要是加鲁达不玩巫术，像那罗纳帕这样一个出身名门的男子，怎么会走上歧途，成为一个无种姓者呢？

加鲁达的妻子悉多黛维已经放弃饮食，变得憔悴，因为她的儿子“被那罗纳帕那个恶棍给毁了”。她日夜等候，呻吟了三个月。终于，夏玛寄来一封信，原来他在浦那①，已经加入陆军。他在一纸法律文书上签了字，与部队确立了关系。所以，除非他放下六百卢比的罚金，否则不能离开军队。此后，悉多黛维曾在街上贸然拦住那罗纳帕，然后双手叉腰，对他又骂又哭。随后，她找人给儿子写了一封信，叮嘱他说：“永远不要吃肉，不要放弃沐浴和黄昏时的祈祷。”她在星期五之夜会斋戒，以便她儿子的心可以变得善良而纯净。加鲁达阿阇梨就像敝衣仙人一样暴怒，仿佛正在遭到一群红蚂蚁的凌虐，一面跳来跳去，一面大声喊叫：“对于我来说，他就跟死了一样。要是他胆敢在这儿露脸，我非打破他的脑袋不可。”悉多黛维曾向女神祈祷：“请赐给我丈夫安宁，愿他对儿子的爱心永恒不变！”她甚至在星期六之夜也弃绝了饭食。杜尔加巴塔是个痛恨摩陀婆派的人。他火上浇油，羞辱加鲁达，想让他永远匍匐在地。他说：“他在军队里，他不会沐浴，不会祈祷，而他们现在倒会强迫他吃肉！”

今天，悉多黛维高兴地回到家里。她想，只要钱德丽的珠宝落入他们夫妇手里，他们就有可能赎回自己的儿子，让他脱离军方的羁绊。她丈夫能为那罗纳帕举办葬礼，法律典籍的某个地方一定有此类规定。但是，她还是忧心忡忡。罗什曼那会不会抢在自己丈夫前头，提出由他来主持葬礼？还有帕里贾塔布罗的那些人，会夺得

① 浦那（Poona），印度马哈拉施特拉邦第二大城市，有丰富的历史文化遗产，系印度重要的学术及研究中心。

先机吗？他们似乎没有一点防范污染的意识，对于他们而言，洁净与不洁净似乎全都一样。她发誓向马鲁蒂敬奉椰子及其他水果。她说："神呀！请让我的丈夫成为主办葬礼之人吧，请！"此时，那罗纳帕的吃肉问题也就不再显得过于可恶。就在近来这些日子里的一天，她儿子会从军队里返回。聚落里那些毒舌之人会对此悄然无声吗？如果他被革出教门，会发生什么事？由于普拉内沙阿阇梨在将那罗纳帕革出教门一事上踌躇不决，她曾经公开毁谤他。现在，她对他充满崇敬之情：他真是一个慈爱之人，一定也会宽容她儿子的过失并保护他。这一点是没有疑问的。

加鲁达阿阇梨刚一到家，正想在地板上休息之时，悉多黛维就含着眼泪对他唠叨起来。可是，他声色俱厉地说："对我来说，他就跟死了一样。别让我再听到有关那个无赖的只言片语！"然而，妻子的建议传入他的耳鼓，犹如一只扁虱钻入耳道，让他不堪其烦。让一切都见鬼去吧，让他的儿子见鬼去吧，他并不愿意毁掉自己的婆罗门身份。然而，只要普拉内沙阿阇梨首肯，此路就会畅通无阻。那么，他甚至可以将自己的独生子和唯一继承人从军队中救回。人在死后，只有儿子才能给予父亲的灵魂一些慰藉。

加鲁达对妻子咆哮道："住口！这是不可能的！"但是，他还是像个贼一样悄然步入普拉内沙阿阇梨家。钱德丽就坐在高出地面的游廊上。他没有看她的脸，径直走进中厅。

"加鲁达，坐下！我听说，帕里贾塔布罗的人们说，他们将按照经书的说法行事。当然，这样做是对的。"普拉内沙阿阇梨说完话，又回头去查看自己的贝叶经。加鲁达清了清喉咙问道：

"阿阇梨呀，《摩奴法论》怎么说？"

普拉内沙阿阇梨默默地摇了摇头。加鲁达继续发问。

“先生，在您所不知的经书中，会有什么说法呢？我不是问您那个。那天在寺院中，我听见您在同一些饱学之士辩论——怎么样？辩论的是那个大注经家的忌辰——怎么样？您是在和那些来自毗耶娑罗耶寺的高僧大德争论吧？在解释‘尔系本源，吾乃映像’这个句子时，您根据我们摩陀婆派的学说，向那些家伙挑战，击败了他们。那天的筵席持续了四个钟头。所以，您一定不要误会我，我是来给您提点建议的。在您的面前，我就是个粗人，一头笨熊。”

阿阇梨从心底对加鲁达的阿谀奉承感到厌恶。此人并非真的对经书中的内容感兴趣。所有这些家伙想要听到的就是：“好吧，你可以主办这场葬仪。”所以，加鲁达此刻将他这个规范师捧上天，为的就是获得他的一声允准，也好让所有那些善于找茬儿的毒舌之人沉默不语。动机无他，就是黄金。慷慨会产生与其本身截然相反的对立面。这恰好是那罗纳帕曾经说过的话。你现在不应当出于怜悯而心软。你应当站稳立场，看经书怎么说，然后采取相应行动。

“怎么样？古代圣贤知道过去、现在和未来。他们是不是有可能没有想到这个问题，对不对？”

阿阇梨并不答话，继续埋头阅读。“阿阇梨呀，您曾经说过，我们的哲学叫作吠檀多[1]，因为它是所有思想之末，也就是所有思想的终结。对于我们的问题，这样的吠檀多还真可能提供不了解决的办法吧？您觉得怎么样？特别是在一个婆罗门的尸体横陈在聚落里，无人着手处理之时，整个婆罗门住区的所有日常事务都受阻停摆，您觉得怎么样？他们直到处理完这具尸体才能吃东西。我的意思是，

---

① 吠檀多（Vedanta），印度婆罗门教六派哲学之一。“吠檀多”的字面意思是“吠陀之末”或“吠陀的终结”。作为吠陀文献的最后部分，奥义书也被称为“吠檀多”。吠檀多派以奥义书为主要研究对象。印度教三大哲学家商羯罗、罗摩奴阇及摩陀婆都曾阐述过该派哲学的基本学说。

问题并不会就此而止。”

普拉内沙阿阇梨并不答话。加鲁达重新提及他从阿阇梨那里听来的吠檀多、往世书以及逻辑等所有学问。为了什么？黄金。唉！此等男人的人生可悲呀！

“此外，您说的话非常正确。他放弃了婆罗门身份，但婆罗门社群并没有放弃他，对吧？我们并没有把他革出教门，对吧？您觉得怎么样？如果我们真把他革出了教门，他早就成为一个穆斯林了，那我们也就不得不离开这个不洁净的聚落了，是不是？”

阿阇梨抬起眼睛说道：“加鲁达，我已经决定就照经书说的办……”他接着继续读书，希望结束这场交谈。

“要是从经书中得不到答案呢？我不是说我们无法从经书中得到答案。假如我们得不到答案，如何是好？您自己说过，有这么一个东西叫正法，也就是应对紧急情况的规则，对吧？您不是，对吧，曾经建议，如果是一个人的生命所系，我们甚至可以喂他吃牛肉。这样的事情不会是一种罪行。您没说过这话吗？您觉得怎么样？您曾经给我们讲过一个故事，是关于众友仙人[①]的。在饥荒肆虐大地之时，他觉得饥饿难耐，于是吃了一些狗肉，因为最高的正法不就是救人一命吗？您觉得怎么样？……”

“加鲁达，我明白。你干嘛不直来直去，说出你心里的想法？”普拉内沙阿阇梨说着，疲惫地合上了自己的贝叶经书。

“没什么，真的啥事都没有。”加鲁达说着话，眼睛却看着地上。随后，他猝然全身俯伏在阿阇梨面前，又站起来，说道：

“阿阇梨呀，谁会把我儿子夏玛从军队中弄出来呢？告诉我，除

① 众友仙人（Visvamitra），印度上古时代著名的七仙人之一。出身刹帝利，经苦行上升为婆罗门。曾为国王，常受情欲、傲慢和愤怒等强烈情绪左右。他和他的后继者的影响贯穿了整个吠陀时代。

了我儿子，谁能在我死后给我举办葬仪呢？所以，如果您大发慈悲，允许我……怎么样？”

他在说这一番话时，罗什曼那走进来，站在他身旁。

罗什曼那的妻子阿娜素雅那天流着泪回到家中。她妹妹的首饰现在是别人的了。就因为钱德丽那个破鞋，她妹妹死掉了。她也是在为那罗纳帕流泪。归根结底，他不是自己舅舅的儿子吗？要是舅舅还活着，要是她妹妹还活着，要是加鲁达没有对我们的那罗纳帕动用巫术，没有让他变得神经错乱，他还会扔掉这么多金子吗？他还会像一个流浪汉、一个无家可归的可怜虫那样死去吗？他还会像现在这样陈尸在那里，听任它腐烂而举行不了人生最后的仪式吗？她想到这些，不禁号啕大哭。她斜倚在墙上，流着眼泪，述说道：“神哪！神哪！无论他可能干了什么伤天害理的事，我们又怎么能割断把我们结为一体的亲情呢？”就在须臾之间，她的目光落在自己女儿丽拉瓦蒂的身上。她身材矮小，体态丰腴，看起来圆乎乎的，一个鼻孔外面戴了个环，额头上抹了一道长长的朱红的吉祥志，头上留着一条扎得很紧的又短又粗的发辫。于是，她的心肠又硬起来了。

她问了一个问过多次的问题：“什里帕蒂说他什么时候回来了吗？”

丽拉瓦蒂说：“我不知道。”她打发女儿嫁给了孤儿什里帕蒂，但是在随后，她自己的血亲那罗纳帕就误导了他，腐蚀了他。那条蛇竟然吃自己的蛋。谁知道他把什么可怕的东西灌输进她女婿的脑袋里了？什里帕蒂几乎从不着家，一个月也就待那么一两天。他紧紧追随着夜叉戏[①]演员剧团，从一个城镇游荡到另一个城镇，要不就是陪伴帕里贾塔布罗的少年们。消息通过杜尔加巴塔的妻子传到她的耳朵里，说他甚至与一两个妓女厮混在一起。她很久以前就知道，他会走向毁灭。自从看见他有一天偷偷溜进溜出那罗纳帕家，她就明白了这一点。她知道，他已经步入歧途。谁知道他在那所房子里吃喝了些什么令人恶心透顶的东西？没有一个人能逃脱拜倒在钱德丽那个女人石榴裙下的定数。所以，就是为了给自己那飘来飘去的女婿一个教训，阿娜素雅曾教给自己女儿一个损招："当你丈夫想要那个的时候，你千万别对他让步。把你的大腿并拢起来，就像这样，睡觉时避开他。"丽拉瓦蒂完全照母亲的吩咐行事。当丈夫在夜间过来拥抱她时，她就会哭喊着跑到母亲那里，诉说他对自己又捏又咬。于是，她开始睡在母亲身边。

什里帕蒂并没有吸取教训。阿娜素雅的办法对他不灵，尽管这些套路曾对她自己的丈夫起过作用，迫使他对她让步。什里帕蒂剪掉他那象征婆罗门身份的一撮毛，留起西式短发，就跟那罗纳帕一样。他攒钱买了一个手电。他已经习惯于每天晚上在聚落里四处漫游，边走边流里流气地吹着口哨。

罗什曼那阿阇梨回到家里，倒在床上，显得比以往更为清瘦，炎热和饥饿使他疲惫不堪，而由于发烧，他已经变得形销骨立，眼珠也陷入了眼眶。他的日子似乎已经屈指可数了。阿娜素雅对他唠叨："那罗纳帕不是我亲舅舅的儿子吗？他可能是个罪人。可是，如果任何一个低种姓的男人得到许可，去为他收敛尸体，我都会羞愧死。普拉内沙阿阇梨太心软了。加鲁达是精明的，非常愿意一口把

① 夜叉戏（Yakshagana），是一种流行于南印度卡纳塔克邦南部乡村的民间舞剧，是在梵语戏剧的影响下发展而来的，戏目主要取材于两大史诗《罗摩衍那》《摩诃婆罗多》及诸往世书中的神话故事，同时融入民俗等地方文化要素，既有艺术性，也有娱乐性。

整个镇子吞掉。他可不是像你一样的窝囊废。他要是获得许可去办理葬仪，所有那些珠宝首饰就会全归他老婆悉多了。她现在已经在趾高气扬地四处招摇了。不过，神对他们的卑鄙心肠可是关照有加，不然他们的儿子夏玛为啥离家出走，参军入伍？就是这些同样的人，对我的表哥、我舅舅的儿子那罗纳帕说这样的事情。就是这些人，哪里能保证他们的儿子在那些军营里能保持住自己的信仰？你可千万别让加鲁达此人去普拉内沙阿阇梨那里把他拉过去。你最好也去转转。你就像死人一样在这里挺尸，那家伙却去了那里。你以为我什么都不知道呀？”

随后，她出来小心翼翼地察看了加鲁达家的房前屋后，把丈夫推出门去。

加鲁达在看到自己身边的罗什曼那瘦弱得像库切罗[①]一样的体形，感到极为恼火，而他就像在为湿婆举行礼拜仪式期间放出的一头熊那样突然登场。罗什曼那席地坐下，气喘吁吁，用一只手托住他那日渐鼓起的大肚皮，用另一只手撑着斜倚在地上。加鲁达盯着他，仿佛要一口将他整吞下去。他本想要把他骂个狗血喷头，什么吝啬鬼中的吝啬鬼、什么守财奴中的魁首、什么骗亲妈的杂种，如此等等，但是他忍住了，因为普拉内沙阿阇梨就坐在那里。这家伙沐浴，连一汤匙的油都不买。他的手攥得很紧。此人是众婆罗门中最小气的。这个聚落之中，谁人不知？在他的妻子不停地对他唠叨油浴之事后，他在早上起床，步行四英里前往那个贡根人开的店铺。“嘿，迦马特，你有新鲜的芝麻油吗？质量还好吧？卖多少钱？不会发霉吧，是不是？让我瞧瞧。”他就这么连续不停地聊着，趁机把手指蜷起来，弄到两汤匙的油当样品，假装用鼻子嗅一嗅，说道：“还

① 库切罗（Kuchela），一个贫穷而瘦弱的婆罗门，是黑天神的信徒和友人。

行吧，只是还有点不那么纯。等你弄到真正新鲜货时，告诉我一声，我们家需要一罐油。”他把手里的油全抹到了自己的头上。随后，他将双手伸进红辣椒袋中，一边打问着价钱，一边抓起一把红辣椒，把它们转移到自己的袋子中，同时一直随意闲聊着。他从那儿步行一英里，到了谢诺伊的店里。他在那里一边诋毁迦马特的店，一面又为自己沐浴和煮一餐新饭揩得两汤匙油。随后，他再到不知谁家的林子里，弄了一些香蕉叶回家，放到阳光下晒干，制作一些叶杯，来卖几个铜板。要不他就卖圣线，再赚几个铜子儿。他就像兀鹫一样等候别人邀请出席饭局。此刻，他的眼睛就盯在那些黄金饰品上。无论可能发生什么情况，人们都必然会留神，不能让他得到那些战利品。

罗什曼那气喘吁吁地说：“那罗延呀！那罗延呀！”他把身上的汗水擦掉，闭上眼睛，说道：“阿阇梨您哪，如果经书里没有反对意见，我也就没有不同意见。那罗纳帕毕竟是我小姨子的丈夫，对吧？如果您不介意，那就只有我有权给他举办葬礼。”他说完话睁开了眼睛。

加鲁达被惊呆了，不知所措。他怎么能对此表示反对呢？该轮到他了。

“如果问题是谁有资格举办葬礼，你觉得怎么样？你可以自己办去。我们毕竟是生而成为婆罗门的，只能承担别人的罪过。可是，那些金首饰必须交给法庭。否则，按照在达摩斯塔拉做出的裁定，此事必须归我办理。”

普拉内沙阿阇梨感到心烦意乱。即便为死人举办葬礼的问题可以解决，那些黄金饰品的问题也不容易处理。随着时间一分一秒的流逝，他自己身上的责任似乎在不断增大。那罗纳帕在不断加大挑战的力度。他的战斗力越来越强大，就像三步神[①]那样。三步神开始时不过是个侏儒，最后竟然以用他的巨足测量宇宙而告终。

就在此时，那些贫穷的婆罗门由可怜的达斯阿阇梨率领，成群结队而来。

达斯阿阇梨抚摸着自己的肚子，就像一个母亲在抚慰一个正在啼哭的孩子。他说："您知道我身体不好。我吃不上饭就会死掉。您得想个办法。这是紧急情况，一定有特殊的应对这种局面的规则。告诉我们，在聚落里有尸体存在的情况下，我们是否可以吃东西。再有一天，尸体就会开始散发臭味了。我家紧挨着他家。这对谁都不好。为了整个聚落，罗什曼那阿阇梨或加鲁达阿阇梨应当做出某种明确的决定……"

他停顿下来，看看周围的每一个人。那罗纳帕的色欲有多大，达斯阿阇梨的饥饿感就有多强。此刻，饥饿拯救了他，赋予他一颗博大的心。

"阿阇梨您哪，一切就等您一句话了。您的话就是福音，就像吠陀。我们不要金子，或别的什么东西。您吩咐我们吧。我们四个此刻就去收敛尸体，并完成火化仪式。您可以收起黄金，打造一个王冠，代表我们献给马鲁蒂神。"

普拉内沙阿阇梨的心里突然涌起一股善意。只有加鲁达和罗什曼那垂头丧气。加鲁达绞尽脑汁，搜索枯肠，琢磨着说点什么是好，但是，反驳达斯阿阇梨关于把黄金献给马鲁蒂神的建议是一种罪过。

"让我们的阿阇梨按照正法所规定的去做吧！有些人不会喜欢这

---

① 三步神（Trivikrama），毗湿奴的十个化身之一。毗湿奴现身为侏儒去面见魔王巴厉（Bali），要求后者赐给他一小片自己用小脚跨三步量出的土地即可。巴厉王轻率允准。侏儒随即变成顶天立地的巨人，一步量得地界，两步量得天界，三步量得空界，于是把威严而又开明的巴厉王推入冥界。巴厉又译婆离。

样做。在阿阇梨搜寻答案之时，怎么样？我们的师尊似乎没错，是吧？那么，我们的命运会怎么样？无论情况如何，也不应当伤害我们的阿阇梨的良好名声。怎么样？我们不应当像帕里贾塔布罗那些人一样，让人家高等婆罗门嫌弃……”加鲁达微笑着说，装作同意阿阇梨意见的样子。罗什曼那并不晓得如何借助甜言蜜语走出困境，可是连他也感到十分快意。

“请你们都回家。即使我得把整个正法科学翻个底朝天，也要找到答案。我将通宵开夜车！”普拉内沙阿阇梨十分疲惫地说。

天色已是傍晚。他还没有祈祷，也没有吃饭。普拉内沙阿阇梨焦虑不安，在室内和户外来回徘徊。钱德丽在游廊上，他请她进屋坐在里面。他用双手托起病妻，就像怀抱一个婴儿，把她搬到后院，让她小便，再把她搬回到她的床上，喂她喝下晚上那一服药。随后，他返回中厅，坐在那儿，借着煤油灯的亮光翻看那些古籍。

五

前天夜里，什里帕蒂到了西尔纳利，去看由盖卢尔来的剧团演出的《阎婆梵提[①]的婚礼》。对于那罗纳帕从希瓦莫杰返回、卧病在床以及奄奄一息这些事情，他确实一无所知。倘若他知晓情况，他会悲痛欲绝。这是因为，在整个聚落，那罗纳帕一直是他唯一的秘密朋友。他一个多星期前就已经离家外出了。他与盖卢尔剧团的民谣歌手们交朋友，无论该剧团停在哪里，都与他们待在一起，与他们一道吃饭，去看他们的夜场表演，然后在白日睡一整天觉。他在空余时间就去邻近村庄，游说人们邀请该剧团前去演出。一个星期

① 阎婆梵提（Jambavati），印度史诗《罗摩衍那》中人物阎婆梵（Jambavan）的女儿。

来，他把整个世界都遗忘了，快意于嘘寒问暖及漫不经心的交谈。今天夜里，他在返回聚落，在幽暗的令人心生恐惧的森林中，拿着手电，一路高歌。他把没有修剪过的头发梳到后面。他蓄了长发，使之一直垂到领口，因为民谣歌手许诺，让他在翌年的一个戏剧中扮演一个女角。他在语言上毕竟受过普拉内沙阿阇梨的训练，对吧？民谣歌手羡慕他纯正的发音，还有他那清晰的嗓音。什里帕蒂从阿阇梨那里听了够多的梵语、逻辑及古代史诗，这让他在应对这些史诗剧演员的即兴对话及深奥谈吐时，在文化上显得游刃有余。

他只要能在剧团中得到一个角色，就能逃离婆罗门垃圾场，逃离没完没了的葬礼糕饼及葬礼稀粥，逃离所有那些为菠萝蜜咖喱菜而生而死的人。这个想法让什里帕蒂的心头充满喜悦。于是，他不再害怕幽暗的森林。他还在一个名叫希纳的萨满[①]的茅棚里喝过一杯托迪酒[②]，略有醉意，因而在森林的令人畏惧的沉寂中不再战栗。两瓶托迪酒，一个手电筒。一触动按钮，手电就会倾泻出耀眼的亮光，让农民大感惊奇。什么样的妖魔鬼怪敢碰一个装备着这些武器的男人？他在走近杜尔瓦萨布罗时，一想到等待着他的诸多乐事，他的身子就变得暖和起来。如果他老婆夹紧大腿，或盘起大腿，谁在乎呀？还有个贝丽。一个失去种姓的人，那又怎么着？正如那罗纳帕所说，无论她是一个女神还是一个削去青丝的寡妇，谁在乎呀？可是，贝丽两头不靠，啥都不是。哪个婆罗门家的姑娘，会面颊塌陷，乳房干瘪，嘴里不断散发出小扁豆汤的难闻气味？哪个婆罗门家的姑娘能与贝丽等量齐观？她的大腿是饱满的。她和他在一起时，会扭曲自己的肢体，就像一条正在交尾的蛇，在沙滩上不停地蠕动。

---

① 萨满（shaman），原意为“因兴奋而狂舞的人”，萨满教巫师的通称。据信能与神灵沟通，常通过跳神作法给人治病。

② 托迪酒（toddy），用烈酒加糖、热水或香料等调配而成。

她现在应当在自己小屋外面泥温泉加热了的水里沐浴完毕。她应该已经喝了她父亲的酸托迪酒。她的身子应该暖和过来并准备就绪，就像一面调试好的鼓。她的身子，不是纯粹的黑皮肤，也不是苍白的皮肤，而是土地色的，那种肥沃的、准备接纳种子的土地，由早晨的太阳晒热的土地。什里帕蒂的脚步完全停顿下来。他兴高采烈地挤压着手电按钮，不停地打开又关上。他在森林中晃动它，快活得就像那些扮演魔鬼角色的演员。哈！哈！哈！哈！哈！他应和着他们的节奏起舞。他试着像他们一样练习快坐，也像他们一样练习旋转膝盖、伤了一个膝盖、单腿起立等动作。森林空荡荡的。鸟儿扇动翅膀，被手电惊醒了。这么折腾一番，他多了几分醉意。随着他的呼唤，作为戏剧表演感情效应的九种“味”[①]呈现在他的面前，就像它们呈现在任何艺术家面前那样，其中包括暴戾味、厌恶味、恐怖味、艳情味、悲悯味，如此等等。他的想象从一种味滑向另一种味。此时，已是黎明时分。吉祥天女在用晨歌唤醒酣睡于巨蛇盘圈上的丈夫毗湿奴：

醒来吧，醒来吧，那罗延呀！
醒来吧，吉祥天女的丈夫呀！
醒……来……吧，到早晨啦！

什里帕蒂的眼里噙满泪水，闪闪发亮。毗湿奴的坐骑金翅鸟前

① 味（rasa），印度美学中的一个中心概念。艺术创造、唤起、呈现一种或多种“味”，作用于听众或读者。现实生活中的人之常情是原料，艺术品把这些常情加工提炼成“味”。印度美学传统上有九种“味”：艳情味、滑稽味、悲悯味、暴戾味、英勇味、恐怖味、厌恶味、奇异味以及平静味。简而言之，根据婆罗多的《舞论》，“味”是“戏剧艺术表演的感情效应，也就是观众在观剧时体验到的审美快感”（参见黄宝生：《印度古代文学》，北京：中国社会科学出版社，2020年，第542页）。

来唤醒这位天神。“醒来吧，那罗延呀！”兼具使者和仙人身份的那罗陀[1]，前来弹奏自己的弦乐器，来唤醒毗湿奴：“醒来吧，吉祥天女的丈夫啊！”飞禽走兽、猴子以及超自然力歌唱团等，前来祈求他醒来。“醒来吧，已经是……早……晨……啦！”什里帕蒂依照舞蹈的标准动作抓着自己的围裤，仿佛那是一个女人的纱丽，不停地抖动着，将脖子扭向一边，翩然起舞。希纳的托迪酒真的让他有些醉意。他应当去那罗纳帕家再喝一点。他想起了戏剧中的所有女主人公。在那些传奇故事中，没有一个仙人不倾倒于某个女人。荡妇弥那迦[2]破坏了众友仙人的苦修。她一定是个异常迷人的少女。一定比钱德丽可爱。令人奇怪的是，没有一个人看得上贝丽。她衣衫褴褛，到处溜达，捡拾肥料。不过，这也没有什么值得大惊小怪的。众婆罗门到处找饭辙，心不在焉，眼睛昏花，又能看见什么呢？普拉内沙阿阇梨一再描述女人，话就仿佛是对幼儿说的：“仙人在看黎明女神[3]的时候，一定会万分激动。神主让他说出这样的话来：‘宛如一个容光焕发的女人的大腿，在每月的新浴后纯净无比。’多么大胆的构想！多么优美的明喻！”不过，对于这些沉闷无聊的婆罗门，这是另外一种圣歌，另外一种谋生之道。贡达布罗的那个扮演国王角色的纳加帕，说话的时候多么傲慢！多么迷人！“啊，多么可爱的蜜蜂！在这个花园里，菖兰、黄兰、茉莉，还有馥郁的香兰，开得多么繁盛！啊！你是谁呀？可爱的女人，怎么孑然一身，叹气哀

① 那罗陀（Narada），印度古代传说中的一个人物，属于七大仙人之一，有辩才，善音律，据信是维那琴的发明者。

② 弥那迦（Menaka），是一个有倾国倾城之貌的天女。天神之主因陀罗派她下凡去诱惑众友仙人，企图破坏他的苦修。众友识破因陀罗的诡计后将弥那迦赶走。根据史诗《摩诃婆罗多》，沙恭达罗就是他们的女儿，后成为国王豆扇陀的妻子、俱卢族的祖先。

③ 黎明女神（Usas），印度吠陀时代的女神。她袒露胸脯，以光为衣，光辉四射，万古长青。她与太阳是情人，乘一辆光华万丈的车子巡天。她开路在先，太阳紧紧追赶。她的一个重要职责是在晨光熹微之时唤醒众生。

声？你似乎心头充满悲痛。啊，你是谁呀？”什里帕蒂继续一边走着，一边微笑着。在整个聚落里，只有两个人具有审美眼光。他们是那罗纳帕和钱德丽。钱德丽美貌绝伦，无可比拟。在一百英里半径的范围内，谁要能让我再看到这样一个美人，我就得说，你是个男子汉。杜尔加巴塔那家伙，确实有点还算不错的审美趣味。可是，他也只不过摩挲过一个当苦力的女人的胸，再没胆量越雷池一步。实际上，在所有那些人中，最好的鉴赏家就是普拉内沙阿阇梨，真可以说是百万里挑一。每天晚上，他在读往世书和详解诗章的时候，他的语言风格之美，足以让任何民谣歌手眼红。多么精妙的措辞，多么柔和的笑容，多么不同凡响的美感！他的一撮头发，他前额上的种姓标志，整体呈圆形，里面又包含着条纹，都十分显眼。实际上，只有他才能戴有金丝刺绣图案的围巾，而他戴上这样的围巾也显得十分得体。他应该有十五条这样的围巾，都是在八大寺院与南方鸿儒硕彦的论辩中赢得的。可是，他不吹嘘此事。他是个可怜人，妻子长期抱病，没有孩子，什么都没有。此人在讲到迦梨陀娑笔下的女人时美妙无比，那么他自己有什么欲望吗？实际上，什里帕蒂在贝丽前来河边汲水之时把她拿下，也只是在他听了阿阇梨讲沙恭达罗的美之后发生的。他再也忍受不下去了。贝丽头上顶着一罐水，身上的布片已经滑落下来，而当她站在月光下，让一对儿乳房跳荡起来，显出土黄的颜色之时，她看起来俨然就是沙恭达罗本人再世。他于是亲自在肉体上感受到了阿阇梨所描摹的乐趣。

今夜，什里帕蒂选了一条靠里侧的隐秘小径，径直朝小山坡上无种姓者的临时棚户区走去。在漆黑的新月之夜，他看见一间小屋着火了，火焰正在熊熊燃烧。在火光下，是形形色色的墨黑的身影。他从远处眺望，凝神谛听着。似乎没有一个人急于扑灭这场火灾。

他感到困惑，于是隐在一个树桩后面等候。这座小屋，框架是用竹子搭成的，屋顶是席片苫成的，上面再覆以椰子叶，在夏日的干热中烧成灰烬。这间茅屋就在他的眼前被夷为平地。那些墨黑的人影回到了他们的窝巢之中。什里帕蒂蹑手蹑脚潜行，在贝丽小屋外面轻轻地拍了拍手。

贝丽刚在温水中洗了头，只在腰部以下围了一块腰布，赤裸着上身，波浪似的头发披散在后背及脸上。她疾步走出小屋，进入远处的灌木丛中。什里帕蒂在一棵树后等着，在她消失之后东张西望，确保附近没有别人，然后进入灌木丛，贝丽在那儿蹲着。他把自己的手电打亮又关上，一边拥抱她，一边气喘吁吁。

“啊呀，别，今天不行！”

贝丽从来没有这样说过话。什里帕蒂十分诧异，但完全不顾她说的话，解开了她的腰布。

“我不知道是怎么回事儿，皮拉和他的女人今天死了，是遭了魔鬼还是什么东西的毒手，啊呀！”

什里帕蒂此时此刻用不着说话。她赤身裸体。他把她拉到地上。

“因为他们俩都死了，我们就把尸体留在那里，把那间茅屋点火烧了。好像是一种热病。他们病后就再也没有睁开过眼睛。”

什里帕蒂很不耐烦。她在说着什么事，心也在别的什么地方。他怀着急不可耐的热望前来找她，而她却在刺刺不休地说别人的事。在这样的时候，她还从来没有如此大谈特谈。她始终像是成熟的谷穗儿，在飘落的雨水面前低垂着头。

贝丽用那块腰布裹住自己，说道：

“啊呀，我想告诉你一些事情。我以前从来没有见过这样的事情。为什么大老鼠和小老鼠都会跑到我们破败的茅屋里来？那里没有什么可以吃的东西。我们的茅屋不像婆罗门的住房。现在，大老鼠前来，就像要找个地方待着的亲戚一样。它们哗啦哗啦地从房顶上掉下来，到处跑来跑去，然后就死掉了。就像人们从着火的茅屋跑出来逃命那样，它们跑进了森林。我从来没有见过与此类似的情况。我们必须找到那个魔鬼附体的萨满，问问他这件事。为什么大老鼠前来贱民的茅屋并突然离去？咔嚓！就像这样！像折断了一根树枝。我们必须问问那个魔鬼。"

什里帕蒂又裹上围裤，穿上衬衫，拿出一把袖珍梳子，梳了梳自己的平头，就晃动着手电，急匆匆地跑掉了。跟贝丽睡觉还行，可听她说话却实在差劲。她一张嘴，所谈无非妖魔鬼怪。

他急于见到那罗纳帕，于是把他的围裤卷到齐膝，撒腿跑下山去。他可以在那儿喝一玻璃杯水，当夜在那儿睡觉，早上就到帕里贾塔布罗的纳加拉贾的寓所。他悄然站在那罗纳帕的屋前，推了推门。门没有上闩。他想，他还没睡呢。他于是高兴地走进屋里。他打亮手电，大声呼叫："那罗纳帕，那罗纳帕！"没有回音。有一股某种东西腐烂发出的恶臭气息，足以使人恶心呕吐。他想上楼，敲敲他的房间门。他在黑暗中走向自己十分熟悉的楼梯。他在转角时，赤脚扑哧一声踩到了某个柔软而又冰冷的东西上面。他吓了一跳，于是打亮手电察看。一只死掉的硕鼠，肚皮朝天，四腿腾空。死鼠身上的苍蝇在手电光下嗡嗡作响。他沿着楼梯跑到楼上房间；楼梯在他的脚下嘎吱嘎吱地响。那罗纳帕干嘛用毯子蒙头睡在地板上？他一定喝到酒从鼻子眼往外冒了。什里帕蒂微笑着，把毯子掀开，一面摇晃那罗纳帕，一面呼叫："那罗纳帕！那罗纳帕！"就像那只硕鼠一样，那罗纳帕的身体也是冰冷的。他急忙把手缩回，打亮手电。只见那罗纳帕眼睑洞开，双目无光，一动不动地向上翻着。在他的手电的晃动下，苍蝇及各种小昆虫飞来飞去。还有一股恶臭的气味。

六

十多年前，拉克希米黛维大妈就已年届六旬，是这个聚落里最年长之人。她大声呻吟着，把大门推开，打了一个长而响亮的嗝：嗝……儿！她下坡进入聚落大街，斜倚着手杖站定，又打了一个长而响亮的嗝：嗝……儿！她在无法入眠或心烦意乱之时，就会在夜间出屋来到街上，来回走三趟，站到加鲁达阿阇梨房子前面，呼叫儿孙和祖先，召唤男女诸神作证，对他破口大骂，再返回自己家，关上她的大木门，发出刺耳的巨大噪音，然后上床睡觉。特别是在临近新月或满月之时，她那骂街诅咒的毛病发作起来，就会达到巅峰。她的大门和她的打嗝闻名于整个聚落。她的名声已经传播到四面八方的婆罗门住区。因为拉克希米黛维大妈是个童寡妇，人们都叫她灾星。她诅咒所有淘气的男孩并用自己的棍子把他们赶走，而众婆罗门无论在何时与她迎面相遇，都会倒退四步，来化解厄运。可是，实际上并没有一个人真的在乎。他们都叫她酸嗝儿。可是，她最为人所知的名字是傻瓜拉克希米黛维大妈。她的人生本身就是一部往世书。八岁出嫁，十岁成为寡妇。十五岁时，她的公婆双双死亡。整个聚落都讥讽她为灾星女。不到二十岁时，她的亲生父母也死了。随后，加鲁达的父亲接手保管她所拥有的一点财产和首饰。他将此妇带到自己家中。那是他一贯的行事方式。他还以相似方式管理那罗纳帕父亲的财产，说其人不够聪明，无法亲自管理自己的东西。拉克希米黛维大妈就在那个房顶下度过二十五年。加鲁达在父亲死后接班。他的妻子一毛不拔，从来没有给谁吃过一顿饱饭。

拉克希米黛维大妈经常与她吵架，有时甚至大打出手。后来，夫妇俩将她扫地出门，把她推进丈夫遗留下来的破烂不堪的老宅中。从那时起，她就独自住在那里。她曾向普拉内沙阿阇梨投诉。他曾召来加鲁达予以劝导。加鲁达决定一个月给她一个卢比的津贴。于是，她对加鲁达充满怨恨。普拉内沙阿阇梨不时从众婆罗门那里给她弄一些大米。由于拉克希米黛维大妈年事日高，她的厌世情绪越来越重，就像体内的毒素水平在不断上升一样。

拉克希米黛维大妈此时站在加鲁达屋前，一边响亮地打着长嗝，一边像素日一样开始口吐恶语。

"愿你的房子闹鬼！愿你翻白眼！你是城镇的毁灭者，你是坑害寡妇的人！你对那罗纳帕的父亲施用巫术。你要是还留着一点男人气儿，你就起身出来！你吃光了一个可怜的削发[①]老寡妇的钱，不是吗？你以为你能消化了那些钱？是吗？我死后会变成厉鬼回来，折磨你的孩子们。我就是那种人，你不知道吗？"

她喘息着并再次打嗝。

"你这个恶棍！一个像那罗纳帕那样的大好人，变成了一个失去种姓的人，给自己找了个妓女。你们这些帮家伙称自己是婆罗门，你们就坐那儿，不想把一个死人遗体弄出去。你们的婆罗门教到哪儿去了，你们这群坏蛋！你们将会堕入为没有种姓的人预留的最低一层地狱，并在那里消亡。你们不知道吗？在这个聚落里，在我这一辈子，我见过一具尸体整夜不火化的吗？一次也没有。罗摩！罗摩！时代堕落了，堕落了！婆罗门教完了！你们干嘛不削掉自己的头发，变成穆斯林呢？你们为什么需要做婆罗门呢？说你们呢！"

---

① 传承派等一些正统婆罗门教派坚持要求其教派内寡妇奉行禁欲主义，规定她们削发、一日一餐、只穿暗红色粗布纱丽、不点吉祥志及回避生活中的寻常欢乐等。

“啊呀哟……”什里帕蒂尖叫着，冲出那罗纳帕家的游廊，甚至忘了关上大门，跳到街上，撒腿狂奔而去。

“瞧！瞧！瞧！那罗纳帕变成鬼啦！鬼！”傻瓜拉克希米黛维大妈从一户跑到另外一户，一面挨家挨户敲门，一面拄着手杖往前蹦。什里帕蒂魂飞魄散，心跳得蹦到了嗓子眼儿里，匆忙渡河，奔向帕里贾塔布罗，前往纳加拉贾家。

钱德丽躺在普拉内沙阿阇梨家高出地面的游廊上。只有她认出，正在夺路狂奔的人是什里帕蒂。她饥肠辘辘，还没有睡着。她不是那种能够实行斋戒的人，生生世世都未曾这样做过。她也不是那种独自躺在屋外的人。她自从离开贡达布罗并与那罗纳帕共同生活以来，就一直喜欢用香熏过的卧室里面的柔软床垫。此刻，她再也忍受不住饥饿，于是起身走过后院，前往香蕉林。她摘下一把原先留在树上等待成熟的香蕉，一直吃到肚子变圆，然后走到河边，喝了好多水。她害怕回家。她从来没有见过死人的面容。倘若那罗纳帕的遗体已被妥当火化，那么她对他的一腔挚爱之情恐怕早就从心底涌出，而她也早就哭成个泪人儿了。可是，此时此刻，她的心里空无所有，只有恐惧。只有恐惧，还有殷忧。如果那罗纳帕的遗体得不到恰当的礼遇，他就可能变成一个缠人的怨鬼。她与他共享人生达十年之久。在给他举办合适葬礼之前，她怎能安下心来呢？她的心里波澜起伏。没错，那罗纳帕已经放弃了婆罗门身份，与穆斯林一道吃喝，她也这样做过。但是，任何罪行都不会波及她。由于出生在一个妓女之家，所有规则都对她奈何不得。她一直喜气盈门，每天都像新婚一样，是个从未寡居过的人[①]。罪恶怎么可能玷污一条

① 印度传统中对妓女生活的讽刺性说法。

奔流不息的河？一个男人渴了，来河边饮水很好；一个男人脏了，到河里冲洗一下很好；用河水给神像沐浴一下也很好。河流对一切来者不拒，从不违逆。就像她一样。不会干涸，不会疲惫。通加河，就是一条不会干涸也不会疲惫的河。

然而，这些婆罗门的女人们，在生下两个小崽之前，就已经双眼洼陷，面颊干瘪，乳房松弛下垂，而她却不是这样。长年奔流不息的通加河，一条不会干涸也不会疲惫的河。那罗纳帕曾趴在她身上狂饮，就像一个十岁的孩子，不停地撕扯和吞噬，就像一只贪吃的熊扑在一个蜂巢上。有时，他会像一只斑斓猛虎跳来跳去。我们现在所需要的就是为他举办一场适当的葬礼。然后，她就可以离开这里前往贡达布罗[①]，在那里为他哭泣。这事只能由婆罗门经手办理。不错，那罗纳帕已经抛掉了婆罗门的行事之道，可是他们依然紧紧抓着他不放。他是个愤怒、疯狂而又意志顽强的人，曾经折跟头，打把式，可劲儿折腾，也曾经说过，如果他们将他革出教门，他就会成为穆斯林。然而，谁知道他心里是怎么想的？她当然不知道。无论怎么折腾，他从来没有对普拉内沙阿阇梨使用过污言秽语。虽然他确实谈吐轻率，口无遮拦，但他内心十分害怕。他跟别人吵架，事后很快就会忘记。一个像她那样的人，蛾眉善妒，却无法弄清这样的仇恨。她在最初与他走到一起时，曾恳求他说："别吃我做的饭，别吃肉什么的一类东西。我自己将放弃肉食；如果我嘴馋肉了，我就去谢蒂家，我也只是在那里吃点鱼，不在这个聚落里惹事。"可是，他没有听从，他也不是那种听话的人，纯粹的榆木脑袋。他那歇斯底里的老婆也没有胆量对抗他的顽强意志。她返回娘家，诅咒他，随后死在那里。谁愿意把事情搞复杂化？一旦举行了葬礼，她

① 贡达布罗（Kundapura），卡纳塔克邦西部小海港。

就可以行礼并回家。

可是，她此时心中有事，让她十分苦恼。事情实在诡异，那罗纳帕从来不会在神像前双手合十，可是他在热病上脑之后开始说一些稀奇古怪的话。他在刚刚陷入昏迷之际喃喃自语：“妈呀！罗摩大神呀！那罗延呀！”他还大声喊叫：“罗摩！罗摩！”都是些神圣的名号，不是会从罪人或贱民嘴里吐出的词语。她并不十分明白他内心深处在想些什么。如果他们不依照经书给他举行葬礼，他肯定会变成一个恶鬼。她，钱德丽，她吃过人家的饭呢……

现在，万事皆取决于普拉内沙阿阇梨了。他多么和蔼，多么慈祥！就像戏剧中的黑天大神，在他的信徒黑公主亟须他时，就会微笑着赶来。他多么光彩焕发！可怜的人，他很可能对床笫之欢一无所知，他的妻子是个好女人，可一直就像一个活死人那样躺在那里。可是，他多么耐心哪！他周身该有多大一个光轮哪！他连一次也没有抬眼瞧过她。她母亲过去常说：妓女应当通过与这样圣洁的男人结合而受孕。阿阇梨就是这样一个人。他有如此非凡的仪容，还有美德。他光彩四射！可是，一个人只有运气好才会得到这样的人的祝福。

吃饱香蕉后，她眼皮开始耷拉下来。睡魔在逼近，时而远，时而近。她在昏昏欲睡中时而听到一些声响。普拉内沙阿阇梨还醒着，在厅里来回踱步，大声朗读着他的曼多罗真言。他还醒着，她怎么能入睡呢？她试图将睡意驱走。她为诸事忧心忡忡，躺在游廊上，头就枕在前臂上，羞怯地抬起双腿，让双膝贴到肚子上，蜷起身子，纱丽盖脸，沉入睡乡。

每一页贝叶经文都翻过了，从头至尾查找了。经书里没有解决办法，没有任何可以让他的良心认可的东西。普拉内沙阿阇梨不敢承认，这些正法之书对于当前困境无解。另外一件令人畏惧的事也在威胁着他：别的饱学之士难道不会轻蔑地问，您原来就懂这么多呀？如果他们嘲讽他：您可是修过那些极品课程，这就是您的全部学识吗？他该说什么？他坐在那儿沉思："一个人失去什么都可以，但不应当失去自己的令名。一旦名声扫地，就再也无法挽回。"可是，他对自己思绪的游移感到羞愧。即便是在这种局面下，还只是想着自己的名声！他要是能够平息自己的自我中心主义该有多好！他再度打开贝叶经，专注地翻阅起来。他沉思片刻，闭上眼睛歇了一会儿，又拿起一片单独的贝叶开读。不行，没用。他再度合眼，拿起另外一片贝叶阅读。同样一无所有。妻子躺在厨房里，不断呻吟着。他起身察看，让她的身子侧向自己，喂她喝了两口柠檬汁。妻子悲叹道："为什么不让我替那罗纳帕去死呀？为什么我就不死呀？我就是死也愿意做一个让你吉祥如意的妻子呀！……"他不让她这样说。他要她说："愿万事如意！"不让她自我诅咒，抚慰她，随后返回厅里，坐在灯笼发出的光下，忧心如焚。如果在古代法典中没有答案，那就真是那罗纳帕获胜，而他这个规范师却失败了。最初的问题实际上是，他这些年来为什么没有助力将那罗纳帕革出教门。那是因为，那罗纳帕曾威胁说要成为穆斯林。动用这样的威胁，就已经亵渎了古老的法典。有一段时间，婆罗门苦修的力量称雄世界。那时，人们不会对任何诸如此类的威胁让步。由于时代在恶化，这样的困境让我们深感痛苦……

如果人们审视此事，阿阇梨没有将他革出教门，难道仅仅是出于他要成为穆斯林并污染聚落这一威胁吗？不，还有他这个阿阇梨的悲悯之情在起作用。他心中怀着无限的悲悯之情。当这一想法一闪而过之时，普拉内沙阿阇梨自责起来，说道："嘁！嘁！这是自欺呀！”那并不是纯粹的怜悯，它掩盖着一种严重的任性行为。那罗纳帕任性，他也任性；他不能屈从于那罗纳帕。“我必须把他带回正道上来。我要凭借我的美德的力量、我的苦行以及我一周两次的斋戒来做到这一点。我要把他拉回到正思维[①]之道上来。”这正是他的难以控制的任性。

这种任性以自己的独特形态呈现出来，那就是坚决用爱心、悲悯、苦行等，使那罗纳帕走一条狭窄的小径。下这样的决心，在多大程度上是出于任性？又在多大程度上是出于他内心深处的慈悲？他的天性的主要推动力似乎就是慈悲。在这具身躯因岁月流逝而变得憔悴之时，欲望会消失，但悲悯之情却不会。对于一个人来说，悲悯之情比欲望更为根深蒂固。如果这样的悲悯之情不曾在他内心发生作用，那么他怎么可能经年累月照料一个病妻，而且连一次也不曾倾心于别的女人？不，不，只有悲悯之情才拯救了他善良的婆罗门天性。

悲悯、正法、正道、善良，婆罗门身份。它们全都扭在一起，成为死结，纠缠着他。最初的问题是，那罗纳帕为什么会变坏，变得满腔怨毒？经书说，一个人只有靠多次往生中积攒的功德才可能成为婆罗门。倘若如此，那罗纳帕为什么还用双手将自己的婆罗门身份抛入阴沟？令人惊叹的是，人直到最后也依然是根据自己的天性行事。普拉内沙阿阇梨想起了《梨俱吠陀》[②]中的一个故事。

曾经有一个婆罗门沉迷于赌博。他无论采取什么行动，都无法

---

① 正思维，亦称正思、正志。释迦牟尼在鹿野苑初转法轮时提出正确的修行方法，也就是八正道，即正见、正思维、正语、正行、正命、正精进、正念与正定。

②《梨俱吠陀》(*Rigveda*)，印度上古时期的诗歌总集，分为10卷，收入1028首颂诗，在颂神的同时描绘了自然现象和社会现象，也表达了对宇宙起源的探索，既有深刻的哲理性，也有丰富的文学性。《梨俱吠陀》的编集对于印度文化的意义，犹如孔子编集《诗经》对于中国文化的意义。

战胜自己的天性。那些有良好教养的婆罗门禁止他进入祭祀场所。他们将他像狗一样轰走。他呼唤神明以及天使，哭诉道："神主啊，你为什么要使我成为一个赌徒？你为什么要赋予我这样一种邪恶的需求？八方的保护者呀，请给我一个答案。因陀罗[①]！阎魔！伐楼拿[②]！衮衮诸神！来给我一个答案。"

在祭祀场所，其他婆罗门献上贡品，呼唤因陀罗、阎魔、伐楼拿等神明前来享用。

可是，诸神竟然前去回应赌徒的呼唤。众婆罗门只得收回自己婆罗门的傲慢，前往那个无赖所在之地。很难弄懂正法的内在运行机制。一个大罪人，一个失去种姓者，只是在奄奄一息之际念出那罗延的名号，就能获得解脱，进入天堂。神主曾经让他的守门人阇耶和毗阇耶做出选择，是当七世信徒再来到他的身旁，还是只做三世敌人就来到他的身旁，他们都选择了后者。通往解脱的快捷路径存在于冲突之中。对于我们这样的人，通过每天的礼拜与仪式，来消磨我们的如同一段檀香原木般的宿业，需要经过一生又一生的努力，才能获得解脱。正法的内在意义是难以捉摸的。谁知道那罗纳帕的内在生命被卷入哪场风暴之中了？他活蹦乱跳，游戏人生，却在一眨眼之间就死掉了。

要是神主赋予他认知能力就好了。突然，就像一个来自未知世界的信号，一个念头在他心头闪现，让他异常兴奋。翌日早晨沐浴等杂事完毕后，他应当去马鲁蒂神庙问一问神主："风神之子呀，在如此困境之中，怎样做才对？"他心里感到轻松了。于是，他在内室来回踱步。他突然想起一件事。"喊！那个年轻女人还睡在游廊里

① 因陀罗（Indra），印度神话中的太空、雷雨之神，在吠陀时代备受尊崇。

② 伐楼拿（Varuna），印度神话中的海神。

呢，连块垫子都没有。”他拿出一块垫子，一条毯子，一个枕头，大声叫道：“钱德丽！”钱德丽一直在回想母亲曾经说过的话，闻声惊跳起来，把纱丽的末端拉上来盖住自己的脑袋。普拉内沙阿阇梨觉得，黑暗中这样站在一个女人面前不合适，于是说道：“把这块垫子还有枕头拿去。”他随后返身离开。钱德丽似乎失去了使用语言的能力。普拉内沙阿阇梨在跨越门槛时止步。在灯笼的光亮下，他看见这个女人坐在那里，显得十分尴尬，而她的身子蜷缩在一起，宛如一朵行将绽放的花蕾。进屋时，另一个念头在他心里闪过。他拿着她当天早些时候从身上取下的那些首饰出来，说道：“钱德丽！”她疾速坐起，一副忧心忡忡的样子。

“钱德丽，你听我说。你的慷慨使问题变复杂了。对于紧急情况，婆罗门也只能遵循正道予以处理。你保管好这些金子吧。那罗纳帕死了。可是，你还要过自己的日子。”他站在她的近旁，手里拿着灯笼，在亮光中弯下身子。她抬起头来，温顺地面对着他。阿阇梨慈祥地凝视着她那黑色的大眼睛，把金饰品放到她的手里，随后，他进屋了。

七

达斯阿阇梨再也忍受不住饥饿的折磨。他在痛苦中念诵神的名号：“那罗延！那罗延！”他高声叹息着，揉着自己的肚子，在床上辗转反侧。他的儿子无法入睡，于是把母亲叫醒。

他说：“阿妈！臭死了，臭死了！”

达斯阿阇梨处于饥饿造成的难以忍受的痛苦之中，没有闻到任何气味。可是，他的妻子也说：“没错，真的臭死了！”她拍了拍丈夫，说道：“喂，一股恶臭，太厉害了！现在是夏天，那具尸体已经腐烂了，会把整个聚落都熏臭的！”

随后，她听见傻子拉克希米黛维大妈大声喊叫：“那罗纳帕的鬼魂现身啦！那罗纳帕的鬼魂现身啦！”她尖叫着。她颤抖着。死人的鬼魂一定在到处徘徊，散发着恶臭。

贝丽在茅棚中，也无法入睡。她坐起来。是一个幽暗的夜晚，她什么也看不见。她来到外面。那间茅棚已被烧掉，用以火化那个死去的被逐出种姓的人和他的女人。它一直燃烧，直至化为灰烬。随着风的每次掠过，灰堆中都会有火星隐约闪现。在远处的灌木丛中，她看见大量的萤火虫在一闪一闪地发出亮光。她蹑手蹑脚，轻轻地朝它们走去，解下那块腰布，赤身站着，在和煦的风的吹拂下感到十分惬意。随后，她小心翼翼地展开那块腰布，捕捉那些会发光的虫子，缴获它们的不断闪烁的明灯，然后跑回自己的茅棚，把它们抖落到地板上。时而闪亮，时而变暗，它们略微把茅棚照亮了一点，四处飞来飞去。贝丽用手在地板上摸索，寻觅着这些流萤。贝丽摸索着，她的手碰到了正在呻吟的父亲和母亲，他们嘟囔道：“这只袋狸鼠[①]在这儿干吗？”

“哟！死老鼠，太臭了！”贝丽喊叫着。她摸索着，手碰到了一只冰凉的死老鼠。她借着萤火虫的亮光一看，大叫起来：“啊呀……啊呀……啊呀！”她抓住尾巴提起死老鼠来，把它扔到了外头。她破口大骂硕鼠：“这些该死的杂种鼠，到处乱跑，死个满世界！它们这是出什么事了？”随后，她将腰布裹到身上，躺到地板上，进入睡乡。

① 袋狸鼠（bandicoot），一种亚洲鼠。

众婆罗门饥肠响如鼓，也饿得睡不着觉，于是双眼变得通红。他们在早晨起床，洗把脸，然后来到村院。此时聚落里正在发生可怕的事情，他们为此诅咒那罗纳帕。由于室内臭气熏天，孩子们在游廊和后院四处蹦蹦跳跳。女人们十分害怕，那罗纳帕的鬼魂此时在街头游荡，会碰上她们的孩子。所以，对于那些不愿意听从命令的顽童，她们只得打他们的屁股，把他们推进屋里，还得把大门关上。她们以前在光天化日之下从来没有像这样关过大门。没有用来祈福和装饰门槛的神圣图案[①]，而即便如此，也不会有牛粪水渗入院中。整个聚落都没有感觉到，晨光初现，天已破晓。景物显得空荡而凄凉。天哪！他们似乎都在哭喊。仿佛每户人家，在某个黑暗的房间里，都停着一具尸体。众婆罗门坐在村务大厅里，双手支着脑袋，不知道下一步该怎么办。

只有文卡塔拉曼阿阇梨淘气的孩子们违抗母亲的命令，站在后院数着从仓房蹦跳着翻滚着进入院中的硕鼠。他们拍着手掌，跳来跳去。他们按照父亲计算稻谷数量的方式点数着：

有——有啦！

两只——两只啦！

三只——三只啦！

四只——四只啦！

五只——五只啦！

六只——六只啦！

又有了——又有啦！[②]

---

① 神圣图案，指用各种彩粉在地板、房前或神像上画出来的具有吉祥寓意和装饰意义的图案。

② 当地民间计数时，忌讳提到一和七两个数字。一被说成“有”（jabha），七被说成“又有了”。

当母亲下来，手执笤帚，打他们的屁股时，他们尖叫着，拍着巴掌，蹦跳着，说道："看！妈！看！八只，八只啦！九只，九只啦！十只，十只啦！十只大老鼠！看！妈！看！"

母亲愤怒地回应。

"你们狼吞虎咽，吃下的米饭进脑袋啦，是不是？数肮脏的老鼠，这叫什么事？进屋！不然，我不把你们打得浑身红肿绝不罢休！仓房里到处都是这些肮脏的东西。稻谷和小扁豆上面都是老鼠屎。"

她一边嘟囔着，一边把孩子们赶回屋里，把他们关起来。在那里，也不知从哪里跑来一只硕鼠，像个孩子似的自顾自地不停地打转转，然后仰面朝天倒在地上死了。孩子们十分开心。

众婆罗门从他们的游廊慢慢地下来，捂着鼻子，朝普拉内沙阿阇梨家走去。杜尔加巴塔挡住大家的去路，说道："各位阿阇梨呀，傻奶奶说的话可能是真的，对不对？"

众婆罗门心理十分恐惧，说道："我们等着瞧吧。"他们随后轻轻地举步前往那罗纳帕家。他们停在外面，在看到大门洞开之时不禁惊恐万状。尸体肯定已经化作鬼魂，在四处游荡。如果不为之举办得宜的葬礼，他肯定会变成一个婆罗门恶魔，恐吓这一方土地。达斯阿阇梨眼里满含泪水，责备着其他婆罗门。

"你们贪求金子，我们让你们给毁了。难道我没说这话么？那是一具婆罗门的尸体。除非适当为他举办一场葬礼，否则他会变成一个恶魔。我们这里有谁在意一个穷婆罗门说的话？难道这具尸体不会在这样的夏季高温下腐烂，把这个地方搞得臭气熏天？人们能斋戒多久而不饿死，而且一具尸体就在身边不远的地方……"

杜尔加巴塔由于饥饿而暴怒，说道："你们是什么样的摩陀婆派？这是什么样的正统派？在这样一个时机，你们居然想不到一条出路！”

加鲁达老成持重。“如果普拉内沙阿阇梨说出什么高见来，我不会有反对意见，你们觉得怎么样？让我们把黄金首饰问题先搁一边。让我们先把尸体弄到火化场。你们觉得怎么样？如果普拉内沙阿阇梨能拯救我们这个婆罗门群体，这就够了。”

大家径直前去见普拉内沙阿阇梨，谦卑地立在厅里。阿阇梨把妻子搬到后院，等候她小便，帮她洗漱，给她服药，然后来到外面，看见了那些聚在一起的婆罗门。他向他们解释了自己前夜的决定。加鲁达用谦卑的声音表达了整个群体的意见。

“我们这个婆罗门社群真的就掌握在您手里了。您必须拯救我们，使我们免遭诟病和恶名之害。我们无论是把死人搬出去还是不搬出去，都可能遭到责备。您觉得怎么样？我们将在这里等候您带回马鲁蒂庙的神谕。”

阿阇梨准备动身，说道：“你们都明白，是不是？你们的孩子们都可以吃东西。我没有反对意见。”

他手里拿着柳条篮子，在聚落的灌木丛中摘了一些茉莉花，也从树上摘了一些黄兰花。他用神圣的罗勒叶装满了篮子。在河边沐浴后，他在身上裹了一块湿布，换了圣线，为此次专门礼拜马鲁蒂神做好准备。他渡过河水，在林中走了两英里，来到了静穆地耸立在林木中的马鲁蒂庙，周围一片沉寂。他从庙里的井中打了一些水，将两满罐的水浇遍全身，以荡涤途中可能玷污自己的任何秽物。他又将一满罐水带到与人等身的马鲁蒂神像前面，清除掉神像身上所有干枯的花瓣及罗勒叶，把它彻底清洗了一番。随后，他坐在神像前，念诵神圣祷文整整一个小时，又在打湿的石头上摩擦檀香木，制作檀香膏。他用馥郁的檀香膏涂抹神像，用鲜花和罗勒叶装饰它。他合上双目冥想，将他心里的矛盾讲述给神主听。

“如果您认可举行这场葬礼，就把您右侧的花给我；如果您禁止举行这场葬礼，就把您左侧的花给我。我认知能力有限，所以前来拜见您。”于是，他坐在那里，时而万分虔诚地闭目沉思，时而在油灯的亮光下凝视猴神马鲁蒂。

尽管此时还不到上午十点钟，但暑气已经十分酷烈。即使是在幽暗的神庙里，也是非常闷热，让人汗流浃背。阿阇梨又用一罐水把自己从上到下浇了个透，然后坐在那里等候，全身湿漉漉的。他说：“我要一直坐到您给了我答案才会起来。”

在普拉内沙阿阇梨离家上路时，钱德丽由于害怕直面那些怒气冲冲的婆罗门，于是返回了大蕉林。在河中洗刷干净后，她用自己的纱丽兜了满满一抱成熟的甜大蕉，然后继续举步前行。她光泽四射的乌发松散地披在湿漉漉的身上，她的湿漉漉的纱丽紧紧贴在四肢上。此时，她靠着一棵树坐着，与马鲁蒂庙相距不远。她能听见从远处神庙传来的阿阇梨鸣钟的声音。这神圣的钟声让她回想起一次让她感动的经历。就在她记起母亲的那一番话之时，阿阇梨不是拿着垫子和枕头，在黑暗中提着一盏灯笼，来到她的身边，十分轻柔地叫了她一声钱德丽吗？突然，她因为自己已经年过三旬而感叹韶华易逝。她与那罗纳帕共同生活了十年，但仍然没有生下一男半女。如若她生了个儿子，他可能已经成为一个音乐妙手了；如若她生了个女儿，她可能已经教她跳古典风格的舞蹈了。她已拥有一切，但又一无所有。她坐在那里看小鸟在树上翻飞和栖息。

八

达斯阿阇梨害怕，他如果不马上吃点东西就会饿死。所有那些为孩子们烹调的食物都在散发着香气。啊！在这个斋戒日闻一闻那些香气！就像是倒进熊熊燃烧的火里的融化了的黄油。嘴里不断涌出口水，他吐出几口，又咽回去几口。最后，他再也无法忍受，于是起身离去。他在谁也没有看见的情况下，进入通加河水域，在灼热的阳光下沐浴，然后步行前往帕里贾塔布罗。他很快就站到了曼贾亚家茅草天棚的阴凉之下。他怎么能在这里公然讨要食物？他在一生中甚至没有碰过这些杂种婆罗门家里的水。他毕竟是一个只吃依从仪轨烹制的饭菜的婆罗门。倘若别人听闻他如此如此，就会坏事。不过，他飞速迈开双腿，以迅雷不及掩耳之势来到曼贾亚面前。曼贾亚正在吃用扁米片做的香辣的乌皮杜。[①]

“啊呀！啊呀！啊呀！阿阇梨呀，进来，进来！您怎么会跑这么远路过来？普拉内沙阿阇梨做出什么决定来啦？还是怎么回事儿？实在遗憾哪！除非尸体得到处理，否则你们谁都不能吃饭，对吧？请坐！休息一会儿。喂！给阿阇梨搬个坐具来！”曼贾亚可劲儿招呼客人，显得彬彬有礼。

达斯阿阇梨愣神站在那里，专注地望着乌皮杜。曼贾亚亲切地看着他，说道：“阿阇梨呀，你是觉得头晕还是怎么回事儿？我给你弄点果汁好吗？”

达斯阿阇梨不置可否，但蹲坐到了低矮的座位上。他怎么能开口求人家？他鼓起足够的勇气，开始旁敲侧击。曼贾亚侧耳静听，一边吃着自己的乌皮杜。

---

① 对婆罗门而言，是有饮食禁忌的。达斯阿阇梨是摩陀婆派，如在传承派家中食用经过烹制的食物，就会因犯忌而在礼仪上失去身份。

“曼贾亚，我们的人昨天在这里说话的方式，我真不喜欢。”

出于礼貌，曼贾亚说：“得，得，得，此类事情，您就别说了。”

“曼贾亚，你如果认真看一看就会发现，在这个争斗时代[①]，还有多少真正的婆罗门存在？”

“阿阇梨呀，我同意，我同意。没错，这个时代腐败了。”

“曼贾亚，在坚持正统观念和恪守戒律方面，你怎么会比别的哪个婆罗门差？你愿意在没有一个铜板的情况下举行这场葬礼。可是，我们聚落的加鲁达和罗什曼那，却为争夺一块金子而凶得像两只乌鸦……”

“啊哟！啊哟！是这样吗？”曼贾亚打着哈哈说。他只是在虚与委蛇，并没有探听任何人劣迹的兴趣。

“曼贾亚，有件事情，就只能你知我知，不要外传。人人都说，加鲁达的巫术毁了那罗纳帕。谁知害人害己，报应来了，所以他自己的儿子离家出走参军了。喂！他甚至吞掉了那个可怜的寡妇拉克希米黛维大妈的首饰和钱！”

曼贾亚虽然面带笑意，却一言不发。

“我问你，今天哪里有真正的婆罗门？实际上，我不反对加鲁达。可是，就因为师尊一年一度用五种方式训诫我们，我们的所有罪过就消除了吗？那些家伙要你做他们自己不愿做的事情，我不喜欢他们。曼贾亚，无论你会怎么说，普拉内沙阿阇梨是我们唯一的真婆罗门。多么荣耀的人生！多么艰难的苦修！”他啧啧称羡。

“对呀，对呀，非常对，是不是？”曼贾亚随声附和，然后问道：“阿阇梨爷们，您沐浴过了吧？”

---

① 争斗时代（kali age），即“争斗时”，印度教宇宙图景中时间单位之一大时的组成部分。

“是呀，我刚在河中泡了泡。”他答道。

“那么，阿阇梨爷们，就和我们一道吃点东西吧！”

“我真的不介意在你家吃饭。可是，如果我们聚落里的那些无赖听说此事，那就不会有一个人再邀请我出席典礼。曼贾亚，我能怎么办？”

达斯阿阇梨语带辛酸。曼贾亚为了回应他这些话而来到他的近旁，同时为又一位聚落婆罗门来与他一道吃饭而窃喜。他轻轻说道：

“阿阇梨爷们，我怎么会随便告诉什么人您和我们一道吃饭呢？您就起来，洗洗手脚。喂！嗨！给我们弄一些乌皮杜，端这儿来！……”

一听到乌皮杜这个词，达斯阿阇梨肚子里的饥肠就开始翻腾，发出巨大的咕噜声。不，他还是害怕在一个传承派家里吃别人烹制的饭。所以，他提出建议：

“不行，不行，我真的不能吃乌皮杜。就来一点白米饭，再来点牛奶及棕榈糖就行了。”

曼贾亚心领神会，感到好笑。他递给达斯阿阇梨一些水，让他用来洗脚，然后领着他悄然前往厨房，安排他就座。曼贾亚本人挨着他坐下，让他自己取用牛奶、棕榈糖、白米饭、大蕉以及蜂蜜。达斯阿阇梨吃饭时，有点儿忘乎所以。最后，曼贾亚甚至劝他吃一汤匙乌皮杜。他说：“吃一汤匙无伤大雅吧？”曼贾亚的妻子欢天喜地，又一连上了四汤匙乌皮杜。达斯阿阇梨一边念诵着至高无上的神灵的名号，一边应其节奏揉搓着自己的肚皮，并没有谢绝她。只是出于礼节，他一边假装用双手遮盖住盛饭的叶盘，一边说：“够了！够了！我得给你们剩点。”

九

那天，是钦妮而不是贝丽前来拾牛粪。她说："贝丽的父亲和母亲双双卧病在床。"聚落中婆罗门的女人们自身也有蛮多的问题，因此没有听她说什么。可是，钦妮一边拾粪，一边还是设法讲出了她的故事，完全不在乎是否有什么人在听。"乔达死了，他的女人也死了。我们给他的茅棚放了一把火，把它也烧光了。谁知道魔鬼是不是生我们的气？谁知道？"加鲁达的妻子悉多黛维站在那里，两手搭在腰间，不停地为自己的儿子而担忧。要是他在军队里出了什么事，他们该怎么办？钦妮站在稍远一点的地方，乞求道："阿姨，请给我一口吃的吧！阿姨！"悉多黛维走进屋里，拿出一点蒌叶、槟榔及一捏烟草，把这些东西丢给她，站在那里继续思索自己的那些绝妙的想法。钦妮把烟草和蒌叶搂到自己怀里，说道：

"阿姨！现在有那么多的大老鼠在跑出来！就像一支婚礼游行队伍。谁知道它们在搞什么名堂？"随后，她将牛粪筐举到自己头上走开。

她回到家时，想到自己应该把烟草拆开，与贝丽分享。她在往贝丽家的茅棚走时，听到贝丽的父亲和母亲在大声呼喊。

"哟！老家伙发烧不轻，这么大叫声！不知道是不是恶鬼也在蹂踏他。"她这么想着，来到外头，呼喊贝丽。她看见贝丽坐在自己父母身边，双手托着脑袋。钦妮本来要说："唷！就是在这个聚落里，大老鼠也拉出一支游行队伍了。"可是，她只是拆解出一片烟叶，说道："悉多大妈给了我一些烟叶，尝一口！"贝丽在手掌上搓了一下烟叶，把它放进嘴里。

"要是皮拉今天让魔鬼上了身，我们就必须把此事问清楚。钦妮，我很害怕。大老鼠像一支军队，来到我们可怜的贱民的茅棚。

这一切是怎么回事儿？乔达和他老婆突然就翘了辫子，一眨眼的工夫哪！就这么着急忙慌的！现在，爸爸和妈妈也让魔鬼整个儿踩到脚底下了。我们必须问一问神了。”

“啊哟，你这个白痴，给我安静点儿！”钦妮这样说，试图让贝丽振作起来。

到下午两点时，太阳升到了头顶上，犹如大神湿婆怒冲冲的第三只眼睛[①]那样燃烧着，让本来已经饿得半死不活的众婆罗门变得神志不清。在他们凝视街道上发着微弱闪光的腾腾热浪时，海市蜃楼，太阳神的马匹[②]，在他们眼前旋转起舞。他们都在等待普拉内沙阿阇梨。巨大的恐惧，严重的饥饿，如同女淫妖[③]附体一样，让他们既心惊肉跳，又有肚肠虚空之感。这些婆罗门沉浸在无形的焦虑之中，他们的心绪追随着前去寻求马鲁蒂神谕的普拉内沙阿阇梨，就像蝙蝠一样围绕着他打转。一点朦胧的希望：他们或许真的不必再与那罗纳帕的尸体相守一个夜晚了。悉多黛维在她家储藏室里的米缸中发现了一只倒毙的硕鼠。她抓住尾巴把死鼠提起来，用纱丽末端捂住自己的鼻子，随后将死鼠拿到外面扔掉。此时，一只兀鹫朝她俯冲过来，从她身边滑过，栖息到她家房顶上。她尖叫道：“啊呀哟！看！看！”兀鹫落于屋顶是死亡的征兆。以前从来没有发生过这样的事情。加鲁达阿阇梨跑回家来，看了一眼兀鹫，颓然跌坐到地上。悉多黛维开始哭泣，说道：“啊哟！我的儿子可能出什么事了！”加

---

① 印度教三大神之一的湿婆有三只眼睛。他的第三只眼睛长在额心，可以射出焚毁一切的神火。

② 根据《梨俱吠陀》，印度吠陀神话中的太阳神苏利耶（Surya）每日驾独轮马车驶过长空，把火种赐予人类，唤醒人类起来工作和生活。根据传说，为他驾车的马有七匹。与此相似，在中国上古神话传说中，羲和是“日御”，也就是为太阳掌管车乘的神，而为羲和驾车的马，后来演化成为龙，多达六条。羲和是中国的太阳神。

③ 女淫妖（succubus），中世纪传说中能与处于睡眠状态的男子交媾的女妖。

鲁达立刻想到，他由于在心里拒绝达斯阿阇梨关于将金饰品献给马鲁蒂神的建议，因而正在受到惩罚。他在恐惧中抓住妻子的手，走进屋里，将一份祭品放置在家神像前，然后匍匐在地祈祷：“我做错了。愿您的金子归您，愿它归属于您。宽恕我吧！”随后，他出来冲那只兀鹫喊道：“嗷……嗷！嗷……嗷！”试图将它从房顶上赶走。兀鹫此时已将悉多黛维扔出去的那只硕鼠叼起，正在房顶上啄食。鸟儿蹲坐在那里，无所畏惧，目空一切，犹如一个不知羞耻的上门亲戚。加鲁达阿阇梨抬起头来，窥测上方令人目眩的热浪。他在蓝蓝的天空中看见成群的兀鹫，除了兀鹫还是兀鹫。它们在翻飞，在滑翔，在一圈又一圈地盘旋下降，在落地。“看哪！看那儿！”他对妻子大声叫道。悉多黛维跑了过来。她手搭凉棚，放眼望去，发出一声长叹：“啊呀呀！”……他们继续看，发现自家房顶上的那只兀鹫把脖子弯成曲线形，犹如一个芭蕾舞女演员。它环顾四周，呼的一声径直扑到他们脚边，啄住并叼起另一只刚从他们家储藏室跑到后院的硕鼠，飞回到房顶上自己的栖息处。夫妻二人，屏神敛气，感到前所未有的震撼，一屁股坐了下去。另一只兀鹫，在远处的天空中飞翔，降落下来蹲坐到那罗纳帕的房上。它抬起头来，大声扇动着魔鬼似的双翼，逐渐安静下来，用它那锐利的眼睛审视了整个聚落。随后，更多的飞翔着的兀鹫，成双结对地降落下来，蹲坐在各家的房顶上，每户两只，仿佛它们早已达成一致意见。一些兀鹫会难以预测地呼的一声飞到地面，用嘴叼起硕鼠，返回屋顶栖息，悠然自得地啄食它们的猎物。这些猛禽离开了它们素日坚守的墓地，突然造访这个聚落，仿佛处于末日大洪水[1]时期。聚落里的每一个人都走出门来，聚在街上，用手捂着嘴。悉多黛维看到每家都有自己的不祥之鸟，于是感到有些宽慰：原来，这些凶兆并非专门针对自己儿子的。众婆罗门，他们的女人和孩子，在难以形容的恐惧中仅仅站立了一小会儿，杜尔加巴塔就冲着那些鸟尖叫起来："呼！呼！呼！"他试图将它们吓跑。一场徒劳。所有的婆罗门齐声喊叫，但也丝毫不起作用。

然而，达斯阿阇梨刚刚回来，在肚子装满乌皮杜之后，不禁喜形于色。他说出个主意来："把那些神圣的锣拿出来，把它们敲起来。"男人们对这个想法感到开心，于是跑回家里的神堂，拿出那些青铜锣以及法螺。一片吓人而又寓意吉祥的噪音，就像人们在大祭节期间向神献上燃烧的樟脑[2]时发出的喧声，又像令人毛骨悚然的战鼓，打破了午后瘆人的沉寂。周围五六英里范围内的村庄里任何听到这种喧声的人，都会由此产生幻觉，认为这是杜尔瓦萨布罗的礼拜时间，他们正在神庙里献上燃烧着的樟脑，在敲神庙里的巨鼓。兀鹫东张西望，仿佛十分惊诧。随后，它们嘴里叼着硕鼠，展翼腾飞，变成了天空中浮动的明灭不定的小点。众婆罗门筋疲力尽，念诵着那罗延的神圣名号，爬上自家前院，用上衣捂住鼻子，擦掉脸上的汗水。悉多黛维与阿娜素雅去找她们各自的丈夫，眼泪汪汪地乞求道："让那些金子见鬼去吧！我们干嘛需要别人的财产？请把尸体搬出去，着手举办葬礼吧！那罗纳帕的鬼魂在招来这些兀鹫。"没

---

① 世界上多个民族都有关于大洪水（Deluge）的传说。在印度，也有类似的关于洪水的神奇传说。根据古籍记载，印度的人文初祖摩奴洗手时，一条小鱼游入手中，求他保护。小鱼长大后回到海中。一天，鱼告诉摩奴，滔天洪水即将到来，让他备船避难。洪水如期涌来，大鱼将摩奴的船拖到喜马拉雅山。洪水退去，摩奴下山。一些历史学家认为，这次大洪水发生于公元前3102年。

② 神庙举行燃灯仪式时，敲锣打鼓，吹奏法螺，同时在神像前献上鲜花、水果及点燃的樟脑。

有一丝风。在每户人家，熏天臭气凝然不动，就像一个无形的幽灵，搅扰着每一个人，何况他们已经因为酷暑、饥饿和恐惧而苦不堪言。这些正统的婆罗门心急如焚，仿佛在未来的生活中，再不会有任何东西会荡涤掉他们今日的污秽。

熊熊燃烧的太阳升上天空。钱德丽坐在树荫下，非常疲惫。她在摸索怀里的大蕉时，想到了在庙里斋戒并礼拜神明的普拉内沙阿阇梨，她吃不下去。听到远方传来的铜锣和法螺的响声，她感到惊异。她环顾四周，空气凝然不动，没有一片叶子在颤动。唯一在动的东西就是在晴朗的碧空里轻轻滑翔的兀鹫。看到普拉内沙阿阇梨将另一罐水浇遍全身时，她想："这一切麻烦都是因为我。"这么一想，她感到心痛。她不知不觉，把几根大蕉剥了皮，吃进嘴里。"我吃这些东西不合适。"她自我安慰了一番。

冥顽不灵的兀鹫一再返回，蹲坐在房顶上。众婆罗门一再出来，敲打铜锣，吹奏法螺。战斗一直持续到傍晚。不过，精疲力竭的却是众婆罗门。尽管他们一直在谦卑地等候，普拉内沙阿阇梨却没有现身。还得再熬一夜，想一想都令人无法接受。聚落变得幽暗，兀鹫也消失了。

十

普拉内沙阿阇梨决绝地等候着神的恩惠，也就是神的解决办法。"还没有举行恰当的葬礼，尸体就要腐烂了。马鲁蒂呀，这场严酷的考验要持续多久？"他恳求道："如果应当举办这场葬礼，那就请给我一个征兆，至少是左边那朵花。"他哀求。他恳求。他对神唱虔诚的情歌。他变成一个孩子，一个情人，一个母亲。他想起那些责怪神的圣歌，它们历数了神的许多过失。与男人等身的猴神马鲁蒂只是静立着，手掌上托着一座山，上面生长着一种救命药草，是他搬来拯救在史诗战争中负伤的男主人公的[1]。普拉内沙阿阇梨跪下，全身匍匐在地，开口祈祷。是傍晚时分。夜幕降临。在灯光下，鲜花装饰的马鲁蒂并没有显灵，既没有赏赐右边的花，也没有拿出左边的花。“我在经书中没有找到答案，在这里也没有得到答案。那么，难道我不配得到答案吗？”这位恳求者不禁怀疑起自身来。“我怎么能面对那些信任我的人呢？”他深感委屈地说：“您在考验我，戏弄我。”他责骂马鲁蒂。随着夜色越来越深，他意识到这是新月之夜的黑暗。他试图说服马鲁蒂：“您别以为这是对我的考验。记住那具正在腐烂的尸体，别忘了这一点。”马鲁蒂立在那里，置若罔闻，无声无息。他的面部侧影永远转向掌上的那座山。阿阇梨突然想起，到妻子服药的时间了。坐了这么久，他的双腿也已经麻木。他身体虚弱，慢步走到外面。

他溜达了一会儿，听见身后幽暗的森林中的脚步声，于是停顿下来。是手镯的声音，他凝神谛听。“谁呀？”他问道。等候回音。

“我，”钱德丽低声说道，语气有些窘迫。

普拉内沙阿阇梨对于像这样在幽暗的森林里突然与一个女人站在一起感到异样。他搜索枯肠，寻找话语。想到自己的孤立无援，他不禁悲从中来，于是立在那里喃喃低语：“马鲁蒂……马鲁蒂！”

听着他那轻柔的极度悲伤的声音，钱德丽的心里突然充满怜悯之情。这个可怜的男人。饥肠辘辘，满腹忧伤，他在一天之内就因为我而遭受磨难，变得这么消瘦。这个可怜的婆罗门。她想要给他行触脚礼，向他奉献自己的虔诚。一眨眼间，她已拜倒在他的脚下。

---

① 在印度史诗《罗摩衍那·战斗篇》中，罗摩兄弟均在楞伽之战中身负重伤，神猴哈奴曼于是奉命前往北方神山采集仙草。他无法找到隐藏起来的仙草，于是将整座山托到两军阵前，用仙草治愈了罗摩兄弟之伤。

一片漆黑，什么也看不到。由于在弯下腰身之时仿佛悲痛欲绝，她没有完全扑倒在他的脚下。她的胸脯碰到了他的膝盖。她跌跌撞撞，动作猛烈，于是罩衫上面的扣子挂在哪里，给崩开了。她将自己的头靠在他的大腿上，抱住了他的小腿。由于这个婆罗门也许从来没有体验过女人带来的快乐，她于是对他充满柔情，也充满怜悯之感，而且情不自禁地想到，在这个聚落里，只有他是为她着想的。她心潮起伏，不能自已，于是哭泣起来。普罗内沙阿阇梨满怀同情，但当一个不属于自己的年轻女子紧紧抱住他时，却全然不知所措，于是俯身用双手为她祝福。他下垂的手感觉到了她灼热的呼吸，摸到了她的热泪；他的头发在柔情激发的强烈兴奋中竖立起来，他于是抚摸她那披散的头发。那些祝福的梵语套话就在嘴边，却说不出来。在他的手不断抚弄钱德丽的头发之时，她感觉强烈，激情倍增。她紧紧抓住他的双手，站起身来。她的乳房就像一对鸽子振翼欲飞。她用阿阇梨的双手将它们紧紧按住。

普拉内沙阿阇梨触摸着他以前从来没有碰过的一对丰满乳房，感到有些眩晕。他如在梦中，抚摸着它们。由于阿阇梨腿上的力量在消退，钱德丽让他坐下，紧紧抱住他。阿阇梨一直没有意识到的这种饥渴，现在突然变得十分强烈。于是，他就像一个处于痛苦之中的孩子一样大声喊叫起来："阿妈！"钱德丽让他靠到自己的乳房上，从怀中掏出大蕉，将它们剥皮，然后喂他吃下。随后，她脱掉自己的纱丽，将它铺在地上，自己躺在上面，将普拉内沙阿阇梨紧紧搂在怀里。她在哭泣，抑制不住的眼泪不停地流淌。

中篇

一

阿阇梨醒来时已是中夜。他的头在钱德丽的怀里。他的脸颊陷在她那赤裸的小肚里。钱德丽在用手指抚摸他的后背、耳朵和头。

阿阇梨仿佛变成了自己的陌生人。他睁开眼睛自问：我在哪里？我怎么到这儿来的？怎么这么黑？这是哪一座森林？这个女人是谁？

他仿佛逆转人生，回到了童年时代，在极度疲劳之后躺在母亲的怀里，在那里休憩。他惊异地环顾四周。夜空不灭的恒星铺展开来，犹如孔雀的尾巴。七仙星座[①]。挨着投山仙人[②]的是忠贞妻子的典范阿隆陀底[③]，正在羞怯地眨着眼睛。下面是青草的气息、潮湿的土地、野生的天蓝色的毗湿奴旋花，以及乡间牛尾菜[④]，还有一个女人体汗的气味。黑暗、天空以及挺立的树木的静谧。他揉了揉眼睛，也许这一切全是梦。他焦急地思索着：我从哪里来？我应当从这儿到哪里去？我全忘了。他说到钱德丽的名字，就彻底清醒了。在森林中，在沉寂中，黑暗中充满了神秘的私语声。叽叽喳喳的鸟声。从一片灌木丛突然现出一个轮廓，犹如一辆战车，原来是一支闪闪发亮的萤火虫编队。他凝视，他谛听，直到眼睛充满周围的景象，耳朵充满周围的声响。一支萤火虫编队。“钱德丽！”他叫了一声，摸到了她的肚子，坐了起来。

---

① 七仙星座（constellation of the Seven Sages），是印度天文学名称，指大熊星座（Ursa Major），也就是中国天文学中的北斗七星（Big Dipper）。印度古人认为，这七颗星是由七个仙人化成的。

② 投山仙人（Agastya），音译阿伽私提耶，极裕仙人的同母兄弟，印度神话中最有法力的仙人之一，据说能喝干海水。有梵书将他列为七仙人之一。

③ 阿隆陀底（Arundhati），极裕仙人之妻，以不受诱惑、对丈夫忠贞不渝而著称。

④ 牛尾菜（sarsaparilla），学名菝葜，多年生草质藤本植物，是一种集食用、药用和工业用为一体的野生植物。

钱德丽害怕普拉内沙阿阇梨会骂她，鄙视她。不过，她心中也怀抱着一个希望：他与她的接触，可能在她的体内结出果实来。她因为也可能由此积累功德，于是心怀感激之情。但是，她什么也没有说。

普拉内沙阿阇梨很长时间一言不发。最后，他站起来说道：

“钱德丽，起来！我们走吧。明天早上婆罗门聚会时，我们得跟他们说发生了什么事。你自己跟他们讲。至于我为聚落做决定的权力，我已经……”

普拉内沙阿阇梨不知道该说什么是好，于是十分困惑地站在那里。

“我已经失去这种权力了。如果我明天没有勇气说，你一定要大胆地讲出来。我自己愿意举办这场葬礼。我没有权力吩咐别的任何婆罗门去办理此事，就这样了。”说完这些话，普拉内沙阿阇梨觉得，他身上的所有疲惫之感已经一扫而光。

他们一道渡河。她很害羞，于是让普拉内沙阿阇梨先走，而她在稍后到达聚落里时，就产生了一些忧思：为什么我做的一切事情到头来会是这样？我出于善意拿出金首饰，结果只是制造了麻烦。现在，阿阇梨遭遇困厄，还竭力要把葬礼办好。可是，钱德丽天生就是个快乐的人，不习惯于自责。她在黑暗中走过聚落街道时，想起了那片黑暗的森林：他站在那里，她俯下身来；一个付出，一个接受——她对此事只有一个感觉，值了，就像隐秘的花朵的芳馨。可怜的阿阇梨，他对此事可能就不会有同样的感受了。此时，自己就不要返回他家的游廊，再给他增添新的麻烦。一大美好际遇突然就降临到她的人生之中。她不能照阿阇梨所吩咐的那样行事，在光天化日之下，在那些枯燥乏味的婆罗门乡亲面前说这件事，以获得他们的宽恕。她不能做这样的事情。可是，她此时打算做什么呢？再去找阿阇梨是不对的，可她也害怕回自己已故主人的家。她该怎么办？

他毕竟与她一起生活了这么长时间——她自言自语，鼓起了勇气。“我去那儿看看，要是我觉得自己还够坚强，我就能睡在外游廊上。要是不行，我再去阿阇梨家的游廊栖身不迟。在紧急情况下，又能怎么办呢！”就这样，她在自我争论一番之后径直回家。她站在茅草屋顶下谛听。今夜，群狗就像别的任何夜晚一样狂吠不止。她开始爬楼梯。她伸手摸索，感觉门是洞开的。“啊哟，天哪！但愿狐狸或狗没有进入屋里，没有伤害着尸体……”她感到十分悲伤，忘记了恐惧，迅速走了进去，凭着习惯在壁龛里找到火柴盒，点亮灯笼。一股可怕的恶臭气味。正在腐烂的死老鼠。她悲痛欲绝，因为是她丢下尸体，使之无人看管，失去保护的，这可是那个为了她而与整个聚落对立的人的尸体呀！她一边上楼一边想：“我们本来应当点一些香，让这个地方充满芬芳的烟味儿。”死尸在散发着臭气。腹部膨胀了，而死者的脸十分可怕，已经变形。她尖叫一声，跑了出去。她的心灵在大声喊叫：那儿发生什么情况了？那东西，那可不是那个曾经爱过她的男人，不是！不是！不是！两者之间没有关系！她就像个鬼魂附体的人那样，抓住灯笼，一口气跑了一英里，直奔农民住区[1]。她通过拴在院里的白牛认出了车夫谢沙帕的家。他过去常给她家运送鸡蛋。她走进院子。牛对这个不熟悉的身影有所反应。它们站起来，嘘嘘地打着响鼻，撕扯着缰绳，几只狗也开始

---

① 农民住区（keri），专供农民等低种姓者居住的街道或地段，与婆罗门聚落形成鲜明对比。

狂吠。谢沙帕起身下来。钱德丽匆匆叙说了情势，对他说道：“你一定得赶着牛车来，把尸体运到火化场。屋里有木柴，我们可以把他火化掉。”

谢沙帕刚从痛饮托迪酒后的酣眠中醒来。他十分恐慌。

“钱德丽阿姨，那可不行。您让我随便搬弄一具婆罗门的尸体，岂不是要我下地狱吗？即使您给我所有八种财富，我也不能做这样的事。算了吧！您要是害怕，就来我这穷汉家里睡觉，早上再回您自己家去。”他礼数周全地说。

钱德丽一句话也没有说就走了出来。她打算怎么办？只有一个想法分外清楚：它正在那里腐烂，那东西，它正在那儿散发着臭气，肚子膨胀起来了。那不是她的情郎那罗纳帕。它既不是婆罗门，也不是首陀罗。一具胴体，一具正在腐烂并散发臭气的胴体。

她径直走向穆斯林住区。她给他们钱。她去鱼商艾哈迈德·巴里那里。他已故的主人那罗纳帕曾在他破产时贷款给他买牛。他记得此事，立即赶上他的牛车出门，偷偷地将尸体和柴火装上牛车，在任何人都不知不觉的情况下，将牛车赶到火化场，在黑暗的夜里点起烈焰腾腾、熊熊燃烧的火来，将尸体烧成灰烬，然后离开，把两头阉小公牛的尾巴连在一起，用各种噪音刺激它们加速奔跑。钱德丽哭泣着回到家里，将自己的几件丝质纱丽收到一个包里，将箱子里的现金以及阿阇梨退还的金首饰打包好，然后走了出去。她抑制住自己唤醒阿阇梨并向他行触脚礼的热望，决定赶上早晨前往贡达布罗的公共汽车，于是手里提着包袱踏上林间小径，朝着汽车路线走去。

二

与此同时，在帕里贾塔布罗，富人曼贾亚家宽广的露天平台上，几位来自四五个村庄的年轻男子，也就是什里帕蒂、伽内萨、甘加纳、曼朱纳塔等人，已经聚在一起排练一部戏。正中间的是一架风琴，是由那罗纳帕捐赠给他们剧团的。

他在还活着的时候，得出席每一场戏。没有他的鼓励，帕里贾塔剧团恐怕永远不会问世。他是主要的鼓动者。年轻人凑了一些钱，他把自己的一些钱给他们添上，给他们从希瓦莫杰买来了一些舞台布景，也就是背景幕布。他还就演出风格给他们出主意。在整个街区，也就他独自一人有一台留声机。他还有希兰纳亚[①]所有剧目的唱盘。他常常给留声机上弦，将所有唱盘都播放给他的年轻朋友们听。他在听说国大党在各地的活动后，来到村子里，将国大党的制服、手纺齐膝衬衫、宽松睡衣及白帽等新的时尚产品讲给那些少年听。现在，所有年轻人都为他的死而沉浸在悲痛之中。然而，他们十分安静，因为他们害怕那些长辈。他们将所有的门都关上，点燃“西洋景”牌香烟。一场排练还在继续，不过已有点儿心不在焉。什里帕蒂酷爱舞剧，虽然没有扮演角色，还是到了排练现场。他热衷于一切与化妆有关的事务。随着排练的进行，他们也消耗掉了满满一小柳条托盘的香辣脆大米花及满满一壶热咖啡。他们时而想起那罗纳帕，一边吃着味道浓郁的大米花，喝着咖啡，一边排戏，直到午夜才消停下来。排戏结束时，纳加拉贾对伽内萨使了个眼色。伽内萨捏了扮演女角的曼朱纳塔一下。曼朱纳塔接力，把信息传递给了属于马莱拉[②]种姓的甘加纳。甘加纳拉了拉什里帕蒂的围裤。这

---

① 希兰纳亚（Hirannayya），昔日坎纳达语舞台上的著名演员。

② 马莱拉（Malera），印度的一个亚种性。

些秘密的“内部”信号得以传递之后，其他少年被告知，当天的排练工作结束了，随后他们被打发回家。在大家都走后，纳加拉贾闩上门，神气十足地打开箱盖，举起两瓶烈酒来。他哼了一部老戏中的饮酒歌，来纪念导师那罗纳帕。随后，他们把两瓶烈酒装入袋中，用一片香蕉叶把香辣大米花包起，又小心翼翼、不声不响地将酒杯打包。纳加拉贾问道：“准备好了吗？”其他人答道：“准备好了。”他们下楼梯时，曼朱纳塔就像一个公共汽车售票员那样逐一叮嘱：“扶好！”同时将一个切成片的柠檬放进他的口袋中。这些年轻人悄无声息地将身后的大门关上，然后横穿聚落而去。他们快意于自己的违背道德的活动，借着什里帕蒂的手电的光亮，在黑暗中朝着河边走去。纳加拉贾在路上想起了那罗纳帕，说道：“我们的师尊能在喝下一整瓶酒后照样打鼓，而且不会少敲一下！”他们来到一个大沙堆上，围成一圈坐在上面，把酒、玻璃杯、米花放在中间。他们觉得，这个世界里只有他们五个人了。星辰见证，他们要甩掉聚落的伐摩那①似的侏儒本性，准备在烈酒的帮助下生长成为巨大的三步神。在他们高谈阔论的静默间隙，可以听见通加河发出的汩汩的流水声，足以盖过他们的话语声，从而确保了他们的隐私。

烈酒上涌，什里帕蒂感到头脑发热。他因激动而嗓音变调，说道：“我们的伴侣，他死了！”

“是呀！是呀！”纳加拉贾一边说着话，一边伸手够脆大米花。“我们剧团的台柱子折了！在整个地区，还有谁能像他那样完美地掌控鼓的节奏？”

曼朱纳塔尽管已经数次往嘴里挤柠檬汁，却依然头晕目眩。他想讲点什么，但他所能说的只是：“钱德丽，钱德丽。”

① 伐摩那（Vamana），毗湿奴的第五个化身，曾化作侏儒，从巴厉王手中夺回三界。

什里帕蒂变得热情洋溢："无论谁怎么说，无论婆罗门聒噪什么，我发誓——你们怎么想？在半径一百英里的范围内，还有哪个女人像钱德丽那么可爱，那么机灵，那么善良呢？数一数吧。要是你们能找到一个，我就放弃我的种姓。即便她是个破鞋，那又有什么关系？你们说，她跟那罗纳帕在一起生活，表现不是比随便哪家的老婆都好吗？他要是喝多了，呕吐了，她就给他打扫那些秽物。她甚至还打扫过我们的秽物，对不对？任何时候，甚至在半夜，他把她叫醒，她都会给他做饭，伺候他，还满面笑容。哪个婆罗门的女人会做这么多？那些愚笨的削发寡妇！"他咆哮着说出了最后一句话。

曼朱纳塔知道三个英文词，此时讲出了其中一个："Yus, yus[①]。"

"要是你给曼朱纳塔一杯酒，他就会讲英语。"纳加拉贾大笑着说道。

谈话再度转向女子。他们对所有低种姓女人评头论足。只有那罗纳帕对什里帕蒂与贝丽的风流韵事有所了解。所以，什里帕蒂十分镇定地听他们的对谈。不错，这些家伙没有盯上贝丽。即使他们盯上贝丽，他们也会害怕接触一个不可接触者。一切还算圆满吧。

什里帕蒂打开第二瓶酒，说道："我们最好的朋友躺在那儿死了，正在腐烂！没人管他的葬礼。我们又在这儿干什么呢，在开心地玩？"随后，他哭泣起来。他爆发的哭声具有感染力，很快就传给了其他年轻人。他们相互拥抱。

什里帕蒂问道："这里谁是真正的男子汉？"

"我是！我是！我是！我是！"四个人纷纷喊叫。

曼朱纳塔面呈女相，总是扮演女角。纳加拉贾看了看他，说道："嘁！嘁！你是我们的女主角，你是萨陀罗梅、沙恭达罗！"说完还

① 此处是在讽刺曼朱纳塔仅会三个英文单词，而且发音不准。

亲吻了他一下。

“如果你们是好汉，我就告诉你们一些事情。如果你们同意，我得说你们太棒了。那罗纳帕是我们亲爱的朋友，对吧？我们给了他什么回报？让我们秘密地把他的遗体搬出，由我们自己来把它火化掉。你们觉得怎么样？起来！”什里帕蒂一边说话鼓动他们，一边给他们的玻璃杯添酒。他们喧闹地喝完酒。随后，他们想也没想，就在什里帕蒂的手电的导引下，踉踉跄跄地渡过了通加河。在这个幽暗的夜里，哪里都没有一个人影。烈酒已经径直上了他们的头。他们进入聚落，来到那罗纳帕家门口，将门推开，毫无畏惧地走了进去。烈酒使他们未能嗅到那股恶臭气味。他们上楼。什里帕蒂用手电照来照去。在哪里？在哪里？哪里都没有那罗纳帕的尸体。他们五个人全都突然为自己的生命安危感到惧怕。纳加拉贾说道：“哈！那罗纳帕变成鬼，已经走了！”他一说完此话，他们就丢下装酒瓶的包，五个人都撒腿逃命去了。

当傻子拉克希米黛维大妈睡不着觉，雷鸣般地打开大门，走到外面，来到聚落大街上，开始诅咒每一个人时，她看见了他们。她尖叫道：“瞧！瞧这些魔鬼！”她随后打了一个长嗝：嗝……儿！

三

普拉内沙阿阇梨直至深夜尚未归来，这让众婆罗门感到十分恓惶。他们紧关门窗，捂着鼻子，抵御可怕的恶臭气味。他们被熏得胃肠翻江倒海，不断作呕，难以入眠。他们饱受饥饿与恐惧的折磨，在寒冷的地板上辗转反侧。夜里传来仿佛来自另一个世界的脚步声、大车轮子的辚辚声，还有拉克希米黛维大妈凄楚的像狗嚎一样的哀鸣声、打嗝声。他们的生命气息[①]在颤抖着，仿佛整个聚落突然移到一座荒林里，仿佛保护神已经舍弃他们，听任他们自行其是。在各家各户，孩子、母亲和父亲似乎变成了一堆不成形的东西，相互搂抱着，在黑暗中打着哆嗦。在黑夜过去之时，太阳的光线透过椽子上的小洞洒下来，以小小的光环给幽暗的房间带来勇气。他们都慢慢起了床，打开门闩，向外望去。食腐鸟兀鹫。兀鹫对乌鸦又是一通驱赶，然后固执地蹲坐在房顶上。人们试图将它们轰走，冲它们拍掌。可是，它们一动不动。众婆罗门垂头丧气，于是吹响他们神圣的法螺，敲响他们的铜锣。普拉内沙阿阇梨在黎明时分听到这些只有在阴历每月十二日才能耳闻的象征吉祥的声音后，非常迷惘地从屋里走出。他处于自己无法排解的困惑情绪之中，于是走进走出，走出走进，一边打着响指，一边自言自语："我该怎么办？我该怎么办？"妻子躺在餐厅里呻吟。他在像素日那样给她服药时双手发抖，把药洒了。妻子一双无可奈何、没有视力的眼睛，是他的自我牺牲精神以及一家之主责任的象征。他在把药端到妻子唇边时，他在注视病入膏肓的妻子深陷的眼睛时，觉得自己的双腿在抽搐和翻转；仿佛在躁动的睡眠之中，仿佛在噩梦之中，他头晕目眩地坠入了无底的冥府。二十五年的医患关系，二十五年来的感情与悲悯，一切都习以为常。在这样的常规即将终结之时，他似乎看到了一个深渊。一种恶心之感袭来，他打了一个哆嗦。在他的想象中，所有发自那个来源的恶臭气味，都在钻入他的鼻孔。他觉得，就像一只小猴，在母亲从一个树枝跳到另一个树枝之时，没有抓牢她的身躯那样，他也没有守住自己迄今为止一直紧抓不放的那些礼仪与行为

① 生命气息（prana），生命力的标志。奥义书中即提出人有五重生命气息。"生命之气息，五分此中赴。凡一切众生，心与气交织。"（《五十奥义书》，徐梵澄译，北京，中国社会科学出版社，1984年，第497~498页）

规范，从而坠落到了尘埃之中。

妻子奄奄一息地躺在这里，像个可怜的乞丐。他恪守保护妻子这份职责或正法了吗？换言之，他借助过去的行为与修养而抱持的正法观念，曾寸步不离地指引他走过这些人生之路吗？他不知道。他与她结缡时，他十六岁，她十二岁。他曾想过，自己应当弃绝尘世，成为一名苦行者，过一种自我牺牲的生活。那是他童年时期的理想，也是一种挑战。所以，他故意娶了一个生来就体弱多病之人。他把她留在她那感恩戴德的娘家，去贝拿勒斯读书，成为“吠檀多哲学之宝”，又返回故乡。神主的严酷考验在等待着他，看他是否有力量依从“无住”之法去生活和行动。这正是神将一个病弱之妻交到他手里的缘由。他将为她服务，而且甘之如饴。他为她做饭，喂她吃他亲自煮的小麦粥，每天一丝不苟地礼拜诸神，为众婆罗门诵读并讲解《罗摩衍那》《摩诃婆罗多》《薄伽梵歌》等神圣经典。他囤积苦行，就像一个守财奴囤积金钱那样。一个月累计唱诵了十万曼多罗真言，另一个月又唱诵了十万曼多罗真言，而阴历十一日当天就唱诵了二十万曼多罗真言。他以百万为单位清点自己的功德，至于他的种种苦行则借助罗勒念珠上的珠子来估算。

曾有一位传承派学者去与他争论：您关于只有“善良”之人才能获得解脱的主张，岂不是一种形式的绝望吗？这岂不是意味着欲求一物而不可得，人的希望只能以失望而告终吗？他回答说，首先，在“蒙昧”之人中，是没有追求解脱的欲望的。这样的蠢人怎么会因为没有得到他们并不想要的东西而觉得失望呢？谁都不会说：“我将变成一个‘善良之人’”；人们只会由衷地说：“我是一个‘善良之人’。”唯有具备这样本性的人，才会渴望神的恩典。

“我生来就有这样一种‘善良’天性。这个体弱多病的妻子是供奉我的牺牲的祭坛。”他就是怀着这样的想法开始追求自己的解脱的。那罗纳帕也是对他的“善良”天性的一个考验。现在，每个与他抱有同样信仰的人，似乎都已经变得颠三倒四，让他返回到了自己十六岁时的起点。哪一条是正路？不会通往深渊边缘的小径在哪里？

他十分困惑。尽管外面街上的法螺和铜锣的响声让他心烦意乱，他还是像每天那样用双臂把她抱起，带她去沐浴。他在将洗澡水浇到她身上时，注意到她那干瘪的乳房，她那蒜头般的鼻子，她那短小而枯瘦的发辫，而它们全都让他感到嫌恶。他想对在外面吹法螺及敲铜锣以驱赶兀鹫的众婆罗门喊叫：“停下来！停下来！”他的眼睛破天荒第一次开始看到美与丑的区别。迄今为止，他从来没有想望过他在经典作品中读到过的任何一种美。所有尘世的馨香，都像只是用来装饰神的头发的鲜花。所有女性之美，都是大神毗湿奴的妻子与仆人吉祥天女之美。在黑天偷窃正在沐浴的牧女的衣服，让她们赤身裸体地留在水中之时，他充分感受到了女性带给他的快乐。现在，他想要为自己找一份同样的快乐。他将妻子身上的水擦掉，将她放在他铺好的床上，又来到外面。法螺和铜锣的喧声猝然停歇；他的耳朵似乎突然淹没在静水深处。“我为什么来这里？我是来这里找钱德丽的吗？可是，钱德丽不在这里。”这个卧床不起的女人，那个突然把他的手压在自己胸脯上的女人，倘若两人都离开他，情况会怎么样？他生平第一次在内心深处体味到一种凄恻之感，一种孤家寡人之感。

众婆罗门终于将那些猛禽赶走了，于是抬起他们那死尸般的脸来，成群结队地前来爬上他家的游廊，诧异地看着他。在看到阿阇梨没有回应而且迟疑不决之时，他们害怕了。他注视着众婆罗门的眼睛，他们仰慕地望着他，期待他的指导，就像一群无家可归的孤儿。他们将这个婆罗门群体的全副重担，转移到了他的头上。注视着那些眼睛，想到自己现在是个自由人，摆脱了领路的责任，卸下了所有的权力，阿阇梨不仅感到有些懊悔，而且也觉得有几分轻松。“我是什么样的人？我就像你一样，是一个被欲望和仇恨驱动的人。这是我第一次懂得谦卑吗？喂！钱德丽！告诉他们，让我卸下师尊的重负吧！”他一面思索着，一面环顾四周。不，她不在那里。周围哪里都没有她。优哩婆湿[①]，她已经走了。他害怕公开说，也害怕明确说，他也分享了那罗纳帕的快乐。他的手出汗了，变得冰凉。渴望撒谎，掩盖事实，只考虑自己的福祉，对于区区凡人而言，是很自然的。这样的欲望，却是第一次在他心里萌生。他没有勇气粉碎这些人对他的敬重和信任。这是怜悯、自保、习惯、惰性，还是纯粹的虚伪？他烂熟于心、每天背诵的梵语圣诗，不断在他的脑海里翻腾。“我有罪，我造了孽业，我的灵魂是有罪的，我生来就有罪。”不，不，连这也是一句谎言。必须遗忘所有那些烂熟于心的话，心必须像孩子的心一样自由流动。他在抚摸钱德丽的胸脯时，并没有想到要说：“我有罪。”此时，钱德丽不在这里羞辱他，让他感到十分快乐。清醒过来后的想法，与懵里懵懂时的想法大相径庭。他意识到，自己此生原来是个口是心非的两面派。现在，他真的陷入了业报轮回。为了缓解痛苦，他必须再度丧失意识并拥抱她，必须从那种痛苦中觉醒，而且只有回到她身边才能解除自己的罪孽。

① 优哩婆湿（Urvashi），梵语诗人兼剧作家迦梨陀娑五幕神话爱情剧《优哩婆湿》中的天国歌伎（apsara），美貌绝伦。国王补卢罗婆娑从恶魔手中救出被劫持的优哩婆湿，两人一见钟情。国王回宫之后，难以忘怀优哩婆湿；优哩婆湿返回天庭后，对国王亦思念无已。两人备尝相思之苦。优哩婆湿在演戏时神不守舍，出现差错，被天神贬下凡间，于是得以与补卢罗婆娑缔结姻缘。迦梨陀娑这部剧本写的就是他们的爱情传奇。这部神话剧将人与神、美貌与圣洁、艳情与苦行联系起来。此剧由季羡林先生于1962年译成中文出版。

轮回，业报轮回。这种生活就是一种“受难”。即使他离弃了欲望，欲望也没有离弃他。

他心烦意乱，一句话也说不出来，于是把那些坐着的婆罗门留在原地，径自进入自家神堂。他依照常规念诵神的诸多名号。如果他不说实话，事实就会像倒入怀中的余烬那样烧灼，而他再也不能面对马鲁蒂了，再也不能用一颗明澈的心照料体弱多病的妻子了。他忧心忡忡，惴惴不安，来到外面。众婆罗门依然在等候。兀鹫已经返回，蹲坐在房顶上。阿阇梨闭上双眼，长长地吸了一口气，鼓起了勇气。可是，从他嘴里说出的话却是：“我失败了。我没能让马鲁蒂说出什么意见来。我一无所知。你们就听从自己的心声，想做什么就做什么吧！”

众婆罗门大吃一惊。加鲁达阿阇梨大声叫道：“喊！喊！那可不行！”达斯阿阇梨前天曾经吃了个肚儿圆，因此今天颇有些活力，于是说道：

“那我们该怎么办？让我们去盖马拉聚落去吧！让我们到那儿向学者苏班纳阿阇梨请教吧！我并不是说，我们自己的阿阇梨找不到的答案，他就一定会知道。如果他不知道，我们就直奔那个大寺院，去见那里的大师。在这个聚落里，我们不能吃食，保留着一具尸体，在如此的恶臭气味中四处爬动，还能苟延残喘多久？这也是我们拜访自己师尊的一个机会。你们觉得怎么样？我们将步行前往盖马拉，更换我们已经受到污染的圣线。那里的婆罗门难道不会赏我们一顿饭吃吗？在咱们这个聚落里，横陈着一具还没有火化的尸体，你们是不应当吃东西的，但在盖马拉吃饭，有反对意见吗？你们觉得怎么样？”

众婆罗门齐声说道：“行！行！”罗什曼那阿阇梨想起，盖马拉的文坎那阿阇梨曾经说过，他要跟他买一百个叶杯及一千枚盛饭用的干叶子。他去那儿时不能带这些货物。加鲁达阿阇梨与那位师尊也有某种生意要做。这个建议让普拉内沙阿阇梨感到如释重负。卸掉担子，他的疲劳之感一扫而空。

达斯阿阇梨在自己的话被认可后感到非常开心，于是说道：“我们起码得离开聚落三天。咱们的女人和孩子们会发生什么情况？让我们先把自己的家小送到各自的姻亲那里！”

众人全都表示同意。

四

杜尔加巴塔满怀怨毒，返回家里。他觉得，与这些削发寡妇的情人、摩陀婆派的杂种为伍，正在把自己弄脏。他备好自己的牛车，带上妻小去了自己的岳母家。罗什曼那阿阇梨打包好自己的香蕉叶及叶杯。达斯阿阇梨打包好一些供路上食用的爆大米花，唤醒妻儿踏上旅途，也把拉克希米黛维大妈打发到了罗什曼那的姻亲家！等到所有婆罗门都来到普拉内沙阿阇梨家的前院时，他妻子的大姨妈来了。阿阇梨说：“我现在不能跟你们一道走了，我不能丢下我卧病在床的老婆。”众婆罗门明白了，于是急忙出发，踏上前往盖马拉的道路，不再为房顶上的兀鹫而忧心。

他们到达盖马拉时，炎热的白昼已变成清凉的傍晚。他们沐浴，更换了圣线，用檀香膏涂出种姓标志，聚集在苏班纳阿阇梨家的游廊上。这位学者说道：“你们得先吃饭。”众婆罗门就是在等这个提议，闻言立即将热气腾腾的发烫的米饭拌萨鲁酱倾倒进肚子里，直至这些食物触碰到内在的至高无上的神灵为止。随后，他们快乐而又懒散地聚拢在苏班纳阿阇梨身边。苏班纳阿阇梨是一个星象家。

他得弄清那罗纳帕的死亡时辰是吉是凶，然后才能想出恰当的葬仪。于是，他戴上眼镜，展开历书，计数并察看一些贝壳，说道：“凶！”他摇摇头，又说道：“在普拉内沙阿阇梨自己拿不出主意的当口，我又怎么能说出个长短呢？”达斯阿阇梨对此感到快意，他们于是再度出发，前往那个大寺，为了能在那里得到一份大祭供品而欢天喜地。

“天已经黑了。今夜就住在这里，明天一早出发。”盖马拉的人们说道。众婆罗门没有拒绝他们的款待。可是，他们清早醒来时，达斯阿阇梨发烧了，虚弱地躺在床上。他们试图将他唤醒。然而，他已经陷入昏迷。

加鲁达阿阇梨解释说，他可能只是消化不良，也许吃太多了。这些可怜的婆罗门感到难过，因为达斯阿阇梨这个也算可怜的人会错过大祭仪式和一场盛宴。他们匆匆起床，洗漱完毕，吃了酸奶拌米片，随后步行二十英里，在夜幕降临时分抵达另一个聚落。那天夜里，他们就在那里停留并吃饭，但他们在翌日清晨醒来时，帕德马纳班阿阇梨却因高烧而倒下。他们想，他一定是因为走了那么多路，太累了。于是，他们就把他留在那里。他们还得再步行十英里，才能到达大寺。他们抵达那里时，大鼓已经响起，宣告午间祭祀开始。

五

在聚落里，除了卧病在床而且处于经期的妻子，还有一些乌鸦和兀鹫，就再也见不到一个活物。普拉内沙阿阇梨形单影只，茕茕孑立。没有拜神或举行仪式的动静。一种可怕而又可疑的寂静氛围笼罩着这个地方。事实明摆着，在相隔七所房子之地，有一具人的尸体正在腐烂，招人厌恶的恶臭气味扑鼻而来，挥之不去，令人窒息。兀鹫蹲坐在家家户户的房顶上，折磨着人们的心灵，让他们每时每刻都难以忘却它们的存在。他在进入家里的神堂时，看见一只硕鼠正在沿着逆时针方向旋转[①]，接着仰面朝天倒毙了。这种景象，让他觉得恶心，也让他感到不祥。他抓住尾巴提起耗子，到屋外把它扔给了一只兀鹫。他在回到屋子里时，听到乌鸦和兀鹫聒耳的叫声，不禁大吃一惊。于是，他再度来到外面。死寂的正午，灼热的骄阳，他无法举目观望这样的景象。他轰那些鸟儿，但劳而无功，于是又回到屋里。饥饿使他痛苦不堪。他再也无法忍受下去了，于是收集了一些大蕉，用自己的围裤把它们兜起来，沐浴，渡过河流，躲在一棵树的阴凉下把它们吃掉。他的饥饿之感消除了。他想起了钱德丽在黑暗之中从怀里掏出大蕉喂他吃的情景。

那么，他在当时接受她是出于同情吗？这恐怕颇为可疑。他的肉体的强烈欲望，长期受到正人君子之道的节制，所以他一直能够循规蹈矩。这种欲望不过是以怜悯与同情的形式出现而已，岂有他哉！在钱德丽胸部的触碰下，这头动物的本性复活了，于是张牙舞爪，原形毕现。他想起了那罗纳帕的话语：“让我们走着瞧，看谁会赢，是你还是我……去那个鱼香女的怀抱里睡觉去吧！”他还给他讲过一个寓言：就结果而言，我们的每一个行动都事与愿违。不是由于那罗纳帕，而是通过他以及他的任性，还有他的行为，这个聚落里的生活已经被弄得乱七八糟。他听说，一个小伙子，在听了他对沙恭达罗的描述后前往河畔，与那里的一个失去种姓的姑娘睡了。阿阇梨的奇思妙想，竟然牵扯到所有那些他从来不曾想到过的出身

① 从印度教礼仪上说，神像上街，婆罗门出行，巡礼圣地等，沿顺时针方向移动是吉利的，沿逆时针方向移动则不吉利的。

贱民家庭的姑娘；他在幻想中剥光了她们的衣服，看着她们。她是谁？她可能是谁？当然是贝丽；对，就是贝丽。他以前从来没有考虑过她那土色的乳房，现在一想象，他的身子就发热了。他为自己的胡思乱想感到沮丧。那罗纳帕语带讥嘲地说：为了保持您的婆罗门身份，您必须不明不白地诵读吠陀经典以及神圣的诸往世书，也不必对其中的激情产生共鸣。一个随时可能爆炸的火花，埋藏在他的同情心之中，也潜隐在他的学问之中，而在蠢人身上，却没有这样的火花。现在，驯服的老虎正在跳出，张牙舞爪……

他的双手发痒，想抚摸贝丽的乳房，渴望新的体验。迄今为止，他甚至没有活过；由于只是做已经做过的事情，反复吟唱同样的古老的曼多罗真言，他一直缺乏人生经验。人生经验是一种风险，也是一种冲击。一件以前没有做过的事情，在幽暗的丛林中的一次结合。他曾经认为，人生经验就是人的愿望的实现，但现在看来，这似乎是一种看不见摸不着的东西，不曾预料到的事物，突然强行插入我们的生活之中，例如一对儿意外推送而来的乳房。就在他接受女人的触摸之时，那罗纳帕是否在黑暗中得到了神的不期而至的恩遇呢？悄悄地呼应天雨，在大地柔和的压力下晃动身子，坚硬的种子就会破土而出，绽放嫩芽。它若是任性，就会干枯，变成一个硬壳。那罗纳帕就是这样一个任性的硬壳。他现在死了，正在腐烂。“在接触钱德丽之前，我也是一个硬壳，与他截然相反。既然肉体的欲望在我的身上自然而然地袭来，甚至在我以为自己已经弃绝这些欲望之时，它们依旧不肯舍我而去，那么神为什么就不会在我无意之间前来触动我呢？”

钱德丽此刻在哪里？她去坐守那具尸体，以免他可能受到搅扰？她怎么能受得了那种恶臭之气？他十分担心。他潜入水流中来回游动。他感叹道:“让我,让我永远待在这里,一直在水中游泳。”他想起了自己的童年时代。那时,他常常逃避母亲监管的目光,跑到河边来。在这么多年之后,他童年时的欲望复活了,他为此感到十分惊讶。为了不让母亲怀疑,他过去常常在游泳之后躺在沙滩上,把身子晾干再回家。在冷水中游泳之后,在太阳晒得暖烘烘的沙滩上翻滚,世界上还有别的能与之等量齐观的乐事吗?他不想返回聚落。他从水里出来,爬到河岸上,在沙滩上躺下。在正午的热浪中,身子很快就变干了,后背开始发烫。

他想起了什么事,于是站起身来。就像一头动物那样,他脸冲着地面,进入了他与钱德丽曾经云雨一番的那片林子。即使是在大白天,那里照样浓荫蔽日,光线昏黑。在灌木丛中,更是十分幽暗,不断传来嗡嗡之声。他站在自己的人生发生翻转的地方。在绿草上面,他们两人肉体的重量和形状依然清晰可见。他坐了下来。就像一个白痴,他拔起草叶,嗅着它们。由于他来自死亡恶臭气味弥漫的聚落,沾满湿土的草根的气息让他迷醉。犹如一只刨地啄食的母鸡,他拔一切伸手可及的东西,然后嗅着它们。只是凉爽地坐在一株树下就已令人满足,成为一种价值的实现。活着,只要活着就行。活着,在炎热中渴望清凉、芳草、绿意、鲜花,在剧痛时和动情时寻找树荫。把欲望和价值全都放在一边。在隐身者发出“喂!”的招呼声时,不要贸然跳出。心怀感激地接受它就可以了。不要攀登,不要伸手,不要争夺。菝葜的一个小芽碰到了他的手,他用力去拔。菝葜是一种根深蒂固的长得很长的蔓生植物,愣没有让他拔出。与草不同,它把根深深地扎在松软的表层土壤之下的硬地里。他坐起来,用双手猛拽。他把主根一分为二,于是这株菝葜到了他的手中。他闻着这棵蔓生植物。菝葜的根素有芳香之名,一直存活在那里，是与炎热及林荫密切伴生的可爱植物，是大地及其上方空间的草皮。它的香气沁入他的肺腑，沉入他的五重生命气息之中。他坐在那里，就像一个贪婪的人那样嗅着它。香气停滞在鼻孔中，芬芳进入他的血液之中；对馥郁之气的体验很快就过去了，他于是再度变得不满足。他将菝葜根放到一边，闻了闻森林中的各种气息，又回到那株菝葜跟前，而它的香味也变得新颖。他从森林中出来，站着观看那些株毗湿奴旋花，只见它们此时已变成宝蓝色，点缀着树荫。他看着那些花朵，就仿佛只是看一眼就是一笔财富。他再次进入水流，来回游动。他站到了较深的水域，水位可以达到他的下巴。鱼类向他发起袭击，扎他容易发痒的大脚趾周边区域、胳肢窝以及肋骨。普拉内沙阿阇梨就像个怕痒的少年一样叫喊："阿哈哈！"随后俯身游入水中，爬到岸上，立在阳光下，直到他身子变干。他想起来，是给妻子喂粥喝的时候了，于是快步走回聚落。

突然，他又看见了乌鸦和兀鹫，觉得脸上猝然遭到掌掴一般。他到家时，妻子的面容看起来又红又热。"喂！喂！"他冲着她呼喊。是发烧了吗？我怎么能碰一个被自己的经血污染的女人呢？"嘁！"他自怨自艾，自言自语，谴责自己迟疑不决。于是，他用手摸了摸她的额头，不禁大吃一惊，又猛然缩回手来。他不知道该怎么办，于是将一块湿布放到她的额头上，又疑虑重重地把她身上的毯子拉到一边，来察看她的肢体。在她的肚子侧面，有一个肿块，也就是横痃。是夺去那罗纳帕生命的同样的热病吗？他将自己认识的所有草药放到一块石头上擦，分开她的嘴唇，把那些药液灌进她的嘴里。这些药一点也没有进入她的喉咙。"现在这场新的严酷考验是怎么回事儿？"他一面想，一面踱来踱去。乌鸦与兀鹫的聒噪声变得不堪忍受，恶臭气味似乎窒息了他的智力。他跑进后院。在朦胧的光线下站立，没有看到时间的流逝。傍晚降临。看到乌鸦和兀鹫都消失了，他感到宽慰，但在进屋后他又觉得心烦意乱，因为自己曾在这么长的时间内将病妻独自丢在家中。他在恐惧中点亮灯，呼叫她："喂！喂！"没有回应。寂静似乎在呼啸。突然，妻子发出一声尖叫，让他惊讶得说不出话来。那一声长长的刺耳（沙哑）而又可怜的喊叫深深地触动了他。于是，他浑身颤抖。那声长嚎停止，犹如闪电过后的黑暗。他无法独自待在那里。他不由自主地跑到那罗纳帕家，大声呼叫钱德丽："钱德丽！钱德丽！"可是，没有回应。他走进屋里。一片黑暗。他在中屋及厨房寻找。一个人也没有。就在他准备爬楼梯之时，他想起那里有一具尸体。一种恐惧之感重现，如同他回到童年时期。那时，他就害怕进入一个黑暗的房间，怕那里有妖精。他跑回家里。他触摸妻子的前额，她已经变冷。

他在深夜手持灯笼步行，一路赶往盖马拉。在他进入苏班纳阿阇梨家时，四个婆罗门接踵而至，口中念念有词："那罗延！那罗延！"他们在火化达斯阿阇梨之后，把湿围裤顶在头上①。他将他们随身带回聚落，将妻子的遗体运到火化场，她于是得以依从仪轨在黎明前火化。他仿佛自言自语一般，向那些婆罗门低声说道："聚落里还有一具尸体等待火化。无论如何，这具尸体的命运将由师尊所在的寺院决定。你们最好即刻上路。"他们留下他，由他来旁观焚烧妻子遗体之事。在情况最好的时候，也就是一小把骨灰。他人生苦修之地，现在烧成灰烬了。他没有刻意抑制泪水。他哭泣着，直至他的所有疲惫都从体内流走。

① 在出席火化仪式后，婆罗门须沐浴并洗衣。

六

在大寺中，在神圣的宴会结束之前，这些婆罗门不想说任何不吉利的事情。他们静静地饮用圣水，吃完了由特制菜肴及甜粥组成的大餐。师尊给他们人人一份礼物，一笔小费，每人区区一个安那而已。罗什曼那阿阇梨感到十分失望。他一面抱怨着这位吝啬的苦行者，一面用腰布把那个硬币收藏起来。“他没有孩子，没有家庭，可此人却死命抓钱！”盛宴过后，在大寺的主院中，这些婆罗门坐在凉爽的水泥地板上，而师尊坐在他们中间的一把椅子上。他穿着一袭赭色长袍，脖子上戴着一条罗勒念珠，额头上是一个檀香志。他端坐在那里，就像一个浑圆的洋娃娃，双颊红润，一面摩挲着自己的小脚，一面客气地提了一些问题：“普拉内沙阿阇梨怎么没来呀？他怎么样？身体好吗？怎么回事儿？难道我们的通知没有送达他吗？”

加鲁达阿阇梨清了清喉咙，把情况和盘托出。

师尊仔细地倾听着每一句话，斩钉截铁地说道：

“即便那罗纳帕背弃了婆罗门教，婆罗门教也不能对他弃而不顾。这就是说，为他举办葬礼，是我们的正当职责。可是，所有污秽不洁的东西也必须予以清除。所以，他的所有财产，金银物品，都必须奉献给本寺院，奉献给黑天大神！”

加鲁达鼓起勇气，用围裤擦了擦脸，说道：

“圣座阁下，您已经知道他与家父之间的斗争。他林子里的三百株槟榔树必须归我所有。”

罗什曼那阿阇梨喊了一声“啊！”打断了他的话。

“圣座阁下，在这件事上，难道没有公正可言吗？那罗纳帕的老婆和我老婆是姐妹俩，这一点您是知道的……”

怒色浮现在宗师浑圆而又红润的脸上。

“你们是一帮什么样的无赖？所有遗孤财产都应当交出，用于对神的祭祀。这是一条古老的规则。你们可别忘了这一点！如果我们不允许你们为他举行葬礼，那你们就得自己离开那个聚落！”他怒喝道。

两个婆罗门供认他们做错了，请求原谅。他们与其余所有人一道拜倒在宗师面前。他们站起来时，与他们一道前来的贡达阿阇梨失踪了。他们发现，他因高烧而躺在寺院的一间阁楼里。他什么也没有吃。可是，他们急于完成那场葬礼。他们于是将贡达阿阇梨丢下，匆匆踏上归途。

阿阇梨在火化妻子之后并没有返回聚落。他什么也没有想，既没有想自己箱子中的那十五条金边围巾、两百卢比的现金，也没有想寺院赠给他的那条用黄金做的罗勒念珠。

他想迈开双腿，信步走去，走到哪里算哪里。他朝东边走去。

下篇

一

早晨的阳光已经洒落到森林里，形成斑驳的图案。普拉内沙阿阇梨行走着，疲惫地拖着双脚。他已经有好长时间没有想自己到了什么地方，在哪个方向。他曾有片刻感到懊悔，他没有耐心等待并捡出妻子剩余的没有烧尽的遗骨，将它们抛撒到河流之中[①]。他也曾在瞬间有让人觉得惊心的想法，也就是野狗和狐狸可能叼走并糟害这些遗骨。可是，他很快就自我宽解了，因为他已一走了之，自由自在，把一切都抛在了背后。他不再有任何责任，也不再有任何债

① 在印度等南亚国家，火化之后剩余的骨灰一般会被推入流水之中冲走。

务。“我说过，我将信步走去，走到哪里算哪里。现在，我必须按照这一决定走下去。”他于是就这样迈步前行，竭力让自己的心灵获得一些平衡。在过去，无论什么时候，只要他的心灵变得过于活跃，他就会唱诵毗湿奴大神的诸多名号，使之仅有一个着重点，从而让心灵中川流不息的散乱思绪平静下来。“牢不可破者，无边无际者，牧童……”他现在想要做同样的事情。他想起了瑜伽第一箴言：“瑜伽就是心灵之波的平息。”“可是，不行！”他自言自语。“把唱诵的慰藉以及大神的名号也都放置一边吧，要特立独行！”他又自言自语。愿心灵就像光与影的图案，也就是分叉的树自然赋予阳光的种种形状。天上的阳光，树下的阴影，地面的图案。如果走运，有水的飞沫，就会出现彩虹。愿人的生命就像那阳光一样。一次简单的意识升华，一次十足的惊觉，宁静，流动的宁静，以及自我满足，就像天空中神圣的婆罗门鸢[1]。腿行，眼观，耳听。啊！活着，没有任何欲望。于是，人的生命变得可以接受。否则，人的生命会在欲望中干枯成一个躯壳。那位文盲圣徒迦那迦[2]，他的心灵就是一种觉醒，一个奇迹。因此，他前去面见自己的师傅并问道：“您要我在没有香蕉的地方吃香蕉。我能去什么地方？我在哪里可以把它找到？神无所不在，我应当如何是好？神对我而言已成为一套需要死记硬背的表。没有觉醒，没有神那样的奇迹。所以对我而言，神已变得虚无缥缈。”

你一旦离开造物主，你就必须舍弃对所有债务、列祖列宗、各

① 婆罗门鸢（Brahmani-kite），又名栗鸢（Haliastur indus），小型猛禽，分布于印度与澳大利亚东北部之间的广阔区域。

② 迦那迦（Kanaka, 1509—1600），16世纪坎纳达语圣徒诗人，被认为属于刹帝利种姓，生活在今印度卡纳塔克邦。他用纯朴的口语创作虔诚诗歌，具有普遍的艺术感染力。除《那罗传》等5部主要作品外，还创作了约200首不同形式的歌，在坎纳达语文学史上颇有影响。

位师尊、一应神明的全心关注，你也必须超然于男人的社会。因此，这个信步走去，到了哪里算哪里的决定，是正确的。就像这样，在这片没有路径的森林里走路。疲惫，饥饿，干渴，到了什么程度？普拉内沙阿阇梨的思想之流猝然停滞。他在进入另外一个自欺的黑洞。尽管他已经决定，他将信步漫游，走到哪里算哪里，他却一直在可以耳闻竹制牛铃之声以及牧牛童子笛音的范围内行走。这是为什么呢？无论他的决定是什么，他的双脚却仍然让他滞留在靠近民人的聚居之地。这就是他的天地的界限，也是他的自由的界限。似乎无法在不与人接触的情况下生活。就像民间故事中隐士的遮羞布：为了防止老鼠咬啮遮羞布，他养了一只猫；为了让猫喝上牛奶，他养了一头奶牛；为了照料奶牛，他找了一个女人；他娶了女人，于是不再是一名隐士。

普拉内沙阿阇梨坐在一株菠萝蜜树下。“我必须正视此事。我必须让我的未来有所不同，一点也不要再欺骗自己。我为什么在火化妻子之后一走了之？聚落在散发着臭气，人们无法再返回那里。当然，有一个充分的理由：鼻孔中不堪忍受的恶臭气味，当然还有污染的感觉。那又怎么样？为什么我不想再度与那些正在等着我指导的婆罗门相见？为什么？”普拉内沙阿阇梨伸了伸双腿，试图甩掉一身的疲惫，静候着自己的头脑清醒过来。他没有看见，一头牛犊走来，站在他的身边。它扬起脸来，嗅着他的脖子，并对着他的脖子呼气。普拉内沙阿阇梨吓得身子抖动了一下，回头观望。这头正在发育成熟的牛犊友善而温良的眼睛触动了他，让他内心百感交集，喷涌而出。他用手指抚摸它的颈部垂肉。牛犊扬起脖子，走得越来越近，把整个身子都贴了上来，让他用手抚摸，它由于十分快乐而毛发竖起，并开始用温热而又质地粗糙的舌头舔他的耳朵和面颊。

普拉内沙阿阇梨感到怪痒痒的，于是站起身来，想与牛犊玩一会儿。他把双手放在它的脖子下面，发出“乌布布布……”这样的叫声。牛犊抬起双腿，朝他跳跃，随后离开，跳到阳光之下，消失得无影无踪。普拉内沙阿阇梨努力回想自己刚才在思考什么问题。“是的，问题是，我为什么没有返回聚落去看那些婆罗门？”可是，他心不在焉。他十分饥饿，他应当在附近某个村庄弄点吃的。于是，他站起来，跟着牛粪和牛的足迹前行。在漫游一小时之后，他来到一座摩哩[①]庙。这就意味着，此处不是一个婆罗门聚落。他继续前进，坐到村边的一株树下。

太阳已经开始攀升。即使在树荫里，也能感觉到在变热。他十分干渴。如果有个农夫瞧见他，就会给他弄些水果和牛奶来。一个农夫正在赶着水牛上岸，确实手搭凉棚瞅了他一眼。农夫走上前来，站在离他很近的地方。他的嘴里塞满了嚼过的蒌叶与槟榔果，他的胡须茂密可观，他的脑袋上裹着一块格子图案的包头巾。普拉内沙阿阇梨猜想，此人实际上是个村长。发现一个不认识的人是一件令人宽慰的事。由于嘴里塞满了蒌叶，这位农夫抬起下巴，以免汁液流下来。他打了个手势，询问陌生人来自何方。倘若这位农夫知道他就是普拉内沙阿阇梨，他就不会站在那里，嘴里塞满蒌叶，以那种不礼貌的方式问话。当你摆脱过去，也就是你的历史，世界只会把你看成另一个婆罗门。这种念头让他有点心烦意乱。农夫没有得到应答，于是走到一边，吐出了嘴里的那团蒌叶，谦卑地回来，用布擦掉胡须上的红色汁液，诧异地望着他问道：

“这位先生要走哪条路？”

这位村民表示了敬意，因而让普拉内沙阿阇梨略感宽慰。他知

① 摩哩（Mari），司掌死亡与瘟疫等的女神，肤色发黑。此词亦常被用于辱骂人。

道，直接问一个婆罗门“您要到哪儿去”是不吉利的。可是，普拉内沙阿阇梨无法直接回答。“哦，就是这条路……”他一边说，一边漫不经心地朝某个方向挥了挥手，擦了擦汗。由于神的恩典，农夫没有认出他来，他感到心安了。

“先生是沿着山谷或别的什么地方到来的吗？”这位村民好奇地问道。普拉内沙阿阇梨的嘴不习惯说谎，只是简单地说了一声“嗯”。

“一定是个前来募捐的人。”

普拉内沙阿阇梨想点一点头。瞧！这位村民把他当作一个四处巡游化缘的婆罗门了。他的所有光辉和影响都消失了，他看起来实际上一定像一个到处转悠搞募捐的婆罗门。他开始懂得了什么是谦卑。他自言自语道：最好鞠躬示弱，弯下腰来。他又“嗯”了一声，以示同意。他期望自己在陌生人眼里是什么形象，他就能够呈现出那副样子。这似乎拓展了他的自由界限。

这位村民斜倚自家水牛站着，说道：“附近任何地方都没有婆罗门家户。”

“是吗？”普拉内沙阿阇梨相当淡漠地说：

“大约在离这里十来英里的地方，有一个婆罗门聚落。”

“啊！真的吗？”

“如果您走牛车道，就会更远一点。如果走小路，就近多了。”

“好！”

“这里有一口井。我会给您一个水罐。您可以打点水，洗个澡。我给您大米和小扁豆，您可以在三块砖上做出饭来吃。您一定累了，可怜的人。如果您真要去那个聚落，就告诉我。车夫谢沙帕在这里看望亲戚，他的牛车将空驶回家。他住在那个聚落附近……可是，我不知道，根据他说的话，您是不是还会想要去那个聚落。那儿躺着一具死尸，好像都烂了有三天了。一具婆罗门的尸体。嘘……这可是谢沙帕说的。深更半夜，那个好人的情妇一路来到谢沙帕家，恳求他帮助她烧掉死尸。那具尸体好像没有合法继承人。一个死去的婆罗门怎么能像那样腐烂？谢沙帕早上赶着牛车一路到来时说，有兀鹫蹲坐在那个聚落家家户户的房顶上……”

这位村民在手掌上揉搓着他的烟叶，坐在那里侃侃而谈。

当普拉内沙阿阇梨听说谢沙帕就在附近时，他的心咯噔了一下。他不想让谢沙帕看到他现在的状态。再在那里待下去，就要倒大霉了。

“要是你能给我一点牛奶和几个香蕉，我就继续赶路吧。”他看着这位村民说道。

“没问题，先生！我立马给您办好。在村子里还有一个婆罗门挨饿的时候，我就不能吃饭。所以，我刚才给您拿了大米，就这么点东西……”

他离去了。普拉内沙阿阇梨觉得自己如坐针毡。倘若谢沙帕看见他，会出现什么情况？他看了看四周，恐惧感稍微减轻了一些。“在我已经甩脱所有东西之后，我的心里为什么还会有这种恐惧感？”他问自己，心神不安，无法抑制内心越来越重的忧虑。村民拿来一杯冷牛奶和一把香蕉，将它们放在阿阇梨面前，说道：

“一个婆罗门此时到了村里，来得好像正是时候。我的前途如何？请您给我略微点拨一二好吗？我给自家儿子领回来一个新娘，花了一百卢比聘金。可是，自打她来到我家，她就一直木呆呆地坐在一个角落里，好像被一个什么女鬼给缠上了的样子。要是您能给我弄个什么东西，上面再有一道符咒，那就好了……”

就在普拉内沙阿阇梨的大脑纯粹出于习惯，即将运转起来，即将履行婆罗门的职能之时，他勉力控制住了自己的心智，使之完全停摆。“即使我将一切置诸脑后，社会依然对我纠缠不休，让我履行婆罗门与生俱来的职责。一个人要摆脱这一切并不容易。对于这个满怀关切给一个十足的陌生人拿来牛奶和水果的村民，我该说些什么？我已经犯了过失，从而失去了苦修而来的功德，我应当告诉他这一点吗？跟他说我不是婆罗门？或者干脆把事实真相和盘托出？”

“今天我无权念诵经文。一个近亲死了，而我还在污染期内。”他一面说，一面快意于自己想到了这样恰到好处的答复。他喝了牛奶，归还杯子，用布包起水果，站起身来。

“如果您沿着这条路走大概十来分钟，您会到达一个叫作梅利杰的地方。今天、明天还有后天，庙里举办车节[①]。要是您去那里，您真的会满载而归。”村民说完话就迈步走开，一边嚼着他的蒌叶，一边赶着他的水牛前行。

在他从视野中渐渐消失后，普拉内沙阿阇梨再次进入森林，沿着步道走下去。他因为自己的问题已经变得更加严重而担忧。“我以前从来没有经历过这样令人恐惧的事情。害怕被人发现，害怕被人逮个正着。害怕别人的眼睛看穿我也许无法保守的秘密。我失去了自己原来的无畏精神。怎么回事？为什么？我害怕自己无法在众目睽睽之下生活，无法在那些婆罗门面前生活。由于心存这样的畏惧，我无法返回聚落。唉！我担心哪！我不能在心中郁结着谎言的情况

① 车节（car-festival；Rathayatra），又译游神车节，印度教毗湿奴派的重要节日，印历4月（公历6~7月间）初二举行。信徒们在节前将一些神像装饰一新，在初二将这些神像装载到一辆巨车上，由数百人牵引穿街游行，往往观者如堵。节日期间会向婆罗门布施。尼泊尔也有类似节日，规模盛大，十分有名。

下生活！”

随着森林中的静寂不断深化，他的心里开始变得明澈起来。他一边剥皮吃香蕉，一边拖着双脚缓慢地行进。自从他见到那位村民起，问题对他的触动就更加深刻。必须抓住问题的关键，也必须直面问题。问题的起源其实就是一个不得不烧掉的东西。那个东西就是那罗纳帕，他活着的时候就已经把婆罗门教踢到一边去了。他的尸体在等着烧掉。在所有有朝一日都得烧掉的东西中，这具尸体成为一个突出的问题。他想到，这个问题属于正法领域，因此他必须求助于古代的法论①典籍。他也求助于大神。可是，最终在森林里，在黑暗中……

他停下脚步。为了充分而确切地认识问题，他等待自己的心灵获得平衡。

一个人在试图精确重现已经发生的事情并弄清事情如何发生之时，会有一种逐梦的感觉。

“我因为意外让她的乳房碰上而被唤醒。我吃了她从纱丽中掏出的香蕉。饥饿，疲惫，以及马鲁蒂大神没有给予答案而造成的失望，都起了作用。原因就在于此。那个时刻不期而至，仿佛是天意。原因就在于此。那是一个神圣的时刻。此前没什么事，此后也没什么事。那个时刻让从来不曾存在的东西出现了，而那东西随后又消失了。事前无形，事后也无形。其间，则是化身，也就是那一时刻。这就意味着，跟她翻云覆雨，我绝对没有责任。对那一时刻没有责任。可是，那一时刻改变了我。为什么？我现在对某个已经变化了的人负有责任，那就是当下的困苦。那次经历仅仅成为一种记忆了

① 法论，古代印度教专门论述行为规范和政治法律的一类著作，至少有数十种之多。最著名的法论著作包括《摩奴法论》《祭言法论》等。

吗？当记忆被唤起时，我又开始渴求那样的经历。我再次热望紧紧地拥抱钱德丽。”

由于内心欲望躁动，阿阇梨的肉体热望接触。他的眼睛变得暗淡无光。他想去贡达布罗，想找到钱德丽。他的自检逻辑素来不曾受到过扰动，现在似乎被弄乱了。波浪被拍碎了。“如果我现在去寻找她并喜爱她，我就会对我的行为负完全责任，不是吗？那么，由于意识到我突然自行转变过来，我起码可以从这种巨大的痛苦中解脱出来了。这就是我，这个，这个就是我新生的真相，也就是我成了一个新人。所以，我可以直视神的眼睛。现在，我这个人已经失去了旧日的样子，还没有找到新的外表，就像一个匆忙从子宫中取出的恶魔似的早产胎儿。我在幽暗的森林中，并没有心动，但那个时刻突然自己出现了。我甚至必须无所畏惧地审视我当时的信仰状况。真的，那一时刻是突然出现的。我并没有追求它，却获得了它。就是在那里，伸出的双手碰到了乳房，欲望于是萌生。秘密就在那里。就是那个时刻决定了我转向哪条路。不，我在那个时刻本来可以决定自己转向哪条路。答案并不是我的肉体认可了它，而是在黑暗中，我的双手急切地摸索着，寻找着钱德丽的大腿和臀部。我从来没有像这样寻找过正法。那个时刻，对于我应当转向哪条路是具有决定性的，结果我做出的决定是接受钱德丽。尽管我失控了，做出这样决定的责任仍然是我的。男人的决定所以有效，只是因为有可能失控，而不是因为做决定容易。我们通过自己的选择塑造自己，赋予我们称之为人的这个东西外表与线条。那罗纳帕变成了他愿意成为的那个人。我愿意成为另外一种人，而且就照那样生活。可是，我突然在人生的一个岔路口转了向。在我认识到，转弯也是自己的行为，我应当为之负责之前，我不是自由的。在那个岔路口发生了什么情况？双重性、冲突涌入了我的生活之中。我就像陀哩商古[①]，悬挂在两重现实之间。古代仙人如何面对这样的经历？没有双重性，没有冲突吗？我想知道。在船上让鱼香女怀孕并成为毗耶娑[②]之父的大仙人，会像我一样为自己的所作所为而痛苦不堪吗？众友仙人为了一个女人而失去通过苦行方才获得的法力，他感到痛苦吗？他们是否可能将生活视为克己禁欲，与神待在一起，经历并超越冲突与对立，接受大地雕刻并呈现的每一种不断变化的样貌，最终就像一条河那样流入海洋，消弭于无形？他们可能就是这样生活过来的吗？至于我，事神从来没有成为这样的当务之急。如果事神曾是什么人的当务之急，那可能是我的朋友马哈巴拉。在我所有的童年朋友之中，只有他醉心于神。我们曾一道前往迦尸。他聪颖绝顶。他身形颀长，皮肤白皙。没有他不明白的东西。甚至就在老师讲解这一步时，他就能猜出下一步。我只对他一个人有过严重的嫉妒心，也有过极度的爱心。深厚的友谊根本没有遇到过任何障碍，因为我属于摩陀婆派，而他属于传承派。就在我忙于确立摩陀婆派观点之时，对于他来说，唯有证悟神才是重要的，其余一切均不足道。我表示：‘难道你不需要一条借以证悟神的路径吗？借助神与灵魂的二元性你才能见证神。’他总是说：‘你说的路径是什么意思？难道神的天堂是一座城市或一个村庄，所以你能在路上找到它？人们应当从自己站立的地方直达天堂。’他热爱逻辑或哲学，但更热爱音乐。在

① 陀哩商古（Trishanku），印度神话传说中上古时期甘蔗王朝的一个国王，与众友仙人关系密切。众友仙人违背天帝因陀罗的意志，用自己的法力强行把陀哩商古送上天堂。由于因陀罗拒不接受，陀哩商古只好悬在半空，上不着天，下不着地，处于两界之间。众友仙人于是在南天星空中创造了另一个天宫——南天星座之一南十字座，供陀哩商古居住。季羡林译《罗摩衍那·童年篇》中有数章讲述这一有趣故事。

② 毗耶娑（Vyasa），意译广博，通称广博仙人，传为史诗《摩诃婆罗多》的作者。渔家女贞信与破灭仙人的私生子。他还被认为是《摩诃婆罗多》中象城的持国和般度两兄弟的父亲。

他唱诗人胜天[1]关于黑天的歌时，我就仿佛置身于黑天的花园一样。‘来自檀香山的南风轻拂着丁香的柔枝’，这样的诗句就在他的心中跳跃着。”在想起自己亲爱的朋友时，普拉内沙阿阇梨的嗓音变得哽咽了。“我从来没有体会过这种对神的挚爱。马哈巴拉发生了什么情况？当我们在迦尸时，他逐渐退缩，变得疏离了。我不明白原因何在。我陷入巨大的悲痛之中。我的学习并没有触动我。那个曾经总是与我在一起的哥们，现在躲着我，到处游荡。我从来不十分清楚原因何在。我从来没有像那时渴念马哈巴拉那样期渴念过任何人。我痴迷于他。有些日子，他那悲伤的略带红色的左颊上有个黑痞子的脸，总是浮现在我的眼前，而我总是渴望他的友谊。可是，如果我靠近他时，他总是以这样或那样的借口躲避我。一天，他突然消失了，不再前来上课。我在迦尸的街头转悠着寻找他。一想到有人可能已经把他杀掉，以在某个地方举行人祭，我就忧心如焚。一天，看见他坐在一所房子的前廊上，我大感惊讶。他独自坐在那里，吸着水烟。我无法忍受，跑到了他身边，抓住他的手拉他。他抬起睡意蒙胧的双眼，说道：‘普拉内沙，走你自己的路。’此外没有多余的话。我拉他。他怒气发作，站了起来，说道：‘你要事实真相，对吧？我已经放弃学业了。你知道我现在为什么而活着吗？进来，我带你看看！’他把我拉进屋内，指向一个午饭后睡在床垫上的年轻女人。她躺在那里，双臂伸了出来。根据她的衣服和化妆品，我能看出她是个妓女。我大吃一惊。我吓得浑身颤抖。马哈巴拉说：‘普拉内沙，你现在知道了，别为我担心，现在就走吧！’我茫然走开，不知道说什么是好。随后，我就变成了铁石心肠。我离开时发了誓：

① 胜天（Jayadeva，活跃于12世纪下半叶），印度中古时期诗人，著有梵语宗教抒情长诗《牧童歌》，描写牧童黑天（毗湿奴化身之一）与牧女罗陀之间的爱情。葛维钧译《牧童歌》中文版已于2019年出版。

我坚决不走堕落的马哈巴拉之路，我将与他截然不同。于是离去。无论何时，只要见到那罗纳帕，我就会想起马哈巴拉，尽管这两人就像山羊与大象一样，有天壤之别。

“现在，我想再见一见马哈巴拉并问一问他：‘你是独立改变自己人生道路的吗？什么样的经历，什么样的需要，什么样的热望，使你改弦易辙？你现在对我可有什么建议？女人与享乐让你觉得万事如意了吗？你的那种贵族精神难道仅仅因为一个女人就得到满足了吗？’”

“啊哈！我现在明白了！”普拉内沙站起身来，迈开步子。“是的，问题的根源就在这里。我一直对马哈巴拉心怀失望。我在不知不觉之间，在那罗纳帕身上看到了马哈巴拉的影子。为了弥补我在马哈巴拉身上的失败，我试图在那罗纳帕身上赢得胜利。可是，我失败了，失败了，一败涂地呀！无论问题是什么，我过去一直坚持战斗，结果我自己变成了问题本身。为什么？我在哪里失败的？我怎么失败的？在这种上下求索之间，一切又都变得缠夹不清。

“放眼望去，人与人都是相互缠结在一起的。从马哈巴拉到那罗纳帕，从那罗纳帕到我的任性，我背诵的神圣传奇故事，它们的效应，最后还有我自己对贝丽乳房的渴求状态，全都缠结在一起。我现在这副德行，是长期以来间接形成的，连我自己都不知不觉。我现在甚至怀疑，我与钱德丽苟合的那个时刻是否也是不期而至。那一定是内心中隐藏的一切显露真相的时刻，就像硕鼠从仓库中跳出来一样。聚落又浮现在脑海之中，让人作呕。聚落就耸立在那里，与我在内心深处面对的东西相对而言，是一副清晰的模样，也是我人生诗篇的完整一章。对我而言，唯一明确无疑的事情是，我应当跑掉。也许去钱德丽所在之地。变成像马哈巴拉那样。像他一样，为自己找一条明白无误的路。逃离这种上不着天下不着地的陀哩商古式的状态。我现在就必须走，乘人不备，不要让任何熟悉的眼睛看见。”

他迈步前进。他在行走之间，察觉森林中有人从他背后上来。他感到一双眼睛在盯着他的后背。他挺起腰身，大步行进。他想扭头看看是谁，可又十分害怕。他听到一声噪音，于是回过头去。他能看见，远处有个年轻男子在快步朝他赶来。普拉内沙阿阇梨也加快了自己的步伐。他每次回头看，都发现那个年轻男子在加快脚步。他走得更快了。可是，那个年轻男子似乎并没有放弃追赶。由于年轻，他在逼近他。如果他不是陌生人，会出现什么情况？年轻男子越来越近。普拉内沙阿阇梨感到腿疼，不得不放慢步履。年轻男子与他会合。他气喘吁吁，开始与他并行。普拉内沙阿阇梨看了看他，十分好奇，并不是他所认识的人。

“我叫普塔，是马莱拉人[①]。前往梅利杰过车节。您怎么样？”陌生人问道，想引发对方交谈。

普拉内沙阿阇梨并不希望与人谈话。他不知道说什么是好，于是端详年轻男子的脸。他面庞发黑，有点憔悴，上面挂着汗珠。一个很长的鼻子，使这张脸带有一个意志坚强的男人的神色。他的生得紧凑的双眼，使他在凝视时目光锐利，令人不安。他把自己的头发剪得很短，在围裤之外穿一件衬衫。显然，是一个来自镇上的小伙子。

“我从后面看您，从您的步态看，以为您是我认识的一个人。现在我看您的脸，您确实看起来面熟……”

---

① 马莱拉人（Maleras），一个社会地位很低的社群，据称是婆罗门与他们的情妇的非婚生后裔。

虽然普塔说的是任何村民在开始交谈时都会说的寻常话，可普拉内沙阿阇梨却感到十分尴尬。

“我刚从山谷爬上来。要去募捐。”他说道，试图就此结束交谈。

“哦！哦！我认识山谷里的人。实际上，我岳父就住那儿。我经常到那儿。您究竟住山下什么地方？”

“贡达布罗。”

“哦！哦！贡达布罗，真的？您认识那里的希纳帕亚吗？”

“不认识！”普拉内沙阿阇梨一边说，一边加快脚步。可是，普塔极想说话，似乎不满足于就聊这么寥寥几句。

“您知道吗？希纳帕亚跟我们很近。他是我岳父的好朋友。他让他的二小子娶了我老婆的小妹妹……”

“嗯……嗯……”普拉内沙阿阇梨一边走一边哼哼着，虚与委蛇。可是，这位傍上了他的家伙并没有轻易放手。普拉内沙阿阇梨想，他可能会继续前进，忙自己的事去，于是坐在一株树下，仿佛疲惫已极。普塔似乎十分快意，于是响亮地叹息一声，也坐了下来。他从口袋中掏出火柴和比迪烟[①]，并向普拉内沙阿阇梨敬一支。普拉内沙阿阇梨说：“不要！”普塔点燃自己的比迪烟。普拉内沙阿阇梨装作自己已经稍微缓过劲来，于是起身再度开拔。普塔也起身并举步前行。“您知道吧，在路上，要是您跟人说话，您会忘记路途漫长呢！例如，我就总是需要跟人说话。”普塔满面笑容，一边说着，一边好奇地打量着普拉内沙阿阇梨。

二

妻子葬礼之后，阿阇梨决定走到哪里算哪里。数小时内，帕里

① 比迪烟（bidi），一种主产于印度的廉价小雪茄烟。

贾塔布罗的人们就逐渐知道了一切，只是不清楚有个穆斯林实际上已经将那罗纳帕的遗体火化了。帕里贾塔布罗的年轻人，一度在英雄主义的激励之下，曾想为他们的朋友那罗纳帕举行葬礼，可到头来却不得不拼死逃命。他们守口如瓶，不能讲出他们所看到的情况。让富翁曼贾亚不安的事情，实际上就是那一系列一个接一个发生的死亡事件。那罗纳帕是第一个，接着就是达斯阿阇梨，再后就是普拉内沙阿阇梨的妻子。这只能意味着一个事件，也就是一场流行病。由于对各种事务富于经验，在希瓦莫杰的交易所、市场、法庭及办公楼游刃有余，他刚刚嘲笑了别的婆罗门的说法。他们都认为，这些祸事起因于那罗纳帕的猝然辞世以及众婆罗门的疏于职守，未能给他及时举办葬礼。当然，曼贾亚曾经怏怏不乐地说："多糟糕！达斯阿阇梨死了！他前天还来我这儿吃了乌皮杜呢。"可是，他内心却十分恐惧，因为他曾经让那个婆罗门进了自己家。人们前来告诉他，那罗纳帕在出行希瓦莫杰一趟之后死于热病及横痃。他听到消息时，就已经心生疑窦。此刻，他甚至害怕提到这种可怕疾病的名称。他觉得，自己做得过头了，何苦来哉？可是，当他听说硕鼠一直在不停地跑到聚落外面倒毙，食腐鸟已经飞来大快朵颐之时，他的疑虑就变成确凿无疑的事实。他的猜测是对的，就像一卢比包含十六个安那那样确凿。昨天来的《祖国报》[1]虽然晚了一个星期，却在一个角落里登载了《希瓦莫杰暴发瘟疫》这一消息。那罗纳帕的确将瘟疫带入了聚落，于是瘟疫像野火一样传播开来。这么长时间一动不动，囿于某种盲目的信念，不为死者举办葬礼，就像是在抡起一块石板往自己头上掼。一群傻瓜！连他也是个白痴。他站在前院，突然大喊一声："备车，马上！不能浪费一分一秒。这场瘟疫将会越过

①《祖国报》（*Tayinadu*），一份坎纳达语报纸。曾经非常驰名。

通加河，来到我们聚落。倘若有一只乌鸦或兀鹫嘴里叼来一只瘟死的硕鼠，让它掉下来，就足够了。这里的一切都会完蛋。”他站在自家屋外，为了让每一个人都能听到，大声喊叫着宣告：“在我从城里返回之前，谁都不许去杜尔瓦萨布罗！”作为聚落领袖，他并没有因为自己对瘟疫的疑虑而存心恐吓他们。牛车已经备好。他在呈曲线的车厢里背靠枕头坐着，命令车夫驶往蒂尔塔哈利①。在他的非常讲求实际的大脑中，有关决定业已完好形成：一，告知市政当局，将尸体搬走；二，请来医生，让每个人都接种疫苗；三，获得灭鼠器和水泵，用毒气灌注鼠洞并把它们堵起来；四，如有必要，就将人们从聚落疏散出去。他让车夫把牛尾巴拴在一起，不断发话鼓励车夫把车赶得再快点儿。其间，有好长一段时光，他一直在喃喃自语，如同反复念诵真言一般：“白痴！白痴！”牛车很快上了通往蒂尔塔哈利的道路，继续迅速向前驶去。

在失望中离开寺院之后，加鲁达阿阇梨、罗什曼那阿阇梨等人一路念诵着“诃利！诃利！”的名号，回到聚落。帕德马纳巴阿阇梨当时正因高烧而躺着。他们到达时，他已经处于昏迷状态。他们中间有一个人已经前往病人在另一个村子的姻亲家中，把他的情况告知他妻子。另一个人跑进城里请医生。加鲁达阿阇梨被吓坏了。在寺院内，贡达阿阇梨由于发烧而卧床；在盖马拉，达斯阿阇梨病倒了。在这里，帕德马纳巴阿阇梨的舌头已经吐了出来。聚落处于某种危险之中。罗什曼那当着大家的面破口大骂加鲁达阻挠为那罗纳帕举行葬礼。可是，谁也没有在意他说什么，这绝不是辱骂人的时候，最好赶紧完成葬礼，并把死者的全部财产作为罚金奉献给神。

① 蒂尔塔哈利（Thirthahalli），卡纳塔克邦希莫加县境内通加河畔市镇。

他们不情愿地将病人帕德马纳巴阿阇梨丢下，迈步出发。加鲁达对着其他人双手合十，请求道："请你们带上寺医，给躺在那儿的贡达阿阇梨弄点药。"路上，谁也没有勇气说一句话。沉闷的气氛就像柩衣一样笼罩着他们。加鲁达在心中向马鲁蒂默默祈祷："我愿意交纳那笔罚金，请宽恕我吧！"他们怀着沉重的心情步行前往盖马拉。他们在那里发现了什么？达斯阿阇梨的骨灰。此外，他们还听到了普拉内沙阿阇梨妻子的死讯。他们大惑不解。他们熟悉的世界处于混乱之中。他们觉得，自己在黑暗中看见了魔鬼。就像孩子一样，他们靠在墙上，泪水从眼睛里汩汩流出。长者苏班纳阿阇梨试图安慰和激励他们。加鲁达在闷声坐了很久之后有气无力地说道："大老鼠还在接连死亡吗？"苏班纳阿阇梨问道："你这是什么意思？"加鲁达阿阇梨说："没什么，兀鹫曾经蹲坐在我们的房顶上。"长者回答说："只要完成葬礼，一切都会变好。"加鲁达阿阇梨说："我不会再回那个聚落。"其他婆罗门也在窃窃私语："我们怎么能给一具已经腐烂的遗体举行葬礼？即使弄四车木柴，也不可能把它烧光。"罗什曼那阿阇梨说道："让我们开始行动吧！"加鲁达阿阇梨说道："我累了，你们当中须有一人办理此事。"苏班纳阿阇梨说道："如果像你一样的成年人都十分恐惧，头脑发昏，其他人该怎么办？"加鲁达阿阇梨说："反正我不干。"罗什曼那阿阇梨敦促道："起来！起来！聚落里一个人也没有。那些奶牛和牛犊该怎么办？那里可没人赶它们进棚给它们挤奶。"众人随声附和："是呀，是呀，没错。""诃利！诃利！"他们一边喃喃地念诵着大神的名号，一边动身出发。一路上，他们都在赞颂着"罗怙王朝之王"[①]。

① 罗怙王朝之王（Raghavendra），史诗《罗摩衍那》男主人公罗摩的另一名号。他在卡纳塔克地区深受摩陀婆派崇拜。

贝丽的家人曾用一只公鸡祭祀魔鬼，而且誓言他们会在下一个新月期间献祭一只绵羊。可是，贝丽的父母还是在当天夜里双双死亡。普拉内沙阿阇梨的妻子逝世了。听到贝丽的尖叫声，邻近的那些贱民前来助她一臂之力。这些近乎衣不蔽体的肤色黧黑的人，默默地坐在茅棚周围，在黑暗中哭泣了半个小时。随后，顶上覆盖着干棕榈叶的茅棚被付之一炬。须臾之间，火势冲天，吞噬了贝丽父母的遗体。贝丽站在那里，十分惊恐，随后在黑暗中跑到村外，不顾东西南北，抱头鼠窜而去。

马莱拉人普塔犹如过去的一宗罪孽，紧紧贴住普拉内沙阿阇梨。他的办法是：你停他也停；你坐他就坐。你走得快点，他也走快点；你走得慢些，他也走得慢些。反正不离开你身边。普拉内沙阿阇梨变得十分恼火。他想要独自待着，闭目静坐，自想心事。可是，普塔这个家伙却一直喋喋不休。阿阇梨并不给他情面，但他就是缠着不放。他对普拉内沙阿阇梨的行为，与他对一个普通巡回化缘婆罗门的态度无异，因为他并不知道他就是吠檀多之宝，如此等等。他劝告阿阇梨说，赤脚走这么远的路并不是一个美妙的想法。他说："你在蒂尔塔哈利花三卢比就可以弄到一双手工缝制的凉鞋。"他以训诫的口吻问道："什么更重要？钱还是让人舒适的东西？瞧我的凉鞋，穿了一年多了，还一点儿都没有磨损。"他脱下凉鞋，展示了一番。他说："我喜欢说话。得啦，我出个谜语，看你能不能给我破解。"他是在挑战。普拉内沙阿阇梨闭口不言，控制着自己正在升腾的怒气。"一条河，一只船，一个男人。此人随身带着一捆草、一只虎、一头奶牛。他要渡河，每次船里只能带一样东西。他必须确保，奶牛吃不了草，虎吃不了奶牛。他必须将三样东西全都从河的此岸转运到对岸。此事他该怎么办？让我们瞧瞧你有多聪明。"他一边说着谜面，一边快乐地点燃自己的比迪烟。普拉内沙阿阇梨虽然生气，却不能无视这个谜语对他脑力的挑战。普塔一边在阿阇梨身边行走，一边揶揄他：“你破解这个谜语了吗？你找到谜底了吗？”普拉内沙阿阇梨破解了此谜，但他羞于把答案讲出来。如果他真的破解了此谜，他就得向普塔伸出友谊之手。如果破解不了此谜，普塔就会认为他头脑愚钝。这是一种两难困境。他应当成为这家伙眼中的愚钝东西吗？“破解了吗？”普塔一边问，一边吸着比迪烟。普拉内沙阿阇梨摇了摇头。“哈！哈！哈！”普塔一阵狂笑，当即亮出谜底。他感到自己极为喜欢这位善良而不太聪明的婆罗门。他说道：“喂！我还有一个谜语呢。”普拉内沙阿阇梨忙说：“不猜！不猜！”“那好吧。你最好也给我出一个谜语。你来打败我。一报还一报。”普拉内沙阿阇梨说：“我什么谜语都不知道。”普塔想：“可怜的家伙！”他舌头痒痒，总想找人交谈。他发起了一个新话题：“阿阇梨呀，你知道吗？贡达布罗剧团的演员夏马，一个可怜的家伙，他死啦！”阿阇梨说：“嘁！可怜的人！我还不知道此事。”普塔说道：“那么，你可能在很久以前就离开镇子啦！”普拉内沙阿阇梨惊喜地看到，自己面前的道路分岔了。他停下脚步问普塔道：“你走哪条路？”“这条路，”普塔一边说，一边指了指一条小径。阿阇梨指向另外一条步道，说：“我走这条路。”普塔说：“两条路都通往梅利杰。一条稍微有点儿绕，就这样。我又不着急。我愿意跟你一块儿走。”他掏出一大块黄糖以及一些椰子片，说：“嗨！吃点儿吧！”他将一些食品给了普拉内沙阿阇梨，自己也吃了一些。普拉内沙阿阇梨饥肠辘辘，十分感激普塔。无论他去什么地方，无论发生什么事，他似乎总有人坚持陪伴他，好像他前世积了阴德，命当如此。

普塔在嚼着椰子片和硬糖的同时，转向了家长里短的话题。“你一定结婚了，对吧？老婆是谁？我提的问题，就跟傻子一样。多少孩子？一个也没有呀？对不起了。我有两个孩子。我倒是跟你说过了，对吧？我老婆是贡达布罗人。有件事，你是知道的。想到此事，我不知道是该笑还是该哭。她就爱自己的父母。她每个月都会大发脾气，要不就是两个月来一回，坚持回娘家省亲。在这个时代，谁能如此频繁地花两卢比坐公共汽车？你给我说说。她就是不听哪！都是两个孩子的妈了，她还那么幼稚。不过，她确实非常年轻。我岳母是个爱吹毛求疵的主，但我岳父，我跟你讲，却是个宽宏大量的人。他毕竟见过世面。我岳母有时说：‘我女婿有什么权力打我女儿？’可是，我岳父就没提过此事，一次也没有。不过，我老婆尽管挨打，却从不吸取教训。她威胁我说，如果我不送她回娘家，她就跳井。我能怎么办？她人很精干，除了这一点烦人之外，别的各个方面都极好。她无论是做条鱼，还是洗个罐子，都干净利落。就这一个毛病。你有何高见呀？”

普拉内沙阿阇梨朗声大笑，不知说什么是好。普塔也朗声大笑，说道：“想弄清楚一个女人的处世之道，就跟追踪一条水中飞鱼的踪迹一样。这话是老人们说的。他们心里明白着呢。”

“没错，千真万确。”普拉内沙阿阇梨随声附和。

普塔川流不息的话语终于停止下来。阿阇梨觉得，普塔一定正在语言之外的某个领域，求索着一个能够说明他家女人处世之道的答案。“现在来看我的谜语。我早先没有正视这个谜语。我人生中的那个决定性时刻，与我，与那罗纳帕，与马哈巴拉，与我老婆，与其他婆罗门，与我所仰仗的全部正法，都有千丝万缕的联系。可是，那个时刻，却是在我没有心动的时候到来的。我在幽暗的森林中突然转向了。可是，我的困境，我的决定，我的问题，并不只是属于我一个人的。它把整个聚落都囊括进来了。这便是困难、焦虑、正法双重束缚的根源。当那罗纳帕的葬礼问题出现时，我没有尝试独立解决这个问题。我依靠大神，依靠古老的法律典籍。这难道不正是我们所以写作那些典籍的缘由吗？所以如此还因为，我们的决定与整个社群存在深厚关系。在每一个行动中，我们都会涉及我们的祖先、我们的师尊、我们的神明、我们的同人。于是就有了这种冲突。我在与钱德丽躺在一起时感受到这样的冲突了吗？我在宣泄之后，在估量与权衡之后，我对此事做出什么决断了吗？现在，事情已经变得朦朦胧胧，模糊不清。当时的那个决断，那种行为，让我脱离了过去的世界，也就是婆罗门的世界，让我不顾自己老婆的生死，甚至不顾自己的信仰。结果，我现在就像一根琴弦，在风中颤抖。

“这种状况，是否还有什么宽解之道呢？”

普塔喊了一声：“阿阇梨呀！”

“什么事？”

“你想吃点椰子还有粗糖吗？”

“给我点吧。”

普塔又给了他一些椰子及粗糖，说道：“路上的时间很难熬，对吧？如果你感到无聊，我就再给你出一个谜语吧。你来猜。一个游戏一个跑，一个兀立瞪眼瞧。它们是什么？告诉我。”随后，他又点燃一支比迪烟。

“所以，我的所有焦虑的根源就在于我和钱德丽睡了一觉，像做梦似的。因此，我陷入了眼下这种进退维谷的境地，这种陀哩商古似的状态。只有通过自由从容的、完全清醒的、充分自愿的行动，我才能摆脱这种状态。否则，我就是一根在风中漂浮的绳子，一朵随风变换形状的浮云，我就成了区区一个物件。如果我从心所欲，采取行动，我就会再度变成人，我将变得对自己负责。这个……这个……我将放弃眼下这个走到哪里算哪里的决定，我将赶上一辆开往贡达布罗的公共汽车，去跟钱德丽一道生活。那时，我的所有烦恼就会一扫而空。我将在完全清醒的状态下重新做人。”

普塔笑着问道：“想出来了吗？”

普拉内沙阿阇梨回答说：“鱼儿游戏流水跑，岩石兀立瞪眼瞧。”

“真棒！你赢了。你知道他们在家里叫我什么吗？他们都叫我谜语大王普塔。咱们每走一英里，我就给你出一个新谜语。”他一边说着，一边扔掉了比迪烟头。

加鲁达、罗什曼那等人一路在阳光下步行。在他们抵达杜尔瓦萨布罗之时，太阳就要落下了。他们迟疑不决地进入这个聚落，但在看到房顶上没有蹲坐着兀鹫之时，就感到松了一口气。罗什曼那阿阇梨轻声说道：“我要去看看我的牛怎么样了，你们接着走。”加鲁达阿阇梨十分生气，面色阴沉，说道：“你最好首先关注葬礼，然后再料理你的家事！”罗什曼那阿阇梨不敢回嘴。众人都来到了普拉内沙阿阇梨家。大家觉得：“这是个可怜的人，我们必须对他寄予同情。”可是，在他们呼叫时，只有死去的硕鼠的气味。随后，甚至无人有勇气进入自家房屋。当他们来到主街上时，不禁感到有些恍惚。街面呈现出一种死气沉沉的令人惊恐的景象。他们聚集在一起，想着他们下一步该做什么。一个人说道：“举行葬礼！”可是，谁也没有勇气进入那罗纳帕家看一眼腐烂的尸体，它很可能已经变得面目全非，令人恐惧。加鲁达阿阇梨想到了什么事情：“普拉内沙阿阇梨一定到河边去了，要不就是别的什么地方。让我们等他吧。”罗什曼那阿阇梨说：“刻不容缓！让我们起码开始准备火化事宜。”一个人说道:“木柴！”另一个人说:“必须砍倒一棵杧果树！”又一个人说:“又湿又青的木柴怎么可能烧化一具正在腐烂的尸体！”罗什曼那阿阇梨说:“唔，我们可以用他自己家的木头把他烧掉。”加鲁达语带讥讽地说:“无论如何，没人让你从你家拿木柴！”可是，当他们绕到那罗纳帕家的后院时，那里并没有足够的木柴。他们大声喊叫:“钱德丽！钱德丽！”没有回音。“她也许在毁灭了整个村落后，逃到贡达布罗去了，这个摩哩!”众婆罗门牢骚满腹。“我们还能做点别的什么？每个人都应当从自己家带一捆木柴到火化场。人人有份！”加鲁达阿阇梨命令道。大家都表示同意，每人头上顶一捆木柴运往两英里之外的火化场。当他们返回聚落时，普拉内沙阿阇梨依然无影无踪。一个人说:“该搬运尸体了。”加鲁达说:“让普拉内沙阿阇梨来。”罗什曼那阿阇梨说:“好吧！”人人都害怕进屋子里面看一看。加鲁达说:“我们别莽撞。无论做什么事，如果不请示普拉内沙阿阇梨，那都是不对的。”其间，别的婆罗门纷纷表示:“让我们把事情准备就绪，等着吧。”他们在那罗纳帕的房屋外面，在一个陶罐里点上了火，拿进来一些竹子，开始制作搬运尸体的担架，同时等待着普拉内沙阿阇梨的归来。

当普拉内沙阿阇梨与普塔一同到达梅利杰水库时，大约是下午三点钟。他们一直在大马路上走，身上落满了红色的尘土。普塔在下到水库洗手洗脚之时说道:“喂！我说了这么多话，可是从来没有告诉过你我自己的任何事情。”阿阇梨在洗脸时，想到在梅利杰可能有人会认识他，心里一阵阵地感到惶恐不安。他因这种恐惧之感的复苏而心烦意乱。但是，他也有一点聊可宽慰之处：梅利杰的所有婆罗门都是传承派，所以对他而言都是陌生人。在节日的忙乱之中，有谁会真正注意他？无论如何，既然他已经真诚地做出了决断，哪里还会有使他恐惧的缘由？恐惧是自然生发的。可是，原因何在？没有恐惧的道理呀！必须寻找恐惧的根源。必须把它从根上拔出来并摧毁它。那罗纳帕与钱德丽过去一道生活在聚落的中心地带，何等无所畏惧，多么趾高气扬！即使他现在与钱德丽结合在一起，他也很可能会掩盖起自己的真面目来。天知道！这是一种什么样的生活！

“你一定想知道，我为什么如此喋喋不休地神聊。你一定在想：‘此人简直就是一条水蛭[①]！’我会告诉你原因何在。你虽然说话不多，但你也需要人，需要交谈。你是个温顺的人，属于一种非常能受苦受难的类型。”普塔一边说，一边擦掉脸上的水。“我说的是对呀还是错呢？你告诉我。我能从脸上看出来，一个人属于什么类型。我为什么要隐瞒事实真相？我希望你不要有我是个低等人这样的印象。我已经跟你说过，我是个马莱拉人，对吧？我父亲是个属于上流社会的婆罗门。他和我母亲生活在一起，对她照顾得比对他的发妻还好。他甚至为我举办了佩戴圣线的仪式。你要是愿意，可以看看。”他一边说着，一边把他的圣线从衬衫下面拉出来。“所以，我的所有哥们，都是婆罗门少年。我们现在走吧。”他说道。他在攀越水库堤岸进入街道之时，朗声大笑，说道：“我这个人完全名副其实。人们叫我，一个名字是谜语大王普塔，另一个是话匣子普塔。总的来说，我喜欢人。”

节日的忙乱使梅利杰变得五彩缤纷。寺院的神车矗立在镇子中心。神车的尖顶装饰着处女座、天蝎座、双子座等黄道十二宫图。

① 水蛭，蛭纲动物，体长而扁，生活在池沼及水田中，吸食人畜血液。一旦吸附人体，不会轻易放开。

一路上，两条粗大结实的绳索从神车上悬垂下来。虔诚的信徒们把神车从棚中拉到半路，把它停在那里，等待人们敬献椰子和水果等供品。一个年轻的婆罗门收取善男信女奉献的椰子和水果，沿着一架梯子爬上爬下，将供品交给已经爬上神车并在里面就座的祭司手中。周围四面八方是一片巨大的人群，拿着供品等候着。普拉内沙阿阇梨心神不宁地扫视着人群，唯恐会有某个熟人认出他来。人群密密匝匝，谁要是撒一把芝麻，都不会有一粒落到地上。普塔手拉手领着普拉内沙阿阇梨穿越不断涌动的人群，来到一家商铺，买了准备献神的椰子和香蕉。“等人群松散一点，咱们稍后再献上自己的敬意。我们在周围走动一下。来吧！阿阇梨呀！”他提议道。他们走出人群时，到处是一片芦笛的喧闹声。每个乡村少年的嘴里都含着一管芦笛，发出不同的声响。这些芦笛，是他们在死缠活夺之后，用从父母手中强要来的小钱买的。还有熊熊燃烧的樟脑与香火的气味。新衣服的气味。气球小贩的歌声。在一个角落里是孟买洋片[①]。如果谁给主人一个硬币，他就会翩然起舞，咚咚地敲打木箱，上面拴着的脚镯就会叮当作响。他接着就让观者通过一个孔眼看画片。“瞧一瞧德里城，看一看十八宫殿多辉煌，瞧一瞧班加罗尔大市场，看一看迈索尔国王！啊哈，瞧一瞧国王上朝堂，看一看蒂鲁伯蒂[②]的神像！啊哈，瞧一瞧孟买嫔妃俏模样！看哪！瞧哪！”用于舞蹈的脚镯发出的响声停了下来。他大声吆喝：“孟买洋片！拉洋片！就要一个小镚子儿，就一个！”普塔心痒难耐，不愿放弃观看机会，不想继续走下去。他说道：“阿阇梨呀，我得看一看。”普拉内沙阿

① 孟买洋片（Bombay Box），一种来自孟买的民间文娱活动装置，又称西洋镜或拉洋片。在装有凸透镜的木箱中挂着各种画片，表演者一边拉换画片，一边说唱画片内容。观者可从透镜看到放大的画面。

② 蒂鲁伯蒂（Tirupati），安得拉邦的一个朝觐中心，有数座著名的印度教神庙，供奉着诸如毗湿奴、黑天的神像。

阇梨说道："好，看吧。"普塔说："别离开，别把我丢下。就待在这儿。"与此同时，他把洋片箱子的黑色罩布拉到自己头上，坐在那里观看那些洋片。阿阇梨萌生了丢下普塔一走了之的想法。他想："可怜的家伙，不能对他做这样的事。可是，他让我不得安宁，而我现在必须独处。"于是，他迈步走开。走了几步之后，他听见一个声音在叫："阿阇梨呀！"他回头一看，是普塔。"我真怕你把我丢下走掉。可是，孟买洋片的主人给我指了你的去路。我们走吧。"普拉内沙阿阇梨恼羞成怒，恨不得把自己浑身上下全都挠青。他该责骂他吗？可是，一个人怎么能伤害一个在你没有请求的情况下就向你伸出友谊之手的人呢？就忍着点吧，他自言自语。"啊哈，看那儿！"普塔说。原来那边正在进行杂技表演。一个体态婀娜多姿、曲线十分优美的女子，像雄鹰一般将自己的双手和双腿伸展开来，裸露着肚皮，支在一根竹竿顶部，来回晃动，却保持着平衡。耍杂技的吉卜赛人敲着一面鼓。须臾，竹竿顶端上的那个姑娘滑到地面上翩然起舞。人群开始投掷铜币。普塔也扔了一个硬币。他们在靠近神庙时看到，地上两侧蠕动着不少乞丐，其中一些乞丐的手或腿已成残肢，有盲人，也有一些鼻子变成了两个洞的人[①]，还有各种各样的瘸子。普塔给瘸子中最引人注目的一个人丢下一个硬币。再往前走，是一个流动商铺，一根五月柱上悬挂着五颜六色的丝带。为了给妻子束发，他买了一码丝带。他说："她喜欢这些东西。"他为自己的孩子买了两管彩色的笛子，拿它们吹了吹，说道："我们走吧！"在一片喧嚣扰攘之中，普拉内沙阿阇梨觉得自己就像一个四处游荡的野鬼，一个没有根底的物件。普塔刚看到一家汽水店就说："喂！咱们

① 人体受梅毒损害的表象之一。1498年，葡萄牙水手将梅毒传入印度。16世纪初，此病由印度传入中国岭南一带。

喝一杯橙汁饮料吧！”普拉内沙阿阇梨谢绝道：“不，我不喝那些东西。”普塔站在一个贡根人开的顶上覆盖着茅草的汽水店里，仔细察看一瓶红色液体，说道：“给我来一瓶这个。”店里挤满了村妇，羞怯地喝着瓶子里香气四溢的苏打水。还有农夫及儿童。他们的头上抹了油，梳得平整光滑。头发中插着成簇的鲜花。女人们身披新纱丽。农夫穿着新衬衫。他们在吞下瓶子里冒着玻璃球似泡沫的汽水时，发出了短促而尖厉的汩汩声。喝过色彩赏心悦目的碳酸水之后，不断有气体冲上喉咙。这一切就是一种期待、体验和心理满足。庙会过节有许多乐事，这也是其中之一。人人都早就想到了这个节日，为之预留了足够的钱。普拉内沙阿阇梨置身于这个充满寻常乐趣的世界之外，观望着聚集在一起的人群。普塔突然发出喷鼻息的声响，他的脸上乐开了花。“我们走吧！”他说道：“可是，你什么也没有喝呀！”

在这一片喧嚣忙碌之中，在气球爆裂和笛音缭绕的噪音之中，在汽水和糖果的叫卖声、寺钟的轰鸣声之中，还有妇女手镯店绚丽景观的嘈杂声之中，普拉内沙阿阇梨跟着普塔，神情恍惚地走着。到处都是刻意搜寻的目光，追逐着各种各样的东西。他的眼睛是唯一无所关注的眼睛，对任何东西都不在意。普塔是对的。“就是我与他相遇也一定是命中注定的。为了履行我的决定，我应当让他投入生活。钱德丽的世界也是同样的世界。可是，我却无关紧要。我只是陷入了这场两种相反人物的游戏之中而已。”咖啡和添加了香料的多莎饼[①]的馥郁之气扑鼻而来。普塔驻足不前，阿阇梨也停下脚步。

普塔说道：“来！咱们喝杯咖啡！”

---

① 多莎饼，一译多萨饼，原文为dose，一般拼写为dosa，一种表面带有细小孔眼的米粉薄饼，里面可以包各种食料，类似于中餐中的煎饼或西餐中的煎蛋卷（omelette）。起源于南印度，现已风靡全印度。

普拉内沙阿阇梨说:“我可不喝。”

“这是一家婆罗门餐馆。就为了这个节日，他们把它从蒂尔塔哈利一路搬到这里。不会让你受到污染的。餐馆里面有一个专门为像你一样的正统婆罗门开辟的地方。”

“不，我什么咖啡都不要。”

“那不行。好啦！我得给你买点咖啡。”普塔一边说，一边动手把他拉进餐馆。普拉内沙阿阇梨不情愿地蹲坐在一个低矮的木座[①]上。他惴惴不安地环顾四周，担忧某个熟人会在场。如果有人看见“吠檀多哲学之宝”在喝一杯一家受到污染的餐馆的咖啡……“嗨！我得首先让自己摆脱这种畏惧情绪！”他责骂自己太不争气。普塔站在稍远一点的地方，以示对阿阇梨的婆罗门身份的尊重。“来两份特制咖啡！”他对站在自己面前的侍者说道。他付了两个安那，喝了玻璃杯装的咖啡，然后骂道:“这样的节日，这么糟糕的咖啡！”普拉内沙阿阇梨十分干渴；他甚至喜欢自己的咖啡。他精神焕发，来到外面。普塔说道:“你为什么不去寺院吃饭？他们为婆罗门提供节日饭，一直到今晚六点。”普拉内沙阿阇梨一连数日没有吃过一顿饭了；他渴望吃一餐热腾腾的拌萨鲁酱的米饭。可是，他立刻想起，悼念妻子亡故的时期还没有过去。他不能径自进入一座神圣的寺院并在那儿吃饭，因为他这样就会污染那座寺院。此外，人们说，节日的神车会因此而寸步难行。可是，那罗纳帕难道没有设法吃了伽纳帕蒂池塘中的圣鱼并逃之夭夭吗？他永远不会有那罗纳帕那样蔑视婆罗门习俗的勇气。他的心灵发出嘲讽之声:“你将为自己与钱德丽会合并一道生活的决心付出什么代价？如果你一定要这样，就完全放开手脚去做吧；如果你要放手，就彻底放开。这是超越人格背

---

① 原文为mane。

反游戏的唯一途径，也是免除恐惧的唯一途径。瞧，人家马哈巴拉是怎么想的，怎么做的！”

普塔说：“阿阇梨呀，等一会儿。瞧那儿！”远处一座山丘上是一群低种姓老乡，出神地站在那里。“好啦！咱们去那儿吧！我敢肯定，是在斗鸡。”普拉内沙阿阇梨的心里咯噔了一下。可是，他还是跟着普塔走了，一种命运意识让他心烦意乱。他站在离人群略远之处旁观。廉价托迪酒的气味让他感到有点作呕。两只雄鸡腿上绑着刀子，煽动着翅膀。人们席地跪坐，看它们相互厮杀，相互扑打。也有些人蹲在两只斗鸡周围，目瞪口呆地看着。普拉内沙阿阇梨从来没有见过人能如此神情专注，现出如此凌厉而冷酷的目光。那些蹲着的看客的全部五重生命气息，似乎都凝聚在了他们的眼睛里。随后，两只雄鸡旋动翅膀，四只翅膀，四把刀，上下翻飞。咯咯，咯咯，咯咯，咯咯！在它们四周，有四五十双眼睛。鲜红的鸡冠，闪耀的刀子。太阳，闪亮，闪亮。闪烁。闪光。犹如燧石撞击发出的火花。啊，多么不同凡响的搏击技巧！其中一只雄鸡出击，出击，再出击。它猛扑并蹲坐在另一只雄鸡身上。普拉内沙阿阇梨惶恐不安。他突然掉进了一个着魔的世界。他坐下来，惊恐万状：如果在那个他决定与钱德丽一道生活的下层社会里，如果在那个洞穴里，在幽深的黑暗之中，如果映射在这些着迷的人的眼睛里的残酷战斗就是那个世界的一部分，一个像他这样的婆罗门将喘不上气来。两个主人在发出嘶哑的嗓音，敦促他们的雄鸡继续战斗下去。他们的声音不像是从人的喉咙里发出来的。事情已经变得十分清楚，他并没有在这个人情诡诈而酷烈的世界里生活下去的本领。欲望的一方面是柔情，另一方面就是魔鬼般的意志。他又有了怯懦的感觉。有一天，那罗纳帕公然蔑视他。当时，在那样的傲慢面前，他整个人似乎都萎缩了，由是感受到了这种怯懦。人们强行将两只斗鸡拉开，缝合它们鲜血淋漓的伤口，又促使它们投入战斗。其间，普塔一直在兴高采烈地旁观着，竟然还与一个陌生人下注赌博。他说：“那只公鸡算我的。如果它赢了，你掏两安那。”陌生人说：“如果我的公鸡赢了，你掏四安那。”普塔说：“八安那！”对方说：“十安那！”普塔说：“十二安那！”对方说：“好吧，咱们等着瞧！”普拉内沙阿阇梨忧心忡忡地等待着。如果这个乳臭未干的小子把钱输光，我们该怎么办？让他惊异的是，普塔赢了。随后，普塔起身离开。输钱的人说道：“再赌一把！”普塔说：“不！”对方喝醉了，起来打他。普拉内沙阿阇梨伸出援手。那人看到一个婆罗门立在自己面前，于是强压怒火。其他人开始对他们怒目而视，说道：“搞什么搞？怎么回事儿？”普拉内沙阿阇梨赶紧拉着普塔走出人群，把他带走，以免出事。

普塔若无其事。他赢了十二安那。他眉开眼笑。普拉内沙阿阇梨心中突然对普塔充满了一种父爱。他想，如果我有一个儿子，我可能已经满怀爱心，把他养大成人了。

“现在，普塔，让我走自己的路吧！”普拉内沙阿阇梨说道，试图就此结束他们之间的友情。

普塔的脸色变得阴沉起来。他问道：“你走哪一条道？”这小子为什么要纠缠不休呢？阿阇梨满腹狐疑地探寻着其中缘由。

“随便什么地方吧。我还没有拿定主意。”他说道。

“那么，我将跟你走一段路。你起码可以在神庙里吃一顿饭。”普塔固执地说。

普拉内沙阿阇梨想，这一切在变得越来越麻烦了。

他说：“我得去找一位金匠。”普塔穷追不舍，问道：“有什么事吗？”“我得卖掉一块金子。”

“你干嘛非得做这件事？要是你身上的钱不够，我可以借给你十二个安那。你改日还我就行。”

普拉内沙阿阇梨绞尽脑汁，想找个摆脱此人的办法。此人的同情心，就像能够缠住人脚的攀缘植物一样。

“不，普塔。我需要的钱不是一个小数。我得赶上开往贡达布罗的公共汽车。此外，还有其他花销。”普拉内沙阿阇梨这样说道，却无法让自己摆脱普塔的死缠烂打。

“哦，是这样吗？那你跟我来，我认识这儿的一个金匠。你要卖什么？”

“我的圣线上面的一个金环。”普拉内沙阿阇梨说道，还是没有办法躲开他。

“让我瞧瞧！”普塔一边说，一边伸出手来。普拉内沙阿阇梨从圣线上解下那个金环并递给他。普塔手里拿住金环，察看了一番，说道：“如果少于十五卢比，你可别接受。”随后，他们进入一个低种姓街区，走进一个金匠作坊。金匠坐在一个木箱前面，正在锉一枚戒指。他正了正自己的银边眼镜，问道：“你们想要什么？”随后，他认出了普塔，与他寒暄了几句。“怎么样？哪股风把我们的普塔老弟给一路吹来了？”金环被递了上去。金匠以小红种子当砝码，用天平称了称金环的重量，又在试金石上把它擦了擦，说道：“十卢比。”普塔说道：“如果少于十五卢比，那我们干脆免谈！”阿阇梨闻听这样的商务谈话，感到心烦意乱。金匠说道：“金价下跌啦！”“那个我不懂。你能给我们十五卢比还是不能？”普塔问道。随后，他看了看阿阇梨，扬起眉毛，仿佛在说：“瞧我怎样做生意，你只有佩服的份！”可是，阿阇梨试图结束这场讨价还价，说道：“十卢比就十卢比吧。够开销了。”普塔感到大失所望。金匠眉开眼笑。他点出十卢比，双手合十送客。“可帮忙啦！”普拉内沙阿阇梨一面说，一面往外走。

他们一出店门，普塔就几乎像一个发妻那样开始恣意抱怨：“你怎么回事儿？我这里卖力帮你，而你却让我丢面子。从现在起，他再也不会把我的话当回事了。当然，我可以说‘好吧，是你把五卢比丢下水道了！’可是，唉！在这个争斗时，也就是黑铁时代①，你这么傻乎乎的，哪能生存下来。你难道没有听说过吗？即便是自己的亲姐妹拿来金子，金匠也会蒙骗她们。”

“我急切需要钱。我是莽撞了。原谅我！”普拉内沙阿阇梨温顺地说，不希望伤害普塔的感情。普塔语气缓和下来，说道：

“我和你见第一面的时候，当下就明白了。你是个十分淳朴的人。不应当把你独自打发到任何地方。我将亲自把你送到公共汽车上，然后再返回。现在，你最好照我所吩咐的去做。我得去看个人去。你和我一道去。此后，你可以到神庙去吃饭。时间还很充裕，他们向一列又一列的客人供饭，一直到傍晚呢。今夜你可以随便找个地方睡觉。明天早上，咱们可以步行到蒂尔塔哈利，到那儿只有五英里。那儿有公共汽车通阿贡贝。你如果坐出租车径直下山，就能赶上开往贡达布罗的公共汽车。”

“好吧！”阿阇梨一边说，一边把钱掖到腰里，那可是前往贡达布罗的盘缠，是他通过卖戒指得来的。普塔警告道：“小心，那可是钱！”

阿阇梨想：“等到了神庙的筵席上，开溜甩掉这家伙应该不难。

---

① 黑铁时代（Iron Age），是活动于公元前8世纪的希腊诗人赫西奥德（Hesiod）在其《工作与时日》中提出的一个关于时代的概念。他认为，他所处的时代是黑铁时代，一个人类堕落的悲惨时代。此说与印度教关于争斗时（Kali Yuga）之说类似。

普塔愿意卷入他人生活，实在毫无道理。难道他在用这种方法清偿前世所欠的债务？天晓得！似乎无法逃脱此人的陪伴。就像一株缠绕住人脚的蔓生植物。谁敢说自己的生活一定由自己做主呢？”

“走这边！”普塔一边说，一边带他穿过拥挤的神庙路，来到一条狭窄的小巷。他们一直走，来到一个荒凉的去处。有一条小溪，上面架着一座竹桥。越过一道篱笆后，他们来到一片湿漉漉的庄稼地。普拉内沙阿阇梨在庄稼地边上行走时，想起了那场斗鸡。好家伙，一只雄鸡踩在另一只雄鸡的身上，竟然兴奋得张开翅膀，乍起羽毛！一只雄鸡控制住了另一只雄鸡，撕扯它，往深处啄，越来越深。刀子在阳光下闪射着凛然寒气。然后是那些眼睛。乡村烈酒的气味。那两只雄鸡，即便在被人分开，躺在地上，缝合伤口之后，还是奋力向前，发出咯咯、咯咯的叫声，身子一阵阵地颤抖着。一个充斥急切的欲望、复仇、贪婪的魔界。我在那里就像一个微不足道的幽灵，惊慌失措。我任性地试图改变并移入那个世界。还有那个要杂技的吉普赛女郎。她在空中节目中，在一根竹竿的顶端，来回悠荡，穿着紧身衣，炫耀自己的本领。她突然滑下。她翩然起舞。汽水瓶，瓶颈处装着玻璃球，挤压之时就发出短促而尖厉的叫声；彩色的液体，猛然爆发的打嗝声，欲望，体验，满足。那些刻意踅摸的眼睛。专注于各种东西的眼睛，在五彩缤纷的丝带、气球之中，围绕着寺院神车的尖顶，眼睛无所不在，在我的背后，在前面，在两侧。周围都是眼睛——翅膀——刀子——鸡喙——鸡爪。深陷其中。欲望与如愿的统一，一元论。你就是它[①]。

① 你就是它（That art Thou; tattvamasi），印度哲学史上的一句一元论名言。“它”指“梵”，也就是哲学的最高本体，宇宙的本原，世界万物的创造者。“你”指人的灵魂，即人的内在精神本质。简而言之，这句话表达的是吠檀多哲学的重要学说之一——梵我同一说。这种学说主张宇宙万有皆派生于梵，统一于梵，还原于梵。

“我惧怕它。惧怕从幽灵变成魔鬼。”

普塔点燃一支比迪烟，淘气地笑笑，问道：“你知道我们要到哪儿去吗？”普拉内沙阿阇梨摇了摇头。

“我的好先生，我喜欢你的为人处世之道。你真的去哪儿都无所谓，你不提任何问题。我与你也有点儿相像的地方。我曾经与一个朋友就像这样，一路走到希瓦莫杰。我岳父抱怨说：‘普塔无论去什么地方，总会滞留在那里。普塔嘛，我们的普塔，如果你对他放手，你就会失去他；可是你约束他，他就永远不会离开你。’”

“您刚才说您得看望某个人，对吧？”

“阿阇梨呀，请不要对我用敬称。像您这样的长者对我用敬称会折我的寿的。”

“好吧！”

“附近有一片小树林。那边，就那一片。我们认识的一个女人就待在那里，是个佃户，管理着那一片小树林。她孤身一人，是个勇敢的女人。实在是一个漂亮的女人。她十分整洁，您要碰她，就得把手洗干净。是我的远亲。她非常敬重像您这样的正统婆罗门。咱们跟她打个照面，就一会儿工夫，然后咱们都离开。如果我不去看望她，她就会说：‘普塔，我听说了，你在城里。可是，你没露面呀。也不问问我是死是活，对吧？哈，你有那么忙呀？’您知道，我真的不想伤害任何人的感情。人的生命这一刻还在，下一刻就不复存在了。告诉我，我们有什么理由让别人不痛快呢？所以，我对所有事情均表赞同。此外，阿阇梨呀，您也知道，我老婆是个讨厌鬼。她每个月都要去看望她妈。我最初对她表示赞同。后来，我就表示反对了。我甚至打过她。可是，我又觉得她可怜。您一定听过这个村歌：

他虽出手打老婆，
心里却在放声号。
俯身跪在她脚下，
请她用心细思考：
哪个地方更温馨？
丈夫重要娘重要？
今后咱们别再闹。”

他们到达小树林那边的瓦房。“她在家还是不在家？她可能过节去了。”普塔说罢，大声喊叫：“帕德玛瓦蒂！”普拉内沙阿阇梨在平台的一块垫子上坐下，听见一个女人在用悦耳的嗓音应答：“来啦！”充满热情的娇滴滴的声音。他心生恐惧：她是谁？为什么普塔一路把我带到这儿来？同一个声音彬彬有礼地说道：“是你呀，你回来啦！”普拉内沙阿阇梨吓了一跳，转身望去。她已跨过门槛，站在那里，抬起一只手来，扶住柱子。当他的眼光落到她身上时，她拉了一下纱丽，遮住了自己的胸脯。普塔说道：“瞧！你看我把谁带这儿来啦？一个阿阇梨！”她羞涩地说道：“啊！你们到这儿来走了老远的路呀！”她问道：“我弄点恒河水来好吧？”她又殷切地说：“你们起码得喝些牛奶，吃些水果。”她随后走进屋里。普拉内沙阿阇梨汗流浃背。毫无疑问，她是个混血的马莱拉女人，在独自生活。普塔为什么带我到这儿来？普塔一言不发。他这个话匣子已经完全沉静下来。阿阇梨突然害怕起来，觉得背后有一双眼睛在瞄着自己。对于那些旁观的眼睛，我就是一个毫无防备的物件。害怕转身，又想转身。天知道那双眼睛会说什么？一旦眼光与眼光相对，天知道那个模糊不清的身影会呈现什么模样？细长的黑眼睛。一条黑蛇般的辫子从肩上垂下来，搭在她的胸脯上。那个在竹竿顶端摇曳的姑娘。刀子——翅膀——喙——羽毛。在森林的幽暗中，送上来的一对丰满的乳房。贝丽的土色的乳房。一眨不眨的眼睛将会直视无碍，洞悉一切，就在他的背后。鸟儿在黑蛇的凝视下一动不动。恐惧。他转过身子。千真万确。那双眼睛在偷偷看着他。她手里拿着一个大平盘。那双在门口窥视的眼睛突然退入室内的暗处。手镯叮当作响。她再次来到光亮之下。此时，室内一片平静。一种期许在他体内翻腾，让他内心豁然贯通。她俯身放下大平盘。此时，她的纱丽的顶端滑下，她的乳房猛然突出，眼睛充满恳求的神色。一股激情开始在他胸中涌动。你就是它。“这位先生是哪里人呀？”她一边问，一边注视着阿阇梨，发现他容光焕发。普塔说：“他是贡达布罗人。”随后，他追加了一句谎话：“他认识希纳帕。”又添了一句谎话：“他打理神庙事务。”普塔在说“他来咱省征收税费”之时，赋予了他一个全新的身份。在陌生人的眼里，一个人就是一副新模样，一种新气质。“即便到了人家怀疑我到底是谁的那一刻，我也已经在一天之内变成了多个不同的人。好吧，让事情顺理成章，随意发生吧。”他坐等着。“鸟儿摧残，鸟儿被摧残，刀子。我的妻子巴吉拉蒂尖叫着，仿佛她的生命中枢受到触动。接着，她仰面朝后倒下，一动不动，死了。随后，她在火化场的烈焰中燃烧。巴吉拉蒂，我牺牲的祭坛。我失去了她，陷入了进退两难的困境，成了一个失路之人。被这些眼睛观看着。我已经移动到灵魂的下一阶段，将幽灵阶段抛在了后边。或许如此。”

帕德玛瓦蒂为了躲避任何可能的直接对视，走过去坐在了门边。由于她从那个有利的地点凝视，普拉内沙阿阇梨再度感到心烦意乱。

他鼓起勇气扭过头来。他的心在狂跳。帕德玛瓦蒂起身端来一大平盘槟榔和蒌叶。普塔把石灰抹到蒌叶上，折叠成了几个包，把它们夹在手指之间，然后把一枚槟榔丢进嘴里，开始说话。帕德玛瓦蒂返身坐到门边。普塔说：

“我在路上遇到阿阇梨。我们一路聊着来到这里。他本来已经出发前往贡达布罗。我说道：干嘛不待在这里过夜，明天再去蒂尔塔哈利，赶一趟公共汽车？你难道不认为这是个好主意吗？”

帕德玛瓦蒂也坚持这一主张，只是稍微有点窘迫：

“没错！干嘛不今夜睡在这里，明天再走呢？”

普拉内沙阿阇梨觉得头晕目眩。他的耳朵似乎在轰鸣，他的手变得湿漉漉的。“不，不，今天不行！明天吧。我没有预料到那决定性的时刻就在此时，就在此地。今天不行！我还处于居丧期和污染期。我刚火化了自己的妻子。还没有处理那罗纳帕的遗体。我必须告诉他们。我必须说实话。我必须起身离开这里。我必须消失。”可是，他的身子稳稳地停留在那里，成为帕德玛瓦蒂怀着期许凝望的对象。普塔说道：

“那么好吧。他还没有吃晚餐呢。他将前往神庙吃席，然后再返回这儿来。”随后，他亲切地问帕德玛瓦蒂：“达摩斯塔拉剧团到这儿来了，对吧？你打算去看他们的表演吗？”

“哦，不去！我正要在傍晚前往神庙拜望呢，在瞻仰神像之后再返回这里。我等你们两人回来。”

普拉内沙阿阇梨坐在普塔与帕德玛瓦蒂中间。他一动不动，也一声不吭。普塔说道：“我们起身吧！”阿阇梨起立，看了看帕德玛瓦蒂。长长的头发，沐浴之后还没有上油，丰腴的大腿、臀部和乳房。高挑的身子，修长的四肢。双目顾盼生辉，似有期许。她等待着。一定是在经期之后依从惯例在河里进行了沐浴。随着她一呼一吸，乳房也一起一伏。如果在黑暗中受到抚摸，乳头会变硬。芳草和乡间菝葜的气息。成阵的萤火虫组成一系列浮动的马车。火。火焰舔噬着木柴，逼近了双手和双脚，在腹部缓慢燃烧，发出咝咝声和爆裂声，让头盖骨分崩离析，火舌一直延伸到死者的胸部。火。那罗纳帕的尸体。还没有烧完。他曾经坐在家里的前游廊上，猛吸水烟，喷云吐雾，好不快活。尸体在竹担架上来回摇晃，由于自身的重量而扭曲。吠陀时代的仙人祭言[①]说："爱。对谁人的爱？对妻子的爱就是对自己的爱。对神主的爱就是对自己的爱。"他将追根溯源。他将获得胜利。他旁观过，羡慕过。仙人毗耶娑出生在一个罐子里，生下来就有了一个苦行者的水罐。阿阇梨迈步。帕德玛瓦蒂说："好吧，那么你们去了再回来。我等你们。""马鲁蒂神主事实上把我给闪了。我的朋友马哈巴拉欺骗了我。那罗纳帕报了仇。众婆罗门贪图黄金。钱德丽在黑暗中守候，如愿以偿，然后一走了之。巴吉拉蒂尖叫一声死了。"普塔把手搭在他的肩上，让他停在一块湿漉漉的农田边上。他问道："您在说什么呀？"随后，他又说道："结局原来跟我预想的一样。别以为那个女子是个普通妓女。先生，不是的。没有一个低种姓的男人曾经沾过她的边儿。她也不是那种会接受任何寻常婆罗门的人。她不是为了钱，不是为了几个子儿。您自己没看明白吗？她有一处庄园。即便是古代的仙人也会迷上她的，她有魅力呀。我一度十分害怕您会拆穿我的谎言。您喜欢她，对不对？我普塔会为朋友做任何事情。我还有个称号，叫利他主义者普塔。"他一边大笑着说，一边轻拍着阿阇梨的后背。

他们越过湿漉漉的田地、篱笆，走过临时便桥，穿过小巷，再

① 祭言（Yajnavalkya），印度古代著名仙人。

次置身于熙熙攘攘的庙会的喧嚣之中。一群人在围着寺院的神车转磨。另外一群人绕着汽水店转磨。还有一群人在绕着要猴人转磨，看猴子表演。孩子们的玩具喇叭以及气球。在这些噪音之中，有一个恶魔，一个邪恶的精灵。一个市镇街头公告员。他一边敲着一面铜锣，一边扯着他那市镇街头公告员特有的大嗓门宣告："希瓦莫杰闹瘟疫啦！摩哩送来疫病啦！凡是去希瓦莫杰的人，都应当在蒂尔塔哈利停下，打预防针！这是市政当局的命令！"人们饶有兴趣地听他说话，喝下更多的汽水。猴子滑稽的举止，引发一阵阵的狂笑。一位双语专家用乌尔都语和坎纳达语说话，试图对聚集的人群推销他的药物："就一安那，一安那，一安那，一安那。就用这个药丸，包治肚疼、耳朵疼、糖尿病、关节炎、小儿病痛、月经不调、皮肤瘙痒，还有伤寒。灵丹妙药，喀拉拉的专家精心制造，施了法术，念了魔咒。就一安那，一安那，一安那……"孟买洋片的主人正在翩然起舞："瞧一瞧，看一看，蒂鲁伯蒂大神在里面，蒂马帕也在里面！瞧一瞧，看一看，孟买高级妓女赛天仙！"在空中的一条树枝与地板上一个木桩之间，斜拴着一根绳子。一个杂技演员沿着呈坡状的绳子飞速滑下，挺身立定，施了个礼。一个男人突然打了一个闹着要气球的小男孩一巴掌。那男孩大声哭喊着。一台留声机在为咖啡馆播放着歌曲。穆斯林商店中销售着多种色彩的糖果。农民和他们的女人说话慢条斯理，拖着长腔。在寺院神车上，是一堆杂乱的梵语经书，由神职人员接二连三地取用，传承派的众婆罗门刺刺不休,音声聒耳。其间，他必须当机立断，就在此地，就在此时。放弃二十五年的行为准则并成为一个世俗之人吗？不！不！首先得给那罗纳帕举办葬礼。办完此事才能做出其他决定。加鲁达和罗什曼那在咨询师尊之后，今天应该回来了。如果师尊提出否定意见，他应该说什么？同样的困境，周而复始。

他站在神庙附近。一个失明的乞丐在跟着一个蜂鸣音乐盒的曲调歌唱。是一首表达虔诚信仰的歌："啊！神主！我怎样才能取得你的欢心？啊！神主！我怎样才能为你效命？"普塔将一个硬币丢进他的大平盘之后，另一个四肢残缺不全的乞丐朝他爬来，一边舞动残肢，一边喊叫："我这个罪人呀，没有手也没有腿呀！"他哀鸣着，恳求着，平躺到地上，举起短小的残臂和腿，捶打着自己，展示因溃疡侵蚀手指而成残肢的双手。普拉内沙阿阇梨看着这具躯体因患麻风而在破溃，不禁再次想到那罗纳帕的尸体尚未火化，正在腐烂。普塔给这名乞丐丢了一枚硬币。更多畸形之人急速朝他赶来，在地上爬行，击打自己的肚子，击打自己的嘴。阿阇梨说道："我们走，我们走！"

普塔说道："您进去，吃您的神庙晚宴。"

普拉内沙阿阇梨发出邀请："你干嘛不一块来呢？"蓦地，他想到自己形单影只，无人陪伴，可能让成排在神庙大殿坐享盛宴的婆罗门看到，于是感到恐慌。他想："没有普塔，我不能动。"他从来没有像现在这样对孤身一人感到畏惧。

普塔说道："您说的这叫什么话？难道您忘啦？我不是婆罗门，而是一个马莱拉人！"阿阇梨回答说：

"没关系，来吧！"

"怎么回事儿？您在开玩笑吧？这地方到处是认识我的人。要不是这样，我早就进去吃了。您知不知道？以前有一个当金匠的少年谎话连篇，在这家神庙得到一份工作。不过，我们马莱拉人也有我们自己的圣线，对不对？我只是说说而已。我实际上既没有脸皮也没有勇气去跟您坐一块儿吃饭。您最好去，我在这儿等着。"

乞丐不断袭来，将普拉内沙阿阇梨团团围住。他无法忍受他们悲惨的叫声，于是恍恍惚惚地步入神庙。

在寺院内一共四条高出地面的游廊上，人们已经铺好了成排的香蕉叶。每片叶子前面坐着一个觅食的婆罗门。普拉内沙阿阇梨在观看他们的脸时，心里觉得十分沮丧。如果他们看到我，会出什么事呢？我赶紧跑吧。可是，他抬不起脚来。他站在那里，一动不动，思忖道："我在干什么？我在犯下严重的错误，这不是出身卑贱的人才会有的恶行吗？我正处于不洁的居丧期，能在心知肚明的情况下和众婆罗门坐在一起吃饭吗？任由我的不洁污染他们所有人吗？这些人认为，如果周围存在随便什么污染情况，寺院的神车将寸步难行。如果我坐在这里与他们一道吃饭，这可是同那罗纳帕捕捉神庙圣鱼一样的十恶不赦的大罪，是在摧毁婆罗门之道呀！如果他们在就餐中间发现，这位就是普拉内沙阿阇梨……他还处于妻子亡故之后的污染期……这就会成为一桩丑闻。整个神车节都会被取消。成千上万双眼睛将盯着他，恨不得一口水吞没他。"

"喂！这儿有片叶子，还没人，来吧！"有个人说道。他大吃一惊。他举目张望。一个坐在排席一端的婆罗门在向他发出邀请。他该怎么办？神主呀，他该怎么办？他只是站在那里。"你没有听见我说话吗？"那位招呼普拉内沙阿阇梨的婆罗门一边朗声大笑着说，一边向他伸出了手，指向那个还空着的地方及那片叶子，说道："喂！我给你保留了那片叶子，还替你把一个杯子放在了上面。要是我没有这样做，你就得等下一餐队列入席了。"阿阇梨机械地走过去，坐了下来。他感到头晕目眩。

他竭力让自己的心灵镇静下来后想："神主啊！这种恐惧的根源是什么？这难道是再生的最初的痛苦吗？如果我今夜与帕德玛瓦蒂

一道睡觉，是不是就可以消除这种恐惧？如果我去和钱德丽一道生活，会消除这种恐惧吗？我的决定有什么用？难道我将永远是一个幽灵般的人，在踌躇不决中彷徨吗？普塔要是在这里就好了。我该起身走出去吗？紧挨着我坐的那位婆罗门会怎么想？”

一位婆罗门行经业已就座的成排食客，用圣水触碰每片叶子的末端。另外一位则在每个叶子的边缘倒一勺奶粥。在他后面，两名健壮的婆罗门前来分发米饭，大声叫嚷着：“让开路，让开，让开！”随后是一道小扁豆和黄瓜色拉。当人们来到近处伺候饭食之时，每一张面孔的出现，都会让他产生新的恐惧：“也许这位认识我，会认出我来，我该怎么办？”

那位紧挨着他就座、给他提供了餐位的婆罗门，是一个像怖军那样的身材魁梧、肤色黝黑的人物。一个传承派，前额上有用檀香膏纵向描画出来的标志。阿阇梨的目光一落到他身上，就对他产生了畏惧感。此外，他提出的问题也使阿阇梨感到紧张。

“请问你是哪里人？”

“我就是本地人。”

“确切地说是哪里？山下来的？”

“贡达布罗。”

“请问是什么教派呀？”

“毗湿奴派。”

“是什么亚教派呢？”

“湿婆派[①]。”

① 在印度三大教派之一毗湿奴派中，有些人认为湿婆是毗湿奴的化身之一，因而组成大教派毗湿奴派中的一个小教派——湿婆派。

“我是科塔人[①]。你是什么世系？”

“婆罗杜伐迦[②]。”

“我是安吉罗[③]世系的。先生呀，我真高兴遇到您。我们有一个小姑娘，准备结婚了。她会在一两年后进入青春期。在姑娘进入青春期之前，我们就得为她们找好丈夫。我们还没有腐败到那么不负责任的程度。所以，我们现在真的在找一个合适的新郎。先生，如果你们社群中有什么合适的新郎，一定要让我知道。解除一位父亲的重负，就是帮了大忙。我们吃完这餐饭后，就到我家去吧。我把姑娘出生时的星相图给您一份。您今夜可以待在我们家。”

普拉内沙阿阇梨在让人把他的萨鲁酱倒进一只叶杯时，抬起头来，向上看去。分发萨鲁酱的人正在专注地看他。他静立片刻，随后继续向前挪动。

“好吧！”普拉内沙阿阇梨说道，力图中断这场交谈。这个上萨鲁酱的人有可能熟悉他的面容吗？此人前额上有用木炭涂画的种姓标志，显而易见是一个摩陀婆派，跟他一样。此人很有可能会认识阿阇梨。他此刻甚至无法站立起来，因为他刚用手掌接了圣水，刚以神主的名义把它喝下，正在与其余所有人一道念诵祷文：“室利马德·罗摩罗摩那·戈文……达……戈文达。”他将萨鲁酱与热气腾腾的米饭搅拌起来吃。他已经有一些时日没有吃过一餐正规的饭了。“神主啊！助我度过这场灾难吧！今天务必不要让别人发现我。我无法决断并说出：‘这是我自己的决定。’我似乎把其余每一个人都牵

① 科塔人（Kota group），生活在南印度尼尔吉里丘陵（Nilgiri Hills，意译为蓝山）的原住民。该丘陵纵跨卡纳塔克、喀拉拉和泰米尔纳德三邦。由于科塔人从事一定的不洁工作，因而一般地位低下。

② 婆罗杜伐迦（Bharadvaja），古代印度名医，传说中的仙人之一，被尊为印度医学的始祖。

③ 安吉罗世系（Angirasa line），吠陀时代的一个古老祭司家族的世系。该家族初祖安吉罗（Angiras）被认为是当时的一个仙人。《梨俱吠陀》中有数首诗提到他。

扯到了我所做的事情之中。在事情已经发生后，我自己就应当为那罗纳帕举行葬礼。可是，我怎么能独自做此事呢？即便是将遗体搬出去，葬仪也需要再有三个人。我得叫来别的三个人。这就意味着，我将别的三个人牵扯到了我的决定之中。这是我的痛苦、我的焦虑的根源。即便在我与钱德丽同睡之时，大家对此都一无所知，我还是让我的行为牵扯到了整个聚落的生活。结果，我的人生被公之于世了。”那位上萨鲁酱的人又来了，大声叫喊着：“萨鲁酱，萨鲁酱，谁要萨鲁酱？”他站在阿阇梨的叶盘前面说道：“萨鲁酱！”阿阇梨心虚地抬头观看。

那人说道：“我想我在哪里见过你。”

阿阇梨说道：“很有可能。”然而，侥天之幸，那人前去照顾另一排食客的叶盘去了。“可是，他的双眼还在盯着我。它们在把我的形象发送到他的大脑，在极力查核我的身份。即使我与钱德丽一道外出行走，也会有人拦截我并发问：‘你是谁？哪个亚种姓？哪个世系？哪个教派？’除非我完全丢弃婆罗门身份，否则我无法闪开，摆脱这一切。如果我丢弃婆罗门身份，我就会落入那个残忍的斗鸡世界，而我就会像一条虫豸那样备受煎熬。我怎么才能逃脱这种无所依归的状态，这种孤魂野鬼般的存在？”

紧挨着他坐的那位婆罗门抱怨道：“他们这次往萨鲁酱中掺水了……怎么回事儿？您就用萨鲁酱来填饱肚子呀？耐心等待，甜点等东西马上就来。”

刚才上萨鲁酱的那个人，这次拿来满满一桶蔬菜咖喱。他停在阿阇梨面前，说道：“我记不起在哪儿了。可能是在寺院里？在祭祀日，我常去那儿干煮饭的活计。我们的聚落就在河那边。我前天确实去了那个寺院，干了一些煮饭的活儿，然后我就来这里了。”

随后，他匆匆走开，为下一排食客服务去了，一路嚷嚷着：“咖喱，咖喱，咖喱！”

阿阇梨想，他此时应当起身走出去了，可是他的双腿已经变得麻木。紧挨着他的那位婆罗门说道：“您明白，我们家的姑娘是个很好的厨师。对长辈俯首帖耳。我们非常想把她嫁入一户公婆依然在世并掌管家务的体面人家。”

“摆脱眼下的恐惧，只有一条路。我必须承担为那罗纳帕举办葬礼的责任。在我长大成人并赢得敬重的聚落，在众婆罗门的眼前，我必须顶天立地，像个长者。必须叫来加鲁达和罗什曼那，告诉他们：‘事情就是这样的。我的决定是如此这般。我将在你们眼前丢弃我在这里获得的尊严。我回来就是为了破除我的尊严，把它抛掉，就在这里，就在你们眼前。’如果我不这样做，我的恐惧将如影随形，到哪儿都困扰着我。我不会获得自由。那该怎么办呢？”

“就像在神庙水池捕鱼而把这个聚落搞得天翻地覆的那罗纳帕一样，我也会把众婆罗门的生活搞得一塌糊涂。我会彻底摧毁他们的信仰。我该跟他们说什么呢？说‘我曾与钱德丽睡觉。我对我老婆感到恶心。我在庙会上的一家普通小店喝咖啡。我去看了一场斗鸡。我对帕德玛瓦蒂动了情欲。甚至就在居丧和污染期间，我与众婆罗门食客在神庙成排就座吃圣餐。我甚至邀请一名马莱拉少年与我一道进入神庙。这就是我的真相。这不是对所犯错误的自供。这也不是对所犯罪行的忏悔。只是显而易见的真相。我的真相。我的精神生活的真相。所以，这是我的决定。借助我的决定，我就此与婆罗门身份一刀两断！’”

“先生，如果有必要，我们不反对给她一笔嫁妆。您知道，这个时代糟糕透顶，黑皮肤的姑娘很难找到丈夫。您来亲自看看那姑娘。

唯一的缺陷就是她黝黑的肤色，可是她的眼睛和鼻子非常好看。根据她出生时的星相图，她会实现罕见的狮象结合，有一个美好的未来。她无论进入谁家，都会成为幸运女神。”紧挨着他坐的那个婆罗门一边说，一边吃着咖喱米饭。

“可是，如果我不把我的实情告知聚落里的婆罗门，如果那罗纳帕的遗体不能得到适当的火化，我就无法摆脱恐惧。如果我决定在不告知任何人的情况下与钱德丽一道生活，这项决定就不是完美的，不是无畏的。我现在必须做出最终决定。所有间接的东西都必须变成直接的。必须直截了当，触目惊心。可是，这是另外一种剧痛。如果我隐瞒事实，我的一生都会遭受恐惧的折磨，担心被某个旁观者一眼看穿。我的婆罗门资格是在众目睽睽之下生发养成的。如果我开诚布公，在众婆罗门面前曝光事实真相，我就会搅乱他们的生活。我有权力将别人的生活纳入我的决定之中吗？我既觉得痛苦，也感到心虚。天啊！免除我做出决定的重负吧！正如在丛林的黑暗之中发生的事情，没有受到我的意志的掌控，但愿这个决定也像那样萌生。愿它忽然水到渠成。愿一种新生活在我眨眼之间问世。那罗纳帕，你经历这样的极度痛苦吗？马哈巴拉，你经历过这样的极度痛苦吗？”

拿来萨鲁酱的那个人这次端来一筐箩甜食。挨着阿阇梨的那位婆罗门没有让他把甜食放在自己的叶盘上，于是伸出左手接过甜食并把它们放在一边。那人再次站到阿阇梨的叶盘之前。阿阇梨的心怦怦直跳。

“啊哟！我的记性太他妈差了。您是杜尔瓦萨布罗的普拉内沙阿阇梨，对不对？唉！像您这样的人物，怎么能来这儿吃一餐如此寒酸的饭呢？在萨胡迦尔[①]大厦，有一场盛大宴会。他们在那儿为所有像您一样的大人物安排了筵席。因为您前额上没有任何标志，我没有立马认出您来。您也没有跟我说。我居然安排一个大学者在一排食客的末席就座吃饭。如果我不将此事告知萨胡迦尔，我真的会受到严厉责罚。我马上就回来。请稍候。”他一边说，一边放下甜食笸箩跑了。普拉内沙阿阇梨很快捧起一把圣水喝下，从而结束了这顿饭。他一跃而起，迈步走开。“大师！大师！还会来奶粥的！”紧挨着他就餐的那位婆罗门尖叫道。可是，他头也不回，一直走出寺院。他已经来到外面，可他还没有洗手。离开人群！躲得远远的！他还没走远，就听见一个声音喊叫：“阿阇梨呀……阿阇梨呀！”是普塔的声音。他跑过来，站到正在加快步伐的普拉内沙阿阇梨身旁。

“大师！这是怎么回事？您一句话也不说，跑这么快，就像一个急奔卫生间上大号的人。”普塔大笑着说。阿阇梨在远离人群之后停下脚步。他看着自己还没有洗过的双手，觉得十分恶心。

“怎么回事？内急如此紧迫，以致您不能等着把手洗干净！我也有过这样的事。好吧！咱去水塘，您可以在那儿洗手。”

他们朝水塘走去。普塔在路上说道：

“阿阇梨呀，我决定了一件事。我要跟您一道去贡达布罗。我没有早点儿告诉您，我老婆带着孩子一个多月前就回娘家去了。还没有收到过他们的一封信呢。我得和她谈话，把她接回来。您是一位长者。您得帮我一个忙。来给我老婆好好开导一番。她会听您的。您在一天之内就变成了我的人生伴侣。阿阇梨呀，还有一件事。我不搬弄是非。关于您在帕德玛瓦蒂家睡觉的事，我一个字都不会透漏。我将以我母亲的身体健康起誓，我不会打小报告。我刚才站在

① 萨胡迦尔（Sahukar），字面意思是“富豪”，这里显然是指当地一位富有的捐赠者。

那儿，看猴子跳舞。随后，我看见您跑过来了，让我放声大笑。这些事情确实会发生。就在吃饭中间，内急变得至为急迫。我以为，您就遇上这样的事了，所以我就不禁失声大笑。”

普拉内沙阿阇梨缘台阶下到水塘里，洗了自己的双手。普塔站在他的上方，背靠着池塘边上的砖头。普拉内沙阿阇梨返回，站在他的身边，说道：

“怎么呢？这么快就回来了？”

“普塔，有一件事。”

普拉内沙阿阇梨仰头观望。这是一个夏日悠长的傍晚。西天漂浮着一条条的赤霞。一行又一行的白鸟在归巢。下面，在水塘的边缘，一只鹳①正在发出咯咯的鸣声。快到掌灯时分了。聚落里点亮灯火，黄昏归来的母牛和牛犊被拴起来，人们给母牛挤奶，并把牛奶供奉给神主——这都是多少天之前的事了？远方西山明晰的轮廓变得黯淡起来，犹如一个正在梦中融化的世界。此刻的缤纷色彩，在下一刻就会渐次消逝，天空于是变得虚无。由于新月日②已经过去，再过一会儿，一弯银色的月亮就会出现在西山上方，就像举行神像揭幕奠酒仪式时一只被倾侧过来的银杯的边缘。众多的山谷将陷入一片阒寂。为夜间祭祀活动而点燃的火把，将随着祭祀仪式的结束而熄灭，庙会的喧嚣也会消失。但是，剧团的锣鼓又会响起来，把它们的噪声传向四方。“如果我现在开步，那么我就会在半夜到达聚落，从而远离眼下这个世界。在惊恐的婆罗门面前，在众目睽睽之下，我将彻底暴露自己的本相。作为他们中间的一个长者，我将在

① 鹳，大型涉禽，有17种。印度产大秃鹳有食腐习性。明蒋德璟撰《藋经》云：藋（古同鹳）不善唳，鸣如砧声。

② 新月日（new-moon day），即朔日，系农历每月初一，亦称朔月日。朔日当天，人看不见月相。初二至初六为新月期，一弯新月显现，月相逐渐变大。

夜半变成一个新人。也许，当火焰围绕着那罗纳帕的尸体跳跃起舞之时，会让人有一定的宽慰之感。当我告诉他们有关我自己的情况时，我的心里应该不会因为自己是一个罪人而有一点懊悔的阴影，不会有一丝悲伤的痕迹。如果不是这样，我就不能超脱内心的冲突和矛盾。我得见到马哈巴拉。必须告诉他：我们依照自己内心深处的意愿塑造的自我外在形象，毫无疑问就是我们的形象。如果这就是真相，那么你真的就不再有对美德的渴求了吗？我得问问他。”那行悦耳的梵语诗句再度出现在他的脑海里：“来自檀香山的南风轻拂着丁香的柔枝。”普拉内沙阿阇梨深受触动。一种温情触动了他。他将一只手搭在普塔肩上，把他拉近身边。他第一次拍了拍他的后背，然后说道：“我刚才要说什么来着？”

“啊！先生！我在路上遇到您时，您的谈吐十分生硬，以致我认为，这位先生永远不会成为我的朋友。”普塔说道。阿阇梨将友谊之手搭到他的肩上，让他十分快意。

“喂！普塔！你知道我为什么匆匆离开那个餐会吗？我得立刻返回杜尔瓦萨布罗。”

“啊哈！阿阇梨呀，您怎么能这样做事？帕德玛瓦蒂会在那儿等着您呢，香也都点上了，头也插上了鲜花。如果您不和我到那儿，我怎么能面对她呢？无论您有什么急事，您今夜也必须留在这里，只能在明天早晨走了。如果您现在就离开，我就得让人家骂个狗血喷头。”普塔一边说，一边拉普拉内沙阿阇梨走。普拉内沙阿阇梨有点害怕。他怀疑自己的意志是否足够坚定。他可能重陷泥淖。他现在必须摆脱普塔。

“不，普塔！不可能！要我跟你说实话吗？我本来不想牵涉到你的情感，所以我至今一直没有跟你说。”他思忖片刻，决定最好还是撒一个谎："我在杜尔瓦萨布罗的兄长病入膏肓。我是坐在寺院用餐时听到这个消息的。他现在随时可能走人，我怎么能……？"

普塔叹了一口气。虽然失望，他还是表示赞同："那么，好吧。"

普拉内沙阿阇梨准备动身，于是说道："我什么时候能再见到你？告诉帕德玛瓦蒂，我在返回贡达布罗的途中会去看她。那么，我走了，好吧？"

普塔站在那里，沉思片刻，说道："我怎么能让您独自一人穿越黑魆魆的森林呢？我跟您一道走。"

普拉内沙阿阇梨大吃一惊，不知所措。似乎采用任何策略都不可能把此人赶走了。他说："我真的不想因为我的缘故而麻烦你。"普塔没有举步。

"不麻烦，不麻烦！我在杜尔瓦萨布罗也有点事。我在帕里贾塔布罗有堂兄弟。您也许认识我在那儿的朋友那罗纳帕。我有一次去帕里贾塔布罗，就如同我现在结识您一样，我结识了他。噢，是这么回事！我想起来了，真让人高兴。整个镇子的人都知道，那罗纳帕挥金如土。他不会放过任何裹着纱丽的尤物。他就是那种人。阿阇梨呀，我们俩要严格保守这个秘密。如果您碰巧认识他，请别提任何与帕德玛瓦蒂有关的事情，也别提她是如何引诱你的。好吧，干嘛这事要瞒着您呢？我刚结识那罗纳帕，他就像一只蚂蟥那样贴在我身上，硬要我把他介绍给帕德玛瓦蒂。可是，我不干这样的事情。我也没那么贱。此外，您知道，在一个婆罗门对您死缠烂打之时，您又能怎么办？帕德玛瓦蒂不喜欢他的为人处世之道。她后来告诉我，他是个十分讨厌的酒鬼。她说：'你可千万再也不要带他到这儿来了！'这一切，您最好保密。我一开始说点什么事，最后又在别的什么事情上打住了。我告诉过您，对不对？我们村在比蒂尔塔哈利略远一点的地方。那罗纳帕在那里有一个果园。现在，这个果园已经被夷为平地，完全是因为疏于管理而遭到毁坏的。好多年了，就因为他，他没有从果园采收到一颗槟榔。由于我与他熟识，所以如果我有求于他，他难道会拒绝吗？于是，我就想试一试，向他提议：'把你的果园租给我吧。我将在果园劳作，改善果园，这样果园也会给你带来一些收益的。'阿阇梨呀，这就是刚才我跟您说要跟您一道走的原因。您在夜里走黑道也好有个伴。我也好办点事儿。"

普拉内沙阿阇梨听着普塔这一席话，心里焦躁不安。"我该告诉他那罗纳帕已经死了吗？我该告诉他我进退两难的真实处境吗？"可是，他并不想在那片纯朴的心海中掀起一场巨大的风暴。万一他真的决定与我一道前行，那就不可能不告诉他实情。于是，有普塔做伴似乎突然成了一件好事。"我如何能够独自面对所有那些婆罗门？先让我在当前的知己普塔身上试一试。让我看看我在他眼里是个什么人。这倒可能是处理此事的一个好办法。"此时，天上已经变得万里无云，让人有点眼空无物的感觉。从神庙传来敲铜锣和吹法螺的噪声，在催人参加祭祀活动。现在必须走了。他说道："那就让我们走吧！"

就在此时，一辆大篷车缓缓驶来。普塔说道："等一会儿。"他伸手叫停这辆牛车。一个传承派男子身披金边围巾，从牛车里面探出头来，问道："你要干什么？"

普塔说道："你的车会不会经过阿贡贝呢？"

"没错！"身裹金边围巾的先生在车内点头称是。

"你有两个人的座位吗？我们要到杜尔瓦萨布罗。"普塔说道。

"可是，我们只有一个人的座位了。"

普塔抓住他的手，说道："阿阇梨呀，您最好坐车走。"

"不，不，我们一道走吧，步行。"

"嘁！嘁！您不应当一路步行，把自己搞得筋疲力尽。我明天去看您。"普塔说道。身裹围巾的男子催促他们快点："那么，你们来坐车吗？我们将走一两英里的岔路，然后我们才会到达杜尔瓦沙布罗。你们两人只有一个能跟我们走。快上车！快！"

普塔坚持让普拉内沙阿阇梨上车，把他往里面推。普拉内沙阿阇梨眼看无路可逃，于是爬进车里，坐了下来。牛车开始前进。普塔说道："我明天去看您。"普拉内沙阿阇梨说："好吧。"旅途还有四五个小时。然后，会是什么情况呢？

天空繁星密布。新月如钩。北斗七星，十分明晰。突然传来击鼓的喧声。四处都是火把的烈焰。正在爬上小丘的公牛发出粗重的喘息声。系在它们颈项上的牛铃叮当作响。他还要再行进四五个小时。那么，此后，会是什么情况呢？

普拉内沙阿阇梨等待着，忧心忡忡，满怀期望。

2021年2月至6月译

2021年12月修订

短篇小说

生葬礼[1]

天还一片漆黑，我就起了床，一边揉着惺忪睡眼，一边来到屋外。谢沙吉里·乌杜帕站在前院，手里拎着一个出门旅行用的包袱，准备踏上旅途。看到我后，他说道："在路上，我会到库杜马利杰看望你的父母，好吧？"他提到我的双亲，不禁让我想家。在家里，我还会舒服地躺在床上，盖着母亲的纱丽。母亲随后会叫醒我，给我洗澡，端给我咖啡。想到家，我立时变得悲伤起来。乌杜帕在就要穿过篱笆时停下脚步，大声呼叫他的女儿："雅穆娜！"雅穆娜姐姐一边从屋里出来，一边将她那红色纱丽搭在肩头的一端拉上来，遮住她那剃光的头。

"我要走了，"谢沙吉里·乌杜帕一边说，一边关上篱笆门。"那么，你可要留神男孩子们。别让他们在河里游泳的时间太长了。让他们每天都要练习背诵。我可能走三个月，甚至更长时间。在戈加尔纳完成瑜伽修炼后，我会到乌德亚瓦拉看看咱家的神堂。至于这

① 生葬礼（ghatashraddha），在一个堕落之人生前为其举办的葬仪。

里的其他事情，我已经吩咐乌帕德雅来做。”

谢沙吉里·乌杜帕显得比我父亲年长，我有点怕他。他很少对我们微笑，也很少跟我们闲谈。雅穆娜姐姐比我母亲年轻，在她陪伴之时，我会觉得十分安逸。乌杜帕刚一转身，我就迫不及待地开始缠着她，说我也想要回家。“嘘！得啦！”她一边说着，一边进入屋里。“现在你给我去洗脸，然后摘一些罗勒叶[1]来。”维什瓦纳塔·夏斯特里和伽内萨刚刚醒来，从屋里来到前院。我站在那里，望着谢沙吉里·乌杜帕的背影在黑暗中消失，不禁哭了起来，他们却咯咯地笑着并嘲讽我。我随后跟他们一道去井边洗漱。

“怎么回事儿？女里女气的！”夏斯特里向我发问。

“夏斯特里，你知道吗？在给这傻瓜举行入教礼的前夜，有人跟他开玩笑说，他们将割开他的大腿，往里面塞一只癞蛤蟆，他听到这话之后怎么做的呢？”伽内萨边说边笑，边把水桶放到井底去。“他信以为真，就咧嘴开哭！”

在我哭着跑进厨房之时，他们大喊大叫：“啊呀，出来，我们给你打水。”

雅穆娜姐姐在猛烈搅动凝乳，来制作脱脂奶。看起来，她也像一直在哭。我哼哼唧唧地向她哭诉夏斯特里和伽内萨的不是。她转身对我说道：“好吧，不要跟他们去摘罗勒叶了。来，我给你洗脸。”

我在洗漱完毕后，手里拎一个篮子独自外出，将路边的所有通贝花都摘了下来。由于我还是一个个子小年龄也小的男孩，夏斯特里有时会逗弄我：“你这么矮，得弄个梯子才能够得着通贝这样的灌木。”夏斯特里岁数大些，而且他看起来个子也比我大得多。他已父

---

① 罗勒叶（tulasi，相当于英文中的basil），碧绿芳香，用于烹饪，印度教毗湿奴信徒视之为神圣之物。

母双亡。像我一样，他也在跟乌杜帕学习背诵吠陀圣典。他有内斜视的毛病，伽内萨取笑他，叫他“斗鸡眼”。他们俩总在一起厮混，唯有我是孤家寡人。

我手提篮子，前往戈帕拉·乔伊沙家。他们的后院有一株芸香树。我走进去，向戈帕拉·乔伊沙的姐姐戈达瓦拉阿姨要了一块围布，来接摘下来的芸香叶，供早晨拜神时用。作为一名寡妇，就像雅穆娜姐姐一样，戈达瓦拉阿姨也得遵守禁欲一类清规戒律。可是，雅穆娜姐姐要比她年轻得多。雅穆娜姐姐肤色浅淡，体态丰腴，看起来甚至比我母亲还漂亮。她结婚后时间不长，丈夫就因遭蛇咬而死亡。后来，在她母亲死后，她回家来和她父亲一道生活。谢沙吉里·乌杜帕毕竟需要有人照顾。伽内萨是乌杜帕的远亲，跟我讲了这一切。

戈达瓦拉阿姨一定看到我手拿围布跳起来够芸香叶。她说道：“等一等，让我来帮你。”她为我摘芸香叶。随后，她跟着我去她家后院的另一处地方摘罗勒叶。

她问我：“乌杜帕动身到戈加尔纳去啦？”我回答说：“是呀。”

“雅穆娜好吗？”

“她很好。”我说道。

“在过去的两三天里，她压根一直没到神庙来。我听说，她身体不太好。”

“这我可一点也不知道。”我说道。

“你不知道？你这是什么意思？她难道不是大部分时间都在卧床吗？你听见乌杜帕跟她说什么了没有？”

“有一天，她一边躺下来，一边说自己觉得头晕。她为此从乌杜帕那儿弄来一些药。情况就是这样。”我说道。

“是这样吗？”戈达瓦拉阿姨朗声大笑。“戈帕拉，你听见了吗？”她在进入屋里时跟自己的弟弟说道：“雅穆娜毕竟似乎根本没有发烧。她的体内一定长了什么东西，像是疟疾疙瘩！”他们俩都笑了。

在回家的路上，我停下来采集一些毕钵罗树的干叶子，以用来奉献给火神阿耆尼[1]。雅穆娜姐姐在等着我。“你怎么用了这么长的时间？乌帕德雅已经来了，在等着你呢。”她一边说，一边把我拉到井边。她用桶装满井水，然后浇到我的头上，一边说：“赶快到屋里去，开始祈祷。”在把我披着的围布里的水挤出来后，我用它擦干我乱蓬蓬的头发，把它打成一个结，跑进屋里，换上了雅穆娜姐姐递给我的一块干净的围布，手里拿了一个圆筒形金属容器，做好了举行祈祷仪式的准备。“你忘了系那块遮裆布了吧？”雅穆娜姐姐一面提醒我，一面大笑着亲自把那块遮羞布给我裹到腰部，然后把我打发走了。

“你迟到啦！”乌帕德雅大叫一声，他的脸上布满了麻子。“你还没有记住祈祷用的那些真言。”他骂过我就开始念诵祷词。乌杜帕从来不曾骂过我，一次也没有。夏斯特里正在祈祷，见我挨骂而幸灾乐祸，狡黠地朝伽内萨眨了眨眼。祈祷仪式过后，我举行火祭仪式。“你们在吃过大米粥早饭后，都得来为神庙大祭仪式准备檀香膏。”乌帕德雅在动身前往神庙时给我们所有人下了命令。

我们三个人成排在厨房里坐下吃早饭，面对着已经铺好的香蕉叶。雅穆娜姐姐给我们盛好粥，上面洒一点椰子油，旁边再放一些杧果泡菜。在家里有大量椰子的日子，我们总是吃用椰子奶煮的大米粥。

---

① 阿耆尼（Agni），火神，印度吠陀时代主要神祇之一。

“今天你们都去萨胡卡拉家吃宴席。”雅穆娜姐姐说:“你们知道吧?他家昨天有人过来邀请你们了。”

在神庙完成大祭仪式后直接赴宴，让我感到兴奋。更令人大喜过望的是，我会在那里获得一笔礼金。在举行入教礼之前，我只能得到一派沙的礼金。如今，我能得一个安那了。我的新身份严禁我做许多事情，如我再也不能像猴子那样爬树，或扔石头打狗，我也再不会被允许穿短裤，我也不应该在吃饭时说话。虽然如此，但是在宴席上听着一枚硬币落入自己水杯的叮当声响，还是一种美好的感觉。我一直在将自己收到的所有礼金都放进一个锡罐之中，由雅穆娜姐姐负责保管，直到我下次回家时把钱交给母亲。夏斯特里逗弄我，叫我是小气鬼。

“纳尼，你怎么迟到了?”雅穆娜姐姐问道:“你平白无故让那个乌帕德雅骂了一顿。”

我告诉她，我去戈达瓦拉阿姨家摘芸香叶，也谈到了她问我的那些问题。雅穆娜姐姐的脸色变得苍白。“告诉我，她还说别的什么了?”她对我穷追猛打。

“就他们家人之间说话了，他们说到发烧什么的，还说到身体里长了什么肿块，他们都笑了。”我说道。

“从现在起，要是有谁问，就说我一直在有点发烧。”她边说边哭，同时用纱丽的上端把自己的脸遮起来。我想，情况可能就是这样，因为她近来有时间就会躺到床上。她已经不再前往神庙。又到了我进行午间祈祷的时候了。

神庙里的大祭仪式结束以后，除雅穆娜姐姐之外，我们都前往萨胡卡拉家。我们在宴席上吃得心满意足。这是萨胡卡拉的母亲去世周年的忌日。吃过饭后，乌帕德雅对我们说:“我今天不能去给你们上课了。所以，你们得在没有我的情况下继续温习课程。”他随后指令夏斯特里监督我的功课。每天午餐后，乌帕德雅总是让我们背诵圣典中的诗篇，如《吉祥歌》和《原人歌》等，而他同时操作手纺锤，把棉线做成圣线。雅穆娜姐姐则会坐在远处，用棉花为神庙的油灯捻制灯芯。这就是乌杜帕在家时每天的刻板生活。今天能够摆脱这样一个人，让我好不快意。

“让我看一看，你来背诵《原人歌》。”夏斯特里给我下了命令。由于年龄比我大得多，他比我高一年级。雅穆娜姐姐经常骂他，说他看起来就像是一头走失的农用水牛。我不会背诵那些诗节，于是羞愧地站在他的面前。“好吧，你起码背诵一下你的世系表，让我听听。”他声色俱厉，提出要求。伽内萨在露着牙齿坏笑。从古代神话中的圣人安吉罗开始，一直背诵到我自己的名字那罗延夏尔马，我把祖先的名单背了下来，最后以一句正式的祷词祝愿家族繁荣昌盛。“现在，你匍匐在我面前。”他又提出要求。我照做了。“今天的课就结束了，你可以走了。”他说：“但是要记住，你得照我说的做，永远如此。”我满怀喜悦，跑回家去找雅穆娜姐姐。

雅穆娜姐姐坐在香蕉叶前，头弯着靠在手上睡着了，显然已经给自己弄了些米饭和杧果汤。可是，看起来她好像还没有碰自己的食物。我走过去坐在她身旁，她做出吃了几口的动作，然后把剩余的饭菜扔进了垃圾缸中。“雅穆娜姐姐，怎么回事？”我知道杧果汤是她最喜欢的菜品，于是不禁问道。“我吃什么都觉得没味。我也不知道是什么原因。”她边说边叹了一口气。我把得到的礼金交给她，她又把钱放到了那个锡罐中。

“去告诉夏斯特里，我要他去希瓦布拉的商铺，给我从那儿买一些干辣椒和芫荽回来。”她说道。

我返回萨胡卡拉家，寻找夏斯特里，那里的仆人告知我他在楼上。萨胡卡拉的儿子兰甘纳、夏斯特里以及邻里的其他两个年轻人，在楼上的一张地毯上坐成一个圆圈。他们在玩一种游戏，每人手里都有一些牌，有时整理牌，有时又把牌紧贴在自己身上。他们一边口中念叨着“尖子”“方块”“大王”以及“小王”一类词儿，一边把牌丢到地毯上，相互观看着对方的脸。伽内萨坐着看他们玩。我问他，他们在玩什么。他说：“比大小。”我告诉夏斯特里，雅穆娜姐姐要他跑一趟腿。“真讨厌！”夏斯特里说完话，把他手里的牌交给伽内萨，然后怒气冲冲地站了起来。

我们走出萨胡卡拉的宅子后，他威胁我说，如果我告诉任何人有关他打牌的事情，他就会打断我的牙齿。他随后让我与他一道前往希瓦布拉。我说我得问一下雅穆娜姐姐。“你想要一辈子都这么娘们儿家家的吗？”他冲我厉声质问。我自己也确实想要去希瓦布拉。所以，我就跟着去了。刚刚离开聚落，就有一个池塘。在经过池塘后，进入一片森林，里面有一个小神龛。我们沿着通往神龛的小径走去。在我们走了不短距离后，夏斯特里转过身来，让我跟上他。他停在一株大树边，伸手摸进树干上的一个洞里。我正好奇地观望着他的时候，他从中掏出一样东西，把拳头攥紧，让我猜他手里有什么。我告诉他，我不知道。他张开拳头，给我亮出一捆比迪烟。他再次伸手到树洞里，拿出一个火柴盒来。接着，他让我坐在他的身旁。“你通过鼻子把烟吹出来，这种感觉，你知道有多美妙吗？”他边说边向我演示他如何做。“来，你也吸一根。”我正大张着嘴望着他时，他敦促我吸烟。我大吃一惊，断然拒绝了他的提议。

“只要你不把此事告诉雅穆娜姐姐就行，明白吧？你永远都不要告发别人。”他补充说道。我告诉他，我不会这样做。

“即便你告发我，我也不怕。”他说道。“难道我不知道她的秘密吗？她只要再骂我一回，那你就会明白了。我将把一切都公之于众。不能仅仅因为猫在喝奶时闭着眼睛，就意味着别人看不见它。”我不明白他在说什么。不过，我还是感到害怕。我觉得，自己没有告知雅穆娜姐姐就来这里，已经犯了一个错误。

在戈帕拉·卡姆蒂开的店里买下雅穆娜姐姐所要的货品之后，我们顺着希瓦布拉附近的山丘踏上归途之时，夏斯特里说：“这一次，让我们走一条不同的路线，沿着池塘边回去。”

我不敢对他说出不同意见来。他那斗鸡眼的样子，他那张自己常常掐来掐去布满粉刺的脸，再想到不断受到他的耻笑，就足以让我气馁，不敢与他对抗。

“我现在打算让你见识一样有趣的事。”在我们走路时，他断然说道。“我不告诉你是什么事，因为那样你就会认为我现在就是个坏蛋。到你亲眼看到时，你就会明白。”

在走出相当距离后，我们走近了坐落在水塘边缘的一个老村的废墟。我以前曾与雅穆娜姐姐到那里拾柴火。老旧的住所只剩下几堵断壁残垣，以及一两个柱础。蝙蝠麇集在古老的耆那教徒聚落[①]以及已被废弃的神庙里。雅穆娜姐姐早就告诉我，此地曾经有人栖身，但在很久以前就成了废墟。我开始害怕鬼会在那里游荡。“你真是个胆小鬼！”夏斯特里边嘲笑我，边轻手轻脚地走过灌木丛，将我领到一堵断墙残根的后面。他让我透过一个缝隙观看，而他自己则躲在另一处缝隙那里，等待着。

过了短短一会儿，在墙的另一边，可以看见有个男人正在走近。我感到惧怕，于是对夏斯特里说：“求求你，我们离开这里吧！”“你

---

① 聚落（basti），信奉同一宗教的人聚集形成的居民点或村庄。

难道不想知道就要发生的事情吗？”夏斯特里生气地低声说道：“还是你想要永远都是傻呵呵的，就像舒卡姆尼那样？”我透过缝隙持续张望着，心里惴惴不安。一个男人的身影变得清晰起来，他穿着衬衫和围裤，一头短发。我认出来他是谁，便不再那么害怕。我每天都能见到他，他就是乌杜帕家隔壁学校的老师。我听说，他是杜姆古尔①人，一直待在希瓦布罗。他每天骑自行车来学校。在神庙上次举办罗摩诞辰节活动期间，他曾演奏簧风琴。他身材颀长，面容姣好，看起来就像从城里来的人物。

“我们走吧！”我催促夏斯特里。“等着！”他说道。我还在透过缝隙观看。此时，我猛然看到一条蛇。“蛇！就在那儿！”我喊叫着，将手指向蛇所在的那个方向。夏斯特里命令我保持安静。过了一会儿，另一个男人出现了，脸上留着大胡子。我不知道他是谁。两个男人站着说了一会儿话。

在瞥见那条蛇后，我迫不及待地想要离开那儿。夏斯特里也一定厌倦了透过缝隙向外窥探。“好吧，我们走吧。”他说道：“你要知道，你真是个胆小鬼。”他低头弯腰，蹑手蹑脚，将我带到车道上。我们从那里直接回家。我们到家时，天色已经在渐渐变暗。雅穆娜姐姐坐在那里，低垂着双眼。我支支吾吾，只告诉了她我的商铺之行。我没有勇气告诉她我曾造访聚落废墟以及我在那儿透过缝隙看到的情况，包括看到那条蛇。我和夏斯特里沐浴，做了晚祷，吃过晚餐。雅穆娜姐姐只吃了爆米花拌脱脂牛奶。

夜里，夏斯特里、伽内萨与我把床铺安放到了游廊上。雅穆娜姐姐睡在中厅。由于乌杜帕外出，那天晚上就没有成人同我们一道睡在游廊上。在想到这一点并记起我那天傍晚看到的那条蛇时，我

---

① 杜姆古尔（Tumkur），位于印度西南部卡纳塔克邦，有神庙等旅游景点。

不禁心生恐惧。于是，我告诉夏斯特里和伽内萨，我想到屋里与雅穆娜姐姐一起睡。他们用“娘们家家的”和“胆小鬼”一类词语耻笑我之后，我还是留在了游廊上。可是，尽管我十分害怕，我却有很长时间无法入睡。我觉得，我是在一个陌生的地方，生活在陌生人的中间，远离父母，于是潸然泪下。夏斯特里挨着我睡，他把手搁在我的身上，随后慢慢地与我靠得越来越近。从他嘴里飘逸出来的比迪烟味儿令人恶心。他解开我的围布，把手伸向我的遮羞布。我从床上一跃而起，径直进到屋里雅穆娜姐姐睡觉的地方，躺到她的身边。雅穆娜姐姐还没有睡着。我告诉她，我害怕。“得了，现在睡觉！”她边说边给我盖上她的纱丽。

片刻之后，就在我快要入睡之时，我觉得我听见外面有人，在绕房而行。我大吃一惊，坐了起来，开始发抖，害怕有鬼。雅穆娜姐姐把我紧紧搂在怀里。稍后，有人敲后门并低语：“开门！”我紧紧抱住雅穆娜姐姐。我变得非常惊恐不安，因为只有生自梵天之足的罗刹[1]鬼，才会在漆黑一片之时这样绕屋转圈，脚尖朝后，敲人家门。雅穆娜姐姐起身，我求她别去应门。见她没有停步，我也起来跟上了她。“在这儿待着。可能是个鬼。我就到门边，将一把扫帚横挂在门上，鬼就不能穿门进屋了。”她说着走了，将我留在中厅。我哭泣着等候她。雅穆娜姐姐走向后门，但并没有把它打开。如果她开门，我会听到门的嘎吱声的。我只能听见她说：“请走开。我不想要你来这里。”她返回来时，我更加惊恐不安，因为我觉得她刚同梵罗刹说过话。她把我拉到身边，让我挨着她躺下。我过了一会儿就睡着了。

---

① 梵罗刹（brahmarakshasa），生自梵天之足的罗刹。

我像平素一样，在日出前起床，但我在那天早晨，因为害怕独自一人外出沐浴，我就让雅穆娜姐姐陪伴我。我还害怕，如果夏斯特里慢慢知道了这一切，他会以挑逗的方式来折磨我。后来，在我手提篮子，准备采摘鲜花、肉桂叶与罗勒叶之时，他提出与我做伴。我不情愿地接受了他的提议。由于被梵罗刹会绕屋转圈的念头困扰，以及对那条蛇的念念不忘，我怕得要命，以致不敢独自一人外出。

“梵罗刹跟雅穆娜姐姐说什么了？”夏斯特里在途中问道。

我告诉他，我不知道。

“雅穆娜姐姐起身外出之后，没跟什么人说话吗？”

“她告诉梵罗刹走开，不要再返回。随后，她将扫帚横挂在门上，就回来睡了。”

“你知道那个梵罗刹是谁吗？”他说：“仅仅因为猫在喝奶时闭着眼睛，就能认为别无他人注意到它吗？没关系。你还无知。可是，你总有一天会明白。雅穆娜姐姐不喜欢我。对吧？可是她喜欢你。她私下给你各种吃食，对吧？”

我默然无语，不知道说什么是好。我们到达戈达瓦拉阿姨家采芸香叶时，她询问雅穆娜姐姐的情况。

“她真发烧了。”我告诉她。

“没发烧，什么病也没有。”夏斯特里纵声大笑，眼睛斜视着。“昨天夜里，一个梵罗刹上门，绕着屋子转圈，然后敲了后门。”戈达瓦拉阿姨让他详尽地告诉她一切情况。

我们完成采摘芸香叶之时，夏斯特里对我说：“嘿，笨蛋！来，我们到须梵摩神庙院子里摘一些金香木花。”我们穿越一片稻田之后到达那里，开始采花。

“就照你现在的样子，既不干净，又没有沐浴，我谅你不敢触摸这座庙里的神像。”夏斯特里向我挑战。

我曾经听说，谁要是亵渎须梵摩神的像，都会被一条蛇缠上。所以，我告诉夏斯特里，我绝不会做这种事情。他就此说道：

“这正是我们都叫你胆小鬼、娘们家家的和笨蛋的原因。你真是一个懦夫。你真相信有个梵罗刹在绕着屋子转圈，是不是？现在你瞧我去亲手触摸神像！”

他当即进入神庙内殿并触摸神像。我感到羞愧和恐惧。

“来，你也摸摸它。”他边说边把我拖过去，让我触摸神像。随后，他大笑着说道：

“我的手掌上有一条鹰线[①]，所以我安然无恙。这正是我不怕触摸神像的原因。可是，你肯定会遭那条蛇咬。”他幸灾乐祸，手舞足蹈。我开始大声哭喊。

“啊，别担心。如果你照我说的做，你就什么事也不会有。我保证不会有蛇咬你。”他说道：“只有一条，你一定不要把我跟你说的话告诉雅穆娜姐姐。你要这么做了，我就会让大家都知道，你在身体不洁的状况下触摸了神像。”

我擦干眼泪，回到家里。雅穆娜姐姐想要知道发生了什么事情，但我由于恐惧而一直默默无语。她叫来夏斯特里，把他骂了一通：“你一点也不长脑子呀？看起来你是白吃饭，消化不了你吃的东西，让它们全都直接灌入你的脑袋里啦。”我一整天躲着夏斯特里，但无论我到哪里，我都会害怕那条蛇会来让我中招。所以，我一边四处走动，一边念念有词，向女神伽耶德丽利[②]祈祷。夜里，我挨着雅穆娜姐姐睡。那天夜里，梵罗刹没有绕着屋子转圈。

① 根据民间信仰，鹰是蛇所惧怕的天敌，而人手掌上的所谓鹰线，被认为具有防止蛇咬的保护作用。

② 伽耶德丽（Gayatri），五头十臂，是印度教最古老的女神，被奉为“吠陀之母”。

从那天起，我就躲着不让夏斯特里做伴。他无论何时发现我是独自一人，都会冲我怒视，威胁我说：“你向雅穆娜姐姐告发我了，你会遭那条蛇咬的！”我保持沉默。我开始追随雅穆娜姐姐，无论她到哪里我都会跟着。夏斯特里和伽内萨总是与萨胡卡拉的儿子兰甘纳在一起，整天一直在窃窃私语。

一天，雅穆娜姐姐前往聚落废墟打柴，让我跟她一道去。半路上，我就开始感到恐惧。我就地坐下，哭叫起来。“那里有一条蛇！”我坚持说：“我不跟你去了。”她威逼我，利诱我，但我一动不动。她于是转身同我回家，一路上嘟嘟囔囔，不停地埋怨我。

又一天，我去戈达瓦拉阿姨家摘芸香叶时，她请我进到屋里，抚摸着我的背，将我一路领到厨房。她让我在那儿坐下，给我倒了一杯咖啡。我动了心。可是，她见我迟疑不决，就微笑着对我说：“啊，喝吧！你明白，你偶然喝杯咖啡没关系。”随后，在我坐着喝咖啡的时候，她继续赞扬我：“你是个好孩子，你依然顺从传统。跟别的男孩子们不一样。现如今，谁还在乎这样的事情？不再每天进行祈祷，也不再举行火祭仪式。现在，瞧萨胡卡纳的儿子兰甘纳。他留着胡髭，看起来就像个成年男子，但整天就像一头走失的公水牛到处游荡。”

“雅穆娜怎么一直没来神庙？”在我就要起身离开时，她问道：“她一天到晚不起床吗？”

我告诉她，情况就是这样。

“那么，可怜的孩子们，谁给你们做饭？乌杜帕也不在那儿。梵罗刹在夜里还绕着屋子转圈吗？”

我告诉她，梵罗刹在过去几天没有出现。

“她呕吐吗？还是怎么回事儿？”戈达瓦拉阿姨问道：“他们说，

肚子里有疙瘩生长，会让人呕吐。有一天，我跟她说，她应当吃点药。她吃药吗？”

我不知道该说什么是好。所以，我找了个借口，说时间不早了，于是赶紧回家。我到家后，告诉雅穆娜姐姐戈达瓦拉阿姨打问的所有问题以及我的回答。雅穆娜姐姐的脸上带着担忧的神色，坐下来开始哭泣，告诉我从那时起以后不要再去别人家。我说：“好吧。”

那天下午，伽内萨的父亲蒂帕夏斯特里从霍拉尼到来。虽然雅穆娜姐姐客客气气，试图与他攀谈，但他却不愿意同她说话。对她为他准备的甜水，他连碰都没碰。他命令伽内萨立刻将衣服和铺盖打包，随后将他带走。后来有很长一段时间，雅穆娜姐姐一直在哭泣。那天夜间，在晚餐之后，我出屋到后院洗手时，在黑暗中听见有某个人的脚步正在走近的声音。我尖叫道：“雅穆娜姐姐！”雅穆娜姐姐与夏斯特里跑出来。我们看见一个人的背影疾速离去。夏斯特里看着雅穆娜姐姐说道：“对这个讨厌的梵罗刹，我们该怎么办？”

“闭嘴！不要胡说八道！”她把他骂了一通。

那天夜里，我躺在床上哭泣，想要弄清我父亲为什么没有像伽内萨的父亲那样，前来把我接回家。雅穆娜姐姐把我拉近她，啜泣着说：“不要离开我！”

雅穆娜姐姐一直足不出户。一天傍晚时分，戈达瓦拉阿姨前来敲门。雅穆娜姐姐打发我去告诉她，她不在家。另一天，在上完读经课后，就在乌帕德雅起身准备离去之时，雅穆娜姐姐像平素一样，给他送来甜水让他喝。“别，我不想喝。”他说完话就走了。近来，雅穆娜姐姐在大多数时间都会站在某个角落沉思或哭泣。

一天下午，乌帕德雅给我们中断课程后猝然离去。夏斯特里去找自己的朋友兰甘纳。只有雅穆娜姐姐和我两个人留在屋内。过了一会儿，我听见一个来自贡根的女人普塔兰吉在后门喊叫：“雅穆娜阿姨！”就在两人谈话中间，普塔兰吉说：“雅穆娜阿姨，你知道吗？你现在看起来真漂亮！全身都胖乎乎的！”

就在谈话中间，雅穆娜姐姐猝然停下，回到屋内，再也没有出去。普塔兰吉在外面等了一会儿，随后就离开了，一边嘟嘟囔囔，自言自语：“我说什么惹她生气的话了吗？”

那天夜里，雅穆娜姐姐让我挨着她躺下，哭了很长时间。随后，她在腰部松开自己纱丽上的那个结，让我把耳朵放在她的小腹上面，然后问道：“纳尼，你听到什么声音了吗？”我的面颊贴在她那柔软而温暖的肚子上，感觉很好，让我想起了母亲。雅穆娜姐姐在哭泣，我也哭了起来。随后，她把我的脸贴到她的乳房上，抚摸着我的后背。

“答应我，你不会离开，把我留在这里，对吧？”她说道。那天夜里，我睡得很香。

翌日，乌帕德雅没有来给我们上课或让我们背诵祷词。他只是去了神庙，而且大祭一结束，他就径直回家去了。他再也没有回这个家来。由于不再非得一天沐浴三次，也不必再做晚祷，我感到如释重负。

一天，夏斯特里去采摘罗勒叶和肉桂叶，但是他再也没有返回。从那天起，他开始待在萨胡卡拉家。无论何时，他只要看见我，即使相距很远，他也会逗弄我。

那些日子，雅穆娜姐姐从来不让我到屋外去，因而使我非常生气。我总是坐在窗边向外观看。我能看见斗鸡眼夏斯特里在与兰甘纳一起游荡，叽里咕噜地说着什么。前往小学校途中的少年们总会淘气地爬树，或者转陀螺，或者吵吵闹闹。可是，连一只昆虫也没有在我们的宅子附近飞过。雅穆娜姐姐与我就这样日日夜夜待在家里，过了整整一周。我总是哭，想知道父亲为什么没来把我接走。看到雅穆娜姐姐，我就会生气。她看到我生气，眼睛就会涌出泪水。“不要离开，把我一人留在这儿！”她总是乞求我并哭泣。一天，在她试图抱我并抚摸我时，我踢了她。后来，我跟她说，对不起。那天夜里，在聚落里所有的人都入睡后，她把我唤醒，让我同她一道前往神庙。她在那里点上一盏油灯，合上双眼，在神像前坐了很久。她在神像前颔首行礼之后返回家中。

一天下午，我正独自坐在窗边。由于我很生雅穆娜姐姐的气，不知道父亲为什么没来接我回去，再加上十分想家，眼里满含泪水。外面，在街上，一些女孩在玩跳房子游戏。夏斯特里来到街头，身旁是兰甘纳。他看见了我，于是走近窗户，打手势让我出去。“来吧，咱们溜达一会儿。”他说道。我非常想出去。于是，我告诉他，我要进里屋，先得到雅穆娜姐姐的允许。他说：“雅穆娜姐姐不在那儿。来吧！”我进里屋，发现雅穆娜姐姐确实不在那里，不禁十分惊讶。于是，我跟他走了。

村里别的三个少年，也就是那天与兰甘纳一道打牌的那几位，与兰甘纳及夏斯特里汇合一处。就在我们接近水塘时，我开始怀疑，他们要带我去那片古老聚落形成的废墟。我告诉他们，我不要去那儿。“嗨！让他走！娘们家家的！”兰甘纳对夏斯特里说道。可是，夏斯特里不听他的。他拉着我跟他一道走。“我们已经给你父亲写信，让他来把你接回家。”他握着我的手说，想要抚慰我。“与此同时，我们想要你看点有趣的东西。”如果我不跟他们去，他们会逗弄我，叫我二尾子。于是，我跟他们去了。一路上，首先想到我曾经在不洁状态下触摸过须梵摩神像，继而想到曾经见过的那条蛇，以及绕屋转圈的梵罗刹——所有这些念头都在我的脑际萦回，挥之不去。如果其他五个男孩子逐渐了解了我心里在想些什么，他们就可能嘲弄我。想到这一点，就让我觉得更不舒服了。我畏惧兰甘纳，超过我对自己父亲的畏惧。他个子高大，就像一根修长的棍子。

在沿着林间小径行走一段时间之后，我们到达老聚落边缘那个居民点的废墟。可以听到奔流不息的溪水的声音。“从现在起，安安静静地跟着我。”夏斯特里附耳低语。我们到达了夏斯特里与我在数日前来过的那个地区。我们曾经坐在那里，隐身于断壁残垣的后面。我们两人再次坐下，目不转睛地盯着墙上的缝隙。其他人个子都高，在站着观察。一想到那条蛇，我的心跳就加快了。

“现在瞧瞧！你看到什么东西了吗？”夏斯特里说道。在离我们不远的地方，雅穆娜姐姐坐在一块石板上，背朝着我们，她的头伏在手上。她独自一人来这里，难道她不害怕吗？难道她不知道这里有蛇吗？我感到纳闷。过了一会儿，她站了起来，而那些正在从墙壁上方观望她的男孩子们则迅速坐下。雅穆娜姐姐开始向我们所在的地方走来，似乎在寻找什么人。“雅穆娜姐姐！我们全都在这儿，正在从墙壁后面观望你呢！小心那条蛇！”我想大声喊叫，但就在我张嘴之时，夏斯特里示意我不要吱声。兰甘纳也用手指在他的鼻子上做了个动作，让我保持安静。

雅穆娜姐姐在朝我们所在方向走来。她停下脚步，仔细看了看断墙。夏斯特里屏住呼吸，一直用他的手紧捂着我的嘴。她一边用纱丽头擦眼睛，一边摸索着走路，犹如盲人一般，随后走回去，又坐到那块石板上。

我厌倦了就这样坐着等候。于是，他们坐下来，与夏斯特里窃窃私语，意思是他如果看到无论什么情况，都应该立即提醒他们。兰甘纳点燃香烟，递给夏斯特里一支。“梵罗刹很快就会现身，你会亲眼看到。”夏斯特里对我说道。我十分害怕。又过了一段时间。穷极无聊。天空变得阴云密布。

我想到父母双亲。我觉得自己仿佛被陌生人囚禁了，不知道还能不能再看到自己的家。这一切让我感到十分悲伤。

“我们回去吧！”我对夏斯特里说道。

“如果你想要回去，那你可以独自一人回去。可是，你要记住，如果那条蛇来追你，只有我才有能起保护作用的鹰符！”他向我发出警告并大笑。我默然无语。

又等了一会儿之后，我们看见一个男人从远处走近。他身材高挑而清瘦，穿着围裤，留着短发，看起来就像一个城里人。当他再靠近一点后，我察觉他就是我上次在那儿见过的同一个人。他是从杜姆古尔调来我们村学来教书的。他天天骑车从希瓦布拉来学校。他肤色油黑发亮。不过，我还不知道他的尊姓大名呢。

夏斯特里打了一下响指，说道：“梵罗刹就在这儿！”其他人全都站了起来，从断壁残垣上方看过去。

看到那个男人背朝着我们，挨着雅穆娜姐姐坐下，我感到十分惊讶。“嘿，你是傻子戌羯[①]呀！”夏斯特里用胳膊肘捅我。“现在，看仔细了！”男子对雅穆娜姐姐说了些什么，她开始瑟瑟发抖。他握住她的手。她把手抽回，转身离开他。

夏斯特里吹了一声口哨，点燃一支香烟，扬起眉毛看着我。在透过墙上缝隙观察时，我看见一条蛇在缓慢移动，于是大喊一声：

---

① 戌羯（Shukamuni），又名戌羯天（sukadeva），传为史诗《摩诃婆罗多》作者广博仙人之子，系《薄伽梵往世书》的主要讲述者。根据《摩诃婆罗多》，戌羯是从火把中诞生的，是神话传说中的苦行者，以不谙世道而著称。

“蛇！”其他人也看见了这条蛇，说道：“嘘！这一定是一条无害的蛇。”此时，就在我要喊叫之时，兰甘纳给了我一巴掌，让我闭上了嘴。我开始哭泣。夏斯特里说：“别哭！还有更多好戏要看呢。看就行了！”我揉着脸颊，默默无声地坐着。

蛇在缓慢爬向雅穆娜姐姐坐着的那个方位。由于她背朝着蛇，她没有注意到它。它爬行着，身上闪着光泽，不时停下来嗅探一番。

“这是一条鼠蛇[①]，完全无害。”夏斯特里试图让我宽下心来。“别怕！你只要不看蛇，它就会返回自己的洞内。现在，看那俩人要干什么！”蛇向左转弯，所以一时之间，雅穆娜姐姐看起来似乎是安全的。但是，蛇又转向了右边。“就是因为这个淫妇，神已经遭到亵渎。这正是这条蛇所以出现的原因。”大家都点头称是。一想起我曾经通过触摸而玷污须梵摩神像，我就发抖。“如果真是神派来的蛇，”兰甘纳说道：“它肯定会咬她，算是对她的罪行的正当惩罚。”

蛇把自己的身子盘绕起来，伸出头来，向四周探看。由于它可能瞥见我，我十分害怕。“瞧！是一条眼镜蛇！”大家都在惊叫。我一跃而起，可是夏斯特里又把我拉到地面。蛇再次开始向石板方向滑行。

那个男人一直在告诉雅穆娜姐姐什么事情。可是，她用双手捂着脸。他一点一点靠近她，把手搭在她的肩上。她再次甩脱他，站了起来。

一直站立着从墙头观望的男孩子们迅速坐下。此时，雅穆娜姐姐正在起立，而在她随时都会看到那条蛇的情况下，我感到如释重负。但是，她根本没有看到它。相反，她走过去再次坐到了男人身旁。我极度害怕，以至于我想呼喊。蛇此刻已经逼近他们坐着的那

---

① 鼠蛇（kere havu），专吃老鼠，对人无害。

块石板。我闭上双眼，念诵着须梵摩神的名号。蛇吐着芯子，是在对石板进行侦查。我因为恐惧而战栗。“她自找的！”夏斯特里一边说，一边拉着我的手。蛇滑入石板的缝隙之中。想到蛇随时可能咬他们正在晃动的脚，我的头发就倒竖起来。

对蛇而言，缝隙中似乎没有多大空间。所以，它又爬了出来，在刚从云层后面重现的明媚的阳光下闪闪发亮。

男人对雅穆娜姐姐说了些什么，就又将自己的胳膊搭在她的双肩上。“好吧，此时她会起身耸动肩膀来甩脱他，那她就会由因此看到那条蛇。”我这么想着，心里感到宽慰。可是，事实证明，我的猜测是错误的。她坐着，紧紧贴在他身上，紧紧拥抱着他，声泪俱下。她随后把自己的头扎入他的怀里。

我一跃而起，猛然从夏斯特里的钳制中抽出手来，在他或者兰甘纳还没有来得及抓住我时，就已经转过破墙之角，一边向雅穆娜姐姐跑去，一边大叫：“啊唷！雅穆娜姐姐，小心！蛇！”

雅穆娜姐姐跳了起来，开始在惊慌中飞奔。可是，在跑了几步之后，她停下来，静静地伫立着，一副全然失魂落魄的样子。藏在残垣断壁后面的男孩子们跳起来奔逃而去。与雅穆娜姐姐在一起的那个男人，在看到他们之后，一边朝另一个方向跑去，一边收紧自己的围裤。我在奔跑时，停下来捡起一块石头，用尽我的全身力量，把它扔向石板下面的那条蛇。我吓坏了，汗流不止。我跑过去拥抱雅穆娜姐姐。我的石头一定击中了那条蛇。它的嘴大张开来，发出嘶嘶的响声，猛击着石板。我站在那里，把我的头靠在雅穆娜姐姐的肚子上，紧紧地拥抱着她，吓得要死。我又捡起一块石头，朝那条蛇扔去。转瞬间，它从石板上滑下，扭动着翻转着它那长长的柔美的身躯，跟在我们后面赶来，嘴里发出嘶嘶的响声。我抓住雅穆娜姐姐的手，拉着她跟我一起奔跑。在跑了短短一段路之后，她已经十分疲累，我只得停下脚步。她坐下来，几乎倒在地上。我浑身是汗，觉得头晕眼花，于是同雅穆娜姐姐一道坐下。我稍微能够喘上气来。在我睁开双眼时，蛇正在钻进我们面前的蛇穴的一个洞里。它那柔美的身子一点点地消失了，只有尾巴尖还露在外头，随后它也一并消失。我目不转睛地望着这一切。当时，在那个荒凉的地方，仅有的生物是雅穆娜姐姐、我自己以及那条受了伤但依然活着的、发出嘶嘶声响的蛇。它刚好消失在某个幽暗的洞窟里面。

我把雅穆娜姐姐扶起来，然后我们出发上路。我们从后门返回家里时，我的双腿很是疼痛。但是，我没有哭，因为我体验到了一种成就感。我从里面闩上所有的门，来到中厅。雅穆娜姐姐正在地板上打滚，因为痛苦而使劲扭动着身子。关上门后，中厅变得十分黑暗，我几乎看不见她。我只能听见她在呻吟。很长时间，我只是站在角落里。

雅穆娜姐姐不再扭动身子，让我走到她跟前。我在黑暗中摸索着，来到她面前。她用双手把我紧紧抱住。我随后意识到，她是赤条条的。她用双手捧住我的脸，让我的脸贴近她那柔软而温暖的腹部，然后叫道："啊唷！我觉得里面烧得厉害！真是不可忍受！"我汗出如浆。我从她的怀抱里挣脱出来，站了起来。雅穆娜姐姐仰面朝天躺着，一声不吭，一动不动。

我兀自在那里坐了一些时候。我感到，就像伽内萨一样，我也早就应该回家。如果雅穆娜这个姐姐死去，那我就能离开这里回家。一想到她刚才确实可能死亡，我就非常害怕。我叫道："雅穆娜姐姐！雅穆娜姐姐！"可是，没有回应。我十分惊恐，于是开始哭喊："雅穆娜姐姐！我饿了！"雅穆娜姐姐起身，全身包在纱丽之中，进入厨房，给我做了一份爆米花拌脱脂奶快餐。“你吃什么？”我问道。“你吃！”她边说边在黑暗中坐下。我一边吃着爆米花，一边一直在哭。“别哭啦！”她柔声说道。

外面有砰砰的敲门声。我们听见有四五个人在喊叫：“开门！”雅穆娜姐姐一动不动，也不说话。其中一人是兰甘纳。他要求放我出去。“如果你愿意，你可以走。”雅穆娜姐姐说道。“我不会离开。”我回答并坐下，拉着雅穆娜姐姐的手。外面的人再次砰砰地砸门。仿佛他们就要破门而入。随后是一阵沉寂。最后，有人厉声宣告：“别触摸神像！如果你触摸神像，你就会亵渎它。永远不要再来神庙。乌杜帕一两天后就会回来，而他回来后，就会查问此事……”接着，又是一阵令人恐怖的沉寂。傍晚一定早就变成了深夜。我不知道自己何时沉入睡乡，睡着了还一直保持着坐姿。

我睁开眼睛时，突然意识到自己睡在一张床上，盖着一个被单。我用手摸索，雅穆娜姐姐不在我身边。我吓得坐了起来，喊叫她。我出屋来到后院，但她不在那里。我伫立在围绕井口的防护矮墙边上，开始哭喊。在把我抱起并安顿到床上之后，雅穆娜姐姐就把我丢下到什么地方去了。我为此十分生气。附近，在某人家里，一些人坐在游廊上，在围着一盏煤油灯说话。我弄不清楚此时是半夜，是天将破晓，还是刚刚入夜。我抬头望天，到处都是星星。由于我没有一直坚持每天背诵祷词，我也就没有持续跟踪日期和星期或该日的星宿位置。我想今天可能是新月之夜，而一想起梵罗刹，我就担惊受怕。“这个讨厌的雅穆娜姐姐到哪儿去了？”我骂道：“她丢下我啦？”我站在井边，由于哭喊而筋疲力尽。此时，我听见一个人大声叫喊的声音：“阿妈！阿妈！”我大吃一惊，说道：“谁呀？”“是我！卡蒂拉！今夜没人给我剩饭吗？”声音是从篱笆附近传来的。“呀，卡蒂拉！到这儿来！”我说道。“我不应当靠得太近。”他回答说。我走到他所站着的地方，告诉他：“阿妈不在家。我想让你和我一道去找她。”我想，雅穆娜姐姐可能又去了河边已成废墟的古老聚落，而所有那些人也会在那里。

卡蒂拉在我前头行走，与我相距几步。静默无声地在森林中行走让我感到害怕，我于是一直大声地跟卡蒂拉说话，讲那天晚上发生的所有事情。可是，他对于我讲的东西似乎毫不在意。他只是一直走，连一声“嗯”这样的应答都没有。我们此时在水塘附近。几个来自霍莱雅[①]社群的男子，手持点燃的火把，正在捕鱼。卡蒂拉从其中一人手中抢过一个火把，边领着我穿过灌木丛中的一条小道边说：“来，我让你了解一条小道。”我们一直走着，我越来越害怕。卡蒂拉开始引吭高歌，自娱自乐。因为他在我前头很远的地方，我无法看清小径。有时，在灌木丛附近，我们不得不俯身爬行。卡蒂拉在猫腰爬行时，总会发出“嘶”的一声，附近的灌木丛就会轻轻摆动，发出微弱的沙沙声。“我们回去吧！”我边说边哭。“我们已经到了！明白吧？”他抚慰我。我们逐渐来到一片很小的林中空地。我要求卡蒂拉拉住我的手。“我一个低种姓的霍莱雅人，怎么能触碰你呢？”他说着，手执火把，站到离我更远一些的地方去了。我在微弱的光光下凝视他那黝黑而瘦长的身躯。除了那块遮羞布外，他的身子都是裸露着的。我于是想到了凶猛的野猪精，心中充满恐惧。“卡蒂拉！卡蒂拉！你真是卡蒂拉吧，是不是呀？”我问道。“当然是，我是！”他说道。我上前去触摸他。他将火把丢在地上，开始奔跑。我捡起火把。他跑到我的背后，说道：“现在，你在我前头

① 霍莱雅（Holeya），生活在卡纳塔克邦的一个亚种姓，属于不可接触的贱民种姓。

走。”微弱的火光在我周边散开，形成一个小圆环。我觉得，仿佛在森林的各个角落，都有奇异的生物和影影绰绰的幽灵在伸出手臂招呼我。无论我向哪里迈步，我都觉得有蛇存在。为了驱除恐惧，我背诵了一段祷词，以乞灵于征服死亡之神[①]。突然，我的所有恐惧烟消云散。“我为什么要害怕？”我宽慰自己：“只要天不再黑，到了清晨，我就会看到，眼前除了树林和灌木，什么也没有。我不再是一个小男孩了。我已经举行了入教礼，而且已经开始学习唱诵献给伽耶德丽女神的圣歌。我现在是个大男孩了，应该想想救雅穆娜姐姐的事。”卡蒂拉只是跟着我，一路高歌，自我欣赏。

我们到达蛇穴所在的那个地点时，只有雅穆娜姐姐在那里。她躺在蛇穴旁边，一只手伸进了蛇窝。看到这一幕时，我并不害怕。我断定她已经死了，现在任谁也无能为力了。可是，就在随后，我觉得自己浑身颤抖。“卡蒂拉！”我大声叫道：“叫醒雅穆娜姐姐！”卡蒂拉一动不动。我于是想起来，那条受伤的蛇已经钻入洞中。我还想起母亲过去常说的话：蛇会对人怀恨在心，可以长达十二年之久。我于是警觉起来。我晃动火把，察看脚下地面是否有什么东西。然后，我走过去用一根长棍捅雅穆娜姐姐。她站起来，说道：“走开！走开！”“我不走。你和我一起回去。”我坚持说道。她一言不发，跟我们一起走了。卡蒂拉默默无语，一路护送我们到家。随后，他一边动身离去，一边自语似的哼着一首什么歌。

到家之后，雅穆娜姐姐在黑暗中静静地坐了一会儿。随后，她开始骂我。

“你为什么不让我死呀？”我默默地坐着。随后，我说道：

“我困了。我们睡觉吧。”她说，她得到一个地方去。我十分生

① 原文为Mrityunjaya，意思就是死亡征服者。

气，开始哭泣。

“你跟我一起来。”她说道。

“我不跟你去。把我送回到我妈那儿就行了！”我回嘴道。

“那倒不是很远。跟我来吧。”她说道。

“我走不了。我腿疼。哎哟！”她抱住我，用椰子油给我按摩双腿。随后，她说道：“你现在睡觉去吧。”接着，她只身一人外出。我非常害怕，不敢独自待在屋里，于是跟上了她。

那天夜里，在微弱的月光下，整个聚落邻里看起来就像一个鬼城。除了我们两人，没有一个活物外出。附近蔗田传来一只胡狼的嗥叫声，让我战栗。雅穆娜姐姐把我紧紧地拉在身边，继续前行。

“要是还去那个废弃的老聚落，我就不去了。”我哼哼唧唧地说。

“我们不去那里。我向你发誓，我们不去那里。”

“那我们要去哪里？”我问她。

“到一个人家。你不要告诉任何人我和你到那儿去了。我父亲回来时，如果他问起来，你就说你什么也不知道，然后闭上你的嘴。”我表示同意。

我们沿着一条车道走了很长距离，然后走上一条土路。随后，我们在一座小山里爬上爬下，沿着一片稻田走了一小会儿，最后来到一户人家。

屋里有一盏灯还在亮着。骑车来学校上课的老师就住在这儿。我担心他可能再次把手搭到雅穆娜姐姐的肩上。开始，他严厉地看着她，说道：“你怎么用了这么长时间？我不是跟你说了，天一黑就来吗？你想让我在这里等你多久？”

雅穆娜姐姐什么话也没有说。“喂，帕尔布！”他在呼叫什么人，然后把雅穆娜姐姐带入屋内。我留在外面。

这不像是一所婆罗门的住宅。生平第一次到这样一所首陀罗的住房，我感到相当不自在。我是个规规矩矩的婆罗门少年，在每天的仪式性沐浴之后，我连一次也没有因为与一个首陀罗说话而导致自己受到污染。就在前院，有一个鸡笼。此外，在房子的前面，是一个供沐浴用的水槽。帕尔布出屋来到游廊上，吐了一口唾沫又进屋去了。我坐在那里，身着婆罗门服饰，一块上衣布，一块短缠腰布，脑袋正中是一绺打成结的头发。我觉得自己在这里完全格格不入，于是我变得愤怒，心里想："我是谁？我为什么在这里？这一切都是因为雅穆娜姐姐。让我父亲来，我要给她一个教训！"

一位刚刚到来的男子大叫："哎，帕尔布！"他在等候帕尔布到外面来。随后，看见我在那儿，而且认出我是个婆罗门少年，他大叫一声："哎呀！先生！你怎么在这儿？"帕尔布拿着一盏灯走了出来。此时我完全认出他来了。我藏在断墙后面时第一次看见他。他留着大胡子，是个壮硕之人。他穿着短裤，身体的其余部分是赤裸的。他的脖子上戴着个什么东西，像是护身符。帕尔布从一个巨大的陶罐中倒出一些闻起来发酸的液体，把它递给那个站在那里的男人。就在此时，一个女人从屋里用一片香蕉叶端出一些难闻的东西递给他。它有着与定期从卡纳拉县运到库杜马里杰市场的某种鱼相同的令人作呕的气味。此人坐在地板上，又吃又喝。过了一会儿，他开始歌唱，在整个前院打滚。我此时知道了帕尔布从陶罐中给此人倒了些什么，是乡村烈酒。我害怕这位醉汉会跌落到我身上。他开始大笑，说道："先生！先生呀！啊，祭司少年！"我站起来跑进屋里。

雅穆娜姐姐躺在地板上，赤条条的。只有下体部位是盖着的。他们已经将牛粪涂抹在她的肚子上，而且放了一个陶罐，里面一条浸在油中的灯芯在燃烧。我在站着观看时，帕尔布用一只水桶慢慢盖上陶灯，说道：“就这样，让它吸收吧。”帕尔布和一个女人以及“那个男人”围绕雅穆娜姐姐站着。看见雅穆娜姐姐仰面躺在草垫上，双臂伸开，双目闭着，我感到害怕。我取下遮蔽自己上身的那块布，走近她身边，盖住了她的胸脯。帕尔布把我推开。我冲她哼哼唧唧，大声叫道：

“雅穆娜姐姐，走，我们回家！我要睡觉……可是我害怕。请走吧！”

雅穆娜姐姐没有睁开眼睛。“那个男人”把我从那里拉开。那个女人，嘴里满是槟榔汁和唾液，用贡根话[①]跟帕尔布说了些什么。她出去吐掉嘴里的东西后返回。她的前额是素白的，上面没有吉祥志[②]。可是，她留着满头乌发。

帕尔布把“那个男人”带到屋外。我也跟着出去。“我来处理所有事情。你可以走了。”帕尔布对那个男人说道。那人从口袋中掏出一些钱来，交给了帕尔布，说道：“我马上就得骑自行车去库杜马里杰。我将在那儿赶公共汽车离开。”他还对帕尔布耳语了一些别的什么。当他提到库杜马里杰时，让我想起了家。我于是哭泣起来。

就在准备跨上自行车之时，那个男人对帕尔布说：

“这一切都要保密。你明白吧？”

我大喊大叫，表示我也要跟他一起走。可是，他根本没有注意到我，径自骑车离去。

在前院喝酒的那个男人又开始歌唱和大笑。“啊哈！先生呀！”

---

① 贡根话（Konkani），西印度马哈拉施特拉邦沿海地区讲的一种马拉提语方言。

② 吉祥志（kumkum），印度教妇女前额上涂的一个朱红点。依照传统，寡妇不点吉祥志。在本篇小说中，女人素白前额表明，她不是信奉印度教的妇女。上下文表明，帕尔布夫妇是基督徒。

他用沙哑的嗓音喊叫。“住嘴！”帕尔布冲他大声吆喝。我能听见雅穆娜姐姐在里面呻吟。我对她大声呼叫：“雅穆娜姐姐，我要回家！”

“安静！”帕尔布冲我叫嚷。

就在此时，前院传来另一个人的声音。辨认出那是卡蒂拉的声音后，我感到欣慰。“哎，卡蒂拉！”我喊叫着。帕尔杜再次冲我叫嚷，而且抬起手来，仿佛他要打我似的。我变安静并坐下。过了一些时候，卡蒂拉又开始唱歌并自言自语。我再次大声叫他的名字。

“噢！”卡蒂拉应了一声，朝我走来。“再给我倒点儿，好吗？”

“哎，卡蒂拉！是我。你看不见吗？”

“谁？我不认识你！”他说完走开，蹒跚而行，跌跌撞撞。卡蒂拉如此对待我，让我非常沮丧。无论我多么努力，他就是不认我。

“哎哟！妈呀！哎哟！”雅穆娜姐姐在屋内喊叫。

“雅穆娜姐姐！雅穆娜姐姐！”我在屋外一边大叫，一边哭。“我在这儿，来，我们回家！”

帕尔布出来对我说：“现在，睡觉去！你可以在明天早上离开。”他把一个杯子放在我面前，说道：“喝吧！”

“我不要！”我说道。

“你以为这是酒吧？”他大笑。“这就是牛奶！”我不相信他。我继续啜泣。

我醒来时已是早晨。我迷离恍惚，不知道这是早晨的哪个时辰，我身在何处，以及我是怎么来到这里的。我竭力回想发生了的事情。我只能想起，在我的入教礼之后，母亲在早晨用一辆牛车把我送到乌杜帕寓所，让我学习谋求祭司之职所必须掌握的咒语。是牛车把我送来的吗？我不知道，于是开始哭叫。我周围的所有母鸡和公鸡都在啄食污物；可以闻到乡村烈酒的酸味。我坐在游廊上，揉着惺忪睡眼。一个男孩坐在我的面前，大约与我同龄。他留着短短的平头，穿着肮脏的短裤和衬衫。看到我扎起来一绺头发，以及我那僧侣般的衣装，他开始拍手歌唱，对我加以嘲弄：

从前有个巴塔先生，
他烤了一只鸡公，
就把四邻弄得臭烘烘！

我觉得自己蒙受了羞辱。我前夜见过的那个女人用贡根话跟他说了些什么。那个男孩下到前院，开始追赶一只母鸡。这只母鸡咯咯咯地叫着，四处乱跑，拍着翅膀，设法躲闪男孩。他最终逮住母鸡，抓住它的腿倒提着。母鸡挣扎了一会儿，脖子就发软了，却继续咯咯咯地叫着。男孩把它弄到屋里。很快我就听见母鸡扑扇翅膀的声音和它凄惨的叫声。接着是一片沉寂。我不寒而栗。

“雅穆娜姐姐！雅穆娜姐姐！我要回家！”我一遍又一遍地说。

雅穆娜姐姐扶着墙走了出来。她的脸色变得十分苍白。我过去搂她，她开始哭泣。帕尔布对她说：“知道吧？你该待一会儿，感觉稍微好些再走。”可是，雅穆娜姐姐含泪拉住我的手说道：“我们走！”

就在此时，一个留胡子的男人，穿一件长衫到来。帕尔布用贡根话跟他说了些什么，把他带到屋内。我们慢条斯理地下到前院。那个男人从屋里出来，拿着一片叶子，里面裹着一些红色的碎块。看见它们，雅穆娜姐姐和我都想呕吐。我们把脸扭到一边。

“请等一会儿！”那个男人在走近我们身边时对雅穆娜姐姐说。

“别害怕。上帝保佑罪人。”他一字一顿地说。

出于恐惧，雅穆娜姐姐开始加快脚步。他跟着我们，说道：“你的族人会把你逐出教门。但是，你无须忧心。如果你表示信仰我们的造物主，祂就会拯救你。跟我一起到教堂去吧！我们将在那里给你提供庇护。”

我开始担心雅穆娜姐姐也可能跟那个男人走。开始，雅穆娜姐姐恐惧地瞅着那个留胡子的男人，用纱丽上端遮住自己的头，与我一道急速离去。他又说道：“你们的用石头雕造的神，只有一副铁石心肠。可是，我们的上帝保佑每一个信仰耶稣的人。请听我的话，跟我一道去教堂。”

雅穆娜姐姐和我疾步走开。我们在远处还能听见帕尔布与那个男人在用贡根话说事。

因为我们要回家了，我欣喜若狂。雅穆娜姐姐缓慢地走着，呻吟着，喘息着。看到她那退了色的纱丽上面有血迹，我害怕起来。

“雅穆娜姐姐，你的纱丽后面都是血！”

雅穆娜姐姐坐下，仿佛她马上就会晕倒。我也坐下并扶住她。她慢慢睁开眼睛。

“努把力站起来。我们回家。”我说道。

“我没有力气了。你走吧。”她说道。

“雅穆娜姐姐！请起来！”我一边哀求她，一边试图把她拉起来。

“我感到口渴得厉害。我再也走不了了。你走吧。”

“没有你，我不走！”我说道。

“到家还有多远？”她问道。在远处，我看见夏斯特里和兰甘纳在同聚落里的婆罗门一道朝我们走来。

“雅穆娜姐姐，他们全都在朝我们走来。我们快离开这里。我带你和我一块儿到我家。”我说着，开始哭了起来。雅穆娜姐姐没有起来。她气喘吁吁地说：“让他们来吧，我的小宝贝。我已经没有力气再站起来走路。任何人来看到我的情况都没关系。我，就要在这儿……”

“雅穆娜姐姐！我要走！”我哀求她，摇晃她。她把我搂抱在身边，用手抚摸我的后背。

那些人到来，站成一圈，把我们围在中间。夏斯特里把我拉了起来。我打他，使劲咬他的手，并且开始呼喊：“雅穆娜姐姐！雅穆娜姐姐！”雅穆娜姐姐坐起身来，没有注意任何人，露出恍惚的神色。泪水注满她的双眼，流溢到她的脸颊上。

父亲前来接我同他一道回家，让我非常高兴。我到家后，他们让我戴上一条新圣线并且吞下五宝[①]，以从仪式上清除我由于与雅穆娜姐姐接触而招致的污染。在回答母亲的问题时，我告诉了她我所知道的一切。“这个可怜的寡妇！她干嘛非得让自己怀了孕！”母亲说道。母亲不怀孕吗？为什么雅穆娜姐姐就不能也怀孕呢？此事为什么会弄得如此沸反盈天？我大惑不解。数日后，我们获悉，乌杜帕为自己的女儿举行了葬礼，仿佛她已经死去，而且她还被宣布为一个被褫夺种姓的贱民。父亲和母亲都赞扬乌杜帕，称他为一个“非常难得的好人”，而把雅穆娜姐姐说成是一个“淫妇”！又一天，我们接到参加乌杜帕婚礼的正式请柬。乌杜帕比我父亲年长。我勉力想象，他作为新郎官，与新娘席位上的小姑娘比肩而坐，接受婚礼来宾们祝贺的情景，不禁厌恶地发出“呸”的一声。“怎么回事

① 五宝（panchagavya），是一种由牛奶、凝乳、酥油、牛尿及牛粪制成的混合物，被用于使人净化的仪式。

儿？”父亲问道。

“归根结底，在女儿变成了淫妇的情况下，难道可怜的乌杜帕不需要有个人来管理家务，有个人来为他做饭吗？我们活在一个多么邪恶的时代！”母亲说道。

2021年8月译

2021年12月修订

宰客夜总会

一

“人在生活中应当有一个目标。”斯图尔特一边说，一边吸着烟斗，又停下来，仿佛在搜肠刮肚，寻觅词句。“我的人生没有目标。”凯沙夫发现，斯图尔特在说这句话时，他那蓝色的眼睛透出热切关注的神色。他想知道，这种热切的态度有几分真诚，又有几分是在装蒜。他是否也像我一样，是个假模假式之人？

凯沙夫站在地铁站月台边上，俯视貌似清凉的带高压电的轨道。“如果我跳下去，会怎么样……？”

“如果你跳下去，瞬间就会死亡。”斯图尔特挠了挠自己的胡子，打了个呵欠，低声说道：“对不起！”

凯沙夫记得在什么地方读到过：所有体验的巅峰都像死亡。

“下一趟之后再来的该是咱们的车了。”斯图尔特说道，声音透出对等车的厌烦，随后把熄灭的烟斗装进口袋。凯沙夫打量其人：他的毛领带的边缘露在外面，下身是退了色的法兰绒宽松裤，上身穿哈里斯粗花呢短上衣，留着没有上油的长发，还有胡须，烟斗，以及他那清瘦的躯体。他看起来就是个不折不扣的公学[1]产品，名副其实的贵族自由派。另一方面，凯沙夫的肚子却相当大，就像他在大学体育馆淋浴时见到的所有印度年轻男子那样。

这些人群中幽灵一般的脸面：

潮湿而发黑的树枝上的花瓣。

我是在哪里见到这些诗行的？凯沙夫在帕丁顿车站月台上来回踱步，竭力回忆着。这是庞德[2]写的俳句似的诗吗？他知道，如果他问斯图尔特，他就会取笑他："你们印度人来到英国这里，就会借出图书并自我确认你们在英语诗歌中读到的东西，是不是？"这是真的。当凯沙夫获悉，他过去在前往大学的路上每天都会从旁经过的那些花是水仙花时，他的脑子立刻就想到了华兹华斯[3]。他双臂交叉，抱在胸前，一边沿着站台走，一边好奇地左顾右盼：长椅，为香烟、巧克力、牛奶、果汁、热气腾腾的咖啡做广告的招贴画；投币式自动售货机；更多的长椅；下流的涂鸦把半裸的紧身内衣女模特的图片弄得一塌糊涂。他想，有点意思，与印度大学厕所的墙壁颇为相像。世界上没有任何人会像印度大学生那样遭受性压抑。我就是一例。对了，人们需要的就是，作为一个男生，在与一个女子在一株树下谈话时，敢于让别人看见。不仅还不成熟的男生，就是正在变

---

① 公学（public school），指英国尤其是英格兰为13到18岁青少年开办的私立付费学校。学生往往寄宿。

② 庞德（Ezra Pound, 1885.10.30—1973.11.01），美国诗人、评论家。他对中国古诗、儒家哲学及日本戏剧的译介曾在英美文学界掀起热衷东方文学和哲学的风潮。

③ 华兹华斯（William Wordsworth, 1770.04.07—1850.04.23），英国著名湖畔派诗人。《水仙花》（The Daffodils）是他的代表作之一。

得白发苍苍的老师，也会盯着一个敢于如此造次的男生看。嘿，想想看，在家里时，我弟弟透过窗户与一个姑娘含情脉脉，暗送秋波，我自己就曾经大惊小怪！

这些英国人每次打嗝时，都会说一声“对不起”。可是，看他们在公共场所，在公园的长椅上，又是如何行事的！凯沙夫朝坐在一把长椅上的一对儿年轻情侣那个方向走去。一个留着披头士[①]发型的少年，怀里抱着一个身着红色连衣裙的姑娘。他正在轻轻咬着姑娘的耳垂窃窃私语。凯沙夫入迷地观看着。姑娘把自己的手伸进少年的线衣里面抚摸他，而且轻声地呻吟着。凯沙夫伫立在那里，无法将自己的眼睛从这一对儿情侣身上移开。在他的祖国，只有在交配季节，处于发情期的狗才会如此行事。少年用自己的舌尖把姑娘闭着的眼睑撬开，姑娘把他推开，咯咯咯地傻笑。凯沙夫扭过脸去，却依然利用眼角的余光观看他们。他感到，自己内心有什么东西在猛烈翻腾，就像一只蜥蜴的小尾巴，在被砍下来之后，还会疯狂扭动，然后才会变得安静下来。

这不是一个老人的国度[②]。

“我三十二岁，头发在变得苍白。青春的兴奋与奇妙已离我而去。我还从来没有握过一个姑娘的手！斯图尔特，你能相信吗？”凯沙夫递过烟盒来，让斯图尔特抽取香烟。

“谢谢，不用。我还是愿意吸烟斗。”他说着，点燃了凯沙夫的香烟，然后又点着了自己的烟斗并开始吸。“我觉得，你现在说的话

① 披头士（Beatles），指披头士乐队，或译甲壳虫乐队，20世纪五六十年代英国利物浦一支由四人组成的流行歌曲乐队。

② 从爱尔兰诗人叶芝《驶向拜占庭》一诗第一行“那不是一个老人的国度”化来。

颇为奇怪！”

“凯沙夫，我觉得你吸烟太多。”斯图尔特说道。在他们的友谊存续的这五六个月，这是斯图尔特第一次发表涉及私人生活的言论。

“我得一直让我的舌头品尝点什么东西。”凯沙夫说道。“我总是需要有人陪伴；我独自一人连半小时也待不了。我要是非得在不做任何事情或不吸烟的情况下度过一天，我很可能就会自杀。”身着红连衣裙的姑娘用双手抬起恋人的脸来，温情脉脉地凝视着他。

“怎么会呢？”

“我不知道。也许是恐惧，一种奇特的焦虑。”

在凯沙夫准备登上正在进站的列车之时，斯图尔特阻止了他，说道：“这不是我们的车；我们要坐下一趟。”

“这是我第一次坐地铁。”凯沙夫说道。

“这正是我说我们应当有人生目标的原因。如果我们没有……”

“不，斯图尔特，我不相信要有什么目标。我也不相信无目标论……”

车门仿佛是由神奇的力量打开的，就像在阿里巴巴故事中那样，人一进来就又很快关上。凯沙夫想，如果我放弃香烟，我一个月能省下十英镑，而如果我把那十英镑交给来自旁遮普的黑市商人，他就会安排人把二百卢比汇给我在印度的母亲，那这笔钱会够她一个月的生活开销。是的，对我而言，为了给贫困、打发几个妹妹出嫁等家庭问题作点贡献，第一步就是停止吸烟。可是，我不能放弃吸烟。“你无须担心我是死是活。”马杜在信中写道：“我已经离开家了！”这就是他何以一举宣布了对我的人生的裁断。让这些忧虑见鬼去吧！今天，我与斯图尔特来到伦敦，就是为了忘却它们……

“为什么不放弃吸烟？就是出于对得癌症的恐惧，也应当戒烟……”斯图尔特说道，仿佛他在自言自语。

“斯图尔特，我们不会这么轻易就放弃任何东西。告诉我，如果你察觉自己手里拿着的是一条蛇，你会做什么？你会立即把它丢在地上，对不对？你不会停下来想应当做什么，也不会苦苦思索这样做是对还是错，对吧？自我证悟就是这么实现的，就在转瞬之间。”

“凯沙夫，我的理解是，自我证悟是通过自我分析、通过内省、通过修炼而来的……”

“错！现在，我们假定，我有自知之明，也能够自我分析。可是，这种自知，毕竟是对一个早已定型的自我的认识。我过去在家时，我有时确实能够意识到，我生母亲和几个弟弟的气，对他们大发雷霆，都是出于我的过度自恋。这一切都是错误的，唯一的作用就是让我的生活充满怨毒。根据这样的认识行事，家里诸事全都正常，但最多也就维持一个星期。嗣后，哪怕是出一点小问题，我都会因本性难移而旧病复发，像一条昂起头发出嘶嘶声的蛇。我就是由此想到蛇这个例子的。对于人们来说，自我证悟应当是突然出现的。此时，人生翻过新的一页，一切重新开始。如果不是这样，那我们就会永远沿着既定轨迹转圈，徒然追求难以捉摸的自我证悟。这也正是我说，我既不相信人生无目标论，也不相信人生目标论的原因，因为一切目标都是预定的……请原谅我的长篇大论。我们印度人都是演说家。”凯沙夫突然意识到，他已经将谈话内容转向了自己个人的生活。他好奇地看着斯图尔特，想弄清一个天性矜持的英国人会如何反应。

“多谢忠告！”斯图尔特说道。他随后走到垃圾箱边，将自己的烟斗丢到里面并返回。“原谅我的乖张！”他说道。

“好！假定我现在心血来潮，要像你刚才处理烟斗那样来演出，那我就应当把那个穿红连衣裙的姑娘抱在怀里并亲吻她，或者扑到这些没有遮掩的高电压轨道上。”凯沙夫边说边朗声大笑。

凯沙夫又点上一支香烟，为他这些时日以来一直在冥思苦想的问题寻觅词句。他说：“我有一个叔叔。一天，他放弃一切，离家出走，去了喜马拉雅山，进入伯德里纳特①的一家修道院，开始沉湎于苦行主义……可是，你截然不同，你是英国文明的最佳果实，正如我叔叔是印度文明的最佳果实一样。一个是圣徒，另一个是文明人。文明人过生活，会巧妙地消除生活中的瑕疵，也会牢牢地驾驭生活……也许，我本人对自己要说的东西也不是太清楚，可是起码我知道，你是文明人，他是圣徒，而我……”

“你怎么样？”斯图尔特插话并大笑。“啊！我想我的烟斗啦！”

“我？在生活中，我是个既没有天赋也没有教养的人，完全受自己的天性支配，所以既成不了文明人，也不会成为圣徒，而只能是个痛苦不堪的生物。”凯沙夫一边说着，一边喷吐着烟圈。

“喂，来一支香烟！”他边说边为斯图尔特点燃香烟。凯沙夫从斯图尔特脸上的表情猜出，他很可能不想再多说话了。于是，他收回了所有那些自己内心喷涌的想法。

假如我屈从于母亲的愿望，娶下我姐姐的女儿巴吉拉蒂，而且就像一个负责任的兄长，为我的四个妹妹全都找到郎君，再通过开始给私人授课和判卷来偿还因她们成婚而导致的债务，而且通过让巴吉拉蒂生养几个有福气的儿子来添丁加口，会怎么样？天哪！多么令人厌恶！那不是生活！反过来，我还能继续对母亲发怒，与几个弟弟打架，无可奈何地看着几个成年妹妹成为街谈巷议的话题

① 伯德里纳特（Badrinath），在印度北方邦，既是宗教圣地，又是旅游胜地。

吗？那也不是生活。如果发出自杀威胁的马杜真的自我了断，该怎么办？……母亲会死于悲痛。到我回家之时，妹妹们会沦落为一些淫棍的猎物，住宅会呈现被遗弃的荒凉景象，再也不会每天有人打扫前院并绘制兰加瓦丽[1]图案了。无人管理的神堂圣灯熄灭了，看起来就像一个死亡之屋……

“凯沙夫，你在深思什么呀？”斯图尔特说道。“瞧，咱们的车到了。”车门自动开启。停在他们面前的车厢有一个“禁止吸烟”的红色标志。他们于是奔向下一节车厢，在所有到站乘客都已下车后上车。门关上了。列车持续飞速穿越黑暗的隧道。凯沙夫望着同行乘客的脸，有目不转睛地读报的人，有闭着眼睛的疲劳的人，还有下班归来之人。他们都是艾略特[2]的诗歌的题材。凯沙夫扫视着自己周围的广告：喝此果汁，速变苗条；沃尔香肠，晨食最棒；女人眼里的魅力男人，无一不穿伯顿西装……

“斯图尔特，你觉得他们在苏联是不是没有这些消费品广告，而可能有宣传共产主义的标牌？那些标牌上面写着：加入共产党，做青年领袖；到月亮上去……”

“我说，人在生活中有目标是很重要的，原因正在于此。可是，你不赞同我的意见。共产主义是个目标，天主教是又一个目标。我两者都不认可。可是，有个什么目标是很重要的，什么目标都行。一个人整天想着吃这种香肠，喝那种果汁，或弄一套伯顿西装穿穿，

---

① 兰加瓦丽（rangavalli），又名蓝果丽（rangoli），印度的一种民间传统地画艺术，在地板、庭院、建筑物外墙、神像前面等处用连续线绘制的图案，题材为花卉或动物，还有几何图案等，通常是彩色的，寓意吉祥而神圣。

② 艾略特（Thomas Stearns Eliot, 1888.09.26—1965.01.04），英国诗人、评论家。1948年因代表性诗作《四个四重奏》获诺贝尔文学奖。他的长诗《荒原》被认为是20世纪西方文学的一部划时代的作品、现代派诗歌的里程碑。

而为了得到那些东西就得找份工作，而为了上班就得在地铁爬上爬下。有个目标，总比过这样的生活强。”

“你怎么知道坐在这里的这些人不快乐？你只能从你的角度说，你认为他们的生活是不是值得。可是，你不能说他们是否在生活中找到了幸福，对不对？幸福还是不幸福，是一个你此刻感觉如何的问题；幸福圆满还是缺乏幸福，只能从过去或未来的角度衡量。那些对于过去或未来都不在意的人，只需操心当下是否幸福，而对其后果则不管不顾。只有像你和我这样的人才会把一切都弄得十分不堪。”

“喂，凯沙夫！既然大脑有两个特征，就是记忆力和想象力，既然想象力是记忆力的延伸，我们就不会脱离我们的过去和未来。当我们的青春的热血冷却下来，过去和未来就会缠住我们。可以借我一支香烟吗？我们下车后，我就回报你。”

“哎呀！别讨厌了！”凯沙夫边说边把烟递给他。“你所说的就是，有目标就像为老年而存钱。事实上，我与你有同感。可是，我认为，我这样的感觉是不对的。”

列车停下。凯沙夫起身，但斯图尔特把他拉回来，说他们还没有到站。他们的车厢里挤满了人，一些人只得站着。凯沙夫与斯图尔特起来把他们的座位让给了两个年长的妇女。

凯沙夫凝视着他前面一个姑娘的马尾辫，不禁在心里感叹——瞧人家这些姑娘！她们与我的妹妹们迥然不同；她们自己随便到处乱跑，而且有工作；她们与自己心仪的男子结婚。可是，再看我们的姑娘们！她们怯懦，她们羞涩，她们还要拉过纱丽末端来遮盖自己的乳房！真是扭捏作态！瞧这里的姑娘们，挺着乳房到处乱跑，魅力四射！如此率直烂漫，无所畏惧！对于我们的出自中产阶层家庭的姑娘们，人体就像一件秘密武器，是个需要隐藏起来的东西。我的妹妹们哪！多让家里头疼！她们为什么不自己找夫婿？我有时就会有这些感觉。可是，这只是一种感觉而已。事实上，如果她们真那样行事，我就会是第一个对她们发怒之人。在印度，每一个年轻男子在家里都是个传统主义者，在外面都是个革命者。我与斯图尔特谈论的东西，不过是一座建筑在令人不快的现实基础之上的抽象理论大厦而已。我该怎么办？迎娶巴吉拉蒂，跟她在一起无聊地生孩子？母亲一直夸她，因为她毕竟是她的外孙女："跟我讲，你看她身上有什么缺点？她的眼睛，她的鼻子，她的仪表，一切正常。她皮肤白白的。她又读完了高中。如果你要进一步教育她，你可以在与她成婚后这么做。我不会阻拦。这姑娘对家务活儿非常熟练。此外，我在日渐变老。你是长兄，如果你不通过做正确的事给几个弟弟和妹妹树立榜样，还有谁会？"除了六个弟弟和妹妹之外，巴吉拉蒂也会成为家庭成员。一想到这一点，就让我恼火。此外，此刻我眼前的更为急迫的问题是我的弟弟马杜。作为兄长，我对他公平吗？他仅拿到高中毕业文凭就不再念书，从而自毁前程。我最小的弟弟苏丁德拉也好不到哪里去。他甚至在反复尝试之后，都未能通过大学入学考试，即使他终会高考过关，他也不会毕业。他在晚间出去，装扮得像个花花公子，穿刚熨烫过的裤子，系一条红色的领带。他泡咖啡馆，与朋友们在那里分享多莎饼和咖啡，分摊账单。随后，如果他在打牌时赢得无论多少现金，都会送到电影院，夜里很晚才回家。可怜的母亲得熬夜等他，然后才能清洗碗碟，打扫卫生。

"妈妈，你为什么非得熬夜伺候这些游手好闲的饭桶？"我有时想喊叫。"你不能跟他们说一说吗？我在这里每天晚上私下给几拨学生上课，就是为了给家里多赚五十卢比，都快累死了。这一切为了啥？就为了养活这些一无是处的家伙吗？”

母亲默默地坐在盛饭的盘子前面，双手抱头。两个弟弟都停止吃饭，低头坐着。直到让他们感到内疚，我不会善罢甘休。即使我怒火中烧，我还是在狂热地工作。我越来越恼火，可母亲为什么不说点什么，同我站在一边呢？马杜为什么不答复我？

为了激怒他，我在义愤填膺地谴责他的时候搜肠刮肚，字斟句酌，寻觅最有分量的骂人话语。有时，母亲会大声叹息，马杜会眼含热泪站起来，我于是感到羞愧，感到失望。我走到正在洗手的马杜身边，诉说道：“回去把饭吃完。你要通过饿肚子惹我心烦呀？”愤怒于是转为自怜，犹如蛇变成黏乎乎的蜗牛，伤口转化成疮疡。

“你怎么说那些不吉利的话？”母亲有时会说。“你不该对自己的亲弟弟恶语相向。即便他时运不济，我也但愿老天爷不会让你说中。”此时，为了求得众神息怒，她总会到神堂点上一盏酥油灯。

马杜常说：“我不喜欢像那些低种姓家庭出身的男孩子那样到工厂干活，你明白吧？你随便怎么说都无所谓，因为你已经拿到文科硕士学位，是一个堂堂的大学讲师。父亲去世时，我还太小，所以，无论他为你做的事情多么微不足道，他连这点恩德也没有让我享受到呀……我知道，我在这个家里吃的食物是由你提供的，我的大哥！如果你烦我，就直截了当地说出来，我会离开的。”

“我从来不像你们几个这样令人失望！”我会一边喊叫，一边对他挥动紧握的拳头。“此外，我为自己的弟弟和妹妹所做的事情，已经超过了父亲为我做过的事情。我住在为穷人提供的宿舍里，不得不扫地并清理厕所。我是一路艰苦奋斗才出人头地的……”我在如此大倒苦水之时，犹如人们在灯节时大放烟花，就差夜叉戏里魔王发威那样一幕令人目眩的壮观场景了。事情完全过去之后，我就会颓然坐下，觉得精疲力竭，心灵空虚，仿佛处于一番云雨之后的慵懒状态。直到最近，我才意识到，我体验过的狂喜是通过发怒而来的，这让我感到担忧。

“这是贝克街站。”斯图尔特告知了他们的列车刚才停靠的车站名。“我们现在乘坐的是贝克卢线。”列车几乎空了。所以，两人返回到他们的座位上。斯图尔特仿佛恢复了他刚才起身时中断的谈话，接着讲下去：

“我提起人生目标话题的原因在于，这个国家的人们满足于生活在他们的以自我为中心的狭小世界之中。在一个像贵国那样的国家中，你们有同堂家庭制度，而且个人与社会之间依然有着密切的联系。可是，反观我们的社会，一个少年到十六岁时，就开始挣钱，到十八岁时结婚，要是还没有工作，就靠领取失业救济金过活。他感觉不到非得照顾自己日益年迈的父母或必须理解老一辈的压力。我们有为此而设立的老人之家。总的来说，没人担忧人生晚景。他的妻子买电视、胡佛牌洗衣机及电冰箱之类家用电器，而他则买一辆小轿车——全都是分期付款。晚上，两人外出到一家酒吧，与几个生活方式相同的友人闲聊一两个小时，然后回家看电视。他们每年外出度假一次，与成千上万的人半裸躺在海滩上，把自己晒成褐色……这一切与生活有什么关系？你真能把这叫作生活吗？说实话，我的生活与这些人的生活毫无二致。人生非得有斗争和磨难不可，也会有欢乐和悲伤。你不应当轻而易举就获得一切。哎呀！我烦闷，我非常烦闷。英国没有生活，在这个快乐的社会里没有目标。你说你的整个人生都浪费在了与贫困的斗争中，而性的缺乏也使你对生活感到颓丧。拿我来说，我没有体验过贫困；我不知道饥饿是什么滋味。从十六岁起，无论何时，只要我觉得需要，我从来不缺性快乐。由于节制生育知识在这个国家的普及，找个姑娘睡觉不是什么大事。所以，吃呀，睡呀，男欢女爱，这些事情我都干过；我吃得多，睡得多，男欢女爱也多。然后呢？生活中还给我留下了别的什么令人兴奋的东西了吗？”

“斯图尔特，我羡慕你。”凯沙夫边说边放声大笑。

“瞧一瞧坐在这节车厢里的人们。我们在这里遇到我们社会的一群典型人物。那个头戴常礼帽、身穿深色细条纹西装、正在读《泰晤士报》的男子，可能在一家银行工作，或者是一名政府雇员。所以，他属于权势集团①。那儿的那位花花公子，头发梳理得油光发亮，穿着无领夹克衫，出生于中产阶层，一定在某个地方当推销员。这儿这位微笑的姑娘，头发染成了红色，可能是伍尔沃斯公司的一名售货员，也可能是个提货员。另外那个女人，你看看她就能断定，她是个速记打字员。你从她们使用的香水就可以断定她们的阶层和情趣。她会在考虑一个人的收入和地位之后嫁给他。为了保持身段苗条，她每天都会锻炼。她在晚间上法语课，定期去见美发师修整头发。这些留着披头士乐队发型、穿着窄腿裤、听着晶体管收音机的少年，在两年后就会结婚，开始每周都为他们分期付款购买的东西付账。我自己在明年大学毕业之后，则会成为那个头戴常礼帽之人所在权势集团中的一个典型但重要的一员。在我们英国社会，即使是一个革命者也会最终获得贵族爵位并成为权势集团的一部分。如果萨特②一直用英文写作，他现在应该已经成为英国贵族院的一员

① 权势集团（Establishement），一译建制派。

② 萨特（Jean-Paul Sartre，1905.06.21—1980.04.15），全名让-保罗·萨特，法国现代哲学家、剧作家、小说家，存在主义哲学的首倡者。1964年，瑞典文学院决定授予萨特诺贝尔文学奖，被他谢绝。

了……是的，英国已经长肥了，正在失去其敏感性与良知。我们全都需要减肥，受苦……看看我们的愤青怎么样了：英国广播公司及别的强大媒体很快认识到他们的力量，于是就把他们纳入我们强有力的权势集团。这就是连我们最好的作家，如福斯特、劳伦斯、格林及达雷尔，也写其他国家的缘由。英国有什么好写的？只有愚蠢的势利……原谅我啰里啰唆，长篇大论。归根结底，你们印度人不是跟我们才学会演讲艺术的吗？一报还一报。”斯图尔特在讲完话后突然大笑起来。

斯图尔特的脸变红了。他注意到，凯沙夫能够察觉，他讲话时激情洋溢。可是，在他看来，斯图尔特关于同堂家庭的见解似乎相当幼稚。凯沙夫亲身体验过同堂家庭，对此早就受够了。凯沙夫想，也许，人无论在哪种社会体制下都没有幸福可言，而且人一直都非得斗争不可。家里人经常听我抱怨自己生命中的创造力正在遭到浪费，以致再也没有一个人注意我的满腹牢骚。我的四个妹妹，穿朴素的棉布纱丽，经常食不果腹，赤脚走路。尽管如此，她们依然像春季野外生长着的幼树，充满勃勃生机，导致饱受磨难的母亲忧心忡忡。她们放学后步行回家，一路上带着大批书本，低着头，哈着腰，在家里制作的紧身文胸的约束下，她们的胸脯变得平展，又用纱丽上端完全遮住。当我看到她们如此这般之时，我的心就会对她们充满同情。对于他们而言，生活一定是一种多么沉重的负担！可是，从来没有人，没有一个人教过妇女如何行使自我保护。她们做作业到夜里十一点钟，凌晨四点又得起床学习，帮助母亲做家务，以一流成绩通过考试并获得奖学金，一路从中学读到大学。这些姑娘足以让她们的两个兄弟蒙羞。马杜根本没有学习的积极性。他工作时有次额外获得一笔奖金。他给四个妹妹和母亲一人买了一条纱丽，给我、苏丁德拉还有他自己都买了裤料。他带几个妹妹去看电影。他慷慨地把钱花在每个人身上，直到把钱全花完。想到这一点，我觉得他远比我会享受生活，而且从天性上来说，也比我更富于青春活力。由于身负责任，我往往会权衡我所做的一切事情的利弊得失。相反，他一点也没有失去一切顺其自然的天性。这正是女孩子们所以喜欢他而不那么喜欢我的原因。我已经变得沉闷无聊，枯燥乏味，整天为我的家庭义务和责任而忧心忡忡。马杜欢天喜地，没有任何责任感。所以，他依然有一颗爱心，能够毫不自私，无所顾忌。我的几个妹妹也十分精明。为了自己的私利，她们不得不如此。作为待字闺中的姑娘，她们知道，自己不会永远是这个家庭的一部分。在此之前，她们会尽力对我这个长兄、对马杜以及对母亲都好。她们一旦找到自己期盼的好丈夫，就会成为婆家的人，把娘家的问题抛到一边。此外，难道她们不知道，作为我这个大学讲师的妹妹，她们身为适婚姑娘的价值会更高吗？所以，由于我是她们通往更好前途的通行证，她们一直对我优礼有加。父亲去世后，我们变卖家产，偿还债务，还余下五千卢比现钱，存在了银行里。除此之外，为了给这些姑娘们买来如意郎君，我们至少还需要另外一笔五千卢比的款项。这就意味着，我还得为此当牛做马。如果我告诉母亲，我们应当举办简朴的婚礼，以削减开支，她会听我的意见吗？只有举办盛大婚礼，以与家庭声望相称，才会让她满意。此外，她还一直叮嘱，我起码应当成婚，以便让她能够有孙儿绕膝，得享天伦之乐。“让姑娘们先出嫁吧！”我告诉她。“可你有难处吗？你要娶的是你姐姐的女儿！要是愿意，你明天就可以把她娶过来！”于是，她又老调重弹一遍。“他们家是一个大家庭，有多张嘴需要喂饱。你知道，你能帮他们一个大忙，你娶了那姑娘，就能减轻他们的负担。”我十分恼火，冲母亲喊叫，随后蹬上凉鞋，冲出屋门，说道：“要是那些学生前来上课，就告诉他们说今天没课。我为这个家做苦工，已经筋疲力尽！”

我们两人都知道，我最终别无选择，只能娶巴吉拉蒂为妻。如果我娶个别的什么人，特别是一个受过教育的女子，家里有四个待字闺中的妹妹及两个没用的弟弟，人家肯定会觉得难与他们相处。新来者很快就会导致家庭分裂，于是就设法给自己和丈夫另起炉灶。反过来，如果是巴吉拉蒂，母亲就能够控制住她。连我的妹妹们也知道这一点。我娶她为妻会适合她们的利益，使她们得以由此嫁入正派人家。所以，她们千方百计地取悦于我。她们时常玩弄一些小花招，想让我喜欢姐姐的女儿，例如让她给我织一件线衣，找个借口把她留在我的房间里，如此等等。我认识到，我正在陷入一个自私之网，我常常想从中逃脱。我的一个解脱尝试就是……我来到了英国。

二

从幽暗之中来到光亮之下。地铁列车的自动门滑开。在吐出一些人又吞没一些人之后，车门又关上了。凯沙夫想，在这个超级大都会里，在离家五千英里之外的地方，我对万事万物的理解变得清晰。一团暴怒之火在我的内心翻腾着，使我的敏感心性荡然无存。可是，这不过是一个懦夫的无能为力的郁愤而已。我的心田业已完全干涸，既不能给予别人爱，也不能接受别人的爱。我有时做梦。在一个梦中，我由于为家里苦干而变得完全筋疲力尽；单身汉的生活使我变得形销骨立。母亲、马杜及妹妹们，全都长得身强力壮，不但对我毫不领情，而且与我作对。于是，我成为这个世界的一个怜悯对象。在另一个梦里，母亲、弟弟和妹妹突然一个接一个地都死了，只留下我独自沉浸在深深的悲痛之中。我被我的怒火削弱；我的怒火还在进一步使我变弱——就像《薄伽梵歌》所说，从激情洋溢到怒火满腔，从怒火满腔到自我欺骗，从自我欺骗到自我毁灭。人如果能靠艰苦的体力劳动生活，如劈山凿岩，耕耘土壤，分解原木，然后休息，可能会有一种非常美妙的感觉！

乘坐滚梯，从地下爬出，来到上面的世界后，凯沙夫对斯图尔特说道："你知道这一切对我有多么奇异吗？我在十六岁以前没有见过火车，也没有见过电。为了上学，我得从我家走到另外一个村庄……"

"我多么羡慕你呀……"

"他在开始激怒我了。"凯沙夫想。"如果我们就像这样彼此陪伴过上半个月，我们就会以相互厌恶而告终……无论我有志于追求什么，到头来都是一塌糊涂；无论我到哪里，都会遇到一片荒原。我希望给某人造成巨大的痛苦，或别人给我造成巨大的痛苦。我想投入一个赤裸裸的尤物的情火之中，把我奉献在她的情欲祭坛之上，再作为一个金色的偶像重新现身。印度应当有一场战争，我们都应当入伍当兵，蓄起大胡须，杀人或战死，包围敌国城市，强暴他们的女人，劫掠……"

"小心你的钱包！"斯图尔特说道。

人群中的男男女女一路上相互推推挤挤，却又能一直沉浸在各自的情感世界里，而他们一旦从地下走出，就会像风中的花瓣那样分道扬镳。凯沙夫目睹这一切，就又想起了庞德的那首诗。犹如一个蓝眼睛的婴儿的浅淡微笑，这是英国夏日一个稀有的阳光灿烂的傍晚，一个恋人在公园幽会的傍晚。在一年中的这个时候，甚至在九点钟还有阳光。人们在喝啤酒和看电视之后，拉上窗帘并互道晚安。凯沙夫跟着斯图尔特，穿过了不断闪着黄灯的斑马线。“我刚到这个国家时，常常来回穿越这些斑马线，没有目的，就像一只失群的鸟。”一辆小轿车停下，让他们先过。斯图尔特向司机挥了挥手，凯沙夫也挥了挥手。

凯沙夫发现，在英国的头三个月十分悲惨，非常孤独。每天从大学步行到住处，再从住处步行到大学，除了与女房东互道早安和晚安之外，整天与人没有接触。虽然他在大学里逐渐认识了一些印度学生，但在他认识到他们不能向他展示新的生活方式和他来英国寻求的新的价值观时，他觉得他们的陪伴不堪忍受。印度学生在与人相识时，所询问的第一件事就是“你拿多少奖学金”。这么多天来，斯图尔特在与他交往期间，从来没有问过他这个问题，而当你告诉印度学生你的奖学金是多少时，他们就会告诉你：“你轻而易举就能省下一半。”你用省下的钱干什么？每个在英国学习的印度学生，尤其是带来妻子的，都愿意带吐司炉、洗衣机、电冰箱及高保真音响设备回国，而且会想方设法避免缴纳关税。凯沙夫发现，他的同胞们的物质主义，要远比斯图尔特在英国人身上看到的物质主义更令人反感。凯沙夫已经知道，这些印度人在回国后会变得多么贪婪。可是在英国，印度人是他唯一能够交往的朋友。他不能与白人学生交朋友，因为他们中的大多数都把课余时间用于与女朋友在餐厅长椅上谈情说爱。他在城里街道上遇到的白人男女，都会用冷漠与怀疑的眼光看他这个属于有色人种的人。

凯沙夫在来到英国约三个月之后，在一个反种族隔离团体的会议上结识了斯图尔特。“你喜欢这样的天气吗？”就像所有的英国熟人一样，此人是由谈天气开始认识的。“啊！你要是去年到这里就好了。”斯图尔特一边说，一边戏剧性地扬起两只手来。“我一生没有见过那样的冬天。”凯沙夫回答说：“我想看下雪。我在等着整个地方变成白茫茫一片，目力所及，全都让雪覆盖。”谈话就这样继续下去。斯图尔特从口袋中掏出日记，问道：“你下星期四晚上能到我的寓所来吗？如果你没事，我们可以一块儿吃晚饭。”他发现，与斯图尔特的友谊就像月光一样清爽宜人，不是那种亲昵到令人窒息的火热的友谊。凯沙夫逐渐害怕与人过从甚密。他觉得自己不再能够承受这样的关系。在他的内心深处，只有过去的散发着臭气的尸体，还没有下葬，在因自怜而败坏。

这种表面彬彬有礼的生活再好不过。即便是现在，在成为好友数月之后，斯图尔特在造访凯沙夫之前总会打个电话：“我可以去你门上吗？你有空吗？”他们的交谈通常会漂移到斯图尔特最喜欢的话题：印度的玄学、瑜伽、对落后国家的经济援助，等等。凯沙夫知道，斯图尔特本质上是个欧洲人，只有优雅和礼貌才能成为他的精神成长之路。在试图过一种体面、理性而有益的生活时，他向往一个完全摆脱了人际关系所造成的痛苦、混乱和丑陋从而得到净化的高度文明的社会。在印度，人际关系是从痛苦与混乱之中生发出来的。一个人或在那个泥沼中沉沦，或像莲花一样盛放。于是，无论斯图尔特多么热爱盛行玄学的印度，他都永远不可能体验到从污浊的泥淖中滋长出来的生命的强度，而这正是所有神秘主义的前提。凯沙夫意识到，他已陷入生存困境。可是，在印度的大地上，有些人却跳出了困境。他们坐在一块炽热的岩石上，连一滴水也不喝，却能怀着慈爱之心，带着惊异的目光，默默无言地观看所有大小生命。可是，在斯图尔特的这片洁净而且井然有序的国土上，只出现彬彬有礼的人文主义者，而不产生神秘主义者。

无论斯图尔特感到多么不满意，他的生活还是井然有序的。凯沙夫从来没有见过斯图尔特像他那样沮丧——只是坐在那里一支接一支地吸烟，目光茫然地凝视着虚空，仿佛遭了魔咒而变得麻木。他过着一种有条不紊的生活，仿佛其中的每一刻都早已登录在一本记事簿中。每年暑假期间，他都去欧洲大陆登山。一个文明人的主要目标就是，他一定不能给他人造成不公或痛苦，不应当让人家亏欠他，不使人家对他负有任何义务。如果凯沙夫买第一轮啤酒，斯图尔特就会坚持买下一轮。如果凯沙夫请斯图尔特吃晚餐，他一定会回请。他在街上不得不超越别人时，总会说一句“借光”。他不在人前打嗝，也不大声说话。在与别人谈话中间如果不得不咳嗽或打喷嚏，他会说声对不起并即时避席。很可能，这些人即便是在云雨之时，也不会逾越礼仪的界限。斯图尔特解释英国人的礼仪，表示他们是一个由店主组成的民族。“礼貌也好，礼仪也好，全都是营销术。”他试图拿自己的国家开涮。凯沙夫从未听到过这些人自吹自擂。

有一天，斯图尔特在大学校园里的美人鱼酒吧喝啤酒时说：“是印度首先告知世界，自知是人生的终极目标。”

“没错。可是，只有圣徒和神秘主义者才可能达到自知的境界。”凯沙夫回答说：“我们印度人没有自我批评精神，而这对于一种文明生活而言是必不可少的。为了社会的利益，自我批评比自知还重要……我们印度人对于陷入平凡世界的人们有一句真谛，对于没有陷入平凡世界的人们则有另外一句不同的真谛。”生啤止渴，令人清爽，壁炉炭火，使人温暖，话题转而变得严肃起来。

在温馨舒适而又灯光昏暗的酒吧的一个角落沙发上，一个年轻女人和一个年轻男子坐在一起，相互依偎着。凯沙夫见那姑娘把头靠在那个小伙子的胸脯上，吸着一支香烟，并没有平素会涌动的那种备受欲火或嫉妒煎熬的痛苦感觉。酒保在用一块布擦拭玻璃杯时柔声吹着口哨。装满雪利酒、葡萄酒、威士忌、杜松子酒及白兰地的瓶子排放在柜台上。天花板下面，一根绳子悬吊着的一个小美人鱼雕像，在不停地旋转。斯图尔特手拿两个玻璃杯，起身前往柜台。“两杯苦啤酒。”他对酒保亲切地说。酒保将啤酒汲入玻璃杯中……

走出酒吧，一切又都开始显得沉闷乏味。凯沙夫若有所思。在寒冷的雾蒙蒙的幽暗之中，黑魆魆的树木在街灯下显得光秃秃的，透着不祥，让他想到了印度沿街站着讨生活的乞丐。一切都是湿漉漉的，雾蒙蒙的，寒冷的。凯沙夫把戴着手套的双手放进大衣口袋，可是依然冻得发抖。“你要着凉了。再见！回见！”斯图尔特边说边快步离去，前往自己的寓所。

想到自己的生活与斯图尔特的生活之间的差异，让我既羡慕又悲伤。与我不同，他的精力没有消耗在为鸡毛蒜皮的小事而忧心和争斗方面。很可能，甚至他在家里与父母相处时，也会充满礼貌，一天开始时道一声早安，一天结束时说一句晚安。在我的家里，则天天都是痛苦和争吵。为了逃避这个家，我过去常常跑到大学里面，见教员室只有几把摇摇晃晃的椅子和一个坐垫已经磨破的沙发，才认识到这是另一个地狱。事实上，由于不同种姓之间存在嫉恨，人们别无选择，只能在这个或那个地狱的烈火中接受焚烧。如果你看见两个人在一处，你就可以肯定，他们是在密谋对第三方使坏。一个人刚告别方才还在一起说话的若干熟人，只走了不过几步之遥，就能察觉到其中某人已经在背后说他的闲话。我敢肯定，我所以在走路时有回头张望的习惯，原因就在于此。即使在我来到英国之后，我还没有抛弃这个习惯。我在这里从来不曾见到有谁会在与人告别之后如此行事。我所以来英国，完全是出于自私，经过了许多祈祷和长久坚持，让我的家人吃了很大的苦。我逃离了家，也逃离了单位。对我而言，单位已经成为一个地狱，一个自我怜悯、相互嫉恨的地狱。现在，我往往会想起父亲过去常说的话：你无法逃脱你与生俱来的东西。

“我们现在是在牛津街上。”斯图尔特解释说：“这条街以其高档店铺而著称。”在这条街的两侧是一排排的橱窗以及它们所陈列的奢侈品，未能给凯沙夫留下深刻印象。如果是威斯敏斯特大教堂、圣保罗大教堂、海德公园、布卢姆斯伯里或切尔西，它们就会引起他注目，因为它们与英国文学有关。我的心灵只能捕捉到那些我对之怀有先入之见的事物，永远也无法体验见到一个在我面前敞开的新世界时的那种惊异之感。哥伦布只能把他刚发现的新世界当作自己一直在寻找的印度。我要告诉斯图尔特：我们在寻找时所发现的东西，只不过是我们已经预期会发现的东西。在看到一个新的黎明或一次新的日落时惊讶得屏住呼吸，或者在闭合的心灵之门由于体验到未知未见的事物而被强力冲开之时，这是一种多么非同寻常的体验！可是，即便在我们与不曾见过的事物面面相觑之时，我们也极有可能只是看到我们此前已经见过的东西。我来英国体验从未见过的事物，但这样的情况从来没有发生。正如克斯特勒[①]在印度的时候遇到一个瑜伽行者，但他只注意到有个人在抠鼻孔，而我在英国只是看见了男男女女调情的形象。就像一只在背上驮着甲壳的乌龟，

① 克斯特勒（Arthur Koestler, 1905.09.05—1983.03.03），又译凯斯特勒、库斯勒，匈牙利出生的英国小说家、新闻记者、评论家，以长篇小说《中午的黑暗》而闻名。后期作品或涉及东方神秘主义。

我在牛津街上背着过去的重负行进。斯图尔特即便去印度并遇到瑜伽行者，仍然不会逾越他那个讲究礼仪的世界的界限。在交谈中停顿下来时，他总要像克斯特勒那样想弄清楚：“我应该现在起身并结束本次谈话，还是要由瑜伽行者本人告诉我到时间了？这里的待客规则是什么？”这就是悲剧。

无论我去哪里，我弟弟的前途，无论他自我了断还是振作起来，都会让我难以忘怀，仿佛我应当对一切负责。从昨天接到马杜来信起，我就开始躁动不安，像一头屁股遭到跳蚤叮咬的公牛。这是一个我无法弄清的新问题。我所以与斯图尔特来伦敦，就是为了避开这一切。可是，我不能将自己身上的重负推卸给他，因为他和我还缺乏那种密切关系。就在我启程前往英国之时，马杜去一家鞋店找到一份售货员的工作，月薪二百卢比。“我儿子出生在一个高种姓家庭，现在竟然不得不帮人试穿和选择合脚的鞋子。我们已经沦落到这个地步了吗？”母亲感到悲哀。我不得不冲她喊叫。我的大妹妹成为一名中学教师，我也为之感到欣慰。我们的施亚马叔叔通常并不来看望我们，却在有一天到来，引起一场轩然大波。“一个生于祭司家庭的少年，在鞋店里工作，操弄牛皮？这种事从来都不行！”我强压怒火，默然无语。如果母亲和施亚马叔叔认为，我要去英国实属自私，那么这是我的错吗？我内心深处，自相驳难。我已经艰苦工作这么多年，为什么就不能换马杜找份他能胜任的工作来照顾家人？直到我启程那天，母亲仍坐在家里神堂附近的一个黑暗角落里哭泣，点亮油灯，祷告诸神赋予我智慧。她求我在行前成婚。“谁知道你回来时我是活着还是死了！”她一直嘟嘟囔囔。

来到英国之后，我每个月攒十英镑，通过一个来自旁遮普的黑市商人操作，给家里寄两百卢比。这笔钱一定让母亲和妹妹们皆大欢喜。我也由于履行了自己的职责而感到轻松。可是，对于少数几个像我这样正直而负责任的人来说，这个令人不快的自私自利者的世界充满了骗子和无赖，不是吗？

有一天，没想到我会收到母亲的一封来信。信里说，马杜放弃了工作。马杜自己的一封信接踵而来。他在信中说："我已经辞职。那并不是一份适合像我这样的人的工作。我的潜在的天赋被人发现的时机终于来临了。哥，你可能不相信，我写了一部长篇小说。一位读过这部小说的出版商说，小说写得非常不错。小说出版后，我会把由此书赚来的钱交给母亲。从现在起，我将以写作为生。"阅读此信时，我觉得奇怪。我也感到很生气，但也有几分嫉妒。马杜身上毕竟可能有我不具备的才情。通过比照，他的生活可能向世人昭示，我的生活多么令人生厌。数日后，我收到妹妹维玛拉的一封信："哥，马杜一直在催促母亲让他拿去卖房地产后存在她名下的五千卢比。他说，他的两个朋友准备每人给他五千卢比。他要用这一万五千卢比买下一家印刷厂。他说，他将把印刷厂的所有收入都给家里。他还极力让母亲相信，钱在他手里会平安无事，而且还会带来更多的收入，比在银行烂掉强。母亲不知道跟他说什么是好。她写信给你不敢谈此事。马杜的计划是，在印刷厂印出他的所有长篇小说。他的第一部长篇小说刚刚出版。他的朋友们现在都是穿库尔塔衫[①]睡衣的作家。有传言说，他和他们一道喝酒……"

我立即给母亲写了一封充满怒气的信，告诉她一分钱也不要给马杜。结果，马杜给我写信道："你在家时，我的所有潜力都难以发挥，遭到你那卑劣的充满毒素的人格的践踏。我就像一只蛆虫那样过着一种卑微的生活。我干的是屈才的工作。你一旦离开，我的生

① 库尔塔衫（kurta），南亚的宽松衬衫，男女咸宜。

活就开始变得如同鲜花着锦。我的创造力也找到了施展的机会。我写了一部长篇小说。现在，我的两个朋友主动出来，向我指明了一条体面谋生及照顾母亲的道路。这一切势必引起你这个无情无义而又心态卑劣之人的强烈嫉妒。你摧毁靠近你的活物。我没有忘记，因为隔壁姑娘与我相爱你就大吵大闹。此外，你并不是一个无私的圣人。你以为我不知道你在一个秘密的银行账户里存了五百卢比这事吗？不错，我不像你那么精明。就像我这个年纪的大多数人一样，我花的每一分钱都是自己挣的。我在世人的眼里是个坏蛋，而你却是个可敬之人。可是，但凡你有一点良心，我要你扪心自问：你是怎样对待我这个亲弟弟的，你对自己的做法感到满意吗？嗨，让这一切都见鬼去吧！现在，你听我说：到你收到此信之时，我就已经离开家了。你无须担心我是死是活。我不想让你的面子和声望因为有我这样一个弟弟而遭到损害……我愿你生活快乐！”

此信还附了一封母亲的信。她哀叹道：“我能怎么办？……他也是我的儿子。”

清算的时间已经到来：马杜所写的有关我的一切全都是真的。可是，我觉得他有关我在秘密银行账户存了五百卢比的说法是存心不良的……我辛苦工作养活全家，一分钱也没有花在自己身上。我所以攒下那五百卢比，是为了实现我的唯一愿望——漫游全国一次，观瞻所有神庙。可是，对于马杜而言，那五百卢比将永远是我小气与自私的标志。这将是我留给子孙后代的极坏形象之一。我来做点什么？我又能做什么？……

凯沙夫绝望地绞着双手。他痛苦不堪，难以平静下来。他首先失去文雅风度，又逐渐失去超越凡俗和成为圣徒的能力。一个痛苦的人，陷入琐屑的忧虑和争吵之中，内在的生命就会首先失去敏感性，变得粗糙和冷酷。他会变得以自我为中心，成为卑劣之人。在家里其他人一无所知的情况下，他开始把少量的钱私下存放起来，憧憬着自己的隐秘的欢乐。在马杜逐渐知悉此事并给我写信之后，我并不明白其中的可怕之处，因为我的自怜甚至让我把自己最为不堪的行为看成了一件美好的事情。马杜现在已经离家出走。无论他飞黄腾达还是一事无成，我很可能将一直是自己本性的囚徒，纠结于自己的嫉妒或不幸的感觉之中，越来越深地陷入微小的争执之中。由于从未品尝过欢乐，也缺乏圣徒回避欢乐的直觉能力，我总是渴望寻欢作乐。由于未能抑制自己内在的躁动，时常陷在自怜与自厌的泥潭之中，对每一个接近我的人不屑一顾，无法抓住别人奉献的爱心，我如今就生活在自恋的地狱之中。文明人和圣徒两者都是自立的和自持的。我是只能自恋的：我从自己开始，我以自己告终。首先，我自我纠结，而在陷入纠结之后，我猛力挣扎。随后，我斩断绳索，让自己获得解脱，审视自己，只是又把自己置于纠结之中。我开始赞赏我的自省能力，并爱上这个经过反省的自我。一个人在查看自己排泄物的过程中，不但会喜欢上自己的排泄物，而且自身会成为经过这般检查的排泄物。由于这种无休无止的自省已经成为我的一个习惯，我就成了一个这样的人。我将根据母亲的心愿与巴吉拉蒂成婚，抱怨自己的婚姻生活，努力让我的孩子们过上美好的生活，同时会一直诅咒他们。我将攒钱，盖一所房子。到我退休之时，我会恳求政府再把我的工作期限延续两年。

马杜如果不自裁，则会成为一个伟大的或平庸的小说家，游山玩水，勾引女人，饮酒作乐。可是，这么一来，他又可能根本不会成为一名作家。那么，他就会缠着我要钱。如果他死掉，他也会变成鬼在我身边出没……

斯图尔特会加入工党，会为了改进落后国家的生活状况而斗争。他会成为一名议员，前往印度，待在带有空调的宾馆中，坐在空调车里四处走动，拜访各路圣人，从而相信体验印度神秘主义对他的精神成长是至关重要的。他将洞察一切而又不过于卷入任何事情，始终保持客观性。随后，他会就此写一本迷人的书，在英国广播公司节目中就此专题发表谈话。他会变老，可依然清瘦而优雅，甚至在老年也不会让自己的肚皮有一点鼓起的迹象……

“今天是星期六，所以商店将一直开门到晚六点。瞧那购物的人群……”斯图尔特一面说，一面迅速从他刚在投币自动售货机买的一盒烟中抽出一支递给凯沙夫。就在此时，凯沙夫对斯图尔特的关爱之心与尊敬之意油然而生。斯图尔特比他还要小一些。

三

摆放得整整齐齐的商品，带着价签的货物，陈列在大玻璃窗里。凯沙夫喜欢逛街浏览橱窗。这是夏季。玻璃橱窗上贴满了红色招贴，上面醒目地写着“大减价”“促销特价”等字样。原价十五英镑的男西装减到区区九英镑。在出售女装的商店中，立着若干赤裸的人体模型。一个女店员正在给其中之一着装，用于明天的陈列。这两者，哪个是真人，哪个是人体模型？凯沙夫惊叹片刻。“这是欧洲最大的百货商店之一塞尔福里奇百货商店。”斯图尔特说道：“我们坐公共汽车好吗？还是你想步行？”“我们步行吧！”凯沙夫说道。瞧斯图尔特走起路来身板笔挺，不像我这样弓着背。牛津街、像塞尔福里奇这样的百货商店以及能够表达极微妙差异的英语等，都使他能够保持这样的步态。作为一个纯粹的英国人，他走路时不会回头张望，只需面对未来。他穿哈里斯粗花呢短上衣，系苏格兰领带，着灰法兰绒裤子。相反，我是一个奇怪的双语产物，用坎纳达语与马杜争论，抱怨母亲做饭味道过浓或毫无滋味，用英语与斯图尔特讨论细微而又复杂的理念。不过，我的英语在他听来一定很刺耳。我无法用这两种语言中的任何一种圆满表达自己，因而是语言上的一个异类。我在回望过去的荣耀的同时却站在当下齐膝深的污泥浊水之中，就像榕树的诸多气根，在向下直指地面的同时，却全在树冠缠结成团。不是白的，也不是黑的，而是一块因生锈而黯然失色的铜——这就是我。

“你看到那边的那个懦夫酒吧了吗？它彻夜开门。如果你凌晨两点前后去那儿，你可以遇到处于我们文明社会边缘的男女同性恋者。”

天开始下毛毛细雨。“伦敦糟糕的天气！”斯图尔特抱怨道。

“与印度的炎热相比，我倒是更喜欢英国的寒冷。”凯沙夫说道。

“啊！我在生活中需要温暖和阳光。”

“你这么说，是因为你没有不时体验一下在印度的阳光下是怎么回事。我头上炽热的太阳曾让我说了本不该说的话，也曾让我想过我本不该想到的事情。灼热的太阳有一种令人神志不清的效应。我们的气候适于隐居者，而不适于热爱生活之人。我父亲去世时，是个典型的夏日。当天中午，他们就把他的遗体运去火化。除了不时传来乌鸦聒耳的叫声外，到处都是一片寂静。温暖的河水分成三股，从热沙上流过。在河岸上，在火化的柴堆中，父亲的遗体在烈焰中燃烧。我站立在那里，前额上的一条经脉跳动着，仿佛马上就要崩裂，汗水淌下，流到我的眼睛里和嘴唇上。我严重神志不清，什么感觉都没有，没有悲伤，也没有快乐。骄阳能够把人晒得陷入麻痹状态。在这里，在这片寒冷的土地上，你可以舒适地坐在炉火前，以人道而又优雅的心态思索世事。”

“我渴了。我们可以弄些啤酒吗？……我没有经历过死亡对人的强烈冲击。我们的社会是一个无菌的、消过毒的、中央供暖的社会。”

他们走向街角的一个酒吧。在饰以黑白条纹的外墙上，挂着一个标牌，上面是“枪管”二字。进入酒吧后，斯图尔特在角落找了座位。烟雾弥漫的大堂里挤满了人，其中一些人坐在长椅及高脚凳上。五六个年轻男子在轮流往镖板上投掷飞镖。一个老年男人在用粉笔写下分数。在一个角落里，一个壮硕的中年女子穿着闪闪发亮的紧身连衣裙，在弹着钢琴。几个脸上布满皱纹、头戴厚呢帽的红鼻子老男人唱着昔日的曲调，摇头晃脑，与她相互呼应。钢琴声停下，壮硕的女子起身。众人鼓掌。她鞠躬致意，手执托盘，绕屋而行。三便士和六便士的硬币开始落入托盘。凯沙夫从口袋中掏出一个先令，将它投入托盘中。“你过于慷慨了。”斯图尔特说道。“这里闹得慌，我们换个房间吧。”

另外一个房间有软椅，像大学校园里的美人鱼酒吧一样舒适。那里人不多。一对儿男女，很可能是夫妻，面对面坐在一张桌子前，喝着啤酒，读着晚报。

“这两口子干吗来这里读报？”凯沙夫问道。

“来这个房间的是中产阶层人士。我们刚才在的那个房间里，是工人阶级。在这个房间里，啤酒贵一便士。并不是另外那个房间里的人多付不起一便士。他们宁愿把那一便士花在给钢琴演奏者买一杯酒上。他们不想来这间房屋的唯一原因是，这里对他们来说不够令人开心，这里的人不属于他们那个阶层。我们英国人愉快地恪守自己的阶层差别，没有任何愤懑不平之气。所以，在这个国家里，他们甚至能够为马克思主义提供空间。”

凯沙夫去柜台买来两品脱苦啤酒。

“注意，在那个房间里给顾客打啤酒的是一个健硕的女人，而在这儿却是个年轻苗条的姑娘。那个女人收你的现金时说：‘谢谢你，亲爱的！’而这儿的那个姑娘则说：‘谢谢你，先生。’有点意思吧？”斯图尔特边说边开怀大笑。

“我更喜欢工人阶级。”凯沙夫说道。

“我也是。可是，他们颇有一些偏见。他们会认为你是个‘黑人’，因而会歧视你。相反，那些有教养的人……”

“那些有教养的人连话都不肯跟我说。对我来说，两者都一样。在这两者之间，我更喜欢工人阶级。”

他们两人呷着啤酒，慢慢变得沉默起来。酒杯变空之时，斯图尔特起身让酒保再给续满。在第二品脱啤酒快要喝完之际，酒精令人愉悦的效果扩散开来，凯沙夫开始放松。他开始以一种亲密的神情同斯图尔特高谈阔论：

“斯图尔特，我想跟你说件事。我父亲猝死时，我正在学院读书，处于中级阶段，离我们村有两百英里。家里的经济状况变得困难起来。母亲说，我应当退学找份工作。在我们国家，学生有两种：一种像书虫，他们人生的唯一动力就是接受教育，在世上取得成功，从而摆脱贫困。这些年轻人不玩，没有社交，没有他们这个年龄正常的享乐，只是一味苦苦读书。此外则是那种没有责任心的学生，如我的几个弟弟。他们将很多时间用于抵制上课，到处瞎玩闲荡，一味贪图享乐。我在学院时，就属于前一种学生。我唯一想要做到的就是以一等成绩通过考试。由于我不能期望得到家里的任何帮助，于是我来到班加罗尔，住到了一所为贫困学生设置的免费宿舍中。这所宿舍是由一位社会工作者经营的。他以对事业的无私奉献而闻名遐迩。他通过乞讨，实际上就是挨门挨户募集资金和给养来经营这所宿舍。他将甘地主义付诸实践的方式使我对他极为尊敬。这所宿舍本身就是根据那些崇高的信条经营的。连那里的厨师也只管工作，分文不取。明天早晨，我们得背诵那些出自《薄伽梵歌》《古兰经》及《圣经》中强调宗教平等的祷文。一个学生如果哪天未能现身祈祷，他在那天就无饭可吃。我们每天轮流打扫住地卫生，包括厕所。每天早晨，我们的舍监，也就是那位社工，总要亲自给两头奶牛挤奶，把奶煮沸，制作脱脂奶。”

“你此刻所描述的东西，似乎是一种理想的办法……”

“等着！”凯沙夫一边站起来，一边说：“下面还有更有趣的呢。我去再弄些啤酒来。”他又端回两品脱啤酒来。柜台姑娘给他找回零钱时，冲他嫣然一笑。凯沙夫把啤酒放到桌子上，继续讲下去：

“由于在宿舍中缺乏空间，男生三四个人住一间屋子。有一天，大约是我入住宿舍一个月后，舍监对我说，我应当住到他的房间中，以便我能在没有人干扰的情况下学习。”

“你不必再跟我多说了——我知道下文了。他是个同性恋，对吧？”

凯沙夫对于斯图尔特的心平气和的反应有点失望。他意识到，自己没有让斯图尔特对他关于过去的厌恶之感留下深刻印象。

“凯沙夫！我上过一所公立学校。在那里当学生时，我也是个同性恋。你要是知道这一点，也可能会感到惊讶的。即便时至今日，我对此也没有任何内疚之感。事实上，我对自己在那里体验到的那种热切的亲密关系难以忘怀。在进入大学后，有女生相伴，我的同性恋倾向减弱了。既然这是一个人的性感觉问题，那就应当以临床医学的态度处理此事。如果这是不健康的，那就应当找到一种疗法。我不相信基督教的原罪理念。在生活中，有两种状况：'健康的'与'不健康的'。重要的问题是，你的生活是圆满还是失败。如果同性恋给你以一种满足感，那么它就不是不健康的。你也许听说过《沃尔芬登报告》。现在，我有一个愿望，我要在大学发起一场运动：改变这个国家同性恋法的时候到了。我想让你加入这一运动。"斯图尔特讲完后放声大笑。

凯沙夫沉默了一会儿。随后，他以愤怒的语调开始说道：

"你不了解，对我而言，继续在那里生活下去令人多么屈辱！如果我不屈从于那个人的胁迫，我就不得不离开那座宿舍楼。我在那里度过的两年对我而言就是地狱般的生活。男孩子们在厕所墙壁上胡涂乱抹，把我的名字与他的名字联系起来。由于厨师也是一个同性恋者，早先曾与我的赞助人有关系，于是在一腔由嫉妒引发的愤怒情绪的支配之下，威胁说他要辞职。他确实辞职了，但在两天后又哭着回来了。斯图尔特！在那里，我的自尊，我的阳刚之气，全被摧毁了。这不是一个你在临床医学研究中寻找此病疗法的问题。"

"凯沙夫，对不起。无论胁迫发生在哪里，我都对此深恶痛绝。如果说此事有什么罪恶之处，那就是为了自己的快乐而让他人痛苦。在这一意义上，我同情你。可是，我并不认为同性恋本身是一种地狱般的苦难。"

斯图尔特把香烟盒举到凯沙夫面前。凯沙夫点上一支香烟，坐在那里思索，如果他把自己人生中哪个不堪回首的方面告诉斯图尔特，会让他受到震撼，再难保持镇静。

“那个在柜台服务的姑娘好看。”凯沙夫说道。在啤酒的效用下，他感觉很好。

“她还行吧。”斯图尔特笑着说道。“不过，你抱这样的态度没错。”

“别忘了，在我的祖国，白皙的皮肤是一个女人美的标志。”

“你真让我感到惊诧！”

“在我们的神话传说中，黑天在青春时期曾有乳白色皮肤的罗陀做他的恋人。可是，在成年后的生活中，黑公主成为他的虔诚信徒——不过，这是一种纯粹的柏拉图式的关系。黑公主的皮肤是黝黑的。人的肤色与成熟度之间一定有某种联系。就在目下，我喜欢白皙的皮肤。对于我这一代人而言，欧洲是我们的圣城迦尸，我们的拉梅斯沃勒姆[①]——我们的朝觐中心[②]。辨喜[③]和泰戈尔在获得西方认可之前，在我们国家并没有受到重视。”

“就我来说，我觉得身披纱丽的皮肤呈棕色的印度姑娘是十分妩媚的……所以，在性问题上，我一定比你更为成熟……”

“肯定是这样。女人是我还没有涉足的一个领域……而我已年过三十，头发在变花白。别忘了这一点。”

“再来一巡？”斯图尔特边问边用手指向啤酒杯。

“不错。可是，就不要啤酒了。来两小杯伏特加。我还没尝过伏特加呢。你知道，我是来英国获取新的体验的。”凯沙夫朗声笑着说道，随后起身前往卫生间。

---

① 拉梅斯沃勒姆（Rameswaram），一译拉梅斯瓦兰，印度泰米尔纳德邦城市，“亚当桥”的组成部分，以保存有17世纪乃至更早兴建的一些非常驰名的印度教神庙而著称，系名声仅次于瓦拉纳西的圣城。

② 朝觐中心，指迦尸和拉梅斯沃勒姆。

③ 辨喜（Swami Vivekananda，1863.01.12—1902.07.04），音译为斯瓦米·维韦卡南达，印度近代著名哲学家和宗教改革家。

“混着喝酒可不好。不过，也行吧。那就来伏特加。”就在斯图尔特起身前往柜台时，凯沙夫进了卫生间。

在卫生间里站着时，凯沙夫想：我能把自己人生中的什么事情告诉斯图尔特才会让他震惊呢？他能头脑冷静地接受一切，秘密何在？我该把自己从来不曾透露给别人的梦想告诉他吗？可是，我又如何很够讲我自己甚至都不愿意记住的那个梦想呢？斯图尔特，我只想跟你一个人谈谈。五六年前，我有一个梦想。在那个梦中，我……不！我不能告诉他我的这个梦。如果我告诉斯图尔特，他就会用他的另外一个心理学理论为这个梦打圆场。于是，我可能只会鄙视他。我不想让任何人进入我的内心深处，我自己也不想深入了解自己……最安全的办法就是把自身缩成一团，如在胚胎期那样……

“我们选择走吧？”斯图尔特在喝完伏特加后说道。

“到哪儿？”

“你想到哪儿都行。你跟我说。今天晚上属于你。”斯图尔特说道，为凯沙夫扶着已经拉开的门。

“多谢！”凯沙夫说着，步入了外面的冷空气中。

“斯图尔特，我们去一家夜总会吧。如果可能，我想会一会姑娘们……”他用提议的语调说道。

“那好吧。我是你的维吉尔，而你就是但丁①。来，让我向你展示一下伦敦的地狱。”斯图尔特在说这番话时戏剧性地鞠了一躬，又依着印度航空公司摩诃罗阇吉祥物的样式伸出手来。

---

① 但丁在《神曲》中以古罗马诗人维吉尔为他的老师和带路人。诗中叙述，但丁在人生中途迷失正路后，在维吉尔的引导下游历了地狱和炼狱。

四

“你刚才不是说，如果我们去寻找新体验，那么我们所能得到的也只能是我们已经知道的东西吗？”斯图尔特逗弄凯沙夫。

“唔，我还得体验那个说法是否真确。实际上，我是没有经验的。除非得到验证，否则我的话没有价值。”

“我听说，在皮卡迪利广场[①]的某个角落有个夜总会，名叫‘兴旺的二十年代’。让我们到那儿去。你会看到伦敦的阴暗面。”

“我需要了解阴暗面。对于我们印度人而言，入教礼是一种神圣的仪式。一个婆罗门就是这样变成再生者的。通过入教礼，通过新的体验，他就再次获得新生。”

皮卡迪利明亮的霓虹灯绚丽夺目。他们接近广场时，凯沙夫开始心旌荡漾。这里是夜叉的世界！这里什么都有！他记起佩贾瓦拉·萨达西瓦·拉奥写的坎纳达语诗《狂欢节》：“空中飘着爵士乐的音符/我们成双成对翩然起舞。”他喝下的啤酒以及追加的伏特加使他视线模糊。他一边走，一边将手臂搭在斯图尔特的肩上，忘记了在英国男人不拉手，也不能在走路时相互勾肩搭背。他记起了《摩诃婆罗多》中的一片插话：阿周那由于撞见兄长法生[②]与黑公主赤身裸体而招致诅咒，于是踏上朝圣赎罪之旅。途中，他与可爱的花钏一度发生风流韵事……如此等等。凯沙夫陶醉在自己的想象中。在皮卡迪利广场，一个拿着招贴画的男子在对路人喊叫：“罪人们，醒来吧！最后审判日快到了！信耶稣，就会得救！”“疯子！”斯图尔特边说边放声大笑。离他几码之外，一个身穿制服的救世军士兵

---

① 皮卡迪利广场（Piccadilly Circus），在伦敦市繁华地带的一个圆形广场。

② 法生（Dharmaja），系史诗《摩诃婆罗多》中般度五子之一坚战（Yudhisthira）的别名，亦可音译为达磨阇。

拿着一个带窄缝的铁罐，在郑重其事地募集金钱。在业已封闭交通的十字街，热狗和汉堡包小贩摩肩接踵，相互推搡。凯沙夫于是想到家乡的市场。印度、中国、意大利、法国等国家的形形色色的餐馆。你想要哪种风味的饭菜？哪里来的？多么时髦的款式，多么高雅的华服！在这个天堂般的城市里，什么都有！

“我记得‘兴旺的二十年代’过去就在这一带的什么地方。”斯图尔特说着，朝一个街角走去。“来，咱们找找看。”

我生于一个古老的家族，可以将自己的婆罗门世系追溯到神话传说中的仙人安吉罗。我是一个瑜伽行者的侄子，生身母亲尽管没有足够的食物养家糊口，却每天都不会耽误向诸神供奉酥油。我所以此时在一个白人男子的陪伴下寻找“兴旺的二十年代”夜总会，竟然只是因为我想要体验新事物！事实是，就像这么多在英国的年轻印度男子一样，我基本上是一个无根之人。

我与斯图尔特所讨论的话题，涉及体验、圆满、成熟，涉及圣徒、受苦受难者、绅士——它们究竟意味着什么？我父亲死时没有如愿以偿，因而痛苦不堪吗？我的叔叔苏班纳可能正在喜马拉雅山中的圣地漫游，也没有如愿以偿，因而痛苦不堪吗？我或许应当把所有事情都告诉斯图尔特，看看他那练达而开明的头脑对此做何反应。

尽管是家中最年长者，父亲却将管理家庭的职权下放给了他的弟弟，也就是我的施亚马叔叔。母亲过去常常说起此事：我们的槟榔林的状况如何，我们一年能从中得到多少收入？父亲从来不屑于过问此类事务。倘若他对此类问题感兴趣，我们这些子女今天的日子就可能过得十分舒服，而我也就不必如此苦干来养家糊口。相反，他忙于做祭祀及举行其他神圣仪式，也忙于背诵神圣的史诗。在为期一周的罗摩诞辰节，他总是坐在神庙的院子里，用梵语背诵《罗摩衍那》，用坎纳达语讲解这部史诗。人们总是可以指望父亲提供免费服务，无论是给新生婴儿画星相图，还是主持更换圣线或拜雪山神女等仪式，或为邻居走失母牛的平安返回制作特殊符咒，再不然就是为病人配制草药，他都是有求必应。要是还有一点剩余时间，他就制作圣线。有时，如果母亲需要一条新纱丽，父亲就会去见自己的弟弟，在一番支支吾吾之后，他才会跟他切入正题："顺便说一句，你嫂子一直跟我要一件纱丽。如果你现在没有现金，你是不是可以先从巴里的店里赊购一件？不必要很贵的。"见到父亲在自己的弟弟面前那样低三下四，母亲感到很生气。父亲就这样做了一个超凡入圣的祭司，而施亚马叔叔却成了一个不折不扣的世俗之人。对于村里的所有事务，无论是财产纠纷，还是家人吵架，他都会插手调解。此外，他还频繁到萨加拉或希莫加[①]出席法庭诉讼程序。虽然我们自己没有多少财产，他却会在任何特定时间设法卷入四五起涉及别人财产的官司。正如他在家庭涉外事务上对父亲发号施令那样，他的妻子虽然比母亲年轻，也会在厨房里对她颐指气使。母亲什么事都得问她，包括给自己的孩子牛奶或酥油。母亲与婶婶之间的裂痕不断增大，终致我们这个同堂家庭分崩离析。父亲在分得家产的同时，也接受了一笔相当可观的债务，那是由叔叔的高品位生活造成的。即便在分家之后，父亲也继续承担自己的祭司例行工作，同时忽视家庭事务。在家里采收的槟榔得运到萨加拉或希莫加的城镇出售之时，他就会问叔叔："你捎带把我的槟榔同你的槟榔一道处理好吗？我不愿进城，因为要在城里每天进行晨祷晚祷，对于我来说

① 希莫加（Shimoga），南印度卡纳塔克邦西南部希莫加县县城，位于西高止山脉东侧。

是个问题。”

然而，不可思议的是父亲在老年和去世前发生的突然变化。他的温顺消失得无影无踪。此时，他对一切都会怒火万丈。他忽略了祭司应当提供的服务职责，却专注于世俗事务。他戴上厚厚的眼镜，重新捡起老账簿，开始计算数字。一天，他叫来施亚马叔叔，怒斥他道：“你这个无赖！你欺骗我，手段也太恶劣了！”在想起曾经借给别人的一些小额款项后，他就会出发强行把它们要回。在做祭祀的中间，他会突然招呼母亲问道：“要用家里的女工去槟榔壳吧？”随后，他会不断提醒她说：“千万注意她们，她们有乘人不备卷走槟榔的习惯。就是一颗槟榔让人偷走，我们也承受不起。”随着视力与听力变得越来越弱，父亲对发生在自己身边的一切事情都越来越好奇。听见极其轻微的足步声或有人说话，他总想知道那是谁，他们在谈论什么。他开始嫉妒家里的每一个人，怀疑我们在他背后捣鬼。他变成一个暴君。我们无论做什么事情，都得先报他知道。最后，在临终之际，他的状况十分可怜。

父亲作为祭司的精神取向早已根深蒂固，那么他为什么还会发生如此彻底的变化呢？难道过去一向支撑他的信仰，如今就像一株衰朽的木瓜树的主干，变得空空如也了吗？他就像我一样，壮志未酬，痛苦不堪吗？

施亚马叔叔则是另一回事。他把自己通过骗人赚来的所有金钱都花在了酒色和诉讼上。他追逐任何身披纱丽的女人。哪怕是属于不可接触种姓的女清洁工，也难以逃脱他的挑逗与勾引。无论他身在何处，如在萨加拉、希莫加、巴萨鲁尔，在住宅的后院，在槟榔林中，在山上，他都会搞女人。可是，他的放纵的生活方式如今荡然无存。他的钱都花光了，而且身患糖尿病。他总是谈到家族的荣耀，而且不知出于什么原因，开始把时间用到祭祀不同神祇、举行礼拜仪式以及寻访圣地上。

凯沙夫记得，比起这两个人来，发生在父亲幺弟苏班纳叔叔身上的生平故事更加令人不解。他在很小的时候就离家出走，进了地方上的寺院，恪守严格的婆罗门苦行戒律，一天就吃一餐饭，只有一件换洗的服装，连钱也不接触，就这么活着。他每年都会收到有人施舍的两条围裤。一件供穿用，一件供换洗。凯沙夫还记得一件就发生在他眼前的事情：一个疯狂的漫游者曾前来找苏班纳叔叔，跟他要一块布遮蔽躯体。苏班纳叔叔告诉他，自己一无所有，只有身上穿的那点东西。“没关系，我要！”疯子一意孤行。苏班纳叔叔于是脱下自己穿着的围裤，把它送给疯子。整整一年，他就靠一件围裤维持下来。他的日常事务包括，早晨四点起床，奔赴河边沐浴，随后伫立冥想三小时，阅读经文，午间再次沐浴，继续冥想。在其他人坐下吃午饭时，就带着自己的化缘钵到他们那里，他们给什么，他就吃什么。随后，他会继续阅读经书。日落时分，再次到河里沐浴，冥想，返回寺院，在油灯的微弱光亮下学习，直到屋里越来越暗，油尽灯灭。此时，他就会躺在地板上就寝。每年他都会持续斋戒一个月之久，就靠吃木槿花瓣为生。他瘦骨伶仃，胸廓凸显，看起来就像一具活骷髅。只有他的眼睛闪闪发亮，犹如刚被引燃的祭火。

有一天，苏班纳叔叔突然回来看望他们。在此之前，他只是在自己的父母忌日才会回家。那天到家后，他顺从地拜倒在父亲脚下。父亲继而祝福他长寿。苏班纳叔叔站起身来，低垂着头，双手合十，说道：

“今天早晨，在起床进行晨祷之前，我觉得我听到了神的命令：

‘去吧！你已经获得了自由！’在做完冥想之后，我就琢磨，我所感觉到的神的命令，是不是我内心尚未净化因而残留的自我痕迹所造成的一种幻想或错觉。我走到外面，捡起一片知识树[①]叶。随后，我闭上双眼向神祈祷：如果我觉得自己所听到确实是神的命令，就让这片树叶面朝上落到地上；如果不是，那就让这片树叶面朝下落到地上。我丢开树叶，它在空中旋转又旋转，最后面朝上落到了地上。接到神的命令后，我就来找你这个大哥，想请你允许我成为一名苦行者。一旦接受苦行主义，我就得按要求举行自己的葬礼，对这个现象世界宣布我已经死亡。这样，我就得以免除一个人在传统上对自己的祖先、自己的师长以及自己的神明的所有义务。这也就意味着，你将额外承担我那一份义务。我想知道，你是否允许我走这条路。”

苏班纳叔叔双手合十，犹如一尊雕像那样立在父亲面前，等待着他的许可。父亲的眼里涌满泪水。他用颤声打破沉默，说道：

“你是个圣人。我是谁呀？怎么能阻止你执行神的命令？去吧！让全世界，包括鸟兽，都由于你的精神造诣而获得幸福吧！”

父亲要求我们全都拜倒在苏班纳叔叔的脚下。

“去吧！再回来就是个苦行者了。那时，我也会拜倒在你的脚下，从而解除我的宿业。由于我比你年长，如果我现在就拜倒在你的脚下，会折你的寿的。”父亲擦掉眼睛里涌出的泪水，告诉母亲给家里供奉的诸神多点上一盏灯。

“你的命魂寄寓于你的肉体。要爱护身体，不得疏忽。”父亲说道。苏班纳叔叔向兄嫂鞠躬辞别，走下前门台阶，阔步而去，终已

---

① 知识树（aswattha），梵文词，被认为代表宇宙的生命与存在。它在地下的根象征不可见、不可触摸的灵魂世界；它在地上的主干和枝桠则象征可感知的物质世界。

不顾。

此后不久，苏班纳叔叔身穿赭袍，手持一杖一钵，前往喜马拉雅山中的巴德里卡修道院。

斯图尔特与凯沙夫来到一座看起来有点破败的五层楼。位于一层的招牌上有“兴旺的二十年代”及“开门时间：晚10：30”字样。

“现在刚8：30。”斯图尔特说道。“我们干点什么好呢？”他问凯沙夫。

“你说吧，干什么都行。”凯沙夫说道。“我们到别的地方去吧。”

路上，凯沙夫吃力地寻觅英文语词，给斯图尔特讲了他父亲和叔叔的故事。他讲述完毕时，一些新问题突然冒了出来：母亲、妹妹、马杜、父亲、施亚马叔叔、苏班纳叔叔、斯图尔特、他自己，有未能如愿以偿的、痛苦不堪的，有文明的、成了圣徒的，也有世俗的或超凡入圣的，还有那些像母亲一样过着无私生活、不时出席婚礼及入教仪式的人……他们全都在奔向哪里？他们期望找到什么？另一方面，父亲、施亚马叔叔、我自己，也许还有马杜，都对无形的幽微的东西感兴趣。这可能只是出于浅薄，与我们的天性关系不大。在我们失去对自身或周围物质世界的控制时，我们就可能被黑暗的虚无所征服。因为我们的内心是空无所有的，所以我们不得不紧紧抓住什么东西。因为我们在生活中一直对自己天性中具有破坏性的一面让步，所以我们的生活没有稳定性，没有秩序，只有痛苦与混乱。我们的天性缺乏类似斯图尔特或苏班纳叔叔那样的内在精神寄托与自制力，无法把自己塑造成雕像。我甚至不相信，我的人生会变成当初预想的那样。让生命之火燃烧吧！有朝一日，不是变成纯净的灰，就是变成乌黑的尘。

五

一个黑人男子站在锈迹斑驳的铁制螺旋式楼梯的底部，手里拿着一块招牌，上面写着几个字：脱衣舞系列表演。凯沙夫买了两张票，一张票付十先令。斯图尔特提出要付自己的买票钱。凯沙夫对他说："别！今天我请客！"他开始攀爬狭窄的台阶，斯图尔特根在他的后头。他们刚进入一个窗花被帘子遮蔽着的房间，灯光就熄灭了，只有角落里还有一盏光线微弱的红灯，黑得几乎什么也看不见。

凯沙夫吓了一跳，大声喊叫："斯图尔特！"就在他伸出臂膀，想抓住朋友的手时，一个姑娘不知从哪里出现在面前，温柔地把凯沙夫拉向自己身边。下一刻，凯沙夫已经挨着姑娘坐在了一张沙发上。在昏暗的红灯下，他四处张望，用微弱而发干的嗓音呼叫："斯图尔特！斯图尔特！"

"找你的朋友吗，是不是？每个来这儿的人最初都会表现得很紧张。他们慢慢就会安之若素。这是一个特殊的地方，不像别的脱衣舞夜总会。在这儿，你可以看到所有不同族裔的裸体姑娘们。啊！对不起，我忘记作自我介绍。我叫珍妮特。你呢？"

"我是凯沙夫。"

"凯——沙夫！多可爱的名字！这儿的天气对你来说还算适宜吧？"

"人们说，今年冬天不像去年冬天那么糟糕。是真的吗？"

"天哪！别跟我提去年那个冬天！"

他们沉默了一会儿。凯沙夫在搜索话题。可是，还是珍妮特打破了沉默：

"我们这儿有个锡兰姑娘。她的英语说得极好，能让我们自愧弗如！你也一样，英语说得多好呀！”

“这儿太暗了！我看不见你的脸。跟一个连脸也看不见的人说话，你不觉得有点怪异吗？”凯沙夫鼓起勇气问道。“我开灯好吗？”他急于知道斯图尔特坐在哪里。人们在窃窃私语。他能听见有两个人进来并坐到了一张沙发上。

“奇怪，你竟然要开灯！来这儿的人，大多数愿意待在黑暗之中。等一会儿，灯就会亮。”

珍妮特此刻会是赤裸裸的吗？凯沙夫思忖着，希望如此，又心怀恐惧。他慢慢地伸手触摸她：不是，她穿着衣服呢。他如释重负，又觉得失望。

“我们这儿可以喝酒，凯……对不起，请再说一遍你的名字好吗？”

“凯沙夫。”

我真笨！为什么我没有先提议喝酒呢？凯沙夫沉思着，点了两份雪利酒。

他甚至无法看清那个端来两份雪利酒的姑娘的面容。又有两个人进入房间。更多的人在窃窃私语：

两个人抬着一个沉重的箱子的声音……他们沉重的喘息……满屋模模糊糊的人影。

能听见一个手持托盘的姑娘从一张桌子走向另一张桌子，嘴里连声道谢。每个坐在房间里的人一定都像我一样要了雪利酒，甚至斯图尔特也是如此——凯沙夫感到如释重负。有人擦亮一根火柴。火光下，这儿有一张脸，那儿又有一张脸。然后，房间复归黑暗……燃烧着的香烟发出微弱的红光。凯沙夫也点燃一支香烟，还递给珍妮特一支，并试图为她点上。“不用，用你的烟接个火就行了。”她说道，“多谢！”

连那盏明灭不定的红灯也熄灭了，四周一片黑暗。前面传来帷幕分开的声音。突然，一盏明晃晃的灯亮了。开始传来录制的柔和的钢琴声。在聚光灯移动的光圈中，一个姑娘舞蹈着亮相了，穿得严严实实。

“好看的姑娘！是不是？”珍妮特问凯沙夫。“是的。”他回答道。在看到这个穿得严严实实的姑娘后，他在灯光打亮时产生的恐惧和期待交集的感觉，变成了失望。

从聚光灯明亮的光圈到黑暗地带，再回到聚光灯下，姑娘随着钢琴音乐的节奏晃动身躯。解下腰带，把它对准从侧翼伸出的一只手扔过去。中提琴的乐音此时汇入钢琴演奏声中。姑娘嚼着口香糖，嘴角露出微笑，开始拉开连衣裙的拉锁。她一边动着下巴做几个哑剧动作，一边把连衣裙从肩头滑下，又快速把它拉回来，扭捏作态地把自己的脸遮上。随后，她将后背转向观众，把连衣裙滑到腰部，又把它拉起来。

“她名叫罗茜。她是在巴黎学跳脱衣舞的。她比这儿的所有其他姑娘都跳得好。”珍妮特轻轻耳语。

音乐的节奏变快了。凯沙夫所不知晓的另外两种乐器加入管弦乐队。凯沙夫心跳加快。她一会儿站在聚光灯下，一会儿又仿佛害怕似的滑出并消失。在音乐达到高潮时，她仅穿短衬裤和文胸返回。片刻之后，帷幕落下。

在房间中，明灯亮了起来。使人们不得不眯起眼睛。凯沙夫揉着眼睛，仿佛刚从睡眠中醒来。他用手遮住眼睛，寻找斯图尔特。在另一个角落里，斯图尔特与一个身着纱丽的锡兰姑娘坐在一起，呷着雪利酒。一个中年男子身穿三件套西装，在与一个黑人姑娘交谈。其他的人，包括两个黑人少年，都有一个这种或那种发色的白人姑娘坐在身边。

凯沙夫环视了一下整个房间，觉得有点好笑。除了两块黑色的帷幕，整个房间的样子看着像是一个由红砖砌成的洞窟。在僻静的角落是沙发。在一个角上，瓶子成排立在由凸出的砖砌成的壁龛里。紧挨着的是一个服务台和一把椅子。一个女人戴着白框眼镜，看起来就像是老师，坐在服务台边。她看来是这家夜总会的主人。凯沙夫再次扫视自己所在的地方：总的来说，它此刻不像一个洞窟了。相反，他觉得自己仿佛回到了母腹之中。涂成红色的砖头就是母腹的内壁。

“你喜欢这个房间吗？”珍妮特察觉凯沙夫在审视这个房间后问道。

“喜欢！”凯沙夫说道。他看着珍妮特，笑出声来。

“你觉得这个房间的样子怎么样？”

“一开始，它看起来像一个洞窟。现在，我觉得它就像子宫。”

“有趣，我在这里遇见的每一个朋友都对它有不同的说法。”

主人刚才在准备账单，此时用小托盘将它们送给客人。凯沙夫拿起自己的账单，发现上面写着收款三十先令之后感到震惊。他们喝了的雪利酒，顶多也就需要支付六先令或八先令。“斯图尔特！”他大声叫道。“你朋友名叫斯图尔特吗？”送来账单的主人问道。“一个多么可爱的名字！珍妮特，对不对？”

斯图尔特没有听见凯沙夫叫他。

“这位是凯沙夫！”珍妮特介绍说。“他的名字也很可爱！芭芭拉，是不是？”

店主芭芭拉说：“你要是没零钱，别担心。给我两镑，我给你找零。”

“没问题。”凯沙夫边说边从口袋中掏出钱来。他把三十先令放在托盘里。

“还有服务费两个半先令。”芭芭拉说道。凯沙夫把两个半先令丢到托盘里。“谢谢你！”芭芭拉道谢后继续向别的客人收账。

“来这儿的每个人都像你一样感到震惊。”珍妮特边说边拉住凯沙夫的手。“我是这儿的一个女招待。我喝的雪利酒，他们也跟你额外收钱了。就是这么回事。亲爱的，高兴起来吧！”

“那好吧。”凯沙夫边说边擦掉脸上的汗。“再抽一支烟？”他递给珍妮特一支香烟。珍妮特拿了两支香烟，说道：“给我的女朋友。你不介意，是吧？”

“噢，没关系！”

灯光熄灭。房间再度陷入黑暗之中。帷幕拉开。聚光灯亮了。斯图尔特在黑暗中走到凯沙夫身边，拉住他的手，试图与他耳语什么，可就在此时，半裸的罗茜出现了。“什么事？”凯沙夫匆匆低语道。钢琴乐曲奏响。

“凯沙夫，这是一家宰客夜总会。这儿的女人都是诈骗者。她们不把你的钱包掏光，就不会放你走。我带你到这里时并不知道这一点。对不起！我们一刻也不应该待在这儿了，走吧！”斯图尔特边说边拉凯沙夫。

凯沙夫有点迷惑。他无法把眼睛从罗茜身上移开。

“斯图尔特，亲爱的！”珍妮特用圆润的嗓音说道。“我们现在再不会跟你收钱了。如果你没有点酒，连这笔钱也不必付。就让你这位朋友多待一会儿吧。”

“斯图尔特，我们再多待一会儿不行吗？着什么急？”凯沙夫恳求道。

“噢！对不起！”斯图尔特说罢，返回他坐着的那个沙发。半裸的罗茜开始滑动搭在文胸上面的几块薄纱细平布，扭动身躯。她把那几块布一一递到从侧翼伸出来的手里。她时现时隐，从亮处转向暗处，又从暗处转向亮处。最后，她羞涩地站定，用双手护住自己的胸部。凯沙夫毫不畏缩。婆罗门妇女在仪式性沐浴之后出水，身披一块拜神时用的布时，他瞥见过她们裸露的乳房。那些前来清扫牛棚地面粪便的女人，他也瞥见过她们的乳房。现在，他感到身体发热，很不舒服。那女子忸怩作态，扬起脸来，仿佛突然焕发了勇气，把文胸抛向一只伸出来的手，随后面向观众，立在那里。接着，她一件又一件地移除掩在短衬裤里的细平布，把它们抛向侧翼。此刻，她只穿短衬裤，躺到附近的长沙发上，背朝观众，将短衬裤也滑了下来。于是，她缓慢地装作似乎要转身的样子，却只是把脸扭向了观众，然后矜持地闭上了眼睛。

凯沙夫的眼睛、身子、耳朵和舌头都因为欲望而发烫。她似乎可能随时转向观众。可是，她如果真这样做，会出现什么情况？凯沙夫由于恐惧而战栗。他站在熊熊燃烧的火焰之中观望着。下一幕会像带电的地铁轨道吗？手里高举一条直立的蛇？不是的。她佯装羞涩和无奈，突然转过身来。

帷幕落下。灯光复明，令人目眩。

“我能到里边吗？”凯沙夫闭着眼睛问道。

“芭芭拉！”珍妮特叫道。“凯沙夫想去里边。”

斯图尔特来到凯沙夫身边，说道：“凯沙夫，得了！我们离开这儿。”

“不！我得到里边。”凯沙夫说道。

“别去！凯沙夫！”斯图尔特极力劝阻凯沙夫。“她没什么好看的。你会看到更好看的姑娘。我们到别的地方去。”

“不可能！我得到里面！”凯沙夫说着，猛然把手抽了回来。芭芭拉温柔地把凯沙夫领入里面。

里面有三间屋子。一间写着“身边的奥秘”；另一间写着“解密”；第三间写着“完全解密”，字母已经褪色。芭芭拉用手绢擦着眼镜，解释说：

第一间两镑，第二间三镑，第三间五镑。在第一个房间里，罗茜会陪你喝雪利酒。在第二个房间里，她会在黑暗中站在你身旁。在第三个房间里，她会点上灯陪你。

“没有第四个房间吗？”凯沙夫沙哑着嗓子问道。

“你的意思是‘完全占有奥秘’？”芭芭拉一边试探性地问凯沙夫，一边像老师看一个答错问题的小学生那样瞅着他。“来客通常都满意自己在这里的体验。此外，我们不能向你提供别的任何逾越界限的服务项目。”

“我要这个五镑房间。”凯沙夫说着递给她五镑。

“请付十先令护送费。”芭芭拉边说边伸出手来。凯沙夫把额外征收的十先令放到她的手中。芭芭拉谢过他，把他留在屋内，顺手关上了门。

那是一个看来有点肮脏的房间，连墙纸都破了。壁炉里还有去年冬天留下的灰烬。天花板正中，一个光光的灯泡亮着。一把只有三条腿的椅子在角落里靠墙放着。在另一个角落里则是一些空啤酒瓶。别说地毯，光秃的满是尘土的地板上连油地毡也没有。除了房间的破败以外，他觉得这种等待也令人不堪忍受。终于传来敲门声。罗茜身着文胸和短衬裤进来并关上门。

凯沙夫紧张地闭上眼睛。随后，在回想他迄此所看到的一切之后，他鼓起勇气，睁开眼睛，准备脱掉夹克衫。

“你不必脱掉衣服。”罗茜说道。

凯沙夫立着，说不出话来。罗茜打了个呵欠。凯沙夫走到她身边，想要亲吻她。

“对不起。我不让别人亲我。”罗茜说着，把脸扭开。

凯沙夫摸了摸她的脸，又试图摸她的乳房。

“对不起，我也不让人抚摸我的乳房。”她简短有力地说道。凯沙夫觉得自己的膝盖在摇晃。他坐到地板上……

凯沙夫不由自主地闭上眼睛。他开始战栗。他精疲力竭，躺倒在地板上。

就像一个大库房中的一只小老鼠，在油滑的鼓面上跑来跑去，扭动着身子。这一切仿佛是在梦中观察到的。扭动的老鼠，变成了观看的眼睛，想伸出却动不了的手臂。凯沙夫有些恍惚。

从令人心烦意乱的梦中醒来，深入追溯梦境，急于记起详情细节。

越来越深地挖掘泥土，只有沙子、蚯蚓、古币残片、陶瓷碎片，还有一个锈迹斑斑的铁刺。

拼命进一步深入挖掘梦境，却只发现了幽暗的虚无。

到头来，苏班纳叔叔也会体验到虚无吗？在饿其体肤，在漫游各处寻觅神主之后，苏班纳叔叔在最后也只会看到另外一个就像自己一样的憔悴的人，可悲地站在自己面前吗？凯沙夫想知道答案。

我必须首先走出这家宰客夜总会，找到斯图尔特。凯沙夫认识到了这一点。

“如果你愿意与我在我的公寓过夜，十镑。”罗茜说：“可是，别告诉芭芭拉。我住在汉普斯特德，伊斯灵顿街10号。先给我五镑，其余的随后再给我吧。”

“不，谢谢。”凯沙夫边说边摇头。

也许，在参加一个又一个负有崇高使命的委员会之后，斯图尔特可以体验到一个形式上一尘不染的中央供热的世界中的虚无。

我必须首先走出这家宰客夜总会。

“我在这儿不是自由的。一旦我们在我的公寓里，你就会看见，我对你就不会是这种表现了。可是，别告诉芭芭拉。好吧，如果你现在没钱，你可以在你到我那儿时带来。现在，我给你一个吻吧。起来。”罗茜一边飞快地说着，一边猫腰。

不！我什么也不要！父亲总是忙于拜神和冥想。那么，这种虚无之感也缠结过他吗？在这家宰客夜总会里，当你不再需要时，你得到一个吻，而且你知道那个吻的唯一目的就是多抢你一些钱。我必须从这里逃出去。

外面，芭芭拉在敲门并喊叫：“罗茜！”

“来了！”罗茜应答着，吻了凯沙夫一下。“回见！再见！”她边往外走边眨了一下眼睛。

凯沙夫拍掉手上和裤子上的尘土，用袖子擦了擦嘴。他感到精疲力竭，于是坐到那把三条腿的椅子上，点燃一支香烟……

五英镑十先令，两个十先令，加上三十，加上两个半先令买啤酒等，用于买来伦敦的火车票的十先令，还有四英镑住宿费，两英镑零用——合计下来，超过十六英镑！如果我把这笔钱寄给母亲，够家里两个月的生活开销！旧日的念头又浮现在凯沙夫的心中。

可是，我必须首先走出这家宰客夜总会……

如果马杜言而有信，威胁成真，自杀身亡，情况会怎么样？……

凯沙夫听见斯图尔特在呼叫他，于是从三条腿的椅子上站起身来。

2021年9月译

2021年12月修订

沉默的人

巴维凯莱村的库潘纳·巴塔与西比纳凯莱村的阿潘纳·巴塔，一直就像蛇与獴那样相互仇视。他们之间的敌意与生俱来，起源不明。他们两家的住宅由两座小山丘隔开，相距半英里，在山间谷地，在由篱笆分隔开的地块上，他们靠种植槟榔为生。这些归人狮[1]神庙所有的土地，是租给他们这样的佃户耕种的。多年以前，这两人从低地翻越崇山峻岭来到这里，除了一罐圣水，别无长物。他们都在相距六英里之外的戈帕拉·卡姆蒂的商铺设立了账户，在那里赊购食品等杂货。

库潘纳·巴塔五十岁，是两人中的年长者。他干巴的脸，犹如一颗经过腌渍的酸杧果，显示出他已步入衰年。他的头光秃秃的，闪闪发亮，他的鼻子肉乎乎的。曾经炯炯有神的眼睛，现在业已暗淡无光，还眯成了一条缝。他的下巴尖尖的，像一只生杧果。有一段时间，也就是两年以前，此人罕言寡语，偶然开腔，也是对人怒

① 人狮（Narasimha），音译为那罗辛诃，系印度教司保护之神毗湿奴的一个化身，狮面人身，半人半神。

气冲冲。近年来，除了他那黝黑、低矮、瘦削的身子在日渐虚弱之外，他在其余所有方面都依旧像素日那样强悍。他的围裤和披于上身的那块布上，都沾上了大蕉留下的污渍。这些污渍，就像他多年来积累的债务那样，是无法消除的。多年来一直用一侧叼烟卷，不断咀嚼槟榔，让他的嘴变成了深棕色。有一段时间，如果与人发生争执，他总是先让对手畅所欲言，自己则紧闭着嘴听。随后，他总是到自家前院远处的一个角落，吐掉烟草，再返回来严辞反击，让对手目瞪口呆，无言以对。如此这般之后，他总会拿出一片新的烟草，把它沾上石灰粉卷起来，接着把烟卷叼在嘴里，再度恢复沉默。他过去就是这副样子。可是，到了现在，即使有人前来找他蓄意挑衅，他也总是摆出一副我与你无关的冷漠架势看一眼对方，随后悄然走开。

话分两头。西比纳凯莱村的阿潘纳·巴塔则是一个有点名望的人。他谈吐自如，辩才无碍，讲话抑扬顿挫，带点口音，仿佛拉一绺头发穿过奶油那种感觉。大家都非常喜欢他，连两英里之外布克拉布罗聚落的那些婆罗门也不例外；相反，库潘纳·巴塔却总是以各种理由说事，同他们所有人不断吵架。此外，阿潘纳·巴塔在槟榔和水稻种植方面都干得很好。就像库潘纳·巴塔一样，他初来乍到之时也是一文不名。尽管如此，他已今非昔比。沿着房顶轮廓线全是花坛，各种菊花在怒放，前院为遮阳篷所庇荫，他的家看起来欣欣向荣。客人上门，一定会受到款待，就座于一个彩色垫子上面，喝一杯咖啡，否则难以走脱。相形之下，库潘纳·巴塔的前院则十分污秽，牛粪童便，随处皆是，草高齐膝，烂泥片片，蚂蟥叮咬人的脚趾，苍蝇在堆肥坑中出没。它看起来比首陀罗们的前院还要糟糕。阿潘纳·巴塔常说：“连我家仆人科拉加的棚屋也比它干净些。”

多年来，库潘纳·巴塔在戈帕拉·卡姆蒂的商铺积累起来的债务不断增长，加上复利，超过了一千卢比。尽人皆知，在过去的一年间，戈帕拉·卡姆蒂的讨债人，一个名叫萨阿卜的穆斯林，每周都来见库潘纳·巴塔。他蹲在游廊上，喝令库潘纳·巴塔还债。相反，阿潘纳·巴塔却有无可挑剔的信用记录。在卡姆蒂的店里，他确实做到了在每年年底都不欠人家一分钱。同样，作为神庙土地的佃农，他不仅及时交付东家应得的收获分成，而且用丰盛的甜点[①]款待神庙官方的收租人员。款待之余，每个官员个人都会依其地位而得到一份礼物，也就是用竹筒量出来的一定数量的槟榔。相形之下，库潘纳·巴塔年复一年未能交付租金，造成一笔多于五千卢比的债务。结果，神庙官员一直在发出最后通牒，敦促他“或腾退地产，或付清债款”。此外，由于他未能适当耕耘土地，又搞了复种等等，造成槟榔树呈现颓势和不结果实，导致神庙官员十分恼火。他们公开表示，他们想让阿潘纳·巴塔接手有关种植事宜，因为他们确信，他会改进这片地产的状况。好像是为了让事态变得对自己更为有利，在神庙圣祭[②]行将前往迦尸朝觐之时，阿潘纳·巴塔邀请他接受施舍兼礼拜的荣誉。他锦上添花，举行了一场仪式，奉献了五十枚银币，同时俯伏在这位圣祭的脚下。

其他人自不必说，就是在库潘纳·巴塔的连襟发表对自己这位姻亲的批评意见时，阿潘纳·巴塔也会随意插嘴。在布克拉布罗，他在众人面前喋喋不休地背诵完自己的怨言之后喊道：“这个大人物恨我，那就让他恨去吧。可是，作为他的连襟，你做过什么有害于对他的事情吗？他为什么不能在自己家里为你们大家开宴，来对自

① 甜点（payasa），一种类似布丁的甜食。

② 圣祭（Holy Priest），神庙主祭。

己长子的入教礼表示庆祝呢？相反，他专门租了一辆公共汽车，飞速奔向阿贡贝[1]神庙，花费那么大一笔钱！老人们过去总说，床有多长，脚伸多长。可是，此人知道自己的床有多长吗？听我说！”阿潘纳·巴塔在轻轻说出自己结论的同时，狡黠地眨了一下眼睛：“你们可能不相信我，可是我断定他找到了一些隐秘的财宝。不然的话，他怎么能那样连续潇洒花钱？”

库潘纳·巴塔的妻子古尔大妈坐在内廊的角落里，由于哮喘而呼吸沉重。她想知道，近来这些日子，他为什么总是坐在走廊里，看起来就像遭了雷击似的。一种名叫乔伊沙的鸟该开始发出沙哑的鸣叫声了，母牛该回到棚里让人挤奶了，他们的女儿巴吉拉蒂该为众神点上油灯了，还得反复提醒老汉，他做晚祷的时间到了。以前，他不让孩子们点防风灯笼，因为他害怕他们会打碎玻璃灯罩；如今，是长子负责擦灯罩，再把点燃的灯笼挂到前廊，而且只有在那时，在经儿子提醒后，父亲才会起身。

古尔大妈还记得，自己的弟弟苏布拉马尼亚两年前从纳卢鲁前来做客的事。近来，娘家几乎没一个人前来看望他们。她想，我有什么好抱怨的？让她聊以自慰的事实是，至少自己的弟弟把他的事务料理得井井有条。他把槟榔林和稻田都经营得很好。她沉思着，为什么只有自己的丈夫是这样。阿潘纳·巴塔多年前到这个地方来时，也就和她的丈夫相差无几，除了手里的一个圣水杯，别的一无所有。可是，随着岁月的推移，人家声望日隆，能把神庙的圣祭请到自己家来，还奉上五十卢比表示施舍与礼拜的献金。在宴席结束

① 阿贡贝（Agumbe），卡纳塔克邦希莫加县境内村庄，降雨量丰沛，境内分布着热带雨林，有“眼镜王蛇之都”之称。

之后，圣祭打发一个男孩来传唤她丈夫。可是，这个可怜的人又能把自己作践到什么地步呢？他已经有三十年没有登过阿潘纳·巴塔的门，现在怎么可能去他家呢？如果他去了那儿，祭司肯定会当众羞辱他。所以，库潘纳·巴塔就藏身于厨房。在他的一生中，他以前从来没有躲避过任何人。他在自己的藏身之地对自己的女儿巴吉拉蒂说："就跟那孩子说，我不在家。"可是，能指望阿潘纳·巴塔不对祭司告他的状吗？古尔大妈想，有些人就是在晦星照临之时降生的。否则，丈夫为什么会配上她这么一个患哮喘病而且一个月至少有二十天在发病的妻子呢？篱笆另一边就是阿潘纳·巴塔的槟榔林，产量那么大！而在这一边，在自己丈夫的林子里，所有的槟榔果都由于枯萎病而纷纷落地。没有一个雇工愿意留下来，大家都去为阿潘纳·巴塔干活去了。再说他还在村里招来敌意！他跟每个用两条腿走路的人都吵过架！可是，他不懂欺诈，不会行骗，也从来没对任何人撒过谎。他就是爱发怒。古尔大妈想，对于像我这样的一些人来说，就是个星运问题，他们注定终生受苦，至死方休。就是这么回事，谁也改变不了注定的命运。

古尔大妈的呼吸平稳下来。她于是开始琢磨，我刚才想记起什么来着？对，她在想苏布拉马尼亚上次来探望他们的时间。他知道自己的姐夫在经历一段艰难的时日，所以他非常小心，不想惹恼他。他毕恭毕敬地对他说："姐夫！你在这里好像已经树敌太多了。尤其是阿潘纳·巴塔，好像对你心怀积怨。神庙当局在骚扰你，想让你放弃承租他们的土地。此外，巴吉拉蒂现在到了可以谈婚论嫁的年纪，你得为她找个婆家。你似乎已经在蒂尔塔哈利找到了一个小伙子，想跟他家协商。其间，阿潘纳·巴塔得到风声，通过散布恶意的谣言把这事给搅黄了。你女儿现在完全长大了，就像一棵香蕉树一样亭亭玉立。你还能再让她失婚留在家里多久？我比你年轻，所以我无权给你提出建议。不过，我还是想告诉你：你不适合在这个地方当农民，种植这片槟榔林；这简直不是你命里该干的事儿。你干嘛不放弃这片土地，来和我们一道生活？你晓得，我有一片槟榔林，林子里大概有五百棵槟榔树。要是你愿意，你可以充分发挥自己的能力来经营那片土地，我来干别的。”古尔大妈想起来了，两年以前，苏布拉马尼亚谈到这个话题时多客气呀！可是，她丈夫竟会勃然大怒，就像持斧罗摩[①]那样咆哮。

“我离开这个世界后，你可以照顾我的妻儿。在此之前，你少管闲事！”他就这样粗暴无礼地把她弟弟打发走了。

如今，他的心里也不再留存着怒气了！神庙穆斯林讨债人的那位粗鲁的随从每周都会上门。自从他开始遭到他们的骚扰以来，他以前的强悍脾性连一半都不剩了。有一天，他前来站在妻子面前，强迫自己做了一件以前从未做过的事。他问她：“你愿意让我动用你的首饰吗？我将在半年后还你，我保证。”由于古尔大妈以前从来没有听见过他说话带过这么卑微的语气，她觉得仿佛有一把刀扎进了自己的心里。她走进里屋，从首饰盒中取出自己作为嫁妆随身带来那些藏品——一对儿耳钉，一条金腰带，一条链子，一条四股项链，一件头饰。这些就是她的全部家当，收起来准备给巴吉拉蒂做嫁妆的。她自己只要求留下自己结婚时的那个多利[②]，以让自己吉祥如意，免于成为寡妇。别的一切都无所谓。于是，她把每件首饰都交给了丈夫，还小心翼翼，不让他看见自己眼里噙着的泪水。随后，她就为丈夫长命百岁，为巴吉拉蒂早嫁良人而祈祷。

---

① 持斧罗摩（Parashurama），印度教神话人物，毗湿奴的第六个化身。他也是史诗《摩诃婆罗多》及《罗摩衍那》中的人物。

② 多利（tali），项链上的一个小金饰，意译为吉祥坠，为已婚女人所佩戴。

可是，谁愿意娶一个没有周身首饰的姑娘呢？古尔大妈开始担忧。谁知道丈夫把那些首饰怎么样了？“就我现在的情况，披金戴银又有什么用？”她一再告诉自己，她主要关心的是，丈夫不要因为一个待字闺中的女儿而丧失社会地位。她希望自己的弟弟苏布拉马尼亚快来看她，以便告诉他有关金首饰的事情以及她的种种忧虑，从而让她卸下身上的重负。

巴吉拉蒂正在厨房里面费力地生火。为了让湿柴着火，她持续用吹火筒吹气，累得喘不上气来，咳嗽不止。她用纱丽头擦了擦泪汪汪的眼睛，捋了捋头发。她的脸颊有点洼陷，面色十分苍白。她来到内廊告诉母亲，小扁豆没有了，别的豆类也没有了，没法做菜。古尔大妈告诉她：“用黄瓜籽做一个萨鲁酱算了。”

丈夫为什么不听弟弟的建议，不同意把家搬到纳卢鲁？古尔大妈回到刚才的思路。阿潘纳·巴塔犹如死神阎魔[①]的使者，一直追在丈夫背后索命，不把他害死不会罢休。他盯上了我们家的槟榔林。他不让流经他家土地的水进入我们家的稻田。他想过修一条篱笆来避免我家的牛越界以保障他家田产的安全吗？没有。假定一头属于我们的母牛进入他家地里，如有必要，他不能挥动鞭子，把它赶走吗？他会纯粹为了泄愤，不惜把这头母牛逮住，让一名雇工把它弄到四英里之外的流浪动物收容站。当它傍晚未能回到家里的牛棚时，她丈夫就得连夜出去寻找它。在收容站，他得交一卢比罚款才能把牛领回来。

五岁的男孩加纳帕进来，叫道：“阿妈！”他体内的疟疾病肿块使他的肚子隆起，像一面鼓。“给这孩子弄点甜米汤，好吧？”古尔

① 阎魔（Yama），印度神话中的人物，汉译佛经称之为“阎魔王”“阎罗”“阎王”等，民间又称之为“阎王爷”。有个孪生妹妹叫阎蜜。他被认为是第一个找到通往冥界之路的凡人，由于发现永生的秘密而被神化，成为冥王。

大妈招呼自己的女儿。

邻里没有一个人过问你是死是活。没有一个人给过巴吉拉蒂任何东西，连一串可以插到发辫上的兰阇花也没给过。想到自己的金首饰，古尔大妈的眼里突然涌出泪水。她坐在内廊的黑暗角落里开始咳嗽，呼吸声十分沉重，仿佛在呼出生命中最后的那一点气息。

在向妻子要金首饰之前，库潘纳·巴塔决定，哪怕她有一丝一毫的迟疑，自己也绝不动用那些东西。在她从保险箱中拿出那些全都包在一块丝绸之中的金饰品，而且毫无怨言地把它们交给他时，他觉得自己实在无地自容。“这是我摆脱债务的最后一招。”他心里默念着，悄没声息地拿起金饰品，直奔银行。他以此为抵押物，贷款两千五百卢比，发誓在半年内归还贷款，赎回妻子的金饰品。

随后，他给了邻近的几个小规模槟榔种植户一蒙德[1]二十五卢比的预付款。收获时节到来，他将收集他们的产品，到市场上销售，然后再按照每蒙德二十五卢比的标准付他们余款。

对一蒙德槟榔的付款，阿潘纳·巴塔从来不超过四十七卢比，最多也就付四十八卢比。此外，他给的预付款从不超过十五卢比。所以，当库潘纳·巴塔提出给二十五卢比的预付款时，所有小规模种植户都同意与他做生意。库潘纳·巴塔想：“让我也试一回身手，赚一笔钱！”他从那些农民手里收集了一百蒙德槟榔，然后租了一辆卡车把它们拉到希莫加。在把一袋袋的槟榔卸到代理商的仓库后，他告诉代理商：“我将在价格上涨时回来，到那时我们就可以卖掉这些货了。隔三岔五给我写一封信。”随后，他回到了家里。

阿潘纳·巴塔失去了自己的客户，不禁恼羞成怒。他四处走动，

① 蒙德（mond），印度容积单位，一蒙德约等于40公斤。

散布谣言，说库潘纳·巴塔所以敢冒这么大的风险，一定是因为他得到了一笔秘密财宝。

库潘纳·巴塔每天都会从一个袋子中拿出几个玛瑙贝，把它们列成一排，然后就等候吉祥征象的出现。他把家里年历上面空白的边边角角都写满了，用以计算数目字：过去欠神庙五千卢比；现在添了银行贷款利息；还得留出巴吉拉蒂的嫁妆钱。可是，要办的第一要务是把首饰从银行赎回。如有必要，明年还可以再把它们抵押出去。

他再度盘算："如果槟榔价格上涨，假定一蒙德起码六十卢比，那就是说，一蒙德能有十卢比的利润。支付卡姆蒂一千二百；支付医生五十左右；支付神庙两千五百。在剩余的钱中，存入银行五百；拿两千五百出来赎回首饰。明年再把它们抵押出去，这样就能总计赚取三千卢比，可以把这笔钱用作槟榔贸易的资本。如果我要能这么干下去，只需十年，我就能够还清所有债务。"他再次拿出那些玛瑙贝，把它们列为一排，寻找吉祥的征象。

就在此时，一只苍蝇从混合肥料堆飞来，落在他的鼻子上。他感觉到了这只苍蝇的钩爪。他试图赶走眼前成群的蠓虫，可是它们总是去而复来。蚊子在耳边嗡嗡地叫，声音大得惊人。他疲惫不堪，长叹一声。由于骄阳高照，至少前院的泥水变干了。在角落里，一块被切下的菠萝蜜也在变干。风吹动时，送来阵阵出自牛棚的难闻气息。在另一个角落，他五岁的儿子蹲在地上，由于身患疟疾而肚子鼓鼓的，正在排便。远处，一只灰狗和一只黑狗躺在灰堆上，目不转睛地凝视着孩子所占据的地方，满怀期望地等待着时机的到来。

库潘纳·巴塔站起身来，揉着腿上被蚊子吸过血的地方。蠓虫真烦人。他从一棵名叫迦利[①]的植株上折下一条细枝，将它固定到房顶下边以驱赶蠓虫。巴吉拉蒂从里屋出来，手里拿着吹火筒，对加纳帕说道："完事了吗？"随后，她端来水让他洗。灰狗和黑狗飞奔到加纳帕刚刚离开的那个地点。哈呀呀！哈呀呀！库潘纳·巴塔大喊大叫，两狗夺食之战搅扰了内心的盘算，让他十分恼火。

屋内，古尔大妈气喘吁吁。库潘纳·巴塔觉得，自己的心脏就像一根原木，仿佛在被锯成两半。"巴吉拉蒂！给你妈吃点药！"他喊叫着，沿着游廊来回踱步。

房顶需要修葺。雨水已经从房顶漏入，在地板上形成大量斑点。在雨季，黑色的多足的蜈蚣在潮湿的墙壁上四处乱爬。在油灯微弱的光亮下，整夜都得用在给孩子们找一块可以睡觉的干燥地点上。选了一块地点，以为它是干的，可就在人开始打盹入睡之时，水就开始从屋顶滴下，正中眼睛。仿佛这还不够，人还会在睡垫下面和谷仓发现成群的白蚁。收藏神像的木箱底部也受到它们的攻伐。只有人的臀部尚未遭殃。

迦利草上爬满了蠓虫，以致它那碧绿的弯曲的枝条变成了黑色的。库潘纳·巴塔伫立在那里时，模模糊糊地意识到，他对自己所处环境中的一切——后面的小山，前面的稻田，牛车在林间压出来的辙迹——都有一种厌恶的感觉。

"谁呀？"他察觉远处有人，于是问道。

"是我。"伐木工曼贾头上顶着一捆柴火，一边应声回答，一边加快脚步。

"等一等。"库潘纳·巴塔说道："你打算什么时候给我家送柴火呀？"

---

① 迦利（kalli），一种类似艾蒿的植物，有浓烈香气，可用以驱蚊。

“等我给希比纳凯莱村的村长送过之后吧。”他一边说，一边冷漠地走远了。库潘纳·巴塔不知所措，抄起一把砍香蕉叶的长柄大镰刀进入林中。到他再从林中现身时，三个男孩子已经回来，在从学校到家步行四英里之后，全都饥肠辘辘。巴吉拉蒂在等待母牛吃完草后返回。古尔大妈依然在喘着粗气。显然，巴吉拉蒂给的药没起作用。加纳帕在坐着吃一碗蔗糖浆拌碎米饭。

槟榔售价上升到一蒙德五十一卢比。接着，在一个月里，售价升到五十五。库潘纳·巴塔继续等待，要售价上升到六十才会允许代理商卖出他的存货。

“想从他手里拿回你们该得的钱，还是算了吧。”阿潘纳·巴塔四处转悠，奚落所有那些把槟榔卖给库潘纳·巴塔的人。库潘纳·巴塔只得面对债主日益增大的压力。每天，八到十人前来，坐在他家的前廊上，跟他索要欠他们的钱。他已经厌倦了找借口搪塞，于是在寨主面前卑躬屈膝，恳求他们再稍微耐心一点。完全无济于事。最后，他奔向希莫加去找代理商，用自己的槟榔存货作抵押，以百分之十五的利率跟人家借了一千五百卢比。他用那笔钱又给每个债权人按照一蒙德十卢比的标准付了款，而他此前已经给了他们每蒙德二十五卢比的预付款。他恳求他们说：“请你们就再等一个月吧，你们会拿到剩余的十五卢比的。”

阿潘纳·巴塔得到了库潘纳·巴塔最近做金钱交易的风声。他立即把此事报告了戈帕拉·卡姆蒂与神庙行政主管，对他们耳语说：“先生们，你们知道吗？那人已经有钱啦！如果你们想要拿回钱来，此其时也。”

此后不久的一天下午，卡姆蒂派出的讨债人萨阿卜找上门来，蹲在库潘纳·巴塔家的前廊上，跟他要钱。库潘纳·巴塔苦苦哀求他。可是，这位留着浓密胡髭的穆斯林萨阿卜不肯退让。他说，至少得给他五百卢比，否则他不会离开。他于是大声喊叫起来。

库潘纳·巴塔倘若是一个善哭的主，此时一定会涕泪纵横了。随着萨阿卜声音的升高，屋里古尔大妈的哮喘变重了。库潘纳·巴塔坐在那里，无可奈何，仿佛他在经历一场噩梦。萨阿卜看到任何人路过，都会发出更为响亮的声音。

库潘纳·巴塔从保险柜中拿出钱来，最后给了他四百卢比。此人跨上自行车离去，边走边口吐烦言。阿潘纳·巴塔一直在等候萨阿卜出来。他把萨阿卜请进家里，招待他喝咖啡。

萨阿卜刚走，医生的人就到了。在库潘纳·巴塔付了一百卢比之后，他离开了。库潘纳·巴塔还留有一千卢比，这一事实让他感到宽慰。他将用即将赚取的利润偿清所有债务。可是，神庙行政主管本人第二天上午到来。

库潘纳·巴塔放好木板请他就座，对他毕恭毕敬，待以上宾之礼。端来咖啡，他拒而不用。“喂！尽管我脚都肿了，我还是亲自来了，因为你不在神庙露面呀！”神庙主管一面扇着扇子坐下，一面说着话。“就是圣祭上次在阿潘纳·巴塔家，派人请你，你也没露面，是吧？巴塔！我现在警告你，凡是反人狮神庙的人，还没有一个兴旺发达的。现在，还清你该神庙的全部欠款，不然的话……”由于他已经知道库潘纳·巴塔还了戈帕拉·卡姆蒂四百卢比一事，因此无论库潘纳·巴塔如何哀求，他都不为所动。事实上，库潘纳·巴塔越是央求，他越生气。

“我明天带许可证来！”他在起身离去时威胁道。

库潘纳·巴塔付他八百卢比，长叹一声。“下次我们来，你必须付清所有余款！不然的话，你就放弃对神庙土地的租赁！”行政主管发出警告后，前往阿潘纳·巴塔家吃午餐。

翌日，那些把槟榔卖给库潘纳·巴塔的人又来了。此时，大家都逐渐知道，库潘纳·巴塔在把钱分发出去。“巴塔老哥，起码每蒙德再给我们五卢比吧！”他们要求道。“我们现在日子难挨！得为雨季采买吃喝呀！”

槟榔的价格从来不曾高过五十五卢比，此时又下降到了五十卢比。忧心如焚的库潘纳·巴塔于是乘坐公共汽车急奔希莫加。他将槟榔存货全部卖掉。付清了跟代理商那里拿的贷款。付清了每一个卖给他槟榔的人的货款，直至分文不剩。付清了他抵押妻子首饰所得贷款的利息。可是，那些首饰本身却留在了银行里。

他的小舅子在雨季开始前到来，准备用他的牛车把姐姐一家接到他那里去。他央告库潘纳·巴塔：“你们大家，跟我来就行了。别担心，我会给巴吉拉蒂找个婆家的。看我姐姐，她的身子骨有多虚弱！加纳帕又瘦得像根芦秆！”他转身对着自己的姐姐继续说道：“我老婆怀孕了。她生孩子时和随后坐月子时需要有人照顾她。你和巴吉拉蒂要是能过来并起码待半年，那我们真是感激不尽。巴吉拉蒂在家里能帮大忙。此外，我说了，我一定会给她找个婆家的。你干嘛把自己的首饰给你丈夫？你不该听他的。你知道他有多么任性。对于他来说，除了他自己的尊严，一切都无所谓，连自己的老婆孩子也无所谓。不然的话，他怎么就没有像其他人那样搞得家业兴旺？你跟我说实话。”

“他近来身体不好。我怎么能把他留在这里跟你走？”古尔大妈说道。

“起码到我家待几个月吧！”苏布拉马尼亚恳求道。“没人帮我老婆接生。我一定给巴吉拉蒂找个婆家！”

库潘纳·巴塔始终不置可否。他翻来覆去就是一句话："无论她想做什么，都由她来决定。"

"你也跟我们来，就几天。"妻子敦促他。

"那由谁来操心槟榔林呀？"库潘纳·巴塔问道，对妻子的吁请不予采纳。一方面，古尔大妈对于失去自己的首饰极为懊丧，也为巴吉拉蒂的未来而忧心忡忡，所以倒是愿意去自己弟弟家走几天。另一方面，她又放心不下自己的丈夫。最后，她还是和孩子们一起上了牛车，随自己的弟弟而去。

在整个雨季的数月间，库潘纳·巴塔独自住在家里，每天自己煮米粥和做家务。没有了从角落里传来的妻子粗重的呼吸声，家里变得十分宁静。突然，在一天午夜，空空如也的家里的沉寂，竟然被外面倾盆大雨的响声打破，库潘纳·巴塔大睁着眼睛躺着沉思，逐渐做出一项决定：必须赎回被银行质押的首饰并把它们归还妻子；再也不要欠任何人的债。

往年的槟榔产量是一百蒙德，而那年的产量到头来只是常年产量的一半。库潘纳·巴塔给正在造访迦尸的神庙圣祭修书一封："我伏在神主的莲花足下祈求。这次就对我发点慈悲吧。明年我将偿清我欠神庙的所有债务。请谅解我这个穷人的过错。"

在等候回信达半个月之后，库潘纳·巴塔想，他如果再等下去，就会被卡姆蒂的讨债人以及神庙主管包围。他们会用牛车把全部收成运走，不会给他留下一颗槟榔，而且妻子的首饰也就会留在银行里。

于是，他决定在债主们到来之前先把那些槟榔袋拉到代理商的仓库。他想："如果有必要，我甚至会手持自己的圣线发誓：从明年起，我一定会及时偿清我的所有债务。如果我今年不赎回妻子的首饰，所欠银行利息就会继续累积，那样我就一辈子都不可能再把它们弄回来了。”

做出决定之后，他进城询问有关雇用一辆卡车将自己的槟榔运输到希莫加的事宜。那里唯一可用的卡车属戈帕拉·卡姆蒂的一个亲戚所有。他想：“我豁出去了！”他于是和卡车主人联系。人家告诉他，卡车定于下周三出发。卡姆蒂的亲戚问道：“你有多少蒙德槟榔？”库潘纳·巴塔刚刚离开，他就径直去找卡姆蒂，向他通报了这个消息。

第二天一早，讨债人萨阿卜出现在库潘纳·巴塔家的前廊。库潘纳·巴塔看到他后心跳加快。“去年以来，你欠账六百卢比，再加上五十卢比利息。”讨债人一边在走廊上稳稳坐定一边说：“卡姆蒂给我下了命令，不跟你拿到六百五十卢比就绝不离开此地！”

“再给我宽限一点时间。”库潘纳·巴塔说道。“上次我刚付了你四百，对吧？”可是，萨阿卜对此充耳不闻。他继续大声吵闹，让一个过路人听见了，而此人恰好是阿潘纳·巴塔的雇工之一，正头顶着一捆用于沤制混合堆肥的树叶从门前经过。此人即刻将信息报告了自己的雇主。阿潘纳·巴塔立刻备好牛车，匆忙赶往神庙。

那天下午，萨阿卜骑自行车进城，与卡姆蒂商量下一步行动路数。他带着一个磅秤和不少棕色粗麻袋返回库潘纳·巴塔家。“你现在必须给我重量相当于六百五十卢比的槟榔！”他说道：“你可以照一蒙德四十五卢比的价格卖我十五蒙德槟榔。如果这样，我就欠你二十五卢比，我这就给你钱。”他从口袋中掏出钱来，把它放在库潘纳·巴塔面前。

“不行！”库潘纳·巴塔说道，草草回绝了萨阿卜的提议。他想，自己到希莫加，每蒙德槟榔至少可以卖到五十卢比。此外，他知道卡姆蒂使用两个不同的磅秤，一个用于买入，一个用于卖出。

萨阿卜壮着胆子，提着磅秤，要踏入屋里。库潘纳・巴塔怒不可遏，一跃而起，坐到了门槛上，挡住那个存放成袋槟榔的房间的入口。“你要不先杀了我，休想碰那些槟榔！”他告知萨阿卜。

这让萨阿卜大吃一惊。他倒退几步，把磅秤放下。他解下包头巾，用来擦脸。他嘟囔道：“你得懂好歹，不要这么自轻自贱！”这位讨债人不知下一步如何是好，于是坐下来凝视库潘纳・巴塔。库潘纳・巴塔也像着了魔似的，坐在门槛上，用手挡住了门。他那虚弱的身子由于焦虑不安而战栗，他的嘴唇也在索索抖动。

就这样过了十到十五分钟。铃声叮当，传来神庙牛车到来的信息。须臾之间，库潘纳・巴塔觉得自己的身子发麻。他闭上眼睛，坐在那里，心如铁石。神庙行政主管、会计及一个随从，还有一个搬运磅秤的仆人，都冲入了屋里。

“这儿发生什么事了？”行政主管一边用金边围巾给自己扇风，一边喊叫。讨债人萨阿卜将库潘纳・巴塔欠卡姆蒂钱的事告诉了他。

“此人是我们的佃户。”神庙行政主管回击道：“他必须首先付清他欠本庙人狮神的债务。只有在办完此事之后，他才可以偿付卡姆蒂的账。回去把这一点告诉你的主人。”

这位讨债人可不是一个轻易服输之人。“可是，库潘纳・巴塔跟我发过誓，说他要先付卡姆蒂的账，然后才会偿还其他任何债务。”他撒谎说。“此外，他马上就会秘密卖出他的槟榔。”

“那么，事情居然会变成这个样子！你怎么能堕落到这种地步？”行政主管边说边鄙夷不屑地看着库潘纳・巴塔。“你以为你能骗得人狮大神的财产而且还能活着享受这一切吗？”库潘纳・巴塔温顺地告诉他，自己曾给圣祭写信，恳请他给予宽限。“如果我这次能够得到原谅，那么从今往后，我一定会准时交款。”他说道。

“你真指望我相信这一套呀？你有钱买卖槟榔存货，可是你没钱清偿你欠神的债务。这不奇怪吗？你好大的胆子，圣祭亲自派人请你，你居然胆敢不露面，是不是？这么多年来，你靠出自神庙土地的丰富物产为生，作为佃户，你对神庙负有义务。可是，你没有花费精力好好耕种土地。呸！你是个毫无廉耻的婆罗门！就看看这家里的情况！这像是一个出身高贵的婆罗门的家？还是一个低种姓首陀罗的家？注意！我带来了圣祭本人颁发的一项命令。”行政主管说到这里，从口袋中掏出一份文件，大声念道：“兹宣布，将库潘纳·巴塔从神庙土地上驱离，同时将此土地交由阿潘纳·巴塔承租耕种。”

会计戴上眼镜宣布，本息合计，库潘纳·巴塔共欠神庙三千卢比。神庙行政主管命令随从开始称量房间内的槟榔。这位随从肤色黝黑，体格魁梧，气势逼人，是在一年前从事水牛贸易赔光全部钱财后成为神庙员工的。在他站起身来急于讨好老板之时，库潘纳·巴塔也起身直面此人。

“一边去，一边去！”这位随从粗鲁地说道。

“噢，先生！别忘了卡姆蒂十五蒙德的份额！”讨债人萨阿卜说道。

神庙行政主管怒气冲冲地瞪了他一眼，随后叫道：“你是自己离开这个地方，还是想让人把你扔出去？”讨债人听到这句话后，迅速跨上自行车骑走，去向他的老板卡姆蒂报告事态发展去了。他由于不够强悍，未能迫使库潘纳·巴塔先称出他那一份槟榔，所以害怕自己受到申斥。于是，他一边骑自行车，一边为自己能编出什么新的谎言来自保而发愁。

“动一动，先生，到一边去！”随从对渺小的库潘纳·巴塔说道。库潘纳·巴塔坐在门槛上，用伸出的双臂挡住门。

“你得先杀了我，否则休想碰一颗槟榔！”库潘纳·巴塔用坚定而又清晰的声音说。一时之间，神庙的行政主管、会计及随从全都束手无策。行政主管面露怀疑与不解的神色，问道：“你刚才说什么？”

“我说，你得先杀了我！”库潘纳·巴塔全身都因为决心赴死而发热。

“巴塔老弟，作为一个婆罗门，你怎么能把自己降低到这个水平？”行政主管大叫道。会计极力劝说他不要那么固执。他完全不为所动。

“那么，好吧。我一定要给你一个教训！”行政主管在带着自己的人马离开之时说道。他们前往阿潘纳·巴塔家。到了那儿，他告诉阿潘纳·巴塔，要留神库潘纳·巴塔，以免他用牛车把槟榔运走。“我们明天就回来，对他采取适当措施！”他说罢就怒气冲冲地坐牛车走了，甚至没有留下来喝杯咖啡。

由于在门槛上坐得太久，库潘纳·巴塔的腿变麻木了。他站起身来，觉得好了些。他关上前门，又从里面把木门闩弄牢。他洗了个澡，煮了米粥，吃了饭。傍晚，母牛在野外吃完草回到棚里，他把它们拴好，给它们喝泔水，给它们挤奶。他点上灯笼，在内廊里坐下。他不愿意再煮一次饭，于是喝了些温牛奶，躺了下来。由于睡不着，他来到前院，遥望天空，想弄清是什么时辰了。林木无声，一片安谧，启明星在天宇闪烁。他走进屋内，关上门。他沉入睡乡，疲惫的眼睑随即合上。

他被前来带母牛外出吃草的少年吵醒。他用从井里打上来的水冲洗自己，随后在厨房生火，准备煮饭。就在此时，传来了一阵敲门声。

“我是神庙执达官。开门！”

库潘纳·巴塔没有应声，而是走过去坐在那个储藏槟榔的房间的门槛上。过了一会儿，传来一串自行车的铃声。随后是卡姆蒂的声音：“巴塔老弟，开门，一蒙德槟榔，我会给你四十七卢比。把你我之间的账结清就得了。”

巴塔一动不动。随后，讨债人萨阿卜大叫：“你是开门还是不开门？”

此时，执达官返回。他与卡姆蒂之间的争执爆发。卡姆蒂再度发出呼吁：

“巴塔老弟，开门！我一蒙德槟榔给你五十卢比。我们把账结了吧！”

没有回应。他于是开始叫骂：“我要是早知道你是这么一个无赖，我就绝不允许你进我的店！你明白吗！”

随后，卡姆蒂转身对讨债人说：“布丹·萨阿卜，我要你就在此刻骑自行车去他小舅子的村里。你就稳稳地待在他家走廊里，直到他偿清债务为止，一分钱都不能少！让我们看看，那人是有羞耻之心，还是跟这位一样，同样不要脸！”

此时，神庙行政主管到来。卡姆蒂开始跟他争论。这两个男人展开激战，就像葬礼上为争抢供品饭团而相互聒叫的乌鸦。最后，行政主管对街头公告员说：“去，宣布在布克拉布罗全城举行拍卖会！”街头公告员立即开始敲鼓并大声喊叫：

“听着！听着！库潘纳·巴塔的全部动产就要被拍卖啦！凡有兴

趣者，都受邀前来报价！”

街头公告员发布通知的喧声，盖过了卡姆蒂自己的叫声。在附近树林中击鼓的声音变得微弱之后，卡姆蒂再度说话：“我打算把这一问题告上法庭！”

“悉听尊便。”行政主管说道。

鼓点声变得更加微弱，一切又都归于沉寂。外面，太阳越来越热。

“执达官将接管这里的事情。”行政主管在离去时说道：“这个随从将协助他。我将待在阿潘纳·巴塔家。如果库潘纳·巴塔再制造任何麻烦，就派人叫我过来。”

“喂！巴塔老哥！你打算让我们进去吗？还是想要我们破门而入？”那位随从大声叫着。在没有得到任何应答之后，他用一把尖嘴镐撬门。木门闩嘎吱作响。

“现在开门还不晚！”这位随从大声喊叫。依然没有任何回应之声。他又砸了一次门。门闩断裂，房门洞开。他就像死神阎魔的使者，立在库潘纳·巴塔面前，做了个让他起来的手势。

库潘纳·巴塔闭眼坐着。这位随从毫不费力就拎起他那瘦小憔悴的身躯，把他放到前院中间，骄阳之下。随后，他一袋又一袋地将那些槟榔背出来，把它们垛在前院的一个角落里。

这位随从在全力履行自己的职责。

“家里的货物也要拍卖吗？”他问执达官。执达官从口袋中掏出一张纸条看了看。

“当然，纸条上说了，不动产与动产，所有东西，一律拍卖掉！”执达官说道。

随从又冲进屋里。他拿出里面还盛着牛奶的锅，把牛奶倒在前院的一个角落。随后，他逐一将烧洗澡水用的大锅、炒菜用的平底锅、焖米饭的锅、铜盘、银水罐、圣水杯（库潘纳·巴塔从山下初到此地时随身带来的那一个）、大祭之时使用的锣和海螺壳、节日期间使用的器皿、一个小孩摇篮、几把长柄勺、几副铺盖卷、一块破垫子、一块地毯、一把摆在廊下的木制长椅、十二块供人在地上坐的木板、一幅银制黑天神蚀刻画、那块洁净丝布等搬到外面。于是，除了那个装有圣石的盒子外，他把包括扫帚在内的所有东西都搬了出来，把它们摊在前院。家里东西全都散在身边，库潘纳·巴塔甚至没有睁开眼看一下，而只是用手抱着头，继续在骄阳下坐着。

“牛也算可动产，对不对？”随从想弄明白。

“当然算。”执达官说道。

“去把他的正在山脚吃草的所有母牛都圈起来。”随从吩咐当时刚完成几趟常规巡回公事后返回的街头公告员。随后，他进入屋内，拿出一个空的棕色粗麻袋，将杯子一类小物件装到里面。在他抖动麻袋时，几只新生的老鼠掉在前院的地上，小脚在阳光下乱蹬。“嘘！”执达官厌恶地发出一声叹息。“呸！”随从吐了一个字并大笑。一只乌鸦迟疑地奔跳到老鼠附近，猛然俯冲下去，叼起一只皮肤光溜溜的还没有睁开眼睛的小老鼠飞走了。

远处，布克拉布罗的人们三五成群，站在几棵树后面观望。他们手里拿着长柄大镰刀或绳子之类工具，佯装在上工路上来到那里。他们不敢走近前院；他们也无意报价购买库潘纳·巴塔的财产。“我们为什么要因为贪图别人的财产而给自己招来厄运呀？”他们边想边叹息道：“多惨哪！”他们一个接一个继续上路。只有其中一些最好奇的人勾留不去。

行政主管回来监视槟榔过秤和装包，而执达官在记录详情细节。

他把箬帚、小器皿、银制黑天蚀刻画及其他祭神器物丢到一边，而让人把其他所有值点钱的东西都装到牛车上。

行政主管没看库潘纳·巴塔一眼，就又咆哮起来："凡是试图骗取人狮大神财产的人，从来没有一个家业兴旺的！巴塔，你明白吗？从现在起，你对这片槟榔林或这所房子就没有权利了！作为人狮大神的佃户，阿潘纳·巴塔将接手这里的种植事宜。"

"此外，你已经秘密地给你老婆送去一袋钱，你也就没什么好发愁的吧？"就在爬上车即将离去之际，他还打出一发炮弹。

在布克拉布罗，有个名叫西塔卡的老妇人。她还是个孩子的时候就成了寡妇。她没有一个亲人，连一个能在她死后为她举办一场适当葬礼的亲戚都没有。她一直独自住在一个破败不堪的棚屋里，每天就靠一餐用自己讨回的大米煮的粥活命。可是，她伶牙俐齿，说话尖酸刻薄，让聚落里所有的人都有些惧怕。无论是低种姓的首陀罗从西塔卡身边经过时靠得太近，足以对她造成污染，还是淘气的男孩子们用手碰她洁净的衣服，故意对她造成污染，要不就是有人为了防止寡妇给自己带来霉运而极力避免与她打照面，都逃不过她劈头盖脸的一顿臭骂。她如果不每天转悠一次，停在各家门口，破口大骂里面的人，她的心灵就不会平静下来。不管怎么着，无论任何人，无论哪一个人，她都会蓄意向他们挑战，她还会不断抱怨人心不古，乞灵于亡故的祖先见证，这个时代已经变得多么邪恶。要是哪一天错过巡街骂人的机会，她就无法睡一个好觉。人们非常害怕遭到她鞭子一般的毒舌的痛斥，甚至往往在她张嘴之前就奉上一把大米。午饭后，她总是坐在河边的一块岩石上或神庙游廊上，给神祇捻灯芯，借以消磨时光。没有一个人知道这位老妇的年龄有多大。无论什么人，打他们能记事起，她就一直在这里晃悠。在这个地方及周边，凡是活人，她在跟他们说话时从来不用敬语。

西塔卡在听到街头公告员的鼓声后竖起了耳朵。她在河里快速泡了一下就返回棚屋，急忙煮了米粥，吃过饭后出门，手里拿着一个水罐。她一连去了数户人家打探消息，想弄清楚出了什么事。可是，聚落里连一个男人也找不到，而女人们又都不肯开口说话。最后，一个属于首陀罗种姓的男子告诉她发生了什么事。于是，西塔卡径直走向库潘纳·巴塔家。

她到了那里，看见东西四散在前院，东一件磕碰到变形的旧炊具，西一把扫帚，而库潘纳·巴塔则蹲在一个角落里，光秃秃的脑袋在骄阳下闪闪发亮。

西塔卡洪亮的嗓音打破了午后异样的沉寂："哪个婊子养的把你祸害成这样？但愿他家也墙倒屋塌！但愿他家的牛让老虎吃掉！可是，你干嘛就这样坐着，像是病倒了？起来，起来！瞧你这副德行！人们说，一个穷汉发怒，只会得到更多的掌掴。你太高傲了，是不是？你的自负，没个界限。你曾经打问过我这个老太婆是死是活吗？"

看到库潘纳·巴塔静静地坐着，西塔卡觉得担心。她又开始大声喊叫："但愿祸害你的人自己也遭殃！"随后，她看见有个人站在一株树下。"喂！你他妈的是谁呀？"她说着就朝那个人身边走去。"不管你是谁，到这儿来！"是个年轻人，名叫纳拉辛哈·巴塔，布克拉布罗人。他怯生生地走上前来。

"那个可怜的婆罗门就躺在大热的太阳光下。你怎么能就站在那儿看呢？"她一边叫喊，一边拉那个年轻人。"来！给我搭把手！"两人一块儿抓住手，把库潘纳·巴塔拉起来，把他弄到游廊的背阴处，让他坐下。随后，纳拉辛哈·巴塔悄然溜走了。

西塔卡继续咒骂众人，从神庙行政主管到布克拉布罗的婆罗门，包括库潘纳·巴塔，一个不落。与此同时，她把所有散落在前院的物件都收拢起来。她看见屋子前门上落了把挂锁，于是诅咒那个挂锁人的手遭到蛇咬。她随后前往阿潘纳·巴塔家。在一阵破口大骂之后，她回到自己的棚屋。她将两把大米片放在一个碗里，再用一些绿辣椒及盐与之搅拌，又倒了些她讨来的凝乳，然后就把这碗吃的送到库潘纳·巴塔家。“喂！”她在把凝乳大米片拌饭给库潘纳·巴塔放到一片香蕉叶上之时对他说道：“吃吧！别光坐那儿！肚子空空，像个傻瓜！”西塔卡返回自己的棚屋，沐浴之后沉入睡乡。

天黑以后，阿潘纳·巴塔叫自己的一个在牛棚干活的雇工，对他说道：“悄悄走过去，看看库潘纳·巴塔是仍然在那里，还是已经跑到他老婆所在的村子去了。”这个仆人轻轻走到那个地方，在月光下看见一个一动不动的人影坐在游廊上。他心生恐惧，跑回去把情况报告了自己的主人。阿潘纳·巴塔去见自己的妻子，说道：“你看到此人的傲慢劲了吧？他以往连对神庙行政主管都表现得傲慢无礼。你知道吧？可是，他现在的做法不过是他的新花招，仅此而已。我敢说，到明天清早，他就会去他老婆的那个村子了。”

早晨来临。仆人从森林拿回柴火，报告说：“库潘纳·巴塔还在那儿，坐在游廊上。”“我过去看看。”阿潘纳·巴塔想。随后，他把行政主管给的那把钥匙从裤腰上解下来藏好，就出发了。在走近库潘纳·巴塔的前院时，他的心脏开始快速跳动。他藏身于一株树后面，装作在用一把长柄大镰刀清理地面，趁机偷偷观望。

游廊上，库潘纳·巴塔黝黑的身影坐在一堆破损的旧家什之中，头上盖着一块头巾。阿潘纳·巴塔的心脏怦怦狂跳。在走得更近时，他一边全身绷紧，一边想，如果库潘纳·巴塔向他挑衅，他就回击，向他挑战，看他能不能否认他把所有的钱都秘密送给了妻子一事。他到达前院时，看见一只灰狗站在那里，双眼盯着库潘纳·巴塔。一片香蕉叶上，米片拌凝乳没有动过的迹象，全都干透了。没有一点声音。阿潘纳·巴塔不知不觉地大叫起来："巴塔老哥！"没有回应。随后，他用瑟瑟发抖的双手轻轻触碰了一下那个闭目静坐着的身躯。

库潘纳·巴塔饱经岁月沧桑的脸没有一丝血色，如同死灰。他在身体被晃动后，慢慢睁开眼睛。阿潘纳·巴塔略觉宽慰。

"你对行政主管的行为，不该那么固执。你知道吧？"他说道。库潘纳·巴塔此时双眼圆睁，坐在那里，却默然无语。阿潘纳·巴塔于是继续壮着胆子说道："你本来可以拥有一切。你反而坚持和我争斗到底。可是，我对你并没有敌意呀！你毕竟比我年长，所以你应该祝福我，而不是把我想得那么坏。既然你要离开了，我们彼此之间不应当留下恶感。所以，我就过来跟你谈谈。如果你愿意，我将安排我的车把你送到你小舅子那里。你走以前，来和我吃一顿饭。咱们就忘记这三十年的宿怨吧！"

话语一句接一句地不断从阿潘纳·巴塔的口中流出。他也不知道是怎么回事。他在自己的话语遭库潘纳·巴塔以沉默相对之时，就不断提高自己的嗓门。可是，在开始感觉到自己不过是自说自话之时，他站在那里，惊愕地凝视着库潘纳·巴塔没有表情的面容。话语不再从他的口中流出。随后，沉默变得令人难以忍受，他于是又开始说话，同时在前院来回踱步。"我从来没想毁掉你。到现在三十年了，你一直鄙视我。尽管如此，我给你制造过什么麻烦吗？

我承认，在那些理所当然应该归于人狮大神的槟榔，即将被那个婊子养的卡姆蒂弄到手里时，我给神庙行政主管敲了警钟。如果我在这个问题上说了谎话，那就把我的舌头割成两半。如果你需要，我愿意出现在布克拉布罗的父老面前。让他们来做决定。如果他们说我有过错，我就当时当地跪倒在你的脚下。去年，你拉走了我的客户。你有钱去搞槟榔贸易，可是你没钱支付东家应得的款项。跟我说实话，谁对这一套不会恼火？任何事情，不应当有个界限，讲个公平吗？我也有一个家。就如同你女儿一样，我女儿也需要嫁出去。我也为此事发愁。此外，在过去的一年间，我一直胃痛得厉害，天晓得是怎么一回事！我家的水牛，过去每天能产整整一西尔[1]奶，上个月却突然死了。巴塔老哥，这都是厄运呀。得了，起来吧！咱们到我家去，你吃点东西。我会把车备好，把你送到你小舅子那里去。你可以在傍晚上路，那时天气也就不这么热了。”

灰狗一直凝视着库潘纳·巴塔，然后看看干透的凝乳与米片，再凝视阿潘纳·巴塔。库潘纳·巴塔木然凝视着树林。就在那样的沉寂之中，阿潘纳·巴塔再次变得口干舌燥。仿佛在举行仪式供奉食品时大声呼叫作古祖先的名字一般，他亲切地召唤道：“巴塔老哥！巴塔老哥！”灰狗站了起来，伸了伸懒腰，又坐了下来，闭上眼睛。成群的蠓虫在眼前飞来飞去。太阳酷烈地烤灼着大地。阿潘纳·巴塔的眼睛，仿佛第一次看见那个蹲伏在地上的动物，只见它两只前爪搭在盖着一块布的头上。他感到胃在翻腾。曾在凝乳中浸泡过的米片，一群落在上面的苍蝇，一只落在库潘纳·巴塔鼻子上的苍蝇。他的眼睛时而闭上，时而睁开。

“老哥，听着！我不要你的钱。请待在这所房子里。只要你活

① 西尔（seer），印度重量单位，约相当于1公斤。

着，我本人就愿意让你经营这片树林。你只要按期付我款项就行了。你付人狮大神也就是东家多少，就付我多少。巴塔老哥，我不是像你所想的那样，没有那么无情。我也是从山脉那边到这儿来的，当初只带来一个圣水杯。我父亲结束巡回募捐活动，在太阳照射下走回来时死亡。因此，我但愿避开我父亲那样的命运。我不愿像他那样死亡——没有一滴水喝，他躺在炽热的阳光下时，乌鸦还啄他。喂，老哥，拿起这把钥匙。”阿潘纳·巴塔在说这番话时，已是涕泪纵横。

即便事已至此，库潘纳·巴塔依然蹲坐着，仿佛陷入了屏息冥思的状态之中，没有任何应答。阿潘纳·巴塔的眼睛里，似乎留下了一个沉默之人的身影，这个口若悬河的人也归于沉寂。他的眼睛也变得干涩。他用一块布蒙上头，也蹲坐到前廊上。

2021年10月译

2021年12月修订

天与猫

直到夜里九点钟，戈文丹·纳亚尔一直在喋喋不休地闲扯。贾亚蒂尔塔·阿阇梨听着听着睡着了。阿阇梨的呼吸声开始响起，仿佛有人在锯一根原木。早晨五点前后，他死了。他卧床才不过二十天。在他临终之际，所有亲人都在他的身旁。儿子获悉父亲患病的消息后，带着家人从德里赶回。戈文丹·纳亚尔是一名来自喀拉拉的共产党人，从青年时起就是他的朋友，两人已有四十年不曾谋面。他的妻子随侍在侧。他的女儿自从守寡后就回来与父母一道生活，带着一个十二岁的儿子。亲人中有个非同一般之人，名叫甘古白，是他二十年的情人。她是希莫加人。她一得知阿阇梨生病的消息，不假思索，就赶了过来。他有一个情妇之事虽然众所周知，但也只是到了此时她才初次亮相。阿阇梨不介意她来到家里。不过，他的妻子鲁克米妮大妈，对这个女人的到来会造成的污染，对家庭财产处理以及给家庭带来的耻辱之类事情，却在私下里跟女儿倾吐了怨言。可是，鉴于丈夫现在的状况，她默然忍受了这一切。她想，人都得为自己前生的行为付出代价。

甘古白总是面带微笑，跟每个人都说话，默不吱声地接手护理阿阇梨。她注意到，这张床不但硬，而且凸凹不平，于是为他弄了一张柔软的新床。她每天都整理床铺，换上自己亲手洗过并用木炭烤热的烙铁熨平的干净床单。

“你不在家，谁来料理牛奶销售的事情？”阿阇梨有点担心。

“我难道不会料理我的事情吗？别担心，我已经安排好了所有这些事务。”她回答说。

“你跟学校请了多少天假？”

“到你恢复健康为止。”她大笑着，对他的询问避而不答。

从获悉甘古白是一名小学教师的那一刻起，阿阇梨寡居的女儿莎维德丽对她就不再那么罕言寡语。阿阇梨从未对妻子公开承认甘古白的存在，此时却表现得轻松自如，仿佛她也是一名家庭成员。克里希纳穆尔蒂注意到了这一点。他琢磨，父亲是否已经逐渐意识到自己将不久于人世。

另外，他为什么叫自己四十年没有谋面的友人纳亚尔来呢？当然，甚至在他发病前，他有时候也会想起这位朋友来。每当他在报纸上读到有关这位朋友从事暴力革命活动的消息时，他总会不以为然地跟自己的儿子谈论一番。五年前，有一个事件成为当时传遍全国的重要新闻。纳亚尔就一座咖啡种植园的劳工奖金问题前去会见一位部长。根据这位部长的说法，他们之间的争论变得十分激烈，纳亚尔于是从包中掏出一个酸性炸弹，并准备将它抛向部长。根据纳亚尔后来在法庭上的供述，他实际上要杀死那位部长，可令人遗憾的是，他只是用自己的凉鞋打了他。在两人发生冲突期间，部长碰到一张桌子上，撞伤了前额。纳亚尔在狱中度过五年。他在出狱时发表一项声明，说他对未来的唯一计划就是杀掉人民的所有腐败敌人。就在那时，阿阇梨想要给自己的友人写信，谴责他的活动。可是，他后来放弃了这个想法，很可能是因为他拿不准怎么写和写什么，毕竟自己青年时期的朋友现在的生活方式已经变得与自己迥然不同。克里希纳穆尔蒂想，也许那还不是父亲没有坚持这一念头的唯一原因。由于总是专注于解决村里富人的财产纠纷，总是料理他们的法律事务，他几乎没有耐心来理解一个老朋友的心思。纳亚尔可是准备为了一项事业而牺牲自己的生命或过另外一种生活的。

在那个事件之后，一篇关于纳亚尔的文章出现在一家周刊上。克里希纳穆尔蒂不知道，当初他们两人一道进入德里铁路公司时，父亲想象过他的这位朋友有朝一日会变成这样吗？他们合住一处，甚至分享个人生活的秘密。阿阇梨是个婆罗门，总是亲自做饭，而纳亚尔管切菜和采购。阿阇梨做饭时，纳亚尔抽比迪烟和朗读故事书。他们那时最喜欢的故事是哥尔德斯密斯[①]和雷诺的小说。在阿阇梨的记忆中，纳亚尔起码是一个热爱生活中美好事物的人，怎么会企图颠覆那种保护那些生活中美好事物的体制呢？

阿阇梨由于体检未能过关而失去自己的工作。他们在他的胃里发现一个肿块，那是疟疾发作造成的。随后，他给一些店主当会计，勉力维持生计。两年以后，他对这种工作也感到厌倦。他娶了一个甚至尚未进入青春期的女子。如今，想到年轻的妻子，想到父亲和他担任祭司的那座神庙后，阿阇梨离开德里回到老家……

独立以后，纳亚尔也因为参加一次罢工而失去工作。他于是返回原籍喀拉拉邦，开始组织农民，成为一名共产党人。后来，他逐

---

① 哥尔德斯密斯（Oliver Goldsmith, 1730.11.10—1774.04.04），旧译哥尔斯密，英国诗人、剧作家、小说家、散文家。他的小说《威克菲尔德的牧师》、诗作《荒村》和喜剧《委曲求全》均系名著，影响巨大。

渐认识到，由于受来自苏联的命令的制约，他所在的党已经开始与执政的国大党合作。于是，他退党自行其是，但仍然是一名共产党人。杂志文章以一种饶有趣味的文风描述他的生活方式：夜间，他睡在某人家里的游廊上。早晨，在后院清洗自身和衣服，随后开始活动。他用从学童那里弄来的笔记本硬纸板封面做扇子，带着这些扇子径直前往医院，与患者谈话，询问他们情况如何，把扇子送给他们扇风。白昼期间，他坐在市中心的一家宾馆里，给那些因各种事务前来宾馆的劳工及农夫提供咨询服务，吃他们给他买的食物，喝茶，吸比迪烟，然后进城游荡。他造访配额粮店、政府办事处、警察局，为穷人战斗，帮他们做事。傍晚，他再回到宾馆，为人们填表，为他们起草申诉书，吃点他们给他买来的随便什么东西，去睡在别的某个人的游廊上，口袋里没有一个供次日开销的子儿。在为穷人工作时，他对他们解说剥削、革命、新的社会秩序等词语。这便是纳亚尔的日常生活。这不是他第一次用凉鞋打人民的敌人。那次事件所以成为大新闻，只是因为遭他痛殴的人恰好是位部长。

此人身穿朴素的白蒙杜[①]与衬衫，多毛的耳朵后面夹一个铅笔头，手里拿着硬纸板片，迈着急促的步履到处走动，被人亲切地称为“先生”。

在读完文章之后，阿阇梨手指间夹好一捏鼻烟坐下，陷入沉思之中。同他一样，纳亚尔也是在为别人而活着，可是，他们之间的差别多大呀！阿阇梨让从德里来的儿子读那篇文章，开始给他讲一些事情，可是在半途却猝然停下。对克里希纳穆尔蒂而言，这一切在父亲死后就有了一种神秘的意义。

---

① 蒙杜（mundu），南印度喀拉拉、图卢纳杜（卡纳塔克沿海地区）及马尔代夫流行的一种民间服装，由棉布制作，呈白色或乳白色。女子穿用时，一般都会遮住腰部和上体，再配上一件短衫。与纱笼、围裤或腰布等南亚、东南亚传统服装类似。

阿阇梨病后不久，就给这位纳亚尔写了一封没有邮寄地址的信（那也是那篇文章的标题），请他过来。在邮寄地址的位置，阿阇梨只写了纳亚尔所在城镇的名字。在给甘古白的信中，他只提到自己生病了，但并没有请她过来，因为他有儿子及纳亚尔。可是，因为专注于一座咖啡庄园劳工们的罢工，纳亚尔只能在阿阇梨临终头天晚上到来。

克里希纳穆尔蒂曾认为，父亲的名字贾亚蒂尔塔·阿阇梨永远也不可能有简称了。可是，就在此时，纳亚尔背着装有全部家当的肩包走进来，坐在父亲床边，非常自在而亲切地用英语问候他："贾伊，你怎么样？"这句话里的简称，让克里希纳穆尔蒂感到困惑。纳亚尔核对了阿阇梨的药物，查看了他浮肿的腿，仿佛只是在前天才离开过他的身边。像父亲一样，他也是生命吠陀医学体系[①]的一位坚定不移的信奉者。他毕竟是喀拉拉人。他触摸了阿阇梨的脉搏，查看了他的舌头，观看了他的眼睛，叹了一口气。他从自己的包内拿出一些粉末，拌上蜂蜜，让他吃下。其间，他一直在滔滔不绝地说，西方对症治疗的医学差不多摧毁了本土医学，而在新殖民主义建制中，这是一定会发生的。他还说，从这个角度看问题，尼赫鲁就是个卖国贼，仿佛尼赫鲁本人得为父亲的病负责似的。随后，他拿出自己写的一本小册子，送给父亲。当获悉克里希纳穆尔蒂在德里经济学院工作时，他脸上浮现出一丝苦笑，说道："你们都是俄罗斯或美国的奴隶。这个国家受过教育的人中，已经没有真正的爱国者了。"

---

① 生命吠陀医学体系（Ayurveda system of medicine），印度传统医学体系，主张通过饮食、医疗和养生使人祛病延年。

他的自以为是初看起来似乎荒诞不经，却逐渐成为克里希纳穆尔蒂的一个不解之谜。他一边通过轻柔的差不多是女性似的抚摸来缓解患病友人浮肿的脸及四肢的痛苦，一边用粗糙的语言继续谴责整个体制。克里希纳穆尔蒂不知道，这样一个人是如何造就的。他甚至不想了解父亲在过去的四十年间一直在做什么吗？相对而言，父亲已经过于虚弱，无法开口说话，所以克里希纳穆尔蒂一直不清楚父亲想要问纳亚尔什么问题或想要告诉他什么。他不晓得，纳亚尔是否明白父亲即将死亡。父亲一直严格节食，可纳亚尔却在那天夜里告诉父亲，说他可以吃自己喜欢吃的任何东西。纳亚尔如此说话，原因就在于他知道实情了吧？当父亲告诉他自己对食物已经全然没有胃口之时，纳亚尔却回想起他们四十年前时在一起的日子，说道："我们在德里时，你总想来一碗杧果汤[①]。"父亲被逗笑了。克里希纳穆尔蒂难得见到他如此开心微笑。他在生病后，从来没有大笑过，只是躺在床上，茫然地凝视着房梁，有时翻一翻一本历书或一本关于生命吠陀的书。当父亲迟疑地问道："杧果汤不是酸的吗？"纳亚尔回答说："别担心。我自有解酸的办法。"

后来，纳亚尔依然坐在阿阇梨的床边，给他读自己写的小册子，仿佛他并不指望自己的朋友会有什么反应。夜里，甘古白扶阿阇梨在床上坐起。女儿给他端来汤拌米饭。他吃了两口就说，他不想吃了。"下一步会如何？"他边问边躺下。因为全部情况发生在他死前的那个夜里，他提出问题的语调，纳亚尔回应问题的方式，此时对克里希纳穆尔蒂似乎都有意义。纳亚尔点上自己的比迪烟，说道：

"你是说我下一步打算做什么吗？唔，我就像一粒种子，想找

---

① 杧果汤（mango gojju），南印度卡纳塔克邦地方名吃，主料为生青杧果。杧果被视为"万果之王"，在当地深受人们喜爱。

到肥沃的土壤，掉到里面，以便能够发芽。喂！看我来这儿以前在日记中写了什么！”他打开自己的日记，从中选读道：“这个咖啡种植园的工人过去听我的话，但他们如今已经变得贪婪而且已经背弃了我。他们被喀拉拉政治中的最大流氓M.V.瓦里尔所误导。我要在当街截住他，把他捅死。”纳亚尔合上日记，把它放到包内，犹如念遗嘱般说道：“就在来这儿前，我把一切都放下了，明天，我就离开……”

他要把整个国家扯进来回答父亲提出的一个问题。一个多么奇怪的人！可是，父亲什么也没有说。他为什么不说呢？是因为他不太明白纳亚尔所说的话吗？还是他太虚弱，以至于说不出话来了？很难猜想他脑子里在想些什么。他甚至没有活到看见纳亚尔行动结果的那一天。纳亚尔不折不扣地做了自己所要做的事情：在街道中间，当着许多人的面，他截住M.V.瓦里尔，宣布他掏出刀子的意图。结果任谁都能猜得到。M.V.瓦里尔及时闪开，飞奔而去，纳亚尔跟在后面追击。人们迅速截住他，夺去刀子。他因受到谋杀未遂的指控而被捕。

六十岁的老纳亚尔真认为自己能成功杀掉四十岁的小瓦里尔吗？他对自己的目标有几分可以当真？这一切是不是有点过于夸张？后来，此类想法还曾浮现在克里希纳穆尔蒂的脑海里，因为纳亚尔的造访也导致克里希纳穆尔蒂的生活方式遭遇挑战。父亲去世后，纳亚尔准备马上离开。他说：“令尊死了，一辈子活得就像个傻瓜。看起来，好像你也在步他的后尘呀！”

“您不等着出席葬礼吗？”克里希纳穆尔蒂含糊其词地问道。

纳亚尔的话语透着残酷无情，而他的目光当然没有这样的意味。尽管如此，那些刺耳难听的话语还是震撼了克里希纳穆尔蒂。

“现在还有什么未了之事？如果你愿意埋葬遗体，它至少会成为好肥料。可是，你们婆罗门火化遗体。我是中断自己正在做的事情过来的，因为是我的朋友召唤我。我就不再待在这儿浪费时间了。我还得要你付我旅费。一天的饭钱和公共汽车费合计二十五卢比。”

克里希纳穆尔蒂本想多给他一点钱，可最终还是没有拿出那笔钱来。他的妻子米拉本来就不喜欢纳亚尔。缘由就在于他那浓重的眉毛、多毛的耳朵以及一只耳朵后面夹一支铅笔的形象。所以，他刚刚踏上归途，她就迫不及待地抱怨说：“一个多么粗鲁无礼的人！在一个临终之人的床边发表街头演说！他行前说的都是些什么话！”克里希纳穆尔蒂也发现纳亚尔的行为令人不易接受。尽管如此，他还是告诫自己的妻子：

“别管你不懂的事情。”

在暌违四十年后，父亲为什么希望见到这样一个人？每当克里希纳穆尔蒂厌烦了妻子，厌烦了德里的生活，或厌烦了自己正在进行的对“五年计划与土地改革法案”的毫无意义的研究时，他总是苦苦思索纳亚尔与父亲的关系以及他们最后一次会面之谜。

另外一个事件发生在他父亲死亡之前。此事可能已经决定了克里希纳穆尔蒂的思考路径的走向。父亲是村里备受尊敬之人。在甘古白出现之时，他并不感到难堪。这一事实真让克里希纳穆尔蒂吃惊。地主维什努穆尔蒂是父亲的老主顾之一，曾顺便来家里看望他。同样，父亲对他所持的鄙视态度，似乎是理解父亲最后时刻心态所必不可少的一个关键因素。

在过去的十年间，是阿阇梨一直在处理关于维什努穆尔蒂收养问题的法律事务。在维什努穆尔蒂的养父纳拉辛哈·巴塔死后，他的妻子把养子带大。她有一个弟弟，跟她很亲密。他儿子出生后，她的爱开始流向那个孩子。维什努穆尔蒂不再是个未成年人，所以他的亲生父母规劝他小心留意家庭存放在保险柜中的首饰。他们让他给保险柜多加了一把锁。这就成为法律纠纷的开端。维什努穆尔蒂痛殴自己的养母，把她赶出家门。她前往法院，要求解除这一领养关系，依据是那些领养文件是伪造的，于是让她对家庭财产的申索权遭遇风险。她同自己弟弟及别的亲戚，强行闯入屋内。此时，维什努穆尔蒂已经撬开养母给保险柜上的那把锁，把里面的所有首饰一扫而空。他用一个大箱子把首饰带走，然后把箱子存放在贾亚蒂尔塔・阿阇梨家里。阿阇梨给维什努穆尔蒂找了一个律师，开始一步步指导他怎么做。此后，阿阇梨家开始每年都收到维什努穆尔蒂供应的大米。

人人都知道维什努穆尔蒂是个油嘴滑舌之人。他穿一件丝衬衫，一件华达呢短上衣，一条横宽的细白布围裤，头戴一顶黑色遮阳帽，总是显得十分时髦。每当他到阿阇梨家做客，阿阇梨的妻子鲁克米妮大妈都会盛情接待他。话说回来，他们全家不是因为他才吃饱饭吗？阿阇梨并非不知道维什努穆尔蒂的唯我主义和残酷本性。他知道他是如何残酷对待自己的养母并把她赶走的。可是，他因为看到事件中有个法律要点有利于维什努穆尔蒂，也因为他明白这一事件涉及养母的欺诈行为，他并不认为维什努穆尔蒂触犯了法律。阿阇梨习惯于透过法律框架来理解所有道德问题。然而，维什努穆尔蒂的一项行动似乎给他造成了一个道德困境。

在维什努穆尔蒂家里，有一个仆人，名叫文卡帕纳亚卡，属于一个较低的种姓。此人肤色黝黑，肌肉发达。由于是维什努穆尔蒂的亲信，他知道家里的所有秘密。分配给他的工作是驾驭主人的有篷牛车。拉车的牛体形高大，仪态高贵，是维什努穆尔蒂引以为傲之物。对于这位深得信任的仆人，维什努穆尔蒂给了两亩稻田，让他当佃户耕种。

维什努穆尔蒂的妻妹最近成为寡妇，于是前来姐姐家居住，以有助于她走出困境。究竟是文卡帕纳亚卡主动追求这位年轻而又体态婀娜的姑娘的，还是姑娘自己首先倾心于他的，至今无人知晓。这位寡妇怀孕了，文卡帕纳亚卡被谋杀了。寡妇流产，守口如瓶。谋杀事件本身是文卡帕纳亚卡一个亲戚干的，此人从童年起就是他的仇人。文卡帕纳亚卡被砍成两段，埋在林子里。在调查过程中，维什努穆尔蒂也成为一个嫌疑人。维什努穆尔蒂跑到阿阇梨那里，求他以任何可能的办法帮他摆脱困境。关于他卷入这一事件的流言也传到了阿阇梨的耳朵里，从而把他置于一个道德困境，但他却没有逼迫维什努穆尔蒂说出真相。维什努穆尔蒂告诉他，自己与谋杀事件没有任何关系；是文卡帕纳亚卡首先攻击他的亲戚的，人家在自卫中把他杀了；那名亲戚的身上也有数处伤口。阿阇梨不但说服自己相信维什努穆尔蒂所告知他的那些情况，而且他通过安排证人证明被谋杀者与其亲戚存有宿怨来让他人也相信事实如此。他找到一名最出色的刑事诉讼律师为维什努穆尔蒂辩护，使他获得保释，并在最终赢得官司。庭审证明，维什努穆尔蒂是无辜的，亲戚因自卫而杀人，因恐惧而把掩埋尸体。只是在事情完全过去之后，阿阇梨才在私下告诉自己的儿子：“孩子，我告诉你，如果真有地狱，这个维什努穆尔蒂死后肯定会在地狱中遭到火烤。一个极其残酷的人，他就是这样一个人。”

“可是，你自己救了他！”

“是的，可法律就是这样运作的。法律宁肯放过有罪之人，也不愿惩罚无辜之人。控方办案，相当不力。这就是维什努穆尔蒂得以逃脱牢狱之灾的原因。”

父亲说这些话时所表现出来的诚挚以及他对法律的尊重令克里希纳穆尔蒂感到震惊。难道法律为他提供了一副抵御令人棘手的伦理学问题的甲胄？也许直到他死亡一直是这样？纳亚尔对他在德里经济学院所从事的工作，也表达了类似的看法。社会科学研究真能不受主观价值影响？当然，对克里希纳穆尔蒂而言，诸如此类的论点一点也不算新颖。可是，当想到至死都为富人卖力效劳的父亲时，他感到十分困惑。

想到奄奄一息的父亲对维什努穆尔蒂的态度，克里希纳穆尔蒂不禁纳罕：在突然面对死亡时，我们往往连这样的慰藉也会丢弃吗？摆在各地法院面前的有关维什努穆尔蒂收养合法性的争议仍然悬而未决。其间，新生效的土地改革法案，就他对自己凭收养关系而获得的财产的权利，提出了一些更加复杂的问题。例如，一块很宝贵的地产当下在他养母之弟的手里，由人家租种。维什努穆尔蒂未能从此人手中收回对这块地产的控制权，因为就当作恶人而言，他比维什努穆尔蒂有过之而无不及。大约就在此时，在获悉阿阇梨患病的消息后，维什努穆尔蒂对自己托付阿阇梨保管的价值近十万卢比的首饰忧心难已。他穿上一件丝衬衫，一件华达呢外衣，一条细软洋布围裤，前去探望阿阇梨。他亮出金牙，然后坐下。随后，他一直询问阿阇梨的健康状况。“嗯，嗯……”阿阇梨只是予以简单应答，连一次都没有看他。

“阿阇梨先生，我从希莫加请个医生过来好吗？”维什努穆尔蒂边从一个银杯里呷着鲁克米妮大妈专为他制作的热咖啡，边引入话题：“如果您需要什么药，我可以给您弄来。您应当毫不迟疑地告诉我，这个您是清楚的。”

父亲一定已经察觉，所有这些话都是引言，维什努穆尔蒂想说别的事情。“你来这儿有什么事？直说吧！”他对他直截了当地说道。“我体力不支，不能多说话。”

“阿阇梨先生，没什么特别的事，真的！我听说您身体不好……此外，我是在前往希莫加的路上，要在银行办些交易业务。我老婆脖子上生了个疖子，需要切除。手术要花钱。您知道我的情况。我没剩现金，全用于诉讼费了。所以，我想我得随身带一些首饰，把它们用作银行抵押品……”

“喂！”阿阇梨喊叫自己的妻子。由于维什努穆尔蒂为全家供应粮食，鲁克米妮大妈总是竭力讨好他。她急忙跑过来，不安地站在那里，还挂着鼻钉。阿阇梨语气透着恼火，对她说道：“去把那个盒子搬到这儿来！”它就藏身于一个巨大的木箱之中。每当维什努穆尔蒂为拿东西而来，她总会亲自把它从大木箱中取出来。她总是等维什努穆尔蒂把它打开，站在那里尽情观赏那些金首饰，以饱眼福。除了身上佩戴的两只手镯及一个吉祥坠，她再也没有自己的金饰品，可是这只首饰盒由她保管这一事实本身，就足以让她感到自豪。

“用不着搬这儿来了。”维什努穆尔蒂边说边站起身来。“我自己过去吧。”

“听着，维什努。我身体不好，也不知道明天会怎样。所以，就把首饰盒随身带回去吧。你也无须再年年送我们成袋的大米。我身体好了以后，我们将去德里，跟儿子待在一起。”

“不行，不行！阿阇梨先生！您千万别这么说。”维什努穆尔蒂感到了阿阇梨语调中的冷漠意味。“对我来说，您就像我的父亲……”

“在钱的问题上，人是无所谓父亲，无所谓母亲，也无所谓儿子的。我此生一直为富人卖力。现在，我厌倦了这种生活。”阿阇梨闭上眼睛，侧过身子，仿佛在宣示，他不想再说话了。

维什努穆尔蒂用一块毯子裹住首饰盒，没再说一个字，把它放进了小轿车的后备厢里，随后像贼一样偷偷溜走了。

后来，当纳亚尔因为谋杀瓦里尔未遂而受审时，克里希纳穆尔蒂给他修书一封，叙述发生在父亲与维什努穆尔蒂之间发生的事件：

“所以，你不知道，我父亲是个傻子。他也厌恶自己与富人的联系。不过，我父亲死时人生还算圆满，与他相比，您似乎是一个头脑相当简单的过于戏剧化的人。”

纳亚尔英文书法漂亮，写了一封复信：

“谨向你致以一个革命者的问候！我鄙视这个完全由富人控制并只为他们的利益服务的社会。令尊为富人卖命，使他在生活中的所有欢乐荡然无存，事实难道不是如此吗？四十年前，令尊刚从失恋中恢复过来，于是前往德里以逃避马克思所谓的‘农村生活的愚昧’①。资本主义制度崇拜的偶像——金钱，摧毁了我们的伦理秩序、我们的文化、我们与亲人之间的关系等所有诸如此类的事物。只是由于像我这样的人的斗争，人类才可能沿着马克思所设想的道路前进，有望复归真正的人性。我极力通过行动将我的生活本身转化成为一种理念。如果我的行动在你看来似乎只是戏剧，那么请你给我指出一条更好的道路来，我愿意沿着这条道路前进。我想杀掉那些在资本主义制度下自肥的贪婪的人的愿望，肯定不是一个戏剧性的姿态。我希望，你不要像你父亲那样，也把自己的人生白白浪费掉。

① “农村生活的愚昧”（the idiocy of the village life），语出《共产党宣言》。

对于人在临终之际证悟到的智慧，我并不看得太重。对我而言，重要的事情是，人在活着的时刻对社会有什么影响。革命万岁！”

克里希纳穆尔蒂并不知道纳亚尔在此信中提及的韵事。在阿阇梨死亡时，唯一知道此事而且正在回想此事的人就是甘古白。

贾亚蒂尔塔·阿阇梨的遗体被从床上移开，放在光光的地板上。他的两腿交叠在一起，头部和脚部各放了一个用半拉椰子壳制作的油灯。这些事情刚办完，戈文丹·纳亚尔就离开了。鲁克米妮大妈坐在那里哭泣，同时用油摩挲遗体的脚和头部，为丈夫奉上最后一次服务。纳亚尔离去之后，她感到一阵轻松。阿阇梨的死让她对未来彻底绝望。仿佛天已塌陷，落到了她的头上。他在活力四射地度过一生之后死了。谁知道他欠银行及槟榔交易商多少钱？现在，这个儿子也有问题。谁知道他是否还在脖子上佩戴圣线？如果家庭祭司发现他没有佩戴圣线，人家会怎么说？他违背了父母的意愿，娶了一个北方女人。她不是我们社群的人，连我们的话也说不了。此事让阿阇梨十分恼火，加快了他的死亡。他跟维什努穆尔蒂说，我们会去德里与儿子一道生活，全都是气话。我们怎么可能呢？此外，还要带上一个寡居的女儿以及她儿子？莎维德丽还得借助手势体态给这个儿媳示范，说明依照我们婆罗门的生活方式，哪些事情能做，哪些事情不能做。如果你告诉克里希纳穆尔蒂教他老婆学习我们的生活方式，他就会大光其火。仿佛这一切还不够，甘古白这个荡妇也突然造访，成了我们的一股祸水。

连那些前来向逝者告别的人也会好奇地打量她一番。

当维什努穆尔蒂坐着小轿车到来时，鲁克米妮大妈感到有些宽慰。虽然丈夫在临终前生他的气，她知道在此需要大量开销之时，他不会让她失望。维什努穆尔蒂上身裹一块白方巾，双手合十，站在一个角落里。看到自己的同人尚无一人到来，他以一种相当悲戚的声音对克里希纳穆尔蒂说：

“在咱这整个地区，没有一个人可与令尊相提并论。没有他不懂的法律事务。只是因为他的缘故，这个地区像我这样的人，才能在这个邪恶的时代，设法守住我们的一些土地和房屋，过上体面的生活。您知道，我几天前来看他时，甚至在梦中也根本不曾想到，事情会到这个地步。有福的人呀，他离开了我们，让我们都成了孤儿。”

他最后一句话让鲁克米妮大妈再度悲从中来。她的女儿莎维德丽过来把她领入内室。为了安慰她，维什努穆尔蒂也进了里屋。克里希纳穆尔蒂平静地立在那里，没有流一滴眼泪。从邻近村庄来吊唁的人们不知道该如何向他表示同情。

克里希纳穆尔蒂的父亲似乎在安睡。他想，如此这般的悲痛表现只是对父亲的侮辱。他从来没有见过父亲哭泣。他有尊严地生活，有尊严地死亡。纳亚尔所以离开也一定是因为，他也不愿意看到如此这般的情感流露。或许他也知道父亲显示关心与爱护的方式。克里希纳穆尔蒂在迈索尔读书时，有一回喉咙严重发炎而且发烧。他甚至出现失声现象。他独自待在一个房间中。一天早上，父亲突然出现了，在上衣口袋里中装着一根当时刚买的温度计。“不知为什么，我就觉得你可能身体不好。所以，我就买了这根温度计，径直来到这里。”他边在床边坐下边说，然后把温度计放入他的嘴里。他在那儿护理儿子，待了两天。在为儿子剥橙子皮时，他就儿子最喜欢的天文学话题高谈阔论，以引他开心。

在谈论天文学的过程中，他也会解释关于财产所有权的法律要点。父亲竟然感到法律世界就像星辰世界一样迷人。克里希纳穆尔蒂觉得这有点奇怪。他虽然靠村里富人惠顾为生，却没有为自己捞钱的欲望。可是，他认为，帮助他人守住他们的财产，是生活给予他的一大挑战。想到这一点，纳亚尔称父亲是傻子，很可能还是对的。

克里希纳穆尔蒂想：我的婚姻对父亲一定是个巨大的打击。在结婚前，父亲给他修书一封，提到了神明与祖先这一话题：人对神明与祖先负有义务。他以前从未表达过自己个人的情感。“你现在要跟社群外的人结婚了，因为你不愿意在我走后为我举办忌日仪式。”他在这封信中大发雷霆。此后，他再也不碰儿子寄来的钱。于是，克里希纳穆尔蒂开始给母亲寄邮政汇票。孙子一出生，他就请儿子和儿媳回来，表现得仿佛他已忘怀一切。临终前，他告诉维什努穆尔蒂，他将去德里跟儿子待在一起，请纳亚尔前来，还接纳甘古白，仿佛她是家庭成员一般。那么，克里希纳穆尔蒂想，这一切表明，父亲已经完全化解了对儿子婚姻的愤懑情绪。在父亲说他要来德里与他一道生活时，他感到高兴的同时也有些惊骇：他们怎么可能都住在那个小公寓里面呢？他的妻子米拉会同意吗？

克里希纳穆尔蒂站着观看那盏在父亲脚下点着的油灯，以及人们在前院用槟榔木板建造停尸架。此时，他看到米拉在极力吸引他注目。她要儿子什里纳特坐到塑料便盆上。她们这种天天都会发生的斗法正在进行中。她需要丈夫在此问题上予以协助。克里希纳穆尔蒂感到很不自在，因为他如果在此类事情上出手帮助妻子，就会让他在母亲和妹妹眼中显得女里女气。他站在那里，心里对自己当时离开父亲遗体是否合适并没有底。作为一个面临如此复杂情势的陌生人，米拉愤怒地看了看丈夫，同时抓住孩子的手拉扯他。

克里希纳穆尔蒂一边还在想着纳亚尔临行前说的关于父亲的话，一边拉起正在使性子的儿子，把他带到前院。拴在那儿的阉小公牛正在悠闲地吃着干草。一只狗刚在阳光下伸过懒腰。地上随处有成堆的新掉下来的牛粪，还有待拾起。由于父亲之死，扫地和用牛粪水涂地等早晨的例行家务活还没有人干。牛棚在前院右侧远处。挨着牛棚矗立着一个圆筒，装满了用牛粪生产的沼气。这是父亲现代观念的一个见证。可是，燃气炉今天没有打开。在牛棚里，母牛在拉扯着缰绳，因为还没有给它们挤奶，也没有把它们放出去吃草。克里希纳穆尔蒂注意到，他姐姐莎维德丽在去给母牛解开缰绳。在这户人家，母亲从来都是先给母牛挤奶，然后才会把它们放出去。一旦母牛被放了出去，在牛犊吃了干草，喝了泔水之后，她就会给牛犊的口鼻部位拴个带刺的篮子。当克里希纳穆尔蒂抗议这种酷行时，母亲哈哈大笑着说："你是个城里的花花公子，对于此类事情，你懂什么？如果不把这些牛犊的嘴套上，它们自己就会把所有的牛奶都喝光。那条名叫高丽的母牛非常聪明，会从牛群中偷偷溜出去，把她的奶全喂给牛犊，然后再返回牛群里来。"今天，没有采取这样的防范措施，牛犊们在尽情喝奶，大饱口福。

克里希纳穆尔蒂将塑料便盆放在前院一个比较干净的角落，试图迫使自己执拗的儿子坐到上面。这个在德里的钢筋水泥世界里生长的孩子，很不喜欢这个泥泞的前院。米拉一想到前来此处就觉得沮丧，一半是因为婆婆过分在意仪式的洁净，一半是因为自己总是害怕上没有门的所谓厕所。

经过使用威逼利诱的手段，孩子顺从地坐在了便盆上。米拉终于发现丈夫独自一人待着，就想跟他说件事。一直在阳光下睡觉的狗站起身来。一头老母牛试图把嘴伸进阉小公牛正在吃的干草堆中，结果被它们赶走了。可是，狡黠的母牛还是返回并设法偷走了干草。在前院中，一些人在忙于捆绑竹竿来制作停尸架。便盆传来的气味告知米拉，她儿子终究没有辜负她的努力。她带着满意的神色立在那里，手搭在腰间，她的短发扎成了一个髻。就在那时，克里希纳穆尔蒂的姐姐莎维德丽从牛棚给他打手势，示意他有什么事情。他意识到，自己从未想过，父亲竟然会在一个普通的毫无疑义的早晨这样死去。孩子看见一只蜈蚣在缓慢地朝自己脚爬来，十分害怕，一跃而起。他妈妈让他坐回便盆，用大脚趾碰了一下蜈蚣，它盘成一团，形状犹如一种油炸卷形小吃。可是，直到克里希纳穆尔蒂用一根小棍把它挑起并把它抛开，孩子才感到自己安全了。

“来喽！”克里希纳穆尔蒂回应姐姐的招呼，朝牛棚走去。他在途中想起纳亚尔对父亲人生的总结，于是自言自语道：“不，父亲死的时候并不是一个傻子。相反，他决定了断与他人事务的所有瓜葛，前来德里与我一道生活。”在牛棚里，姐姐把他领到煮饲料的地方。他一边纳闷，姐姐为什么把他带到这么一个别人谁也看不到他们的地方，一边又想：“父亲的梦想是，不再为富人服务，前来与我一道生活。如果我依照他的愿望成婚，他就会这样做。在与我待在德里时，他会读自己终生都感兴趣的天文学书籍。在把母亲和姐姐托付给我照顾之后，他有可能要去与甘古白一道生活。”

“好，你来啦！你一定是坐飞机来的。可是，费用不是很贵吗？无论如何，你来了，这就再好不过。”阿阇梨靠在甘古白给他带来的枕头上，勉力把身子撑起来，对获悉他生病后刚从德里回来的克里希纳穆尔蒂喃喃低语：“我也已经请纳亚尔过来了，你知道的。可是，我现在感觉好多了。”他随后开始兴奋地谈起他一周前读过的东西。

是有关外层空间里的黑洞的。“你知道吗？他们所谓的黑洞事实上是星星，极其巨大的星星。可是，它们正在从内部开始塌陷，而就在如此这般塌陷的同时，由于具有非常巨大的引力，它们将所有光线吸入自身。那是些巨大的星星啊！你知道别的什么惊人的东西吗？似乎那里并不存在时间！所以我跟你说，孩子，只有一个人像商羯罗那样，把宇宙本身看成是虚幻的，他才能轻易领悟这样的奥秘。另一方面，对于我们的阿难陀底多[①]而言，世界是实在的，所以世上的一切具有意义，而这正是他所以能够对这个世界惊叹不置的原因。从这个立场出发，在你试图解释绝对……”

父亲从黑洞话题转而嘲笑平等分配财产的理念，再转向捍卫法制，真是举重若轻！那么，这究竟意味着什么呢？……在克里希纳穆尔蒂的脑海里翻腾着这些想法之时，姐姐拿出用自己的纱丽上端裹着的一样东西，说道：

“脱掉你的衬衣！”

“为什么？”克里希纳穆尔蒂问道。

“戴上这个。”

她用沾满灰尘的手揉搓一条新圣线，把它弄脏，以便在他戴上时，它会有一副用旧的样子。

“我不喜欢这样装模作样。”

“那你要做什么？难道你不是个婆罗门吗？作为父亲的儿子，你不想为他举办葬礼吗？”

“姐姐！你是知道的，父亲也不会赞成如此装模作样。你看他对那个甘古白是如何行事的……”

① 阿难陀底多（Anandateertha，1197—1276），又名摩陀婆（Madhavacharya），印度古代吠檀多派哲学家，印度教毗湿奴派分支摩陀婆派创始人。吠檀多不二论即绝对二元论哲学的倡导者，坚持梵、个体灵魂和物质世界三者的差异和各自的独立性。主要著作有《梵经注》《薄伽梵歌注》。

“那都是人的命运问题。无人能够逃避命运。”

在姐姐转睛看别的地方之时，克里希纳穆尔蒂脱下衬衫，戴上圣线。

“姐姐！父亲在去世前，已经厌倦了为那些恶劣的土地所有者服务。这正是他所以请纳亚尔前来的原因所在。你知道吗？纳亚尔有一段时间曾要杀光所有富人。同样，父亲不信所谓洁净与不洁之说。他要是信，你觉得他还会和甘古白有那么……”

莎维德丽不愿谈这个话题。

“你是说，这样的事情受我们的掌控？当然不受。所以我说，我们无法逃避命运。看你自己。你过去对我们都是指手画脚。后来你结婚了，看你变化多大呀……”

姐姐无意冷嘲热讽，可她的话都是无意中脱口而出的。他后来在德里的公寓里，在一个星期日吃午饭时，想起了这一幕。父亲死时曾表示愿意到德里跟克里希纳穆尔蒂待在一起。虽然此话令他快意，他还是确信此事在现实中毫无可行之处。别说让父亲跟他一道生活，现在父亲留在身后的两万五千卢比的债务就已经让他了无生趣。为了偿还债务，克里希纳穆尔蒂不得不每月存起五百卢比。于是，他只得让儿子从正在上的好学校退出，转入一所普通学校。全家一周两次看电影和外出就餐的安排只得放弃。此外，一个月至少得瞒着妻子给母亲寄二百卢比。他每次如此这般寄钱时，总会跟妻子胡扯一番：“你是知道的，无论父亲给富人卖了多少力气，他都不拿他们一分钱，他太清高孤傲了。这是他负债供我读书的原因所在。不然的话，他可能已经成为一个著名的天文学家了，否则就是一名最高法院辩护律师……”他一边苦苦回忆父亲，一边想，妻子听他说这一套时显得有点恼火，是完全可以理解的。

在这样的一个星期日，在午餐时间，妻子冷冰冰地就管理家庭预算发表意见：“床有多长，腿就只能伸多长。”克里希纳穆尔蒂用沙哑的声音争辩说，只有正在狱中煎熬的父亲的密友纳亚尔，可以超然于此类事情之外。由于他那天下午没有带米拉去看一部电影，她大动肝火，愤然对他低声说道：

“别只过嘴瘾！你干嘛不像他那样，也手拿一把刀子，到处转悠？”

克里希纳穆尔蒂觉得十分沮丧。他心里十分纳闷，与甘古白及纳亚尔此类人的友谊，对天上黑洞的兴趣，是否只是一种当下的手段，让父亲借以遗忘因为不得不费力赚钱而产生的厌倦情绪。他们结婚之前，米拉的脸是美丽而光滑的，现在却由于她总是处于愤懑状态而出现了皱纹。即便是在那些皱纹中，他也试图看清父亲生活方式的徒劳无益。他记起来了，纳亚尔即使在谈说残酷的事情时，他的脸也总是露出和蔼的笑容。与此同时，他还认为，纳亚尔也是一个荒唐的怪物，而他一直着力解决的那些问题在变得越来越棘手。父亲的人生本来有各种各样的机会，可他到头来岂不是一事无成吗？为什么事情会变成这样？我不是也在步他的后尘吗？我不知道。

在准备把倏忽即逝的自然生成的遗体还原为五大要素[①]之时，克里希纳穆尔蒂在河里沐浴，穿上棉布丧服，肩上扛一个陶罐，通过上面的开口把水倒出，环绕刚清洗过的躺在地上柴堆里的尸体转圈。随后，他从背后丢下陶罐，使之破碎，点燃已经浇上煤油的柴堆。克里希纳穆尔蒂坐下来，看着明亮的火焰往上蹿，逐渐蔓延开来，

---

① 五大要素（five elements），旧时认为，土、水、火、风、空是构成一切物质的五大要素。

聚拢起来，噼啪作响，初似蓓蕾，终如繁花，熊熊燃烧。巨大的火舌开始触及头颅。他一边观望，一边深情地回想起自己因发烧而倒下之时，父亲带一支温度计前来看他的情景。此时，父亲的朋友们和吊唁者坐在燃烧的遗体的四周，高谈阔论，相互宽慰。克里希纳穆尔蒂想：一场葬礼变成了一次野餐！多么好笑！有人在大声地对其听众说："我们的阿阇梨很精明，他是个深谙世故之人。他早就先于其他所有人知道，有利于农人而不是地主的《土地改革法案》就要颁行了。就在农民着手组织起来，属于祭司种姓的文卡纳亚卡开始四处游走，大呼'耕者有其田'的口号之时，阿阇梨把我们这些在外地主全都叫了回来，规劝我们说：'现在就把你们拥有的所有土地分给自己家人，在留下法律所允许的最高限额的土地之后，把其余地产全部卖掉，无论能卖到什么价都行。最好把土地卖给你们自己的佃户，即便他们能够支付的价格可能更低，因为他们毕竟一直耕种着那些土地。如果他们忘恩负义也别在意。现在，人都成这样啦！听我的话，不然就要发生喋血事件啦！'我们照着阿阇梨的嘱咐去做，结果我们都得救了。那些不听他话的人失去了一切。他用自己的法律知识救了各种各样的恶棍。跟我说实话，要不是他，我们能从农民运动的冲击中幸存下来吗？"

克里希纳穆尔蒂看见父亲的头盖骨就像一个椰子壳那样爆裂，不免心惊，就想大声喊叫："不能就这么走了！不能就这么走了！"此刻，他想起了发生在自己德里公寓里的一切。他常与左翼朋友探讨觉醒一类的问题，但一直感到意犹未尽。

在遗体被运去火化之后，甘古白就去牛棚附近的那株菠萝蜜树下就座。她那修长的身材，她那白皙的肤色，她那张虽然业已年届四十却依然没有皱纹的脸，以及她前额上的红色吉祥志，都可能使其他女人想到阿阇梨从她身上得到的欢乐。一想到这些，她就觉得不舒服。她想，如果我不在屋子里，那些女人们就可以随意放声哭泣了。她们可以称颂阿阇梨，而他的良好名声也不会因为我的缘故而遭到污损。

她了解阿阇梨的青年时代。他跟她无话不谈：天空，法律，他可爱的儿子，纳亚尔，任何事情，一切的一切。

他们二十年的交谊始于希莫加。当时，他在她母亲经营的那家旅馆上方开了一间办公室。那是土地所有者协会的办公室，而阿阇梨是该协会的秘书。后来，协会改名为马莱纳杜[①]农业经营者协会。她那时刚开始工作，当一名小学教师。她初会阿阇梨与书写一封房契有关。她母亲将她嫁给了一个鳏夫，但她当时并不知情的是，那个男人会非常残酷地虐待自己的女儿。当事态变得忍无可忍之时，甘古白离开丈夫家，成为一名学校教师。后来，倘若不是阿阇梨告诉她如何着手办理离婚事宜，这个没有父亲供养的可怜的女人，就得在丈夫家像个女仆一样生活。

他们的关系就是在那时开始的。不久以后，她母亲死了，旅馆不得不关张。在阿阇梨的帮助下，她尽可能地挽回一些金钱损失，买了几头母牛，开始卖牛奶。在甘古白的生活中，阿阇梨起的作用大于她所嫁给的那个男人。可是，他们的关系已经给他造成麻烦，因此她不想再让他进一步陷入难堪境地，于是两次怀孕都终止了。阿阇梨在临终之际，在众人面前毫不迟疑地接纳了她，她为此而感激不尽。

他的一生是冒险的一生。他的父亲是通加河畔一个村庄里罗摩

① 马莱纳杜（Malenadu），地名，在希莫加附近的西高止山脉中。

神庙的祭司。这个村子约有二十户婆罗门家庭，以其一年一度的神庙节日而驰名于邻近村庄。阿阇梨是父母的独生孩子。他的童年是在学习吟诵祷文和咒语以及协助父亲完成日常神职工作中度过的。可是，阿阇梨从一开始就对此不满。有时，他会躺在神庙院子里的草垫上，在凝视一天星辰中度过整个夜晚。他能叫得出其中许多星宿的名字。有一天，他在一场萨底耶那罗延那[①]祭典中履行祭司职务后返回途中，遇到一个骑着自行车的基督教传教士，力劝他学习英语。从那天起，除了天空，阿阇梨还迷上了学英语。他坐在神庙的一根柱子旁边，为祭典准备檀香膏之时，开始梦想到各种各样的事物。从远方前来神庙礼拜的信徒中，有受过良好教育的，他就向他们学认英语字母表。由自学英语书籍的帮助，他学会了阅读和书写。他开始梦想走向遥远的地方。

在年满十六岁时，他与一个八岁的女孩鲁克米妮结了婚。早些时候，他父亲在到达鲁克米妮所在村庄，要去瞅一眼这位准儿媳时，她已经爬上一株杧果树，正好坐在树顶上。阿阇梨的父亲向她打听前往戈帕尔阿阇梨家的路。戈帕尔阿阇梨是她父亲。姑娘并没有从树上下来，漫不经心地回答说："就在那儿。"如今，她变成了一个业已疏远此类欢乐的妇人。

她毕竟还没有进入青春期，所以在婚后的五六年间，就一直待在娘家。阿阇梨成了已婚男人，因而可以在婚礼上履行祭司职务，从而使自己的收入有所提高。

就在此时，阿阇梨人生中的一件有重大意义的事情发生了。在村子里，有一户从外地迁徙而来的非常富有的婆罗门家庭。这户人家的男主人是罗摩神庙的主要赞助者。因此，他每天都是第一个获

① 萨底耶那罗衍那（Satyanarayana），印度教保护之神毗湿奴的一个名号。

得神庙圣水服务之人。家里的女主人已经失明。他们有一个生得非常好看的女儿。因为没有男孩子，他们可能想要自己的独生女留在家中。所以，他们把她嫁给了自己的舅舅。

在夫家度过十年之后，她厌倦了丈夫，于是返回娘家。因为她没有生下一男半女，许多人纳闷她丈夫是否没有生育能力。父亲怀着对女儿的忧心死去，所以他们的公馆似的豪宅仅剩下两个人，女儿和失明的母亲。在装饰着大幅神像及配备着秋千与银边凳子的大宅中，仅有的住客是外人：有一两个赤贫的寡妇，上门来做家务，从而换取栖身之所；还有十分贫穷的婆罗门上门乞食，在吃过午饭后会睡个午觉；再有就是一些富裕的信徒从其他城镇前来神庙礼拜，会在这里落脚。

那时，阿阇梨约十八九岁。他每天在完成神庙祭礼之后，都得直接去这户人家做礼拜，这是他日常祭司工作的一个组成部分。这位年轻的女人阿尔卡瓦蒂至少比他年长四岁。她总是身披一袭丝绸纱丽及一件带泡泡袖的罩衫，留着时髦的边分头。她能读一点英文，是宠爱她的父亲教的。她将父亲的一些藏书，如仲马、司各特、哥尔德斯密斯等人的书，提供给阿阇梨去阅读。父亲认为英文是一种污染，因此阿阇梨会背着他偷偷读书。然后，他就把其中的故事讲给阿尔卡瓦蒂听。他虽然最初有点害怕，却在后来越讲越信马由缰，而阿尔卡瓦蒂则始终一边坐在游廊里的秋千上荡来荡去，一边好奇地大睁着双眼聆听。

在这座密林环绕的村庄里，在沉静的罗摩神像前，阿尔卡瓦蒂逐渐成为他梦中的公主。她想象着他们两人都是他们所读的言情小说中的人物。在她看来，年轻的阿阇梨穿一条白色围裤，裹一张白色布单，在剃过的头的中部留一大撮头发，束成一个结，似乎就是一个化了装的王子或骑士。她母亲已经失明，谁会钳制这个年方二十二岁而且恰好富有的美人吗？她每天都会穿一件不同的纱丽，坐在秋千上荡来荡去，跟她的宠物长尾鹦鹉说话，等待着阿阇梨从神庙给她带来的圣水。在饮过圣水，把庙花插入发辫之后，她就会让他到大房间中，坐在自己身旁。那时，他们两人就会忘乎所以，分外开心，纵谈远方。

日复一日，阿阇梨整天都在等着这一时刻。倘若哪天他非得到村外为人家的婚礼或别的什么仪式履行祭司之职，他就会变得十分悲伤，而阿尔瓦蒂也会非常沮丧。有好几次，她告诉他，她将给他买一匹马，以便他无论在哪里都可以飞快地返回。

他们的关系不断发展，呈现为各种形式：女主人与忠实的侍从，公主与骑士，女神与信徒，爱情故事中的女主人公与男主人公。于是，当母牛在傍晚要回家，铃儿叮当鸣响之时，当多愁善感的鸟儿在月夜纵情鸣啭之时，当杧果树在寒冷的十二月披满繁花之时，当人们能在沉静的暗夜听见通加河流淌的水声之时，阿阇梨都会由于一种缥缈的热切之感而辗转反侧。这种热切之感源于阿尔卡瓦蒂以及他对了解天上奥秘的渴求。

阿尔卡瓦蒂向他透露了自己的隐私，甚至暗示他，由于丈夫不够爷们，自己一直是个处子。不过，阿阇梨不太明白不够爷们是什么意思。在那些日子里，即便他用小手指触碰到阿尔卡瓦蒂，他也害怕自己会激情迸发。后来，他把这一切都告诉了甘古白。

有一天，在正午前后，他像素日那样带着一杯出自神庙的圣水，进入她的房间。她用一双大眼睛望着他，问道：

“你能帮我一个忙吗？”

阿阇梨立在那里，手里依然端着杯子，脸上露出愿意效劳的神色。

“如果你现在摸摸我，你得再洗个澡吗？”她问道。

“没问题。我可以再洗个澡。”

“那么，把那个圣杯放那儿。”她说道。“给我拿一些檀香膏来，给我揉一下后背，长了一个疖子，行吗？”

阿阇梨说：“行！”他的脸变红了。她看见他的脸色，大笑着说道：

“你是个好人，不是吗？所以，你会闭上眼睛敷檀香膏，不看我的后背，对吧？”她于是把后背转向他，把纱丽的边从肩头滑开，解开罩衫的纽扣。乳白色的后背右上角有一个红色的疖子。阿阇梨双手颤抖，轻柔地涂抹着檀香膏。此时，阿尔卡瓦蒂突然转过身来，用双手托住他的脸，仿佛那是一个婴儿的脸。

“我是个坏女人，不是吗？”她说道，脸上带着自得的微笑。阿阇梨汗流浃背，抱住她的臂膀，与她面对面站着。他不太清楚自己下一步该做什么，只是把她拉近自己。她的身子轻柔地贴在他身上。随后，他觉得自己在与她融为一体。他全身发抖，他感到眩晕，但愿阿尔卡瓦蒂不明白他是怎么回事。他倒在了秋千上，阿尔卡瓦蒂过来坐在他脚边。

从那时起，他对她心心念念，欲火攻心，难以遏制，与此同时，心里也伴生了对她的畏惧。翌日，在去她家给她送圣水时，他发现她正在坐着，用纱丽头盖着全身。她屈身端坐，仿佛她是个小姑娘，想招人疼爱。阿阇梨的手颤抖着，把圣水以及在神庙采来的红色金香木花递给她。他随后径自离开，不知道对她说什么是好。一整天，把她据为己有的欲望一直在他心里翻腾。夜里，他躺在神庙院内的金香木树下，仿佛被什么鬼怪缠身似的，凝视着繁星密布、不见月光的幽暗太空。可是，与阿尔卡瓦蒂云雨一番的欲望已经变得难以忍受。他于是起身在黑暗中朝她家走去，一路上喘着粗气，激动不已。已经过了午夜，外面没有一个人在走动。一到门口，他就意识到自己不能敲门。他绕到屋后。有人前天来粉刷屋子时，在那里留下一架梯子。他于是爬梯子进入用于晾衣服的顶楼。他离开那里，轻手轻脚地绕门厅走到阿拉卡瓦蒂的卧室，一路上心脏在胸腔里狂跳不已。

她躺在床上，床边依然亮着一盏灯。她一直在读的书打开着，搁在胸脯上。笼中的长尾鹦鹉扇动翅膀，发出吱吱的尖叫声。阿阇梨站在那里，望着阿尔卡瓦蒂安详的脸庞，凝视良久。“阿尔卡瓦蒂！阿尔卡瓦蒂！”他轻声呼叫。他觉得，在她睡觉时，自己触摸她并把她弄醒是不合适的。他一定已经轻念叨她的名字至少一百次了，仿佛他在重复念诵一个女神的名字。她慢慢睁开眼来，在认出他之后依然镇定自若。阿拉卡瓦蒂拉住阿阇梨的手，让他坐在自己身边，仿佛她有权接受他奉上的礼拜。阿阇梨不再是他自己了，像是一个着了魔的人。他气喘吁吁，显得无法自制。她让他躺在自己身边，安慰他说：“在我的心里，我已经嫁给了你。可是，我的身子不能嫁给你。”阿阇梨躺着，与她分外切近，心绪激动，不再有所欲求。可是，他第二天夜里又到她那里，却想占有她。阿尔卡瓦蒂轻柔地将他拒之门外。次日，在去给她送圣水时，他紧紧地把她抱在怀里，乞求她献身。“我们会有什么结果？”她焦虑地问道。“我们结婚吧！”阿阇梨说。“可是，这怎么可能呢？”阿尔卡瓦蒂叹了一口气。阿阇梨意识到，她是对的，结婚是不可能的。他是神庙祭司，而且已经成婚。此外，阿拉卡瓦蒂是个已婚女人，年龄还比他大。从那天起，阿阇梨行事如同一个狂人。每当他能找到时间，他就会去找她，恳求她接受自己。她会爱抚和亲吻他。可是，在他因情欲而发疯之时，她就会急流勇退。两个月就这样过去了。阿阇梨开始显得精疲力竭。有一天，阿尔卡瓦蒂对他说道：“请离开这个地方，在别的什么地方给自己找个工作吧！然后你再把我接走。”

对阿阇梨而言，这似乎是一件该做的正事。可是，就在他要做出悄然离去决定的那天，阿尔卡瓦蒂开始对他唠叨：“我知道就要走了，以便你能离开我。你一旦走了，就会忘记我。”阿阇梨说：“那么，好吧，我就不走了。”他怀着欲望靠近她。“你所要的不过是我的身子，是吧？”她问道。

最后，阿阇梨终于离开了这个村庄。阿尔卡瓦蒂给了他所需要的旅费，哭泣着告诉他快点来接她。他动身前夜，她甚至有意与他云雨一番。可是，阿阇梨为了让她明白自己有多么爱她，于是断然拒绝了她。

阿阇梨在纳亚尔的陪伴下在德里待了两年，失去几份工作，又返回了老家。他发现阿尔卡瓦蒂完全变了。她已经把自己瘦骨嶙峋的丈夫接来一道生活。此人的小脑袋就像一颗槟榔，眼镜玻璃厚得像汽水瓶，显得十分憔悴。其间，阿阇梨的妻子在进入青春期后，来到婆家生活。阿阇梨的父亲看到儿子学成归来也十分高兴。阿尔卡瓦蒂失明的母亲已经下世。阿尔卡瓦蒂不再穿她过去常穿的丝制巴里纱[①]衣。她开始穿质朴的纱丽并亲自前往神庙接受圣水。她丈夫此时负责祭祀家中供奉的神祇。他只能做很少一点别的事情。

阿阇梨感到大失所望。他决定离开村庄。阿尔卡瓦蒂前往神庙时，对阿阇梨连一眼也不看，仿佛想要证明自己作为一个已婚女人的忠贞。有一天，在确认她独自在家之后，他去了她家。阿阇梨留

① 巴里纱（voile），棉、毛或丝的近乎透明三织物，用于制衣。

着短发，养成穿衬衫的习惯，就像城里人一样。他告诉阿尔卡瓦蒂，他就要离开村庄了。他一边说话，一边观察她的反应。她垂下头来，可是他能看到，她在默然流泪。他抓住她的双手，轻声说道：“我还能怎么办？”“你再也不想要我了，是吧？”她一边说，一边把自己的双手抽了回来。这些话竟然激起他对她的情欲。他把她抱在怀里。她斜靠在他的胸膛上，双手掩面而泣。

阿阇梨得到一份在附近一个村庄邮局当局长的工作。他渐渐开始明白，阿尔卡瓦蒂是一个多么工于心计的女人。她以丈夫缺乏管理日常事务的能力为借口，指定由阿阇梨为其庄园管理人。她命人在环绕庄园的树林中给他建造了一间办公室。在完成邮局工作后，阿阇梨总是径直前去这间办公室，而阿尔卡瓦蒂会在晚间与他在那里相会。她是村里最富有的女人，没人敢说三道四，至少在她面前不敢造次。两人的脑力，大多用在了想方设法幽会上。一种强烈的欲望曾经让阿阇梨感到痛苦，渐渐成为一种满足感官的日常需求。就是在此时，在处理有关她的庄园的诉讼过程中，他迷上了法律。

不过，他年轻妻子圆圆的脸上却开始显现出深度不满和悲伤的迹象。阿阇梨在对玩弄那些欺骗把戏感到忍无可忍之时，就想跑到某个遥远的地方。可是，阿尔卡瓦蒂给予他越来越多的快乐，让阿阇梨对偷欢欲罢不能。于是，她越来越紧地控制住了他。

他逐渐开始觉得自己在失去自尊。阿尔卡瓦蒂对此有所察觉，于是下功夫让自己变得越来越仪态万方，从而每天都以一个新妇的面貌出现在他的面前。她就这样使他一直处于兴奋状态，对贪欢充满无尽的期待。

两年的时间就这样过去了。阿尔卡瓦蒂怀孕了。她丈夫不但保持沉默，而且昂首阔步，四处走动，仿佛妻子有喜是他本人的功劳。

阿阇梨对此人缺乏自尊之举感到极为厌恶。唯有阿尔卡瓦蒂始终心安理得，无动于衷，在整个孕期光彩四射，像个女神。她此时又穿上丝绸纱丽，而且戴上钻石首饰。她不在乎人们怎么想，在哪里都与阿阇梨亲切相处，仿佛这就是她的权利。他要多少钱，她就给他多少，以便他的妻子不缺衣服或首饰。随着孕程的推进，她的身子就像一个闭合的花蕾，把所有的奥秘都隐藏在内里。因此，阿阇梨松了一口气，将自己的注意力转到研究法律与天空。

阿尔卡瓦蒂因婴儿死胎而在分娩时香消玉殒。阿阇梨悲痛欲绝。他试图亲近发妻，但劳而无功。有一天，他最终离开故乡，来到这个地方。

他所以能够形成对诉讼的酷爱，是为了借此忘却阿尔卡瓦蒂？还是因为这是他为富人服务所必须掌握的一种利器？抑或富人就是他为了沉溺于温柔乡而找的由头？甘古白感到困惑。可是，她明白，在过去的二十年间，她一直是让他获得宽慰的唯一不曾断流的源泉。她想，正是因为她，他才得以从爱子的婚姻造成的震荡中恢复过来。

甘古白看到，人们在阿阇梨的遗体火化之后，在沐浴洁身之后，陆续返回。她一直坐在树下，于是起身进入屋内。她从自己的箱子中拿出五千卢比，把这笔钱送给阿阇梨的妻子鲁克米妮。鲁克米妮十分惊讶，婉言辞谢。

“我带这笔钱来是为了给他治病花的。所以，这钱理应属于他。我想让你把这笔钱用于他的葬礼开销。这样一来，你也就是给了我一个为自己积点功德的机会。”甘古白在说这一番话时不禁洒下泪来。

鲁克米妮大妈晓得，家里没钱。她不知道儿子身上是否还有余钱。该如何问维什努穆尔蒂，她也吃不太准。所以，在甘古白送钱给她时，她出于礼节予以推让，但最后还是收下了这笔钱。

“我要回希莫加。”甘古白说。“但是，我将在第十三日返回参加宴会，接受诸神赐福。”

“你来到这里，是命中注定的。你干嘛不住下来呢？”

甘古白借口说，她有教学工作，不能请假，于是乘坐傍晚的公共汽车前往希莫加。

在这些事情发生两年后，在德里的一个夏日的傍晚，克里希纳穆尔蒂坐在一把安乐椅上摇着扇子。一整天都热不可挡。妻子坐在他身边，在为儿子的衬衣缀纽扣。在这么多天之后，克里希纳穆尔蒂觉得心境稍微平和了一些，所以如此的主要原因是，他们的儿子身染白喉却奇迹般地康复了。疾病攻势严峻，以致他们一度担心他会失去生命。夫妻两人一直守护在儿子床边，几乎废寝忘食。这场磨难将他们重新凝聚在一起，使他们都认识到，两人为经济问题而打架实在无聊。此外，克里希纳穆尔蒂已经苦干了整整三个月，用化名为参加印度行政机构考试的人员写成一本指南。此书让他赚到一万五千卢比，使他可能清偿父亲欠下的所有债务。尽管不得不写这样一本书令他蒙羞，但这笔钱却化解了一些曾让他发愁的小事。

突然，克里希纳穆尔蒂开始想：父亲究竟是在活得像个傻子之后死去，还是他在临终之前就已经开悟？难以确认呀！对克里希纳穆尔蒂而言，父亲在临死前说的一些话，至今似乎依然无关紧要。他在跟纳亚尔说话时竟然睡着了。时至午夜前后，克里希纳穆尔蒂已经是半睡不醒。父亲一直卧床不起的那个房间的上面是一间铺着木地板的阁楼。一只猫刚在这个阁楼里生下一窝猫咪。在大猫发出噪音之时，克里希纳穆尔蒂的小侄子哈里库马尔走上阁楼，想提起那只里面有猫咪的篮子。大猫扑向他，抓他，不断尖叫。父亲呻吟着从睡梦中醒来，说道：

“啊哟，哈里！你干吗搅扰那只可怜的猫？让它待在那儿。”

这是他最后的话语，几句声音发颤却富于悲悯情怀的话语。话说得似乎不够。可是，我又何必如此怅惘呢？

2021年10月译

2021年12月修订

太阳的牡马

我现在开始写的这篇小说是关于傻瓜文卡塔的。他的真名是文卡塔克里希纳·乔伊萨。我已经有十四年没有见过他了。那一天，他在市场里突然出现在我的面前。他没有认出我来，因为我很久以前就离开了镇上。可是，这个文卡塔眉宇间涂着一个吉祥志，头的前半部剃成了新月形，满面笑容时会咧开嘴，露出宽阔的牙缝。我又怎么能忘却自己童年的朋友呢。他胳膊下面夹着一个棕色粗麻布袋，站在那里凝视着蔬菜摊位，就像一个男孩子站在玩具店门前。他的眼睛在扫视堆积如山的红瓜[①]与黑眼豆[②]以及从房顶吊下来的成串的香蕉，随后将目光转向生着斗鸡眼的贡根人店主。同时，这位店主也在冷漠地打量着他，就像观看在街上四处徜徉的牛一样。我站在那里注视着他，仿佛在一个酷热难耐的高温天发现了一股清凉的水流。他也草草地看了我一眼，但他眼神有点茫然。我们是市场里仅有的两个不带雨伞的人。其他所有人都谨慎行事，而他是个职

① 红瓜（tondekaayi），南印度常见蔬菜，成熟时色发红。
② 黑眼豆（alasande pea），南印度常见豆类蔬菜，色白，表面有黑色斑点。

业星相学家，因而很可能想宣示，虽然时属七月，但当天却不会下雨，从而炫耀自己有预测风云的能力。至于我自己，我很久以前即已离开此地，定居于城里，而且到过异国他乡，所以人们在看到我穿着城市服装，谁也不大会怀疑我没有带伞。相反，从外表就可以一眼看出，文卡塔对可能的倾盆大雨毫无防备，站在那里为自己的神秘学问而暗自微笑。他淡漠地看着那些从相邻各县运到市场来的蔬菜，仿佛它们无一是真正可以食用的东西。啊！在见到傻瓜文卡塔之后，我感到非常兴奋！我不知道，如果他认不出我来，我的激情会低落下来吗？倘若不加以滋养，记忆往往会烟消云散。

文卡塔虽然至少比我年长五六岁，但在我们还在成长之时，他就成了我最亲密的朋友。有他在身边，我感到十分自在。突然，我想起一个事件来。当时我也就是八九岁。我过去十分害怕水。有一次，他让我与他一道去河里，事前没有告诉我的母亲。他不顾我的尖叫和抗议，把我紧紧抱在他的怀里，从一块巨石上跳进水流里。我最初很害怕，急促地喘着气，还喝了水，但依然由他牢牢抱着，随后我觉得自己渐渐能够在水中沉浮，而且能在水中睁开眼睛了。小鱼擦身而过，弄得皮肤怪痒痒的，我为自己终于能够学习游泳而欢欣鼓舞，于是我慢慢开始觉得在水中待着十分舒服。随后，从清凉的水中出来，躺在温暖的沙滩上，在阳光下晾干身躯……如今，我们村里的河很可能已经完全干涸。仿佛摆好了跳水姿势一般，我脚尖点地，站在文卡塔面前，说道：“你好啊！”

“先生，这些日子以来，黄瓜的价格高得离谱，你没想到吧？”

我一动不动。我伫立在那里，直视着他的眼睛，仿佛就要对他发起攻击。

“先生，你觉得我胳膊下面掖着什么东西？是一只斗鸡吗？”他说着话，露出了空无所有的牙床。

“没错，布丹·萨阿卜。可是，你那公鸡的冠子怎么垂下来了？就像一个婆罗门空空如也的施舍袋。”

“不是的。这是那只在斗鸡时被我的公鸡打得遍体鳞伤的公鸡。”他拿着他的购物袋让我看，仿佛他在抓着那只公鸡的两条腿。

“啊！王子！你没有牙齿，头发散乱，臂膀下面，夹着这只公鸡，在这个月圆之日，漂泊在这异国土地上。是什么样的噩运把你带到了这个地方？”

我们过去常常一道去看夜叉戏。文卡塔意识到我的带有夜叉戏台词风格的夸张说法后颇感困惑，向后倒退了几步，臀部擦到了一头正在咀嚼一片香蕉叶的老母牛的角上。

“是阿南图吧？”他边说边揉自己的臀部。随后，他转向正在路边阴沟里继续寻觅香蕉皮的母牛，说道：“有福的母牛啊，请告诉我，你为什么要让我担忧这个阿南图可能是个经理或某个诸如此类的大官？要不，你是一直对我纠缠不休的巫师，在对我玩弄什么招数？”

母牛从阴沟中拾起一片香蕉皮，此时正在幸福满满地咀嚼着，不断翕动着自己的嘴巴。

“我给您拿多少红瓜？”斗鸡眼店主问我。我拿过文卡塔的麻袋，让店主装满红瓜、黄瓜、黑眼豆、土豆和洋葱，然后对文卡塔说道：“得了，咱们到你家去吧。”

“好吧，好吧。跟我来。我给你来个精油按摩，然后你再洗个澡，你就会看到月光啦！我们已经在浴室备好了水，随意吧。”就像一个采购了一桌盛宴所需食材之后打道回府的人那样，文卡塔故意高视阔步，轻快地从街上行人身边走过。

“那么，我就来买点精制头油吧。”我说道。我们拾级而上，进了普拉布开的店里，里面散发着烟叶的气味。

“穆尔蒂先生，你是在久别之后回访故乡吧，对不对？你的几个弟弟依然从我们店里赊购东西，就和令尊在世时一样。进来，进来！我给你们弄点喝的东西，好吧？”普拉布说道。他坐在那里，耳朵后面夹着一支铅笔，指了指位于诸多装食品小罐之中的一个凳子，示意我坐在上面。

“我时不时回这里来看看。可是，我很少来这个市场。您一切都好吧？”我说道。普拉布正在称的糖蜜香甜的气息与烟叶浓烈的气味混合在一起。

“情况怎么可能好起来？没有雨。赊购的顾客不还账。去年，我的大儿子病了，不到三天人就没了。干这一行，一个子儿的利也赚不到。可是，你还得继续做下去，因为父辈教你做的事情就是这个。我的儿子们不像你一样幸运，能留学英伦。他们就塌下心来，做家传的买卖。买进烟叶和马豆。看见那一个了吧？他是二小子。那边那个是老四。其他两个儿子已经开了一家布店。我把三个女儿都嫁了律师。大儿子的孩子们如今上中学了。你现在有几个孩子了？你住哪儿？”他边谈边把成块的糖蜜放到称上，而且一直不停地驱赶苍蝇。谈话十分亲切。

“我们住在迈索尔。我有两个孩子，一个男孩，一个女孩。你有精制头油吗？”

“啊！是要为我们的文卡塔·乔伊萨的著名精油按摩及沐浴而买吗？归根结底，在自由运动期间，在一块儿坐牢时，他不就是那个给K. T. 巴施亚姆做过按摩和洗浴的人吗？他认识很多内阁部长，都是些久经历练的人。在整个卡纳塔克，几乎没有一个要人不曾让文卡塔·乔伊萨给按摩过。可是，他在过去的两年间没有收到养老金。

为什么？只有天晓得！乔伊萨老哥，顺便问一句，你干嘛不让我们的穆尔蒂为你说句好话？如果这样，你要是拿到了养老金，我们至少也可以收回你欠我们的一些钱。总的来说，在这里，乔伊萨像我一样，在走背运，弄得穷困潦倒。从表面上看，他也有一个儿子。可他原来竟然是个大无赖！不学习，考试不及格！似乎这还不够，他还常去咖啡馆。不管你怎么说，我们那时候要比现在好得多。如今一切都颠倒啦！”

文卡塔咧嘴大笑，放下购物袋，从口袋中掏出一些鼻烟，将一捏鼻烟放进鼻孔。他从店员手中接过一个布满尘垢的瓶子后说道：“这是B. V. 潘迪特牌油，对吧？只有这种油才有最好的清凉效果。”

“当然是了，乔伊萨先生。这油也十分新鲜。在这个店里，只有我是个老东西。”普拉布边说边收起我的钱。“你是今天一整天第一个付现金的顾客。现在，我们的生意情况就这么糟糕。”

文卡塔把手伸出去，越过了那些小罐子。他握住普拉布的手，陷入沉思。

“普拉布，我一看到你，就暗自思忖，你看起来十分疲惫。你需要来一次精油按摩。问题就全解决了。我明天再来，用一些油给你按摩一下脑袋，好吗？”

就在文卡塔握着普拉布柔弱无力的手时，普拉布长叹一声，说道：“穆尔蒂先生，您知道吗？在这个镇子里，还没有一个人的脑袋没有受到过乔伊萨双手用油揉搓的待遇。这么一个好人怎么会有那么一个儿子？只有天晓得。前几天，这孩子似乎就毒打并抢劫了学院院长。”

文卡塔放声大笑，用手指在前额上划了一道线，似乎在表明，这一切都是命中注定。普拉布打了一个相似的手势，表示赞同他的意见，随后擦掉手上的糖蜜，说道：“乔伊萨老哥，你觉得他会被送到监狱里吗？”

“凡是他命中注定的事情都会发生。”文卡塔边说边拿起购物袋，准备离去。“我把他保释出来了。我给警方巡官以及院长分别做了一次精油按摩和沐浴。现在，我得给法官搞一次按摩。”

文卡塔的笑声让我很不自在。可是，普拉布似乎并不介意。还是那个老文卡塔，始终是镇上的笑柄！一个不知羞耻的人！

我们在朝着凯莱科帕村走去。通道就是一条小径，这么多年来没有丝毫变化。看着文卡塔，我开始强压怒火。他总是这副样子，一个蠢货。在退出印度运动[①]期间，有一次，这个天才让我们陷入麻烦。我们那时在读中学。有一天，他在中夜把我们叫醒，说道：“咱们去偷邮箱！”那是一个新月之夜，外面漆黑一团。我们在黑暗中把邮箱运到河畔，把它埋在沙中。翌日，全镇发生骚乱。我们装出一副无辜的神情，与别的每个人一样在抗议游行队伍中前进，呼喊口号，向民族领袖致意：“卡马拉黛维[②]万岁！嘉斯杜白[③]万岁！为自由而斗争！”我们在托迪酒店前担任纠察，在学校操场躺下，这一切全都在文卡塔领导之下进行。可是，文卡塔喜欢胡言乱语。在街上，一个外来客截住他，似乎在询问他在哪里可以弄到一杯好咖啡。文卡塔是个空想社会改良主义者，把人家领到了希纳帕亚的咖啡店。这个傻瓜并不知道，此人是刑事调查队[④]特工人员。“你们这帮男孩

---

① 退出印度运动（Quit India Movement），印度国大党与圣雄甘地于1942年8月展开的要求英国人撤离印度的斗争，沉重打击了英国在印度的殖民统治。运动期间，250个火车站遭到破坏，550个邮局被捣毁。这篇小说下文涉及这一运动。

② 卡马拉黛维，全名卡马拉黛维·恰托巴底亚耶（Kamaladevi Chattopadhyaya，1903—1988），印度社会活动家，为妇女权益做了大量工作，曾参加独立运动。

③ 嘉斯杜白，全名嘉斯杜白·甘地（Kasturbai Gandhi，1869—1944.02.23），印度社会活动家，圣雄甘地的妻子，支持并伴随甘地参加印度独立运动。

④ 刑事调查队，原文为CID，应当是criminal investigation detachment的缩写。

子们正在做的事情几乎毫无意义。你知道希莫加的学生们在干嘛？”这位鬼鬼祟祟的刑事侦缉处特工一边呷着热气腾腾的咖啡，一边怂恿他。文卡塔开始信口开河：“并不只是希莫加的学生们才能成事，你知道吧？”

“得了吧。你们这里的男孩子们没有对抗政府的勇气。”这位刑事调查队特工挑逗道。文卡塔于是向这位陌生人吹嘘我们前夜的冒险行动。结果，警方让我们跟文卡塔一道快速跑到河边。

随后发生了什么情况？全镇的人都聚集在河岸上。警察递给我们铁锹，喊道：“你们这些寡妇养的野种，现在开挖！”我们在灼热的太阳照射下没完没了地挖掘之后，终于把那个邮箱从沙中拖了出来，而且自己在众目睽睽之下被迫把它运回邮局。警察还没有就此放过我们。随后，他们用卡车把我们拉出去，倾倒在萨克莱巴亚卢森林。我们缓慢而费力地往回走，沿途就吃些野生浆果或别的我们能找到的随便什么吃的，直到第二天才拖着沉重的脚步回到镇上，全都累得要死。

我在回忆所有这些事情时虽然怒火中烧，可也不禁开怀大笑。文卡塔放下麻袋，与我一同大笑，而且一直手舞足蹈。“你什么时候都是个傻瓜，你明白吧？”我告诉他。他虽然比我年长，但由于反复留级，后来成了我的同班同学。他在那时就已经有了妻子，一个货真价实的悍妇。有时，在上学路上，他得带上她去某人家出席这种或那种求取吉祥的仪式。随后，在他们到达集市时，他总要在街头疾走，把她落在几步远开外，仿佛她对于他而言就是个生人，而她则一直连蹦带跳，奋力追赶。我们在初级中学时，就是这样获悉他已经有了妻室的。

有一次，我们的算术老师对他大声叫骂，还用一根藤条抽打他。

文卡塔竭力用一本书护住自己，央求道：“先生，我是个已婚的男人！请别打我了！”这一番话把老师逗得哈哈大笑，以至于他摘掉包头巾，用沾满粉笔灰的手擦起脸上的汗来。老师黑黑的脸上此时抹满了粉笔灰，这种奇异的景象让我们哄堂大笑。随后，文卡塔拿起一块抹布，为老师擦起脸来。这让大家更加狂笑不已。当老师转身再打他时，他已经趴在课桌下面，双手合十，恳求老师说：“我不想让老婆看见我身上有藤条打出来的疤痕，请别打我了！”老师有风湿病，没法猫腰，因而只能用脚踢文卡塔的臀部，再多叫骂几句，也就暂且心满意足了。

直到如今，文卡塔也还在引我发笑，仿佛他要证明，不可能有任何人会对他生气。不过，一想到他对儿子放任自流，对他的成长不负责任，我就厉声责骂起他来：“你就是个逃避现实的人，一个蠢货，一个没有骨气的笨蛋！”

“如此怒气冲冲，你又能怎么样？来吧！我给你按摩一下，把你的怒火都给你消了。”就像一个想向你炫耀什么宝贝的孩子，他加快了脚步。

“等等！”我说道。我想要告诉他：我对你毫不在意。以前我回故乡来，也并不想去见你。今天，我无意间碰上了你，所以你跟我在一起觉得好玩。我知道，这就是一场游戏，早晚都会结束。我认为，你最近已经养成了这样装傻充愣的习惯。我觉得自己在变得枯燥乏味。我不再想做任何事情。一种模糊的恐惧感让我心神不宁。我不再有写作的念头。我说话言不由衷，华而不实，而我面前的那些温顺的人则频频点头，表示赞赏。这场戏演完时，将只会剩下一片空虚。为什么我不谙世事？你明白世事，还是你只不过假装明白世事？你这种谦逊是故作姿态，对不对？我从童年起就跟你熟识，却没有写你，而是极力写一些事关崇高的问题，我于是也许就成了一条空船。是这样吧？

“我闻到了凯蒂洁花[①]的香气了。”文卡塔说道。就像神话中食人血肉的罗刹寻觅人踪一样，他张大鼻孔四处嗅探起来。这段时间，我一直没有跟他说我的想法。他放下麻袋，消失在凯蒂洁花丛中，说道：“我女儿甘佳非常喜欢在辫子上插凯蒂洁花。”我不知道那时正是凯蒂洁花盛开的时节。“这些讨厌的凯蒂洁花！不知道它们究竟藏到哪儿了。”文卡塔说着，过了一会儿两手空空钻了出来。“走，我们走吧！”

在路上，我们碰到一个人，他停下来跟我们说话。他耳朵上挂着金钉，头上顶着一卷布料。他吐出一口混合着槟榔汁的唾沫，说道：“哈！乔伊萨！我刚刚路过你家门口。你老婆拦住我，对你就是一通劈头盖脸的臭骂。她说，你今天早上就离家到集市去了，还没回来。她把你骂得那叫一个花哨……”

文卡塔帮助此人将头上重负卸下来，然后问道：“你跟她说话时，她在前院还是后门？啊！博学之人，请告诉我，贱内是在家中哪个角落接待您的？”

此人被这段戏言逗得乐不可支。他把其余的槟榔汁一并吐出，用衣角擦了擦嘴，露出了几个染红了的牙齿，问道：“你干吗问这个？是在后院。”

“那么，这就是说，她将用我们在后院种的蔬菜来做烩菜[②]啦！我那个有福的婆娘是个烹饪奇才，能把牛饲料变成美味佳肴。感谢

① 凯蒂洁花（kedige），或拼写为kedage，百合属龙舌兰科植物的一个异体，花具有观赏性，叶有香味，可用于礼神和装饰妇女头发，亦可提取挥发油。蛇类喜欢在此花丛中出没。

② 烩菜（palya dish），由数种青菜、小扁豆与香料烹制而成的菜肴，类似于咖喱菜或炖菜。

博学之人给我们带来的好消息！”

“可是，她那毒舌又是另一回事。”此人说罢准备离开，又停下脚步回头说道：“乔伊萨，顺便问一句，你儿子苏巴为什么会那么刻薄，那么暴躁？我想跟他搭话，他却跟我说少管闲事。我正要对这个暴脾气孩子喊一声滚蛋之时，一想自己也不是干涉别人事情的人，于是我就走开了。像你我这样的人，觉得自己就属于这里，总是极力互相关心。可是，时代似乎在变。不仅仅是你儿子，这是所有上大学的人的命运。”

这位高妙的信使把头上的布卷平衡了一下，甩着双手离去。“你说得太对了！”文卡塔对他说，然后与我一道出发。他迈着正步，仿佛什么事也没有发生。这家伙真可以！我惊叹不已。我此时确信，文卡塔已经把自己的所有事情都弄得一团糟了。可是，你瞧他那副还在漫不经心地四处游走的样子！他是一个鲁莽的人，还是一个不折不扣的骗子，要不就是一个看来衣衫褴褛的圣徒？我感到困惑。

“你现在有多少孩子？”我问道。

“四个。我们的头生是个很棒的男孩。几个女儿依然全部待字闺中。所以，我老婆已经是号称诛灭者[①]的凶悍女神，现在又变成了能喷火的迦梨[②]。无论如何，我是迦梨的信徒，所以即便是她怒火迸发，对我来说也是一桩好事。于是，我就在世俗生活中一直无忧无虑。”

他的戏剧性说法开始让我感到恼火。像文卡塔这样的男人干嘛要生儿育女，过一种听凭随便哪个过客羞辱的生活？我自言自语，马克思谈到农村生活的愚昧之时，他的心里无疑有像文卡塔这样的男人。在我看来，文卡塔似乎是所有生活在最高惰性状态之人的典

① 诛灭者（Chamundi），印度神话中破坏之神湿婆妻子波罗伐底（Parvati）的化身。
② 迦梨（Kali），又译“时母”，湿婆之妻提毗（Devi）的别名之一。

型。最近，在与朋友们谈话时，我常对我们国家是否可能发生什么变化表示忧心难已。此时，我想尽可能认真地阐述我的理论，就像我曾对文卡塔那样。可是，他会听别人的吗？

“你知道吧？老天爷一直滴雨不下……”

“如果杧果花在这个季节盛开，那就成奇迹了。去年，没有一个可供腌渍的杧果……”

“你看到那边那棵树了吗？有时会有数百只鹦鹉前来落在上面……”

“那边的那座山叫孔雀山。那儿有个洞穴。”

“一旦我的孩子们都成家立业，我就去住在那个洞穴里。”

“从那个山洞往外看，景色很是壮丽。我就让我老婆领取我的养老金，然后我就去住到那里。”

他就这样喋喋不休地闲扯下去，其间有时听我说几句：

“政治不过就是我们的生活方式的一种变化。”

“所有政治的基点，同样也是所有科学的基点，都是一种试图改变事物性质乃至人的本性的激情，以图让人家分享你的希望与抱负。”

“宗教仪式的基点也是如此。那也是政治，恒久的政治……”

“你不希望自己的老婆孩子也踏上你已经认为正确的道路吗？希望保持现状也是政治……”

“你知道为什么吗？变化是理所当然的。有些人为了达到他们自私的目的而极力阻止变化，但他们无法做到永远如此……”

“所有事物都会扩张，所有事物都会激增。没有任何事物会一成不变。这就是我们何以应当为了我们认为正确的秩序而不懈奋斗的缘由。”

我边走边说了上面那些话语。

“人生来是什么就是什么。”文卡塔边说边放下麻袋，仰面望着天空，双手合十，仿佛要祈祷。

“我对像你一样的英雄鞠躬，致以最深的敬意。可是，你们这样的人一定不要介意像我文卡塔这样的笨蛋。此外，当你们这些英雄全都头脑发热时，你们需要像我这样的人给你们做一个有清凉作用的按摩。”他一边说，一边开始用手指轻叩面前一个想象中的脑袋。

“滚蛋！”我厌恶地说道。文卡塔以为我真生了气，于是说道：

“可是，阿南图，跟我说实话。我连自己娶的女人都改变不了。我能改变世界吗？我现在还活着。又有什么能保证我下一刻还在这里？”

我们来到河流浅滩所在地点。那里有一座狭窄的临时小桥，是用三根槟榔树干搭建的。我们得在那里渡河。

“你先走。可要小心！”文卡塔等我先过。我小心翼翼地走过小桥，然后在浅滩对面等他。我对于自己最终能够吸引他听我高谈阔论感到满意，于是说道：

“我们也许明天就会死，也许我们不会。无论如何，会有别人继续活下去……”

我此时坚持要求他让我背麻袋。我们沿着稻田行走。

“阿南图，你知道吗？我们刚才过桥前所在的那片树林住着一个野猪精！这个野猪精以脾气暴躁闻名。很久以前，有一次，我在那片树林中走过，一边还唱着歌。天在慢慢变黑。我听见背后干树叶的沙沙声。我转身看是什么东西。一只老虎！我晕过去了。我醒来时，发现自己已经尿了裤子。”

“你为什么跟我讲这个？”

“哦，没有什么特别的原因。瞧，阿南图，我是个大懦夫。在你像这样讲话时，我不知道说什么是好，就仿佛你让野猪精缠上了。我跟我老婆说：‘我就是这副德行。我能怎么办？’她可能说话尖刻，可她是个好人。如果我说我肚子疼或有别的什么毛病，她哪怕走很远的路，也会给我找来这种或那种草药，给我煎好……我看到那只老虎时吓死了。你知道为什么吗？因为我不知道如何才能让老虎听话，用精油按摩使它平静下来。如果我懂行，我就会抓住虎须，从给它按摩前额开始。我会轻轻按摩……”

文卡塔捧腹大笑。我也大笑起来，想起了我们上学时他常常挨打的情况。可是，我怀疑他的笑声中包含着他的所有没有说出来的想法，而且这笑声把我的内心世界也暴露出来了，我于是感到很不自在。

“你这个白痴！谁可能会在没有一点自我的情况下活着？即便是最有教养的人也需要有自我。”我说道。我开始觉得，如果不消除文卡塔这一类人，就不会有进步，不会有电，不会有拦河坝，不会有盘尼西林，不会有自尊，不会有荣誉，不会有性爱的欢愉，不会有博得女人欢心的举动，不会有高潮，不会有飞行，不会有生活的乐趣，不会有记忆，不会有狂喜，不会有幸福。

我沉浸在这样的想法之中时，看了看文卡塔。他站在稻田边上，光着脚，洋溢着喜悦之情。我十分困惑。他是在怀着悲悯之情嘲笑我吗？我拿不准。

“你说你的几个已经长大成人的女儿还没有出阁。她们要是误入歧途，该怎么办？”我问道。我想刺痛文卡塔，谁让他可能怀着悲悯之情看我呢。

“你要是能给她们找到对象，我可对你感激不尽。我哪里有她们的嫁妆钱？这几个闺女，她们可是稀世珍宝呀！她们怎么会误入歧途？不过，如果真这样，那就是她们的命了。我是谁呀？还能逆天改命？”

面对他这种老实的做派，我竟然语塞了。我该对他说些什么？说他应当去赚钱吗？还是想方设法变革社会？文卡塔面露微笑，却没有丝毫嬉戏意味，说道：

“听我说！我毕竟是个职业祭司。我的职业性质就是礼拜，礼拜我所看到的任何事物。如果我碰到一些头脑，我礼拜他们。我也礼拜野猪精及各种精灵，我礼拜校园内的学监，警方的副巡官，经理人，现在还有你，而在昔日是巴施亚姆。这就是我礼拜万有，礼拜一切事物的方式。你顶撞你的对手，又能得到什么？只会碰得头破血流。迄今为止，母神一直照顾我。我老婆鲁库用香蕉叶制作杯子。我头顶这些杯子，把它们运到集市卖掉。我很快就会拿回养老金了。几天前，我给我们的立法议会议员做了一个极好的精油按摩。我告诉他，我在监狱的时候，常常用按摩使巴施亚姆看到月光……神蕴含在这些草木之中，明白吧？同样，神也应当蕴含在我们人的内心深处。可是，在我的心灵里，很可能还留着一定的怨毒。不然的话，我儿子苏巴就不会如此莽撞。”

文卡塔一把从我手中夺去麻袋，于是我得以信步前行，而他也开始向我指点所有他特别喜欢的鸟来。

“看那些鸟！它们甚至不在乎让我们看。它们既不要你的社会变革，也不要我的精油按摩。它们甚至把粪便直接拉到最凶恶的精灵头上，然后就飞走了。为了活着，它们既一定不能是笨蛋，也一定不能是冒失鬼。阿南图，你认为是这样吗？”

我快步走着，因为我渐渐感到饿了。文卡塔在我的背后模仿着我的步态，我们过去在学校时，他就常常这样模仿我。我依然像童年时那样蹒跚而行吗？我有点纳闷，也觉得有些难堪。

村民随处悠闲地坐着，因为雨还没有下来而忧心忡忡。“乔伊萨先生，雨什么时候会来？”有人懒洋洋地问道。文卡塔故作严肃，回答道：“就再等一周吧！”“连你用来制作那些杯子的香蕉叶也没有了。那么，你的所有星相学以及魔咒全都不灵呀？”一个身穿西裤的年轻男子问道，意在奚落他一番。“最近，我们一直在用从森林采摘的火焰花①的叶子做杯子。无论如何，我们得竭力维持生计，对不对？”文卡塔镇静地答道。“哎哟，奇卡！那天好像是属于你家主人的一头母牛走失了。他来找我弄了个咒符。那头母牛回家了吗？”他问一个放牛娃。“是的，它回来了。”那个少年回答说。他正在玩几块鹅卵石，头也没抬。我暗自思忖，这一定就是文卡塔的日常生活了。这就是一个傻瓜的生活，一览无余，众人都可以看见。既不是花团锦簇，也不是穷愁潦倒。他放声大笑，也使别人开怀大笑。他还梦想着到孔雀山上的洞穴中独自生活。当有什么东西冲他袭来时，他会闪到一边，为之让路。他常遭妻子辱骂。他没有秘密，从不隐瞒什么。眼镜王蛇头上有珠宝②，但它的牙中也有剧毒。文卡塔没有这样的剧毒。他也没有激情，没有怒火，没有嫉妒之心。

文卡塔让我看一株巨树，树干粗大无比。“这棵树有非同寻常之处。瞧！它的一个枝条形状如同一只手，指向地面。人们说，那是因为地下埋着一笔财宝。”他说道。我放声大笑。“有几个贪财的人

---

① 火焰花（muttuga），即森林火焰花，学名Butea monosperma（Lam）Taubert，亦可音译为穆图加花，印度卡纳塔克邦希莫加县出产的一种野生药用植物，可医治尿路感染。叶子可以代替盘子，用来盛饭。

② 这是一种印度民间传说。印度古代天文学家拉迦图（约活动于公元前4世纪至前3世纪）在《吠陀支天文篇》一书中写道：“有如孔雀头上的羽冠，蟒蛇头上的珠宝，天文计算是吠陀支中所有知识的顶端。”由此可见，这种传说由来已久。

甚至使劲挖过这笔财宝。可是，谁又能得到这笔财宝呢？它们属于一个住在这棵树上的精灵。”他对周围环境了如指掌，让我感到惊诧。我的这位童年朋友，对于事关这个地方一草一木的传奇，竟然能够娓娓道来。在这方土地上无数精灵鬼怪故事的滋育下，他逐渐形成了一套属于自己的哲学。

我是慢慢了解这一切的。他在轻松自如地带我穿过树林中那些迷宫一般的小径时，一直给我讲述种种传奇故事，总是想方设法把那些踏在我们脚下的隐秘小径与神话传说中的遥远岁月联系起来。“一次，悉多妈妈……”他就这样开讲《罗摩衍那》中的一个片段。在讲到罗摩与悉多在森林中苦度岁月时，他会让我看一片带有黏性的树叶，说悉多曾用这种树叶给自己制作油灯芯。我们面前这棵树上的兰花，就是罗摩带给悉多，让她戴在头上的那种花。那边的那块岩石是罗什曼那用箭射穿的，从中流出了泉水。文卡塔指了指岩石上形成的一个洼陷处，向我挑战道：“让我看看，你能不能用手掌从那个坑中掬起一捧水来。”我试了试，可在我掬水之后，更多的水又涌出来，注满了那个坑。他让我喝那水。我尝了尝，凉爽而甘甜。“罗摩曾用这水清洗这个林迦像。”他一边告诉我，一边指向那块岩石上的一个突起，又从水洼里掬水浇到那个突起上面。随后，他闭上眼睛，跪了下来，就像湿婆神庙前的那头公牛，口中念念有词：

“有些人把至高无上的神视为自己的母亲，有些人则视之为自己的父亲。把神当成自己母亲的人，总是看着她那丰满而流溢着奶水的乳房。他们吮吸母乳，不想撒手。他们也不要别的任何人的乳房。把神当成自己父亲的人，注视着主的眼睛，进入陶醉状态。他们想看到万有，他们想把整个世界尽收眼底，而他们对‘观看’的渴望一直十分强烈。吮吸母乳的孩子有时会入睡，醒来后又接着吮吸。我属于吸奶型的，你属于观看型的……为什么圣人商羯罗最初通过观察来理解宇宙，后来又突然像个吃奶的婴儿渴望体验宇宙？我十分困惑。你摄取营养之前，大可不必非搞懂它。蚯蚓摄取营养，树木摄取营养。它们都活着，它们欣欣向荣……也许，母神所以让你断乳，把你放下，是因为你已经喝够了，你倒也许可能从此睁开眼睛，看到世界，而这一切全看母神是否心血来潮。有时，她甚至可能把你从一个乳房拉开，让你吮吸另外一个乳房。不过，这是一个令人恐惧的时刻！在从一个乳房转向另一个乳房之时，在从生存转向死亡之时，一些幸运的人，如果不曾吓得尖叫，甚至可以瞥见她的眼睛……所有那些堂皇的英雄精神都不适于我。正是像我一类的傻子在为这个世界提供服务。现在，你也愿意吸食乳汁。这是完全正常的。你也会在吸奶时入睡。你还会在吸奶时脚踢母亲。此外，在你策马而去，完成使世界转向你所选定的路径这一英雄使命之前，你难道不会时而需要来自母神乳汁的滋养，以及来自我就要给你做的精油按摩的滋养吗？这样的滋养会令人神清气爽。”

在像薄伽梵戏剧中博学的仙人那样侃侃而谈之后，文卡塔对自己的雄辩感到喜不自禁。他站在那里，吸了一捏鼻烟。“在放弃吸比迪烟之后，我喜欢上了这种鼻烟。”他说道。“等到我老婆看到你和我在一起，她会立刻闭上她那张臭嘴。”瞻望前景，他有点扬扬得意，于是步履也变得轻快起来。不过，由于有罗圈腿问题，他的步态相当笨拙。

在我们面前有一所房子，一所没有粉刷、没有打扫、破旧不堪的房子，房顶上盖着乡下常见的瓦片。“这是谢尚纳的家。他病得很重。我们进去看他一眼吧。”文卡塔说道，随后在把手袋留在前门，把我带进了一处幽暗的走廊。“这是阿南图，阿查尔的儿子。他在孟买当教授。您知道他，对不对？”他说道。就在我的眼睛适应黑暗而我也还在沉思文卡塔的话语之时，我心里想：瞧这个文卡塔，他也是个哲学家。如果想回应他，我就非得使用英语词汇及短语，不然就得用母语中他不熟悉的对等表达方式。

如果他读我写的关于他的小说，他也只会把故事与自身视为一体。由于他是个傻瓜，所以他也就不为讽刺所动。总是乱作一团的世界，变动不居的社会，对他这样一个没有自己欲望的人而言毫无意义。在这样一个非政治的人的面前，我的所有知识都无济于事。他是基辛格的对立面。即便是甘地，也是投入伴随抱负。

“这是谢尚纳。他儿子在孟买工作，制造原子弹的。机敏，就跟你一样。我儿子也要变得像他一样。他娶了一个白种女人。她来过这里。穿着纱丽，前额上点着吉祥志，她看起来就像母神迦梨。她请公公去跟他们一道生活。可是，此人怎么能去呢？他离开自己的土豆洋葱菜就没法活了。此外，他愿意对家人发号施令。一个受过良好教育的儿子哪里会容忍这种做派？”文卡塔一边把槟榔切成细小的碎块，一边喋喋不休。

谢尚纳咳嗽起来。他咳得仿佛喘不上气来。文卡塔把他扶起来，让他靠着自己坐，轻拍他的后背，把一个碗端到他的嘴边。我想，他最后的时刻到了。他仰着头，不停地咳嗽着，上气不接下气。文卡塔支起他的头来，哄他吐痰。谢尚纳一定吐血了。文卡塔把他放倒在床上，到后院把碗倒空。“我给你制作点咖啡。”文卡塔返回屋里后说道，随后进了厨房。谢尚纳大张着嘴，喘着粗气，目光飘忽不定。我蹲坐在穿过房顶的玻璃瓦照射进来的暗淡的灯光下，清点着从房梁上挂下来的葫芦的数量。谢尚纳躺在角落的一张摇摇晃晃的简易床上，盖着一块薄毯，像一具尸体。他一定已经处于肺结核病的晚期。文卡塔本人极有可能是在护理他。文卡塔总是这样，在为他人服务。在我们放学回家的路上，如果你看他书包里面，你就会发现为各种人准备的药瓶子，还有为偷偷吸烟的妇女带鼻烟的管形瓶，给年轻姑娘的丝带，还有用来刮虱子的篦子，用于祭拜阿难达[①]的丝线，用于高丽节[②]的装饰亮片，从穆斯林店给孩子买的各种糖果，应有尽有，包罗万象，只是没有课本。除了他自己的伞，他还会带两把破伞来修理。他的衣服上露着补丁，在他的一撮毛里插着一片罗勒叶。他就这样沿着市场街悠闲地走过，仿佛他是这个地方的主人。他有时会给我们带来酸李子。

文卡塔从里面端来热咖啡，喂谢尚纳喝。“天知道我的命什么时候到头！”文卡塔吹过咖啡，把咖啡端到谢尚纳唇边；谢尚纳边说话，边咂着嘴喝下一口咖啡。

“胡说！”文卡塔说道。“你不会这么快就死，相信我。假如死神阎王骑着他的水牛来到你家门上，你很可能会让他等着，直到你吃完可口的土豆洋葱菜。你就是这种人。要是他碰巧尝一口，他就不会把你随身带走，而是会让你就待在人间，以便他在想吃一口美味可口的咖喱菜时，地球上还有一个他能去的地方。不过，死神不大可能白跑一趟，空手而归。所以，为了不虚此行，他会让你给他推出别的某个人来，来取代你跟他走一遭。到时候，你就把他送到我文卡塔身边来。我是个喜欢戏谑的人，虽然比你年轻，可是对于这套滑稽可笑的把戏，已经玩得精疲力竭，准备走人了。那时，如

① 阿难达（Ananta），印度神话中的九头蛇神。它盘起身子，就成为毗湿奴的座床。

② 高丽节（Gouri festival），祭拜女神高丽的节日，系卡纳塔克地区的传统节日，日期约在印历八月初三。高丽是湿婆之妻波罗伐底的别名。民间信仰认为，女神波罗伐底于是日探望信徒，翌日由象头神伽内萨接回湿婆住地凯拉萨山（即中国西藏阿里境内的冈仁波齐神山）。

果死神让我老婆的恶嘴毒舌吓走，那我就活下去。如果他不走，那我就走。”

谢尚纳的脸色好看了一点。文卡塔把他的头放到枕头上，起身准备离开。“我给你准备了大米粥掺和小扁豆汤，我女儿会给你送过来。”他说道，然后示意我起身。

“你的朋友可能知道我儿子苏布拉马尼亚·夏斯特里博士。他曾留学伦敦，如今在孟买当工程师，就在他们造原子弹的地方。人们说，他一个月拿三千卢比的工资呢！住在一座宽敞的独栋宅子里。”谢尚纳说着，想坐起来。文卡塔扶他躺下，让他睡觉。我跟他告辞，来到屋外。

文卡塔打开篱笆门，让我走在他前面几步开外。“来看我把谁带回来了！”他对妻子大声喊叫，把我当成了他的防身盾牌。鲁库怒气冲冲地出来，在看到我后冷静下来，犹如一根燃烧的原木被兜头泼水浇灭。此时，她用纱丽的边擦干湿漉漉的双手，对我露出满面笑容。“阿南图坚持要给你带这些东西来。他不听我的。”文卡塔边说边把那个装满蔬菜的麻袋递给她。此刻，生活的千辛万苦在她脸上刻下的皱纹舒展开来，化作感激的微笑。

鲁库的前额上涂着一条宽宽的吉祥志，花白的头发上插着一朵金香木花，眼睛被厨房里的油烟熏得发红，看起来已经瘦得皮包骨了。随后，沙恭达罗、高丽和甘佳都出现了。几个年龄大的姑娘已经成年，披着纱丽，发辫收拾得干净利落。玻璃手镯，一般的耳钉，头上新采的芬芳的金香木花，就是她们的全部装饰。她们见到我后，脸上流露出羞涩的笑容。一个姑娘给我端来热水，让我洗一把脸，另外一个姑娘给我拿来一条小毛巾。年龄最小的姑娘穿一件连衣裙，上面还带着补丁，从母亲背后偷看着我。她手里拿着一个她正在编制的茉莉花环。我在屋外洗足时环顾四周，有一些我多年不曾见过的花。茉莉花、玫瑰花、菊花、朱槿花[1]、通贝花、夜花[2]、金香木花、贝壳花[3]、孔雀开屏花，种类繁多，枝叶茂盛，水汽氤氲，布满花园。虽然雨季尚未到来，井水依然十分丰沛。

房子也收拾得井井有条。黑色的泥土地面已经擦得光可鉴人，上面是用白色画粉描绘出来的蓝果丽[4]图案。粉刷得洁白的墙壁，葫芦从房梁上垂吊下来。一册历书挂在墙壁的一个钉子上。文卡塔脱掉衬衫，把它挂在另一个钉子上。在一个角落里有一堆卷起的垫子，码放得整整齐齐。从门楣上方往下是一个是用玻璃手镯碎片制作的格子图案，带有棉布装饰，很可能是上次过高丽节留下来的。给我用来沐足的铜水罐擦得铮亮。沙恭达罗给我端来一黄铜杯冷饮，是用米汤、牛奶、糖蜜和豆蔻籽混合制成的。“我也有两个孩子，还很小，一个男孩，一个女孩。”我说道。“家里人都好吧？”鲁库问道。她与文卡塔来回进出厨房，兴奋地争论起来。他要当即让我体验精油按摩和热水浴。她争论说，我应当先行沐浴进食，然后在夜里享用按摩和热水浴。她最后获得胜利。文卡塔随我前往浴室。

“由于你前来做客，我没有像平常那样遭到劈头盖脸的斥骂。”他说道。

我放声大笑，开始往身上浇热水。房间内有一个花岗石浴缸，

---

① 朱槿花（学名Hibiscus rosa-sinensis Linn，俗名shoe flower），又名扶桑、佛槿、中国蔷薇。西晋植物学家嵇含在《南方草木状》中即有如下相关记载：“朱槿花，茎叶皆如桑，叶光而厚，树高止四五尺，而枝叶婆娑。自二月开花，至中冬即歇。其花深红色，五出，大如蜀葵，有蕊一条，长于花叶，上缀金屑，日光所烁，疑若焰生。一丛之上，日开数百朵，朝开暮落。插枝即活。出高凉郡。一名赤槿，一名日及。”

② 夜花（parijata），木犀科夜花属灌木，又名珊瑚树，原产印度。花冠白色，夜间开放，清香袭人，天明凋零。

③ 贝壳花（shell-flower），又名艳山姜、月桃花等。

④ 蓝果丽（rangoli），亦名兰加瓦丽（rangavalli），印度的一种民间传统地画艺术，手工绘制，寓意吉祥而神圣。

是精油按摩之后用来洗热水澡的。浴缸旁便是几口盛热水的大锅，一个装满有清凉作用的马蒂叶的陶罐，还有几个装皂角粉[①]的白铁罐。看着文卡塔的装备，我不禁对这个夜晚有几分畏惧。

“可是，你干嘛让你老婆生气？”我问道。

“我干嘛让她生气？她就是爱生气。那是母神为了保护我而赐给她的一种武器。要知道，不管怎么着，我这个白痴得有人加以控制，孩子们得有人照顾，家里的柴火得保持干燥。如果家里没人唠叨，我很可能碰上谁都会喋喋不休，忘记回家。她只有骂骂咧咧，才能吓走所有那些想愚弄我这个傻子的人。”文卡塔边给灶火添加燃料边说。

“你儿子在哪儿？我没有看见他。”我问道。

“他大部分时间都花在了和他那些狐朋狗友玩牌上。我的这些武器无一能对他奏效。他要是看见我，就会勃然大怒。”

我想对他说，你的哲学没有用处，而且正在通过你儿子与你发生正面对抗，但我没有这样做。我用责备的眼光看着他。他继续高谈阔论，仿佛他完全不明白我的意思：

“他所以恼火是因为他父亲完全无法博得别人的尊重。可是，我是什么人就是什么人，我怎么能改变？他们学院的院长不准他参加考试，因为他没有正规上课。你知道他干了什么？他在夜里袭击院长。人们说，他甚至抢了院长的钱。他纠缠我给他钱在城里开一家面粉厂。我现在穷愁潦倒。我能去哪里筹措他所需要的钱呢？”

你这个可怜虫！你一点也不懂什么叫邪恶，对吧？你就像只能在死水中绽放的莲花！我觉得我对你连两天也忍受不了。尽管你能

---

① 皂角粉（soap-nut powder），又名皂荚粉，由皂荚树（honey locust）种子粉碎而成，是一种天然有机沐浴用品，过去人们常用以洗头。

默默承受一切苦难，变化的时代却不适合你。你将继续这样生活下去，讨好他人，自鸣得意，永远装傻充愣。我强忍着没有说出这些想法来。怀着对文卡塔半是怜爱、半是厌恶的心情，我完成了洗澡任务。文卡塔随后按照仪式沐浴，其间一直反复唱诵着祈祷性圣歌。洗澡水流溢到一张床上，上面铺着一些到处可见的芬芳花叶。见我在看那些叶子，他说道：“今晚用这些叶子做个菜。”

吃午饭时，沙恭达罗搬来一个板凳供我就坐，前面是一片烤干的香蕉叶的尾端，环绕着它的是地面上的一幅蓝果丽装饰画。香蕉叶上是各种令人垂涎欲滴的腌菜、菠萝蜜制品、味道浓郁的油炸小吃，角落里放着大米制作的甜食。我说不上那些油炸食品的名字，但也羞于发问。

“午饭不丰盛，都是急急忙忙做出来的。”鲁库歉疚地说道，接着给我不断上菜。米饭有两种配菜。正如文卡塔所预言的，有一盘花叶烹制的菜。还有稀释的脱脂乳，上面撒着新鲜的姜片和芫荽等饰菜，还有用米汤掺酸脱脂乳制成的萨鲁酱，上面撒着几种香料。我从童年以后就没有吃过萨鲁酱，连它的名字也忘记了。文卡塔胃口极佳，无所不吃。这餐饭十分可口，虽非常简单，但能充分填满肚子。

沙恭达罗和高丽争相给我铺床。就在我躺下午休时，我听见鲁库大叫：“啊哟，苏巴，苏巴，快来吃饭！”她半是出于忧心，半是因无奈而发火，于是向丈夫求助：“天哪！叫苏巴来吃饭吧！”

我和文卡塔一道来到屋外，但只看见一个穿衬衫和短裤的人的背影，留着嬉皮士风格的齐肩长发。他正在迈着快步离开，头也不回。他的步态与他父亲酷似。可是，他比父亲高一些，也瘦一些。文卡塔没穿衬衣，只着围裤，在他后面追赶。苏巴停下脚步，转过身来，恶狠狠地挥舞着手臂，大声辱骂父亲。文卡塔身躯扭曲，往后退缩，苦苦哀求他。苏巴猛然转身，捡起一块石头。文卡塔用双手护着脸倒退，同时依然哀求他。苏巴于是快步走开。鲁库束手无策地站在那里，为儿子而痛心疾首，我看着她，觉得很不自在。文卡塔返回家里，脸色阴沉。“苏巴非常焦躁。他活像一只老虎，就要向我扑来！”他故作恐惧，颤声说道。

“你难道不能停止假扮蠢相？起码现在不要这样做！你就不能给你儿子一两个耳光，把他带回家来？你算什么父亲？”鲁库说罢，擦着眼睛进里屋去了。文卡塔跟着她进了里屋，说道：

“你去吃吧。把吃的东西给苏巴先放一边。他觉得饿了就会自己回来的。”我去躺到床上。小姑娘甘佳在一个人自己玩玛瑙贝。

鲁库对丈夫说的那一番话，正是我自己要跟他说的，只是她的批评更加严厉：

“不能因为你不在乎待在这个地方自生自灭，就说明你儿子也愿意在这儿堕落下去。他可是又一代人了。你也算个当爹的？在人们的眼里，你就是个一无是处的废物！你走到哪里就待在哪里，咧着嘴冲人傻笑。你有什么能让孩子们敬佩？像你这样的人究竟为什么要有家庭？你有多少年领不着养老金了？天知道！制作香蕉叶杯，把家收拾得井井有条，照料孩子们，一切都得我亲自料理。一日三餐，我得为那个小气鬼谢尚纳专门准备新鲜饭菜。我派孩子给他送去煮得很软的米饭，他说：‘她就不能给我送点杧果泡菜吗？你妈妈也太抠门了吧！’好像我在这儿为自己的家累断了腰还不够，我还得让这个人数落。我们全家谁都没有走出过这个鬼地方，连孩子们也没有，连一天也没有。一次乡村庙会，或者一场电影，或者另外一个城镇，我们看过哪一个？你跟我说呀！那个可怜的孩子苏巴，我做了他最喜欢吃的大米甜食和黑兵豆①，可是他空着肚子，在火热的太阳下游逛，就像一只疯狗。他变得这么邪恶，竟然对自己的父亲举起手来。我知道，有个不喜欢我们的人对他施了恶咒。你的头脑太简单了，根本不懂邪恶的东西……”就在一迭连声的责骂劈头落下之时，我一定已经沉入了睡乡。

我不知道自己睡了多久。我睁开眼睛时，察觉文卡塔手里拿着一瓶橄榄油，在我身边踱步。我坐起来，疑惑地望着他。他满嘴含着槟榔汁，微笑着说道：“咱们走。”我起身跟着他进了浴室。天正在黑下来。他让我脱光衣服，把一块布兜裆系到腰间。呼呼作响的火在给水加热。别的大锅注满了凉水。他关上浴室门，让我坐在木板上。他腰系一块浴巾，把它夹在两腿之间，挽到膝盖以上，仿佛他要趟入池子一般。他一边用圣草蘸油扫过我的前额和头顶，一边喃喃念诵着仪式性祷文。他吐出掺和着槟榔汁的唾沫，从脚部开始，给我全身敷油。随后，他让我坐在一个凳子上，把我的脚放在一碗蓖麻油里。“油的清凉作用会逐渐上升，最终达到你的大脑。”他解释道。他用手掌捧起橄榄油，将它浇到我的头上。他一边反复念诵着母神的名号，一边用双手快速叩击我的头部，仿佛他在击打一面鼓。“我现在在跟你的脑袋说话。它听起来难道不像是一个双面鼓②吗？”他问道，一边改变着节奏和手法。“是的。”我胆怯地说。那种礼拜神明似的殷勤让我感到不舒服。从他在我头上击鼓的路数看，我怀疑他甚至可能在我的背上起舞。“这律动会从你的脑袋流到你的

① 黑兵豆（black gram），又译黑小扁豆、黑绿豆、乌绿豆等，印度产豆类之一，印式烹饪中常用于汤菜或炖菜中。

② 双面鼓（mrudanga），或音译为“魔力单根”“木丹加”等，出于南印度，系印度最古老的鼓。演奏时横放于地。乐师用手的不同部位击鼓，可以发出清亮或深沉的音响，演奏技巧极为丰富。这种手鼓多用于南印度古典音乐和古典舞蹈婆罗多舞中。

肚脐。”他说道。“这声音会提升你的灵量[1]中的六个圈的能量。虽然我对此类事情知之不多，但我知道它是有作用的。”他边说边急速呼吸。我此刻可以断定，他在舞蹈。我想起了一个陶鼓[2]鼓手在一次音乐会上的演奏。

在击鼓之后而来的仪式，包括许多有节奏的动作，同时伴以文卡塔滔滔不绝的讲解，他的声音轻柔而且微微发颤。我的后背被火烤着。他绕着我的头转悠，仿佛在礼拜它。挠、掐、揪、压、拍、拉、推、抓，各种动作，层出不穷，他灵活的手指就围着我的脑袋忙碌。“现在，你的脑袋将独立与我谈话。”他说着擦掉脸上的汗水，做好第二轮仪式性精油按摩和提升灵量的准备。就在我诧异于他有二十根还是一百根手指之时，他那行云流水一般的解说变成了念咒语那样的声调，根据需要而有节奏地时升时降：

我们开始吧，阿南图！阿南图，进入森林，进入森林……在森林里，有一株树，一株树……在那株树上，在绿叶之间，有一只鹦鹉，一只鹦鹉，一只绿色的鹦鹉，一只绿色的鹦鹉。在那只绿色鹦鹉的钩嘴里……有一个鲜红的果子，在那只绿色鹦鹉的钩嘴里，有一个鲜红鲜红的果子……

就在下方，有一个清凉处……一个清凉，清凉，清凉处……芬芳的清凉处，因黄色凯蒂洁花而芬芳……注意，注意……注意它是如何绽放的……注意那粗糙、修长、边上带刺的绿叶……在绿叶里面，柔软的黄色……平滑的黄色，芬芳的黄色，傅了粉的黄色，滑

---

① 灵量（Kundalini），梵文瑜伽术语，音译为昆达里尼，原义为卷、盘、曲，相当于英文中coil一词的含义。印度瑜伽认为，灵量是一种有形的生命力，蜷伏在人的脊椎骨尾端，而通过修练瑜伽，可以唤醒沉睡在身体中的灵量，使之通过中脉，让人达到梵我同一的境界。

② 陶鼓（ghatam），状如陶罐，南印度古典音乐乐团中常用的一种打击乐器，常与双面鼓合奏。

溜的黄色，柔美的黄色……继续走，要走得轻柔，轻柔地走……注意！这是巴萨里，这是菠萝蜜树……这是难底……这是森林火焰花……这是杧果……这是兰阇……这是榕树……看那气根，从枝杈向下生长，直至地面……看那根尖，钉子一般……这些气根就像是仙人盘结起来的头发……

上面是蔚蓝的天空……四散的蔚蓝，隐藏着的蔚蓝，撩拨人的蔚蓝，令人忧郁的蔚蓝……下面是浩瀚的开阔空间……继续行进……

看那幼小的树苗……在树苗上，一片叶子……在树叶上，有什么东西在跳起……在跳跃……就像今天，很久很久以前，在你上学的路上，它就跳得那么欢实！你把书本搁下，站着观看……观看……呆若木鸡……观看太阳的坐骑……飞奔的牡马。你看到太阳如何骑在小小的、绿色的马上，骑在它隆起的背上……巨大的太阳，轻轻地坐在马背上，隐身坐在马背上，在一个角落里发光。

看太阳闪光的地方……在它的触须上闪光……在它的绿喙上闪光……在它的瞳仁上闪光……在云彩的边缘闪光……跌跌撞撞，悄然疾行，光破成斑驳的碎片……形成影子、色彩……落下，升起，燃烧……

看那宽广开阔的空间，浩瀚的空间……上面，熊熊燃烧的太阳。把他轻轻地驼在背上，飞奔而去，一直沿着开阔的田野，是太阳的坐骑……看它身无鞍鞯，高视阔步……它打弯的腿……它硬挺的尾巴……它的触须在探索着世界……它在从一片树叶跳向另一片树叶……看它的全身……看它的各个部分……眼睛是绿色的……一堆绿色……泛着泡沫的绿色……

听……听太阳的牡马：

阿南图大哥……继续跳，阿南图……把太阳背在你的背上……

消失吧，消失……怒火消失……愁眉不展消失……自我消失……对黄金的贪婪，对家世门第的吹嘘，全都消失……

消失吧，邪恶的咒语……伤天害理的咒语……父亲的咒语……母亲的咒语……祭司的咒语……居士的咒语……妓女的咒语……情人的咒语……死亡的咒语……玄牝之门的咒语……街头的咒语……书籍的咒语……所有的咒语，都消失吧。

唯有太阳的牡马还在……你就是那牡马……你就是太阳……

就这样，话语喷涌而出，而且富于节奏，伴随着他的上千只手指在我头上的舞蹈。文卡塔擦掉流向我眼睛的油。他热切地问道："阿南图，你开始见到月光了吧？"

我说："是的。"我不愿意让他失望。他已经被汗水湿透。我沉静地坐着。由于在他面前赤身裸体，我变得局促不安起来。

"这一次，你只是略开一下眼。等我下次给你精油按摩时，你就会看到真正的月光。"他边说边吸鼻烟。

我错了。这个傻瓜文卡塔也是一个颇有心计的政客。简直就是一个操控大师！他想改变我的"存在"本身。

他让我坐在注满热水的浴盆里，告诉我揉腋下及两腿之间。他把清凉的马蒂叶精油倒在我的头上，然后使劲用皂角粉揉搓我的脑袋。他捧起罐子里的水来，用力浇到我身上。浴室里的蒸汽和正在沸腾的热水使我的身躯变得鲜红。我虚弱到没法擦干自己的身子。他把我的身子擦干，递给我一杯用糖蜜做的冷饮，把锅炉底部的一些煤烟抹到我的头上。随后，他把我带进屋里，让我躺在床上，将家里所有的毯子都给我盖上，说道："你得发汗，把它排出来。"不一会儿，我已经全身湿透，仿佛又水洗了一般。他再次把我的身子擦干，让我躺在草席上。他给我端来热气腾腾的咖啡。我喝过后，感到昏昏欲睡。卢库在厨房里喊叫着，也在准备着花卷[①]。

我醒来时，听见文卡塔在恳求妻子："请为谢尚纳煮一点大米粥。我自己送过去喂他吃。"

"人们说，他儿子每月给他寄五百卢比。可是，他没有付过你一个子儿。你不关心自己的儿子，可你却想让我去照顾那个悭吝鬼。他是死是活跟我有什么关系？"卢库尖声叫着。不过，文卡塔还是让沙恭达罗去煮了大米粥，送到了谢尚纳的家里。

我此时在床上坐了起来。鲁库进来，站在我面前，哭了起来。照她说来，苏巴出生时凶星照临，命势不吉。他要去班加罗尔或迈索尔成为一名机械师。他干嘛不能也像谢尚纳的儿子那样飞黄腾达？他又不缺脑子。至少，就算给我的童年朋友帮个忙，我也应当带他儿子跟我一道去迈索尔，在那里给他找份工作，让他安身立命。

我有点害怕。如果我带他跟我回家，我的妻子不会容忍他的荒唐行为。不过，我还是答应鲁库，我会为他出点力气。我在心里说，我会找个地方给他租一间房子。我的保证使鲁库喜出望外，以至于全家人都变得欢快起来。文卡塔回来时，看到家里气氛发生了变化，他于是也变得兴高采烈。可是，他并不知道我对他妻子许下的诺言。仿佛在演出一场喜剧，他把过去的一个事例演绎出来，再现了谢尚纳的小气做派，却丝毫没有显出此事给他造成的不快。事情是这样的：文卡塔当时刚给他买了一些药。谢尚纳一遍又一遍地数文卡塔拿回来的零钱。看到文卡塔模仿谢尚纳咳嗽，用颤抖的手数硬币，连鲁库也忍俊不禁。在谢尚纳再次开始数钱时，文卡塔问他

---

① 花卷（patrode），印度卡纳塔克的一种地方食品，用面粉、蔬菜及香料蒸制而成，外观酷似中国花卷。也可以把同样材料搅拌后直接上火蒸制，用碗盛食，则类似中国民间名叫"苦累"的面食。

道：“有什么差错吗？”“这个25派沙的硬币好像完全磨损了。”谢尚纳说道。“这是个不错的硬币，还会流通的。”文卡塔说道。“可咱干嘛要冒险呢？回去把这个硬币花出去，再给我拿回来一个25派沙硬币，好吗？”文卡塔模仿谢尚纳有气无力的病弱声音。“你要我现在就去吗？”文卡塔问道。他从城里回来，刚走了三英里路。“你有没有别的事马上要到城里办，不能再等另一天了吗？”那时，谢尚纳死灰一般的脸色显出一种极致的满足感。“我知道他会睡不着觉。所以，我将身上带着的另外一个25派沙硬币给了他。”文卡塔说着，从口袋中掏出那枚他未能出手的业已磨损的硬币。“等他死了，把它扔到他的尸体上面！”鲁库愤愤不平地说，然后起身进屋里把晚餐准备停当。

从童年起，我就非常喜欢花卷。可是，如今已经发生的事情却使我不再可能吃鲁库做的花卷。我注意到，鲁库不由自主地哭着，而沙恭达罗和文卡塔虽然极力抚慰她却劳而无功。很快我就知道发生了什么事：她要用银盘给我盛布丁。于是，她就去黄铜箱子里去翻找。她在那个箱子里存放着她结婚时随身带过来的所有嫁妆。她打开箱子时发现了什么？除了为将来的孙辈保留着的牛黄、一些肉豆蔻、干姜、麝香丸、一种浆果、干石榴壳、一块檀香木、洗珠宝首饰用的皂荚，别的一切都不见了。因为鲁库有先见之明，她把自己的首饰都为姑娘们收了起来，攒着供她们出嫁时使用。所以，尽管家里穷，却从来没有典当过它们。那些首饰，包括几个耳环、几条耳链、一条四绺项链、四个手镯、一条腰带、一个带有花卉图案的发辫饰件、一个鼻环、一对脚镯、一条珊瑚链、两个银碗、三个银杯、一件用于祭拜的银杯、几个装吉祥志粉及姜黄根粉的银盒子。在高丽节后，她把所有那些首饰都包在一段旧丝纱丽里面存放起来。

如今，它们全都消失了。

文卡塔装作若无其事的样子，一直在催我吃花卷。最小的姑娘甘佳跑来，焦急地告诉父亲：“妈妈在哭。苏巴把所有首饰都偷走了。星期五，妈妈要为你治胃疼弄药，在打开箱子拿石榴壳的时候，一切都还在。你记得吧？前天妈妈去河边洗衣服，沙库和高丽也跟着她去了。同一天，苏巴来找我，递给我一条湿香蕉纤维，告诉我说：‘去，串一些茉莉花。我到城里把它们给你卖了，再给你拿回一些钱来。’我到了后院，一直纳闷哥哥当天为什么对我那么好。我回来时，他正在房间里干什么事。我心里说，他一定把自己关在屋子里抽了一根比迪烟。”

无论是文卡塔，还是沙库，或是高丽，谁都一言不发。沙库进里面去安慰母亲。“我们会找到这些首饰的。它们能到了哪里？他一定把它们当出去了。你吃饭吧！”文卡塔一边说，一边催促我吃花卷。他很快就吃完了。我在走完吃饭的过场后，来到屋外，坐在前门台阶上。想到“这些无辜的人遭受了多么深重的苦难”这句话，我就东张西望，看看有没有苏巴的一点踪迹。从我所坐的地方，我只能看到远处的一两所房子、一座神庙和行人踩出来的一条土路。这条土路成了通往城里的另外一条小径。再远一点是一座碧绿的小山。空气中弥漫着黄梗夜花的芬芳气息。房子前院都是开花植物。我在文卡塔按摩进程中未能看到的月光，此时泻满了花园。我能听见鲁库在里面叫喊和泣诉：“哎哟！我怎样才能看到女儿们谈婚论嫁？他干嘛不捅他亲妈的肚子，而是做出那样的事情来？”

文卡塔出来，站到我身边，说道：“啊！月光！”他很可能是在等待妻子悲痛情绪消退之时前来找我。也许，他想到我可能感到不快，于是觉得不安。看到我的朋友异乎寻常，如此安静，我感到痛苦。“过来，坐一坐。”我说道。“好闻的香味，是不是？”他说道。我微笑并示意他保持安静。我不善于安慰别人。不过，我还是进屋里力劝鲁库吃饭。她继续嘤嘤啜泣。我再次来到屋外。“你知道，我们的甘佳非常喜欢这个花园。”文卡塔说道，一边在花园里来回踱步。

夜已深沉，似乎无人能够入睡。在我看来，在世上的所有人中，文卡塔这个天真无邪的人竟然受到苏巴这样一个儿子的惩罚，是不公平的。如果我也一直待在这个村子里蹉跎岁月，我会变成什么样？天晓得！由于我敢于违抗父命，弃绝家族传统，所以我能够成长变化为今天这个样子。可是，在这个家庭里，父子冲突也是无可避免的吗？文卡塔似乎被自己的儿子吓住了。他装傻充愣，他给别人按摩，他奉行利他主义——这一切在这里似乎都毫无用处。这同一轮月亮，这同样的灌丛，这同样的树木，这同样的鸟儿，养成了像苏巴这样令人费解的暴烈脾气，也养育了像文卡塔这样的天性。文卡塔天性如此，能包容苏巴这样的乖张吗？还是干脆无情地斥责他？倘若如此，人们就只能对这个逃避现实之人的装傻充愣感到可怜和困惑。同样，我这位童年的朋友刚刚开始让我对人类淡漠的爱心有所复苏，我不能干脆对他置之不理。文卡塔在凶神恶煞般的儿子面前惶恐不安的形象依然让我感到烦恼。苏巴举起手来，攥着一块石头，就像是一个野蛮的穴居人，似乎他那难以驾驭的暴力即将爆发。这种野蛮的蔑视和否决，似乎就是制造原子弹和毒气的真正根源和重要动力。当然，苏巴的性格是从弃绝文卡塔狭小而又乏味的世界开始养成的。我对此心知肚明，因为我也曾违抗父母之命。在像文卡塔这样的处境里，一个人只能像夜花一样开放并进而凋谢。在那种状态下，人完全没有活动的余地。

在入睡前，我想到苏巴就是一个活动的形象。我的想象力很可能有点夸张。“盗窃算什么英雄行为？”我后来就极力想缓和我的一些革命的想法。可是，嗣后看到的情况依然令我烦恼。就在破晓前，当别人还在熟睡之际，在外面的星空之下，可以清楚地看见一切东西都被露水淋得湿漉漉的。

我听见了从花园传来的声响，于是起身出去观看。那是砍树的声音。“谁呀？”我大声叫道，准备走下前门台阶。这时，苏巴冲我挥舞着一把长柄大镰刀，大喊大叫：“你再靠近，我就把你碎尸万段！”我伫立着，一动不动。他披头散发，咬牙切齿，在熹微的晨光下砍伐着那株夜花树。在我看来，他似乎就是一个罗刹。他已经将那些开花植物和灌木砍倒在地。唯有那株粗犷遒劲的夜花树，在长柄大镰刀凌厉的砍击下依旧岿然不动。文卡塔在我之后起身，朝苏巴跑去。苏巴举起长柄大镰刀。倘若文卡塔没有及时闪避，跑回去大声呼叫“母神”，苏巴恐怕已经把父亲放倒了。我紧紧抓住鲁库，尽力阻止她贸然行动。她挣扎着，冲她儿子大叫：“来呀！你把我砍了！你杀了我！我生了一条毒蛇，就活该被它咬死！”她从我怀里挣脱出来，跑过去站在苏巴面前。其间，她的几个女儿都在极力劝阻她。“你别惹我！不然我砍掉你的脑袋！”苏巴边说边举起长柄大镰刀。我们都站在那里，闭上眼睛，呆若木鸡。我唯恐发生糟糕透顶的事情。我睁开眼睛时看到，鲁库已经紧紧攥住大镰刀，而苏巴则猛然松手，大声叫骂着，跨过篱笆台阶走了。他迈着轻快的步子朝城里走去，很快就无影无踪。鲁库依然伫立在那里，闭着眼睛，仿佛她还在等待长柄大镰刀随时落到身上。文卡塔拉着手，把她拖进屋里。看到花园全被夷为平地，甘佳大哭起来，几个姐姐看着她，也不禁潸然泪下。我坐在土堆上，我的感官似乎都麻木了。

在我的心里，安慰人的话语已经荡然无存。我以为，所有这些已经发生的事情，一定会让文卡塔极其悲痛。可是，我在上午却大吃一惊。

无论谁死了，也无论有什么灾难，生活都会照常继续下去，对不对？尽管文卡塔的住宅看起来乱作一团，仿佛家里出了死人事件，沙恭达罗还是煮了早晨饮用的咖啡。我用稻壳灰清洁了我的牙齿。在清晨沐浴之后，文卡塔正在准备檀香膏，以到河边神庙举行祭拜。只有鲁库卧床不起。高丽在匆匆忙忙地给母牛挤奶，因为放牛娃已经到来，要带它们去吃草。我察觉，文卡塔内心的一些想法已经破灭了，而我因为无法直视他的眼睛，于是来到屋外，坐在前门台阶上，却又不忍目睹被毁花园的景象，于是就绕到后院，伫立在那株石榴树下。

文卡塔以其罗圈腿的姿势站在篱笆附近，除了一块缠腰布，没有再穿别的衣服。那在后院篱笆边的就是文卡塔！他在那里站着，那么全神贯注，在干什么？我感到诧异。他不可能到外面去出恭，因为我没有看见他耳朵上挂着圣线。此外，他已经完成了早晨的净体礼，也做完了晨祷。我注意到，他站在篱笆边一动不动，俨然就是庙里的一尊神像，几近赤身裸体，全神贯注。他面前的绿色围栏树篱很高，所以他不可能在看外面的任何东西。我脚步轻柔地不声不响地朝他走去。文卡塔依然不知道我在那里。我出于好奇，想弄清他在看什么，于是我顺着他凝神注视的方向望去，端详树篱，扫视上面的叶子和花儿，以及别的一切进入我的视野的东西。进入我的眼帘的是一只蚱蜢。它背部隆起，腿部打弯，形容憔悴，通体呈绿色，身形扭曲，类似八曲仙人[①]。须臾之间，我注意到，我的朋友、傻子文卡塔正在入迷地看着这只昆虫，于是感到十分好笑。这种感觉旋即消逝。这只蚱蜢压下弯曲的腿，一跃而起，跳走了。就在它一跃而起之时，文卡塔摇了摇混沌不清的脑袋，仿佛刚从出神状态中清醒过来。看到这一点，我很高兴。他转过身来，看见我在他背后，脸上泛起天真无邪的笑容，说道："太阳的牡马！"我直视他那现出入迷神色的眼睛，不觉张开了嘴。

"太阳的牡马！"我说道。

2021年11月译

2021年12月修订

---

① 八曲仙人（Ashtavakra），印度神话中的一个苦行者，身形极其丑陋，躯体共有八处不正常的弯曲之处。

阿卡雅

我童年的朋友斯里尼瓦萨，至今已在费城当了多年的英文教授，因为最近出版了一部关于亨利·詹姆斯[①]的书而声名鹊起。实际上，他的真名不是斯里尼瓦萨。我所以隐瞒他的真身，是为了避免给他造成难堪，也是因为我怀疑，即便我写的是一篇关于他的小说，也可能把我自身的傲慢渗透到故事之中。此外，这篇小说也不完全是他一个人的故事。这还是一篇关于他的姐姐阿卡雅的故事。阿卡雅对于他的“哲学意识爆发”起了主要作用。有朝一日，他像蛇蜕皮那样抛掉拘谨之后，也可能写出这个故事来，而且可能写得与我迥然不同。（顺便说一句，“意识爆发”是他的原话。）

在上中学时，斯里尼瓦萨是个货真价实的捣蛋鬼。他总是出于好玩的目的而掏人口袋。无论你把钢笔或钱藏在哪个口袋里，他都会在你不知不觉之间给偷拿出来。当然，在逗你玩一会儿之后，他总会原物璧还。他会让你说各种各样令你感到羞辱的话语，例如：

① 亨利·詹姆斯（Henry James, 1843.04.15—1916.02.28），美国小说家，心理分析小说的开创者，著述甚丰，代表作有长篇小说《鸽翼》《使节》和《金碗》等。

我是一条狗，我吃你的残羹剩饭，我会给你擦屁股，我是你的奴隶，你说什么我就做什么……而就在你要崩溃之时，这个捣蛋鬼会落落大方地收受你贿赂他的一块橡皮或一支铅笔，然后把他偷你的东西还给你。你甚至不能向任何人吐露你的屈辱，因为如果你这样做，你的口袋就再也不会平安无事。

有一次，这家伙甚至偷了我们校长的钢笔。这可算得上是个精彩的故事。在男孩子当中，即便挨一顿打，也不会有一个人会说出这事是斯里尼瓦萨干的。最后，仿佛不忍看到他们遭受惩罚，他会出面自首。严厉的校长戴着金边包头巾站在那里，斯里尼瓦萨毕恭毕敬地给他鞠一个躬，然后开始胡诌八扯。尽管是当着校长的面，这一番话还是让我们忍不住突然大笑起来。

“先生，我在学校后面的灌木丛附近发现了这支钢笔……那正是您常去撒尿的地方，你以为谁也看不到你。在您从上衣里面拉出圣线挂到耳朵上时，您很可能没注意到钢笔掉了。您一定是在急着撒尿。如果您坐下来干这事儿，而不是站着，您可能会瞅见地上的钢笔。可是那时，您害怕自己的金边包头巾会掉进尿里。此外，揭开围裤撒尿也非常不便。”

他绘声绘色，再现了校长如何拉出圣线并把它挂到耳朵上。他把手伸进自己宽松的衬衣里面，仿佛在寻找自己的圣线，结果掏出了那支黑鹂牌钢笔来。他说“不便”一词时的调门，与校长前一天在班上训话时的调门一样冷峻，而他还回钢笔时卑躬屈膝吓得要死的样子，又足以使他成为所有男生乃至都很害羞的女生当中的乖孩子。校长虽然很高兴找回了自己的钢笔，却依然十分恼火，于是抬手要打斯里尼瓦萨。可是，他似乎处于两难困境：他既不能殴打归还贵重钢笔的孩子，也不能忘记自己的威权地位。望着校长举起来的手，斯里尼瓦萨蜷缩成一团，仿佛有生命之虞一般，于是借势倒在地上。他用双手护住自己，无病呻吟道：“先生！先生！别打！”差点儿让我们都笑岔了气。

这个斯里尼瓦萨今天成了一个非常重要的人物，让所有那些在童年时期就认识他的人大为惊异。斯里尼瓦萨的父亲是一个富有的地主，在他还是个孩子的时候就亡故了。斯里尼瓦萨是十二个孩子中最小的一个。母亲死后，长女成为其他人的阿卡雅，也就是大姐。是阿卡雅百般关爱，把他带大的。她的故事是一个全然不同的故事。

她在进入青春期之前，就早早嫁给了一个在胡布利[①]贩卖水牛的无赖。当时还不知道他已经有了一个情妇。丈夫折磨她这个没娘的女孩子，说她随身带来当嫁妆的金银饰品不够数。有一天，他甚至用一根铁棍烙她的后背，留下三道条痕，连试图阻止他作恶的情妇也被他一脚踢开，随后就把她这个无辜的妻子送回了娘家。父亲认为这就是自己的命，于是默默无声地接受了这一事实。他的眼睛周围出现了几道黑圈，他的头发变得花白，他的背驼了，剧烈的咳嗽折磨着他。他很快就衰老了。

每天早晨，斯里尼瓦萨肩挎书包，步出这个笼罩在悲伤气氛的家。当他坐在毕钵罗树[②]下面的石头平台上等候校车时，他总会进入一个属于自己的世界，一个充满恶作剧和嬉戏玩闹的世界。他的书包总是满满当当，但里面装的不是书，而是别的东西，如用干香蕉叶包起来并用一根香蕉纤维绳捆扎的小吃、弹弓、他玩得很溜的玛瑙贝、准备当礼物送给朋友的珠子、会趁老师不注意时在班上传来

① 胡布利（Hubli），印度卡纳塔克邦中部达尔瓦德县（Dharwad District）城市。

② 毕钵罗树（peepul），桑科榕属乔木。相传释迦牟尼坐于毕钵罗树下的金刚座上悟道成佛，故此树在后世又被广泛称为菩提树。

传去的生罗望子果[1]。我们在咂摸这种罗望子果时，这种酸豆会让我们的牙齿打颤，也会让我们的嘴里涌满唾液，于是整个班级就变成了一个喧闹的小动物丛林。

斯里尼瓦萨开始吸比迪烟时，他的粗鄙达到了登峰造极的地步。他会把一个小包放在某个树洞里。他觉得，与朋友们藏在干草垛后面，坐在那里点上比迪烟，从嘴里吹出烟圈，或通过鼻孔喷出烟雾来，这一切俨然就是一次大历险。有一天，一个干草垛着火了，是一支吸了一半的比迪烟被不小心扔到上面引起的。火旋即扩散到附近的一个茅舍，让住在那里的穷人无家可归。阿卡雅猜到了火灾的起因，于是把斯里尼瓦萨带到楼梯后面的一个黑暗角落。"小弟！你为什么干这种事？"

斯里尼瓦萨没有吭声。可是，那天夜里，她听见他在睡眠中说梦话，她的怀疑得到证实。她没有跟任何人讲过此事，而是把茅舍主人请来。她把自己的两个金手镯给了他，告诉他用这笔钱给自己建一所新房。后来，她父亲及几个成年的弟弟都厉声责备她太慷慨了。

在比迪烟插曲之后，斯里尼瓦萨参与了自由斗争。作为一名年轻的领导人，他在砍伐檀香树及砂糖椰子一类抗议活动中成了一个了不得的行家里手。我仍然没有遗忘他在那时总会唱的短歌：

> 嘉斯杜白，卡马拉黛维
> 跟你们罢工，我们已做好准备

我过去常常与斯里尼瓦萨一道在他家过节，所以我了解他的一

[1] 罗望子果（tamarind），豆科酸豆属植物，学名为Tamarindus indica L.，别名酸豆。

切，乃至他对青春期生理现象的担忧。斯里尼瓦萨在大学里经历了巨变，我们当时再度成为同班同学。就像毛毛虫变成蝴蝶一样，他变成了一个大学者。正是他使我成为一名作家。我是从他当时对过时的印度教信仰严厉而激愤的观点获得灵感的。

阿卡雅处在引发他的全部精神骚动的中心位置。此事我一直非常清楚。如今，斯里尼瓦萨已是一本正经，很有尊严，可能不会承认，是大姐以母牛舐犊般的柔情把他带大，才激发了他对她的依恋。

斯里尼瓦萨对自己的长辈心怀激愤，因为他们在大姐还是个孩子时就把她嫁给了一个不认识的男人，从而剥夺了她的一切自我实现的机会。盲信和墨守传统，抑制了他们的自由本能，这个现象于是成为斯里尼瓦萨辩证分析的焦点。那种思想，如今人人认为理所当然，可在当时却令人激动，而且让我们有一种获得解放的感觉。一个女人成了寡妇必须削发，一个无辜的新娘由于没有带来足够的嫁妆就被泼上煤油烧死，此类现象成为这样一种思想方式的中心。后来，在我们攻读文科硕士学位期间，关注的焦点转为贫困的佃农、裹着粗糙毛毯的哈里真[①]或中国革命。

那时，我们对现实满腔怒火，为革命前景兴奋不已。斯里尼瓦萨当时讲了一个荒唐的事件，让我就此写了一篇小说。故事是这样展开的……

不管怎么说，斯里尼瓦萨的兄长逐渐了解到，在希莫加著名的牧女饭店前面开一家槟榔叶与卷烟店的那个男人是阿卡雅的丈夫。此人曾经在她身上留下烙印并将她扫地出门。在警方的帮助下，斯里尼瓦萨的兄长把他送进了警察局。此人在那里冷静地承认，自己确实是阿卡雅的丈夫。他准备弥补自己对她犯下的罪过。迫使他这

---

① 哈里真（Harijan），意为“神之子”，系圣雄甘地对贱民的褒称。

样做的原因绝不是他有了懊悔之感。他在圆房前遗弃妻子，使他失去了一个婆罗门接受他人礼金[1]的特权。为了至少在当下拨乱反正，他决定依照传统规定举行圆房仪式。阿卡雅已经过了更年期，而由于每天晚上喝不少于一瓶乡村烈酒，她那个二流子丈夫的脸已经浮肿起来，由于连续不断地吸比迪烟，他的牙齿已经掉光，整个人变得形销骨立。他完全不在乎这些。过去没有举行过圆房仪式，如今又非办不可。

在坐小轿车回家的路上，这位可怜的婆罗门抱怨说，如今已经作古的岳父没有给他应得的金饰品。在神庙里，按照风俗，他看见妻子的脸倒映在一个装满油的碗里。他戴着金边白头巾，前额上系着一个新郎金丝头饰，在火神阿耆尼的见证下，他再一次接纳阿卡雅为自己的妻子。那天夜里，他躺在她身边。可是，她从床上跳下，来到屋外，又踢又跑。她用纱丽上摆遮住自己的嘴，以在几个弟弟面前隐藏起自己的羞耻，随后喃喃自语：“他想摸我。真恶心！”

通过讲述这个事件，斯里尼瓦萨严厉批评了注重过礼仪生活的婆罗门。所以，在我据此而写一篇故事时，他还没有喜欢上我在其中所展现出来的幽默感。

多年以后，我与他在费城重逢。读者们如果想理解我在此时对他的感情，就应当记住我已经讲述过的那些事件。他出生在一个正统的社会环境里。倘若他没有成为这个环境的严厉批评者，他本来可以继续生活于其间，享受属于他的一份祖产，开一辆小轿车，乃至每天都在属于其他种姓的富人陪伴下呷着苏格兰威士忌，吃着鸡肉。他本来可以继续在西装下面戴一条圣线。谁也不会不嫌麻烦，就这一切提出质疑。我们不都是这样抛弃我们的正统观念的吗？

① 礼金（dakshina），施舍给婆罗门祭司的香火钱。

可是，对于斯里尼瓦萨而言，像那样生活就等于生活在邪恶的信仰之中。所以，为了使自己的叛逆真真确确，他开始食肉。随后，他与一个来自旁遮普的医生相爱并成婚，完全没有在意自己几个没有多读过书的兄长的反对意见。唯有阿卡雅，既不赞许，也不反对。她没有见过斯里尼瓦萨的妻子，却把自己的几件首饰作为结婚礼物送给了她。当然，还有她母亲的脚趾环。可是，医生习惯穿鞋，怎么可能戴那些厚厚的有三重圈的脚趾环呢？阿卡雅没有见到她就亡故了。

当然，这一切只是我的推测。我想，斯里尼瓦萨甚至不曾带妻子去见自己可爱的大姐，因为他认为，家里的气氛可能不适合自己在德里长大的妻子。按照常理，如果他不回来索要自己名下的那份财产，他那些精明而又老于世故的兄长会十分快意，而且会在他人面前赞扬他。似乎一切都令人称心如意。

结婚以后，斯里尼瓦萨疏远了自己的母语、老家和亲人。人一旦与周围的一切格格不入，在哪里生活又有什么关系？蒂尔塔哈利、德里、费城，全都一样。他定居于费城。他的妻子成为一名事业非常成功的内科医师。在他们的第一个孩子出生后，虽然是个女儿，但他的妻子不想再生孩子了，以免妨碍她的事业。

他们三口舒舒服服地住在一幢巨大的砖房里。这所豪宅是根据他们的要求而设计和建造的，有四个卧室，还有一个游泳池。作为一名教授，斯里尼瓦萨也收入不菲。不过，离开故国之根也让他略觉遗憾，因而使他成了一个非常敏感的人。这种敏感性给他的著述增添了新的意味，也使他的思想变得犀利。没有这一切，美国会有谁在乎他呀？

我并不是说，斯里尼瓦萨无情无义。我习惯于语带讥嘲，所以读者应当谅解我偶然显现的此类笔法。斯里尼瓦萨至少每年回国一次。可是，他可怜的妻子连这一点也做不到。她有点时间，就得去看望几个为跨国公司工作的兄长。如果她再有富余时间，她应当到德里陪伴年迈的父母吧，是不是？我们都有自己的难处，对不对？

斯里尼瓦萨只带自己的女儿回过一次在蒂尔塔哈利附近的老家，一座杂乱无章的黑乎乎的瓦房。对于他来说，这不是一次愉快的经历。他那来自费城的十来岁的女儿，经充满爱心的阿卡雅安排，体验了一次复杂的印度浴，用了马蒂叶和藤金合欢粉[①]合制的洗发剂。随后，她得吃花卷，整天与家里的女人们关在户内。她和父亲大吵一架。可怜的阿卡雅一个字也听不懂，可是听到侄女操一口流利的英语，却异常兴奋。她不无赞赏地想，这丫头像她父亲，和他一样倔强。阿卡雅欢天喜地，走近姑娘，把椰子油抹到她的头发上，给她编辫子。姑娘愤怒地瞪了她一眼，无礼地说道："别！请不要！对不起！"阿卡雅感到困惑，不明白该用她已经为孩子的头发而串起来的鲜茉莉花做什么，于是悄然把那些花儿放到了祭拜室里的家神身上。

斯里尼瓦萨和他的妻子在一个星期前得到了我将到来的消息。他们为我腾出了一整天的时间，他的妻子直到傍晚才又忙碌起来。他们到机场接我，用他们的小轿车把我载到家中。那天晚上，斯里尼瓦萨尽管知道我的口味，还是问了一声我想吃什么。在这样的例行礼节之后，他给我倒了一玻璃杯苏格兰威士忌。在加冰块之后，他把酒杯递给我。似乎为了再现我们昔日的亲切气氛，也是为了给

① 藤金合欢粉（shikakai powder），印度传统天然洗发剂。滕金合欢学名为Acacia concinna（Willd.）DC.，花、果均含芳香油，可用于洗发剂。

我造成他没有变的印象，这杂种也给自己倒了一杯苏格兰威士忌，然后以一部夜叉戏中某个人物的唱歌风格说道：“在这傍晚时分，母牛回家，成群的鸟儿归巢，一个人还能有什么比这更美妙的饮料？”他坐到沙发上，面对着我，与我干杯，同时呼喊着大神湿婆的名号。

我环视四周。这是一所豪华的住宅，就像那里的其他所有住宅。只是装饰风格有所不同。为了标新立异，他们的起居室内摆着意大利家具和墨西哥小雕像。可是，在斯里尼瓦萨的书房里，凡是裸露的墙面，都挂上了来自故乡的图片，包括一幅带有象头神牌比迪烟图片的挂历。引我注目的是他请人在墙上涂抹的表现迈索尔十胜节[①]场景的绘画作品。近年来，在迈索尔的节日游行活动中，虽然不再有摩诃罗阇骑乘装饰一新的大象的景象，但斯里尼瓦萨书房墙上的绘画里却有王室游行队列。在墙的另一部分是一幅槟榔林图片，郁郁葱葱，苍翠欲滴，没有影响那一区域的慢性枯萎病的迹象。无论如何，这些细节并非那么重要。特别引我关注的是斯里尼瓦萨模仿布莱克[②]而作的一幅画。

“你可能觉得这幅画很伤感。”斯里尼瓦萨站在我身边，说道。他注意到，我觉得这幅画相当一般。“在我看来，一幅画是否有吸引力并不重要。”他解释道。我赞同他的意见，于是再看那幅画。作为朋友的画作，只要能够让他赏心悦目就可以了。我很可能是他出示此幅画作的唯一客人。

这是一幅描绘阿卡雅的画作。她显得丰满，有一个胖乎乎的鼻子，头发乱蓬蓬的。她在向上移动，她的双手高高举起，仿佛要鼓

① 十胜节（Dasara），虽然是印度全国性的节日，但在印度卡纳塔克邦却占有特别重要的地位，在每年公历9月底至10月初举行庆祝活动，持续十天，热闹非凡。

② 布莱克（William Blake, 1757.11.28—1827.08.12），英国诗人、水彩画家、版画家，主张一个美好的社会不但需要政治和社会改良，而且需要美的精神。

掌。她的眼睛仰望苍穹，流溢着非常喜悦的神色。两个翅膀似乎使她沉重的身子变轻了。

“这不只是我的想象。阿卡雅实际上认为，她在死后会高高飞翔，就像一只鸟儿那样。”斯里尼瓦萨开始高谈阔论。我下面将多多少少用他的原话，叙述他当时跟我讲的若干要点。

他似乎想要说明三点。他首先强调了阿卡雅的一个方面。我虽然与她熟识，但无论是我还是他，都从来没有注意过这一方面。第二点是来说明阿卡雅如何影响他的思想的。最后，他试图通过前两点来质疑我的文学敏感性的基础。在一定程度上，我的文学敏感性是由他激起的。

“我是在曼彻斯特的时候开始想到阿卡雅的。”斯里尼瓦萨告诉我。

他在读完哲学博士学位后，由于收到的奖学金入不敷出，于是一度在一个中等学校当老师。在他的班上有一个学生，与自己的爱尔兰母亲住在一个贫民窟里。这个孩子有一头卷发，十分英俊。可是，他有语言障碍的毛病，甚至不能做简单的算术题。不过，他在绘画方面却大有才气。如果你给他提个问题，他总是回答得含糊其词，而且会发出没有意义但透着欣快的微笑。如果你问他：“爱尔兰在哪里？”他总是回答说：“有一只黑色的小鸟坐在树上，吃着一个红色的果子。”他会拉着你的手，领你去看校园里一株完全长成的树。在午餐歇课时间，他总是喝分配给他的牛奶的一半，把剩下的一半拿到外面，倒在一个杯子里，给鸟儿享用。随后，他就平静地坐在那里，观看它们喝牛奶。

斯里尼瓦萨喜欢这个极富同情心而又友好的孩子。可是，校长却要把这孩子打发到一所专为迟钝学生开设的特殊教育学校。斯里尼瓦萨是孩子班上的任课老师。校长几乎每天都敦促他签发一份证明书，这是赶走这孩子所需要的。孩子的母亲带他来学校时，总要恳求斯里尼瓦萨："他父亲是个酒鬼，遗弃了我们。如果您证明我儿子是个弱智儿，把他送到另外一所学校，就把他的一生毁了。请不要这样做。"斯里尼瓦萨认为，这孩子极端敏感，也极富爱心。所以，他即便是个迟钝的学生，又有什么关系？斯里尼瓦萨顶住了校长的压力。可是，在他休假一周期间，校长让代课教师签发了证明书，而且真认为这样做对孩子最为有益。

那一天，斯里尼瓦萨认识到，从西方资本主义效率的视角看问题，他可爱的阿卡雅也跟这个孩子一样，会被证明是一个傻瓜，一个精神残疾者。那么，她就会在一个为此类人开设的社会福利机构度过一生。一个在这个竞争激烈的世界无法幸存的人，不被认为是正常的。所以，他推断，在这个世界上没有阿卡雅、罗摩克里希那·帕罗马汉萨[①]以及阿卡马哈黛维的容身之地，因为他们赤身裸体，到处乱跑，都不正常。有一次，阿卡雅非上一辆公共汽车不可，于是就像一个受到惊恐的孩子那样，藏到一个干草堆后面。还有一次，一辆卡车停在房前。那时，斯里尼瓦萨还是个小孩子，在读小学。可是，因为他进过城，所以他能够跟她解释说："阿卡雅，那是一辆卡车。"他虽然十分努力，却无法让她说出"卡车"。她每次都说"掐扯"。她当即意识到自己的错误，于是放声大笑。直到最后，这一直是斯里尼瓦萨与她之间的一种游戏。

在讲阿卡雅的故事时，斯里尼瓦萨就会降低自己的精明程度，

---

① 罗摩克里希那·帕罗马汉萨（Ramakrishna Paramahamsa, 1836.02.18—1886.08.16），近代印度教改革家，通常简称为罗摩克里希那。

向我完全敞开心扉，从而使自己变得十分脆弱。到了最后，他的讲述变得十分拙劣（“拙劣”一词是他用的），就像他模仿布莱克所作的阿卡雅肖像画那样。此人已经多年没有讲过坎纳达语[①]，此时却突然开说母语，来谈一些体己话，而他在表达知性看法时则用英语。他就以这种方式将他想要说的话一股脑儿倒给了我。此外，他提到阿卡雅，有时用表示亲昵的单数形式，有时用表示敬意的复数形式。他把阿卡雅描述成了一个生灵、一个动物、一个母亲和一个女神——一人而同时拥有数个身份！他在大学读书时，她对于他似乎就成了家中牛棚母牛当中的一头。她给母牛挤奶，给它们喝泔水，喂它们饲料，给它们洗澡，结果她自己变成了一头母牛，还跟它们说话。“哎！考丽！”她要跟哪头母牛说话就呼叫它的名字：“好你个大明星，昨天傍晚，到哪儿逛游去了？你就不能在太阳落山前回家吗？难道你不记得吗？你女儿南迪尼在等着喝你的奶呢！”阿卡雅甚至会等这些母牛答话。阿卡雅在说话时，会挠考丽脖子下的垂皮；考丽会伸长脖子，大声吸气，闭上眼睛；有时，它还会用柔情似水的眼睛望着阿卡雅。它会略微弯下后腿，让阿卡雅抚摸它的全身。考丽在享受照顾的时候，会伸出舌头，摇摇耳朵，把尾巴翘成弓形。当幸福太多，承受不了之时，它会发出哞哞的低沉鸣声。考丽就是这样回答阿卡雅的每一个问题的，而阿卡雅在得到她所期待的回答后觉得满意，于是回应道：“原来是这么回事！”

按照阿卡雅的说法，考丽在前生曾是她的小妹妹。在另外一次更早的前生，阿卡雅是一户属于农民种姓[②]的人家的女主人，而考丽则是一头母牛，在这户人家长大，在产犊时死亡。阿卡雅说，如

---

① 坎纳达语（Kannada），达罗毗荼语系中的一种语言，通行于印度西南部，约5000万人使用，系卡纳塔克邦的官方语言，所用字母与泰卢固语字母接近。

② 农民种姓（gowda），或音译为高达种姓，印度的一个从事农耕的亚种姓群体。

果继续往前追溯，考丽曾是戈古拉的一个牧女，而她本人则是一头母牛，欢快地听着黑天的笛声，乳房因奶汁充盈而变得沉重。照此说来，作为人和牛，考丽与阿卡雅之间在既往数次前生中存在连续不断的关系。阿卡雅相信，考丽在排尿或咀嚼反刍食物时会回想自己的前生。不过，她和考丽有时都会忘记这一切，如阿卡雅在卷入自己弟弟们的荒唐行为时，或考丽在让自己此生养育的犊子吃奶时。考丽的命运也已经是个定数。它是在室女座轸宿照耀之时降生的。它在前生出世时就遇到了这同一颗星。不过，此星这次处于自己的第二个四分之一宫位。

棚中有十五头母牛。阿卡雅给每一头牛都起了名字。对于她而言，它们就是一些生灵。它们所以在她的牛棚里相遇，就是因为它们是由往生的某些关系而相互结合在一起的。其中一头喜欢游荡的母牛，前生是一名屠夫。有一天，正当他要引刀捅向一口滚圆的小猪时，他看了看它的口鼻部，顿生怜悯之心，于是扔掉屠刀。他在消除那一生的恶业之后，在下次生命轮回中转生为一头任性的母牛。阿卡雅常在睡觉时给自己弟弟的孙辈讲许多此类故事。

阿卡雅知道棚里每头母牛出生的日子和时间。她知道所有那些母牛的生平故事。她甚至记得那些死去的母牛。谁的角长什么样，它们是什么毛色，哪头母牛产多少奶，哪头母牛过去常踢人，哪头母牛拒绝给自己的犊子哺乳……在干腌香蕉叶或剥槟榔皮时，阿卡雅仿佛自言自语似的，会一连说上几个小时。她能识别和描述每头母牛的特点，也能探究它们的前生，无论它们曾经是人、狗还是鸟。这些叙述往往不是针对她的弟弟们的，也不是说给他们的趾高气扬的妻子们的，甚至不是讲给他们的天真的孩子们的。这些话是说给皮拉听的。

皮拉是一个在牛棚帮忙的仆人。他与阿卡雅同龄。他有个儿子，在城里当老师，不想让父亲与自己一道生活。当然，皮拉也不愿意与儿子一道生活。儿子读书后给自己改的名字与父亲给他取的名字迥然不同。皮拉为儿子的好运气而欣慰，也为他每月都给他寄钱而快意。可是，尽管他总是对儿子言听计从，却竟然从来没有想过要辞掉在阿卡雅牛棚里打杂的工作。如果他儿子说，他们不应当自称霍莱亚人[①]，他会说："好吧！"反过来，如果他儿子说，他们应当叫自己为表列种姓[②]，他也会说："好吧！"

依照阿卡雅的说法，皮拉是一个圣洁的人。他在前生曾是她丈夫的弟弟。阿卡雅和皮拉两人都曾受苦受难，因为她丈夫觉得，她对自己小叔子的疼爱过头了。小叔子发水痘时，脸都肿了，谁也不愿意靠近他，而她却精心照料他。可是，他甚至还没来得及结婚就死了。后来，他再生为一名巴里[③]，也就是喀拉拉地区的一名穆斯林商人。她是给他拉车的马，常吃他手里捧着的草和豆[④]。由于宿业，他在此生成了捡拾牛粪的圣人一般的皮拉，而她在今生则成了这户人家的女主人。

由于皮拉对任何东西都没有依恋感，他不大可能会获得再生了。阿卡雅坐在浴室的炉火前取暖时，就径自跟他唠嗑这些东西。皮拉只是说："好吧！"他对别的任何话题的应答也总是这两个字。

皮拉的故事使我的眼睛为之一亮。我童年的朋友注意到了这一点，喊叫道："嗨！机灵鬼！闭嘴，听着！"他也大笑起来，又往我

---

① 霍莱亚人（holeyas），印度的一个亚种姓群体，属于贱民种姓范畴。

② 表列种姓（SCs），对贱民的一种称谓。他们曾有多种称谓，如"不可接触者""受压迫种姓"等。1935年，印度宪法为向受压迫种姓提供特殊方便而制作附表。此后，贱民在宪法角度上被称为表列种姓（Scheduled Caste）。

③ 巴里（barri），对来自印度半岛西南部马拉巴尔海岸的穆斯林商人的称谓。

④ 豆（huruli），指马豆（horse gram），马料之一。

的杯子里倒了些葡萄酒。我们在吃中式鸡肉，所以与之相配的葡萄酒得是白的。

“你喜欢这葡萄酒吗？”他问道。

“你和我坐在这里，一边喝着意大利葡萄酒，吃着这家中餐馆的鸡肉，一边谈着阿卡雅，谈着你画的那幅布莱克似的画，全然没有放弃你的生活方式。总体来看，这一切都不像是真实的，这可是你说过的话。”我边说边品尝着葡萄酒的味道。即便是在美国，这家餐馆也通过绘画、灯笼以及难以理解的书法，再现了浓郁的中国气氛。“你一直在营造的印度格调也像这家餐馆。还记得你在归还你偷去的黑鹂牌钢笔时怎样逗弄和折磨我们的校长吗？你这个无赖，你那时的那种高昂的精神到哪里去了？”我一边夸张地说，一边放声大笑。

可是，我说的话似乎没有打断他的思绪。我的逗乐使他更为激动起来，他于是给我讲了另一个有关阿卡雅的故事。

这还是一个关于考丽与阿卡雅之间关系的故事。一天傍晚，考丽的犊子南迪尼没有回家。阿卡雅站在牛棚附近，用她在这一场合特有的声音长时间地呼叫南迪尼。“叫你女儿。”她吩咐考丽。考丽于是也悲戚地呼叫起来：“哞……哞！”可是，南迪尼渺无踪影。“很可能你女儿需要跟一头公牛厮混在一起了。要不，它也许进入谁家的稻田，被人家扣留了。我这就去找找它。”阿卡雅喃喃低语，随后消失在附近的森林中。她彻夜未归，翌日上午十点前后才回到家里。

“你知道她回家来时是什么模样吗？”斯里尼瓦萨继续讲述这一在他上大学期间发生的事件的其余部分。

“她整夜都是在森林里度过的，坐在一棵杧果树下，毫无睡意。早晨，在阿卡雅打盹时，南迪尼突然出现在她面前，用鼻子嗅着她。阿卡雅睁开眼睛，横挑鼻子竖挑眼，把它痛骂了半天。就在数落南迪尼之时，她抬头仰望，看到了什么呢？一棵挂满小杧果的树，正好用来做腌菜。她命令南迪尼就待在那里别动。阿卡雅就像个小姑娘一样，爬到树上，小心翼翼地捏住梗采摘成串的杧果。杧果的汁液在滴落。她用纱丽的上摆把它们兜起来，用左手紧紧抓住开口处，用右手攀着粗糙的树干，战战兢兢地从树上滑下。随后，她抓着装满杧果的纱丽上摆，与身旁的南迪尼并行，气喘吁吁地回到家中。到家沐浴后，她即刻忙着一个接一个地清洗那些小杧果，然后把它们腌起来。”

斯里尼瓦萨说，阿卡雅回到家里时，他正好一直在外面站着。她披头散发，眼里笑意盈盈，纱丽上摆兜满了小杧果，黑色的南迪尼傍她行走着。在他看来，她就像是一个凶恶的森林女神。

他接着讲了另外一个故事，说的是她如何在一天夜里与死神阎魔搏击并战而胜之，从而成为万象之母[①]的。故事是这样的……

在生南迪尼之后，考丽在生双胞胎牛犊时遭遇死产，几乎送命，可是它又怀孕了。阿卡雅采取了预防措施，给它吃她所知道的各种各样的药物，可看来它这次分娩也不会是顺产。考丽生产的那个夜晚，阿卡雅一定有所感知，它可能在未能分娩的情况下死亡。

在大家都吃过晚饭之后，她去了牛棚。考丽孤苦无依地躺在那里。为了阻击邪灵，她画了一个符咒，拿着它围绕考丽画圈。阿卡雅双手叉腰，恳求阎魔说：“大王！请让它活到老再死。让我们俩同时死，就像您在我们的多次前生中每回都做的那样。我求您，这次也这样做。”就在此时，一条蜥蜴发出声响。阿卡雅认为，这意味着阎魔回绝了她的请求。

---

① 原文为jagatjanani，字面意思就是“万象之母”或“宇宙之母”（mother of the universe）。

她径直走到牛棚门口，坐在门槛上，把两腿伸开。她手执一把冒着火焰的扫帚，一边气势汹汹地挥舞着，一边说道：“如果您要来这儿把它带走，您就得先处理我。您看见我手里拿着的东西了吗？这把扫帚已经先沾上了考丽的粪便，我就用它来抽您。我还会变成摩哩缠您。”她手执扫帚，彻夜端坐。可是，到了早晨，考丽已经在舔着一头新生的雄性犊子，而它也在笨拙地试图站起来，以靠近母亲的乳房。

斯里尼瓦萨与我返回他家时已是午夜。不需要任何人开门让我们进去。车库门是遥控的。斯里尼瓦萨用钥匙悄然打开大门。书房开着。他的妻子在为数名婴儿接生后回到家里，一定已经疲惫不堪，而他的女儿在与情郎幽会之后回家，很可能在酣睡。

我们坐下来之后，斯里尼瓦萨倒了两杯克尼亚克白兰地酒[①]，递给我一杯。他一边呷着酒，一边说道：“你的理解是对的。我说起这一切来，是想让你把思路调到正确方向，告诉你不要从西方的角度看印度生活。我不能跟其他人讲这些东西。对于我的那个世界来说，即便是我的妻子和女儿也是局外人。我以前只能把此类事情写成学术话语，可是，如今在我们的圈子里，这种写作已经是家常便饭。你看这有多荒唐！可是，我在跟你说话时并没有这种感觉。你知道吗？我是最近才开始意识到这一切的。”

“起初，我并不认为阿卡雅说得太多。后来，在我来到这里以后，我开始对她过去那么能说感到惊叹不已。她死亡的方式本身也令人惊诧莫名。夜里，她在晚餐之后习惯于坐在外面靠近浴房炉火的地方。炉中有一根大原木一直在熊熊燃烧。她总是用纱丽松散的

---

① 克尼亚克白兰地酒（cognac），法国西部克尼亚克地区出产的名酒。

末端兜满菠萝蜜核坐在那里。皮拉总是坐在离她有一定距离的地方，他的乡村烈酒瓶子则藏在附近灌丛后面。阿卡雅总是滔滔不绝地说话，同时在热灰中烤菠萝蜜籽。烤好之后，她就把它们送给皮拉。皮拉在嘎吱嘎吱地嚼着这些菠萝蜜籽时，会悄悄走到灌丛后面喝几大口酒，放个响屁，再回去坐在火前。即便在他消失在灌丛后面之时，阿卡雅也一直在跟他说话，而他总会不断发出嗯、嗯的应答声。"

"阿卡雅不总是说这个皮拉不会再有来生了吗？可是，皮拉比她多活了三个月。一天夜里，她坐在火前说话时，把一些新烤的菠萝蜜籽丢到皮拉手中，随后就闭上了眼睛。皮拉等了一会儿，因为他不应当触摸她，于是大声叫道："大妈呀！大妈呀！"没有回应，他于是进屋高喊："各位少爷！各位少爷！"他把我那些懒惰的兄长叫醒，然后就呆呆地站着……

"阿卡雅死的时候我不在那儿。我当时在准备前往法国出席一个重要的东方学研讨会。我取消行程，及时赶回故乡，参加了葬礼。"

斯里尼瓦萨讲完故事后沉默移时。随后，他说道："你对我的怀疑主义是可以理解的。你要是客气，你可以说，在我事业成功的征途中，我所构思的所有理论，都是为了离开阿卡雅所在的那个世界，或者是因为我认为自己已经离开了那个世界。我最初是一名渐进的马克思主义者，随后成为一名自由主义者，再后来又成为一名现代主义者，而如今则是一名后现代主义者。我的路就是这样走过来的。我现在不能再退回去了，我也不能成为一名言不由衷的新殖民主义说教者，宣称她的世界完全是虚幻的。"

由于时值冬季，斯里尼瓦萨站在书房的电暖器前，觉得它就像是老家浴房炉火中熊熊燃烧的原木。他摘掉领带，解开领扣。他穿着牛仔裤和粗花呢夹克衫，赋予他一种青春的风貌。他不像我，没有不堪入目的大肚子。他有一副强壮的身体。他留得很长的头发垂落在宽阔的额头上，黑白交织，恰到好处，他的浅色镜框的眼镜，他的软皮鞋——这一切给他的悲伤增添了一种魅力。

我的心里正在酝酿一篇真正的论文，以回应他在理论上的悲怆，回应其中隐含的精神痛苦，也回应他在世俗层面的成就。可是，想起他还掏人口袋那时的恶作剧和我们两人曾经有过的欢乐，再看一看他如今的齐肩长发，我就把他看成了造访人间的薄伽梵[①]，并十分得意于这一想法。在他的书房中有遮阳帽，是用槟榔叶编制的。我把其中一顶戴到头上，看到斯里尼瓦萨的眼睛放出淘气的亮光之后，也在他头上放了一顶。对我而言，他穿的衣服，加上这顶遮阳帽，使他成了一个隐喻。

书房里有一个陶鼓。我把它拿起来，走到电暖器前面，坐到豆袋坐垫上，整个身子、臀部全都沉入这松软的坐具里。我一边敲击着陶鼓，一边想到什么就唱什么。斯里尼瓦萨也开始随着陶鼓的节奏扭动身躯。

在一个高潮时刻，我停止敲击陶鼓。

我们相互拥抱在一起，放声大笑。欢笑过后，我抬头看斯里尼瓦萨创作的阿卡雅画像，开始喜欢上了这幅画作。我们两人头戴槟榔叶遮阳帽，身穿长裤和夹克衫，一脸中年人的严肃神情，跳起舞来却像两个活宝。我对斯里尼瓦萨说："你看，正因为你的阿卡雅画像是稚拙的，你对阿卡雅的漫话是荒诞的，才让人感觉到这些都是

---

① 薄伽梵（Bhagavata），意译为"世尊"，原为婆罗门教对长者的尊称，后佛教用以尊称释迦牟尼。《大乘义章》卷二十云："佛备众德，为世钦重，故号世尊。"

真实的。”

就在此时，我出于习惯，摸了摸后兜，发现我的钱包不见了！直到清晨，我们就在电暖器前嘻嘻哈哈，说着笑话。

2021年11月译

2021年12月修订

迦罗杜

大仙人迦罗杜是苾力瞿的后裔和阿斯提迦的父亲，曾发誓终生独身。一天，在看见祖先的鬼魂倒悬于一个山洞中之后，他问道：“你们是谁？你们为什么倒悬在这里？”他的祖先们回答说：“我们的一个名叫迦罗杜的后裔已经降生在这个世界上。由于他一直不曾婚配，因而没有子嗣，我们就处于这种状况了。”迦罗杜对他们说：“我就是那个迦罗杜。我将把你们从目前的惨境中解救出来。可是，我只会与跟我同名的姑娘结婚。”祖先的鬼魂对此表示同意。迦罗杜于是出发寻找那个姑娘。他逐渐了解到，蛇王婆苏吉的妹妹名叫迦罗杜，于是前去面见蛇王，表达了向他妹妹求婚的意愿。蛇王婆苏吉表示同意，将妹妹许配给了迦罗杜。于是，迦罗杜与她偕行，回到了自己的修行之地。

一天傍晚，迦罗杜在睡觉。由于害怕丈夫延误了作晚祷的时间，她于是迟疑不决地将他叫醒。这位仙人醒来后对妻子十分恼火，因为她粗心大意，妨碍了他的睡眠，也侮辱了他。于是，他全然没有理会身怀六甲的妻子的恳求，把她丢下，自己进入森林修苦行去了。他由于修苦行而变得身体虚弱，于是被人称为迦罗杜。他的妻子生下一个儿子，名叫阿斯提迦。

一

蒂马帕的母亲是个寡妇，她那剃过的头包在红色的纱丽里面，不断在邻里游走，谈论她儿子的出生，仿佛这是一桩神圣事件。按照她的说法，她所以怀上儿子，是由于蒂鲁伯蒂的大神蒂马帕的保佑，因而还给他起了跟大神一样的名字。蒂马帕对母亲的做法十分恼火。他在大约十岁时，父亲已经死了，母亲于是把他带到蒂鲁伯蒂来。她在那里给他举办了戴圣线的隆重仪式，让他在可以洗净罪孽的圣水池中浸泡了三下，把他带到装饰得令人目眩的神像前，让他颔首肃立了一会儿。这让他十分恼火。

在前往蒂鲁伯蒂途中，火车十分拥挤，他只能躺在座位底下，半睡半醒，很不舒服。还有许多像他一样的人，有妇女、儿童，还有老人，横七竖八地躺着睡觉，一动不动。旅客用篮子随身带着的剩饭变质后的馊味，他们在酷热难耐的高温之下的汗味，孩子们小便的骚味，不堪忍受，令人窒息。紧挨着他睡的还有两个女人，一老一少。不知是谁的手，还在摸来摸去。他于是站起身来。

旭日初升。突然，车窗外面，远处一座童秃的高山闪现出来。山顶上是一轮红球似的太阳。此时此刻，蒂马帕不知自己身在何处。眼前的一切都变得神秘起来。

蒂马帕甩开周围的人，迈开双腿，去寻找母亲。她在火车的一个角落里，把纱丽拉起来遮住自己剃过的头，手里拿着祈祷用的念珠，正在坐着冥想。就像一只舒服地躲在自己壳里的乌龟，她在这个角落给自己开辟了一点空间。即便是在这样的火车里，她依然保持了平素的习惯，收拾得干净利落。她让他靠自己坐下，给他米片吃。虽然饥肠辘辘，但他觉得不干净，因此还是不想吃东西。

二

按照那些欣赏蒂马帕作品的人们的说法，他认为，由于神主可能并不存在，因此一切都毫无意义。这一观念使他在精神上备感痛苦。他们发现，他的作品专注虚无，冷漠无情，几乎全然不顾读者。

蒂马帕不记得自己曾经见过父亲。在他成长过程中，所能看到的不过是中厅里挂着的父亲的一张相片。在这张不断退色的相片中，父亲头上裹着包头布，肩上搭着一块绣花披巾。母亲每天就靠自己煮的一餐米粥活命，还会在阴历每月的十一日严格实行斋戒，连自己的唾液也不会下咽，而且恪守礼节，保持洁净。可是，他在成长过程中，却变得与养育他的母亲越来越疏远。他的言谈变得变得油滑，却透出冷漠，听着刺耳。

他在孩提时，母亲每到经期就一直躲在家里大屋之外的角落里。这是他唯一能感觉母亲是个女人的时候。在停经后的十年间，母亲严守对寡妇的严苛戒律，热切而又静默地希望儿子能够接受神主，可她的这份心意却遭到了他的断然拒绝。他逐渐失去了童年时期对母亲的眷恋，到了后来甚至对她感到愤恨。

母亲知道，由于她严守寡妇正道，任何可能钟情于蒂马帕的受过良好教育的姑娘，都不会同意生活在这个家里。蒂马帕也不想结婚。可是，这位坚毅的遁世者，却把她的所有金子和首饰全都放在一个大铁箱中，在上面挂了一把锁，就像一条守卫财宝的老蛇那样监护着它。她总是坐在铁箱旁边作祈祷。圣徒罗伽文德拉罗耶的一幅肖像挂在墙上。在角落里有一个草垫和一张鹿皮被单，是她睡觉用的。

她为自己未来的儿媳妇守护着那些首饰。看过他儿子星象图的祭司预言，他目前处于人生的多事之秋，这一时期几年后就会过去，他的前景将会是吉祥如意的。按照祭司的说法，她儿子的主要问题是他弃绝尘世做苦行者的欲望。她儿子每天喝得酩酊大醉，既不想到政府部门就职，也不想得到任何人的恩惠，还不想追求别的任何东西，对任何人都没有眷恋之情，在妓女的陪同下吃遭禁的食品，喝犯忌的饮料。在她看来，儿子是个可怜的孩子，不幸在成圣的道路上迷了途。作为出自乌杜皮的梵文学者的女儿，她确信，自己儿子的言谈，不过是一个具有叛逆精神的信徒的祈愿。

三

蒂马帕的酷评让几乎所有的人都感到没有面子。我们认为高贵、优雅而且进步的人，全都遭到他无情的曝光，变得体无完肤。他总是揭露他们生活在自恋的地狱之中。倒不是他喜欢如此曝光别人。他推出的作品就像音乐中的低音，没有激昂的音符，只有在充分润色之后才会引起共鸣。

蒂马帕为别人创造的是地狱吗？这个问题一直让他的仰慕者感到不安。也有一些人批评他，说他的作品是病态的。为了增强自信，他们相互劝慰：“你考虑一下这个蒂马帕的收入！他什么也不用干，每个月至少能从她母亲的祖产获得一万卢比。这是她爷爷当迪万[①]也就是土邦首席大臣之时积聚的财富。如果蒂马帕不得不靠工作为生，那么他的那些忧郁、他的令人厌恶的见识以及他的无情挞伐，就都会有一种历史实感了。”

对喜欢他的人，他会发出不同的共鸣。在他的语言模式的幽暗洞穴中，突然会闪现一道神光。水牛犊清晨漫无目的地蹦来跳去，翘着尾巴。扭曲的脸浮泛着佛陀一样的笑容。花儿似乎像梦中见到的那样茁壮。

四

家里有个姑娘为他煮饭，也伺候他。可是，母亲蜷曲着坐在铁箱旁边祈祷，只吃自己亲手煮的大米粥。她有一个单独的烧柴炉灶煮饭。她用的水来自后院的一口井。为了让蒂马帕方便，给他备办了电冰箱和煤气灶一类设施。大宅院角落有一间房子，是给煮饭姑娘和她母亲用的。他母亲给她们两人提供衣食和栖身之处。

姑娘名叫卡玛拉，书读到中学肄业的程度。蒂马帕的所有作品都是由她本人给打出来的。她掸掉他书籍的灰尘，把它们排列得整齐有序，把他的衣服洗得光洁，熨得平展。卡玛拉深深地爱上了他。如果他在喝醉后呕吐，她就为他清理秽物，而不觉得恶心。她交替穿自己的两件纱丽，小心翼翼地把磨损的部分隐藏起来。她总是显得一尘不染，干干净净。她会轻轻地把椰子油抹到自己的一头乌发上，再把头发梳理成一条蓬松的辫子。她总是头戴茉莉花、金香木花或别的什么花，通过它们的香味暗示大院里开了什么花。圆润的

① 迪万（diwan），又译地万。

嘴唇，丰腴的鼻子，饱满的面颊，两只鹿一样的大眼睛，油黑的皮肤，让蒂马帕觉得，姑娘身手灵巧，可头脑却有些迟钝。她不是一个需要他敏锐的头脑予以透彻分析的对象。可是，他已经认识到，正如他为了自身的稳定应当与母亲保持距离一样，他也有必要弃绝姑娘对他的崇拜。只有借助这种稳定，通过弃绝来自虚假关照的慰藉，通过弃绝装模作样的情爱以及由此而来的家内安全感，他才有希望察觉生活在自恋地狱之中的人们的实际情况。

尽管如此，他的好奇心有一天还是让他产生了冲动。母亲外出时，他听见她说要去罗伽文德拉罗耶圣祠，要等作完晚祷后才会回来。家里只剩下他和卡玛拉，他的情欲油然而生。蒂马帕正在桌边写作，点上一支香烟，注意到卡玛拉正站在他的房间里掸书上的尘土。他起身面对她站着，沉着冷静地要求她同他云雨一番。她点了点头，表示同意。他开始给她宽衣解带时，她感到羞涩，担心自己的羞怯可能会让他就此止步。她与他躺在一起，似乎十分快乐。事后，他拿钱给她，她吓得脸色苍白，不禁哭泣起来。

在他看来，这次事件之后，卡玛拉也像他虔诚的母亲一样，急于让他证悟神主。眼见自己有可能陷入生活的罗网之中，沉入自恋的泥沼，不停地生儿育女，他开始感到茫然若失。

五

在他家的院子里，有母亲精心种植的许多种花，如金香木花、晚茉莉花、夜花、木槿、避罗花、通贝花、圆茉莉花、针茉莉花、宝香花、南阇花等。这些花中有不少是她每天礼拜家里的神祇时用于装饰神像的。有些花是装饰卡玛拉的发辫的，还有一些是要奉献到罗伽文德拉罗耶圣祠的。剩下的花则分送邻里，供他们献给自家的神祇。

迪万留下的宅院，墙上刷着石灰，在数百年的岁月侵蚀之下开始变得破败。周围是一些散乱而拥挤的盒子一般的住处，是由母亲建来谋求房租收入的。对于那些佃户家里的问题，他们之间的争斗，他们的爱情与阴谋，他们的琐屑狭隘，蒂马帕在还是孩子的时候就从严守正统的母亲那里有所耳闻。母亲一直超然于诸如此类的事情之外，蒂马帕却把它们变成了自己的写作素材。从那些相互争斗、喜欢抱怨的佃户收来的租金本身，也成为使他能够一直舒服地生活和成长的财富。可是，除了树木和前来造访他们的鸟雀之外，院里已经不再有任何东西让他感到有趣。就像院里那些熟悉的令人厌倦的面孔一样，他的作品也在变得黯然失色。

时过午夜，母亲的房间里依然亮着灯。蒂马帕对此感到诧异，于是打开门锁，进入屋内。卡玛拉从母亲的房间出来，眼力噙着泪水，站在那里。她似乎惊恐不安。蒂马帕在离她还远的地方站定，因为他觉得自己的嘴里可能有酒气和蒜味。他点上一支香烟，问道："怎么回事？"

"母亲不能说话了。她在等着你。"卡玛拉一边说，一边把手里的一个铜碗递给他。里面盛着恒河圣水，是给临终之人喝的。铜碗外边涂着檀香膏，上面沾着鲜罗勒叶，意味着就在那天早晨已经祭拜了圣水。

蒂马帕把手里的香烟扔到地上，一脚把它踏灭。他没有碰卡玛拉给他递过去的铜碗。他径直走进浴室，用母亲使用的稻壳灰清理了牙齿。他还是小孩时，母亲经常亲自用樟脑与稻壳灰的混合物给他清理牙齿。她还用兵豆粉和皂角粉清洗他的全身，尤其是胳肢窝、耳后根和胯部。

他用铜桶从贮水盆中舀出冷水，浇到自己身上。他冷得发抖，于是擦干身子，随后进入自己的房间，披上一块在神圣场合用的红色丝绸，一块他从童年时起就有的丝绸，进入母亲的房间。在他开始戴圣线后的数年间，除非他移除衬衫，披上这块丝绸，否则母亲不让他吃饭。这块丝绸如今已经退色，有些地方还磨破了。他从卡玛拉手里接过盛着恒河水的铜碗，挨着母亲坐在地板上。她一定已经知道自己的大限快到了，于是躺在了圣徒罗伽文德拉罗耶肖像下面光光的地板上，要不就是卡玛拉扶她躺到那里的。她已经变得十分虚弱，形容枯槁。

她的呼吸十分沉重，听来如同锯木一般。为了让他证悟神主，母亲竟然让自己的青春凋萎，让自己失去风采，而到了老年就一直在等待倒地辞世。他没有想到，母亲已经没有一点生命力了，完全用不着死神再来刻意摧残。她虽然已经精疲力尽，可就为了见他最后一面，看来依然坚持不肯撒手走人。蒂马帕已经有些年头不跟母亲直接说话了，此刻向她大声呼叫：“阿妈！”她半睁开眼睛，费力地向他伸手。想到卡玛拉会看见他握住母亲的手，他觉得很不自在。他把盛着圣水的铜碗端到母亲嘴边。母亲伸出另外一只手来握住卡玛拉的手。她只能用眼睛恳求蒂马帕握住卡玛拉的手。尽管他对所有这一切动作心存疑虑，他还是用左手握住卡玛拉的手，用右手把铜碗侧倾，将圣水倒入母亲的嘴里。母亲三次张嘴，将圣水咽了下去，溘然而逝。卡玛拉给她合上双眼，把她的双腿交叠起来。她用一劈两半的椰子做成油灯，在母亲遗体的头部和脚底各放了一盏。她一边把油敷到母亲的大脚趾上，一边用眼睛请求蒂马帕也跟她一样做。她将米粒放到死者的嘴里，要求蒂马帕也像她那样做。卡玛拉通过这些仪式默默地压抑着自己的悲痛心情，可能触动蒂马帕放声大哭。他感到有些尴尬，于是进入自己的卧室，点上一支香烟。

此时，卡玛拉哭泣起来。她的哭声高亢，让她衰老的母亲听见了。她母亲一路跑过来，用双手拍地，放声大哭，让四邻都听见了。邻居接踵跑来，又大放悲声，使更多的人聚集在外面的街上。他们都开口赞扬蒂马帕的母亲，称颂她的虔诚信仰，严守礼仪，讲求洁净，熟谙梵学传统，乐于助人，门第荣耀，酷爱花草树木，深为自己儿子的名声自豪，而且是独自一人把他抚养成人。就在人们这样啧啧称赞母亲之时，蒂马帕坐在那里，力图让自己的内心变得强硬而沉静。

六

不应当认为，随后发生的事件意味着蒂马帕陷入的迦罗杜困境得到了解救良方。蒂马帕在自己的作品中力图强调，迦罗杜困境的解决方案，在于佛陀认识到人生实苦之后产生的悲悯情怀，可是他并没有如愿以偿。无论他在对蒂鲁伯蒂感到厌倦时，还是他对母亲的严酷苦行提出挑战时，抑或他故意作贱自己来弃绝浮面上的优雅生活时，他都逐渐认识到，他都无法仅仅通过书写这些反应获得自醒。所以，此刻只能说，他在饱受那些事件的困扰之后变得成熟了。

母亲火化两天后，卡玛拉早晨来找他，似乎要告诉他什么事情，却欲言又止。她没有像平素那样在头发上装饰花朵，看起来犹如一个正在伤逝的苦行者。蒂马帕在吸着香烟，对那些业已写出的蹩脚文字感到厌恶，为心中苦思不得的妙句而心烦。他抬起头来看着卡玛拉，问道:“有什么事吗？”

“母亲给你写了一封信，让我在她去世后交给你。”卡玛拉说着，已是热泪盈眶。蒂马帕一言不发，只是在等她把信递给他。卡玛拉说，此信写完已经一个月了。他吩咐她把信拿过来。她一动不动，只是把钥匙交给了他。蒂马帕走进母亲的房间，打开那个依旧式方法用金属条加固的大铁箱。

铁箱内装满了旧式沉重的丝纱丽，是她丈夫依然在世时留下来的，都是些用于装饰马杜赖米娜克希神庙[①]或科卢尔穆坎比迦神庙[②]的女神雕像的。纱丽散发出一股干凯蒂洁花的气味，过去一直是由他们祖村的一个男人供应母亲的。在铁箱的一个角里，有一个黄铜盒子，是曾祖父在世时期从喀拉拉带来的。里面装着几样东西：有一块他童年时期给他治好多种疾病的药材，名叫巴芪[③]，此外还有肉豆蔻、牛黄、麝香，以及一种圣石一般的黑莓，传说是维查耶纳伽尔帝国[④]时期传下来的，用它制成的膏可以当药用，一天服用三回。蒂马帕曾经看到，四邻以及祖村都有人来找母亲要这块黑莓，他们视之为万应灵药。除了这些药材之外，盒子里还有他的腰带、一对耳环，都是金子制作的。另外一个檀木盒子里是母亲给未来的儿媳积攒的首饰，她一直像蛇一样守着这个盒子。蒂马帕拿起那份上面沾有姜黄根粉膏的信来，把它放在檀木盒子上面，开始阅读：

“我的儿子，原神主保佑你！愿你万寿无疆！这份我亲手书写于普罗佐帕蒂年[⑤]迦尔底格月[⑥]十一日的文件，将由你在我寿终正寝之后执行。作为我的儿子，你需要在我死后举办所有葬礼仪式。否则，

---

① 马杜赖米娜克希神庙（Madurai Meenakshi），位于泰米尔纳德邦马杜赖城中心，兴建于17世纪。米娜克希原系南印度古国潘地亚公主，因嫁给湿婆而被尊为女神。

② 科卢尔穆坎比迦神庙（Kollur Mookambika），位于南印度卡纳塔克邦科卢尔镇的一座著名印度教神庙。

③ 巴芪（baje），印度药材名，音译。

④ 维查耶纳伽尔帝国（Vijayanagara Empire，约1336—1672），14—17世纪统治德干南部的印度教帝国。

⑤ 普罗佐帕蒂年（Prajopatti），印历60年一循环纪年单位中的第五年，相当于中国甲子纪年中的戊辰年。

⑥ 迦尔底格月（Kaartika），印历八月。

你将无法获得救度。你是否信奉为生母举办的葬仪无关紧要。你甚至可能受到我们的圣徒罗伽文德拉罗耶的启迪而信奉这套礼仪呢，天晓得！即便情况恰恰相反，也必须举办这些葬仪。此外，你人生中现在这段不吉利的时期行将结束。蒙神主恩典，我视如己出的卡玛拉，肚子里正怀着你的孩子。愿她也万寿无疆！我宣告，我的所有继承自我祖父的财产，包括不动产与动产，全部归于这个行将出生的孩子。从这个孩子出生起，直至他在神主的恩典下长大成人，卡玛拉将代表孩子管理这些财产。她将以一切令你满意的方式照顾你。我依照圣徒罗伽文德拉罗耶出现在梦中时给我的指令，将这一切都书写在案。这位知道过去、现在和未来的圣徒向我保证，你会执行我的这一遗嘱的。我由于文卡塔伊湿伐罗①神主的恩典而得以孕育你。我向你、向我的女儿卡玛拉以及即将出世的孩子表示祝福！愿神主赐予你们长寿、财富和幸福。你的母亲鲁克米妮。”

蒂马帕将信装进口袋，从房间里出来。他进入厨房，站在卡玛拉面前，面露质疑的神情。他只是看了看她的面容就明白，她对于信中所写内容一无所知。不过，他还是问道：

“母亲告诉过你她在信里写什么了吗？”

她摇了摇头，表示没有，随后眼里涌满泪水，垂下头来。她试图用纱丽松散的一端压低自己的啜泣之声。

“几个月了？”

卡玛拉羞涩地伸出三根由于洗碗而变得粗糙的手指。她把纱丽边缘拉起来搭到肩上，腼腆地站在那里，用大脚趾头擦着地面。

“母亲是怎么知道此事的？”蒂马帕的声音在不知不觉之间变得

---

① 文卡塔伊湿伐罗（Venkateswara），合成词，毗湿奴的化身或名号之一。文卡塔（Venkata）系山名，伊湿伐罗意译为自在天。

生硬起来。

不过，卡玛拉其实无须解释。卡玛拉在每个月行经期间，总是坐到屋外，让她母亲顶替她到厨房忙活。如今她又好长时间没有这样做了。相反，她整月一天不落地前去厨房。这一情况没有躲过蒂马帕母亲的锐利眼睛。她猜到了个中原委。卡玛拉站在蒂马帕面前，显得十分内疚。他想到她随时可能崩溃，于是变得很不舒服。他进入自己的房间，坐在写字台边索索发抖。突然涌上心头的想法使他觉得无地自容。他一度想要撕毁母亲的遗书，让卡玛拉堕胎，再给她十万或二十万卢比以及母亲的所有首饰，从而让自己获得自由。随后，他意识到，他已经成为那种自己一直在揭露的处于自恋状态而又缺乏爱情的男人的现实翻版。即便他会忠实服从母亲的命令，自怨自艾，他仍然不会有所变化，因为他心中的那些欲望是与生俱来的。他为自己的这种意识感到不安。他没有同卡玛拉打招呼，就钻进小轿车，去见一位自己熟稔的律师，请他将母亲的遗书当作法律文件登记在案。他随身带回了一份遗书复印件。他发现，自己这么早就回到家里，让卡玛拉十分快意，她于是喜气洋洋地去给他煮咖啡。

“别给我煮咖啡了。给我来一杯白兰地。”他说道。他告诉她哪个玻璃杯用于哪一种白兰地，然后自己把一些白兰地倒入一个玻璃杯中，一饮而尽。“给你！”他一边对卡玛拉说，一边将母亲遗书的复印件递给她。卡玛拉矜持地站在那里，两只大眼睛没有一丝一毫的期许。她接过遗书复印件来，手还有些颤抖。看到她拿着信不知如何是好，他说道：“去母亲房间读吧。”

七

整个社区承担起为母亲举办葬仪的责任。过去常为母亲剃头的老迈的家庭理发师到来，在前院里站定，就像一个在葬礼上必不可少的角色。随后而来的是一个婆罗门，他负责提供用于施舍的母牛。另外一个婆罗门负责准备葬仪所需要的圣草、芝麻等用品，还有一些富于献身精神的婆罗门，将勇敢地接受葬礼上散发的被认为不吉利的礼品。他根据仪式要求改变了自己佩戴的圣线的位置后，就接续根据正规要求举行所有仪式，以确保母亲能够最终进入天庭。他的所有祖先都化身为乌鸦到来，啄食着仪式上贡献的米饭团子。它们这样吃饱后，又呼唤来更多的乌鸦入伙。

天色在渐渐地暗下来。神主[①]的信徒们的喊叫声开始刺破黑夜的沉静。这种喊叫声一直持续到破晓时分，随后汇入了从清真寺传来的召唤穆斯林进行晨祷的宣礼声。在这样饱受诸神信徒刺耳喧声的折磨之后，他从院子里走到外面。孩子们穿着褴褛的衣衫，坐在寒冷而污秽的街道上。此情此景让他触目惊心。沿街的所有墙壁上，路灯柱上，铺了柏油而变黑的路面上，都写满了政治标语、壮阳药宣传语以及别的一些小广告，规劝人们吃这喝那，在皮肤上涂抹什么，穿那个，嚼这个，杀这些，灭那些，推翻那一位，谴责这一位，为了未来的幸福而建设什么，参加什么，杯葛什么……

蒂马帕害怕自己会淹没在各色人等造成的嘈杂的市声中。他担心自己会失去内在声音的华彩与纯净。母亲过去常常赤足走过这些污秽的街道，前往罗伽文德拉罗耶的圣祠，却没有失去自己个人的纯净意识。这一点让他赞叹不已。

---

① 神主（Ayyappa），指湿婆。

八

蒂马帕对毫无意义的世象日益不满，于是驱车外出四处游荡，历时两个月，从一个地方驶向另外一个地方，可并没有找到慰藉，于是打道回府。

房子刚刷了一层白灰，显得光洁明亮。母亲的旧纱丽都挂在外面晾着。卡玛拉丰腴的鼻子戴上了母亲的钻石鼻钉。她的耳朵挂上了钻石耳环。她松散的发辫上扎着鲜茉莉花。在看到蒂马帕之后，她感到欣喜若狂，就仿佛她的祈祷应验了。她的纱丽边缘把她的肩膀完全遮蔽起来，脸颊上涂着姜黄根粉，前额上点着朱红的吉祥志，都表明了她已婚女人的身份。夜里，她踌躇不决地来到他的房间，坐在他的床边，给他倒了一杯白兰地。他让她躺下，她于是蜷起腿来躺下。

那天深夜，蒂马帕做了一个梦。一个女人躺在他身边，用双手遮盖着脸。她的头发堆在头上，像一个灌木丛。他在梦中激动地大喊：“阿妈！阿妈！”那张脸依然被遮盖着。他感到害怕、恶心而且头晕……那张脸依然被遮盖着。他大声喊叫：“卡玛拉！”卡玛拉蜷缩着身子睡在他身旁，像一只猫一样把温热的脸贴在他的面颊上。蒂马帕处于半醒状态，已经走出梦境。他想起来，卡玛拉在那天下午曾经呕吐，她还渴望吃藏在纱丽松散一端里面的湿润黏土。她微微隆起的腹部贴在他身上。一个无疑起源于他的生命正在那里成形。他在半睡的状态下，在即将进入深度睡眠的倦怠时刻，看了一眼卡玛拉，也感觉到了她的身子的暖意。

2021年12月译

2022年1月修订